THE LESBIANA'S GUIDE TO CATHOLIC SCHOOL
Copyright © 2022 by Sonora Reyes
Todos os direitos reservados.

Este livro deve ser comercializado
exclusivamente no território brasileiro.

Tradução para a língua portuguesa
© Jana Bianchi, 2023

Diretor Editorial
Christiano Menezes

Diretor Comercial
Chico de Assis

Diretor de MKT e Operações
Mike Ribera

Diretora de Estratégia Editorial
Raquel Moritz

Gerente Comercial
Fernando Madeira

Coordenadora de Supply Chain
Janaina Ferreira

Gerente de Marca
Arthur Moraes

Gerente Editorial
Marcia Heloisa

Editora
Nilsen Silva

Capa e Proj. Gráfico
Retina 78

Coordenador de Arte
Eldon Oliveira

Coordenador de Diagramação
Sergio Chaves

Finalização
Sandro Tagliamento

Preparação
Fernanda Marão

Revisão
Carolina Pontes
Maria Sylvia Correa
Retina Conteúdo

Impressão e Acabamento
Leograf

DADOS INTERNACIONAIS DE CATALOGAÇÃO NA PUBLICAÇÃO (CIP)
Jéssica de Oliveira Molinari CRB-8/9852

Reyes, Sonora
  Guia para lésbicas na escola católica / Sonora Reyes; tradução Jana Bianchi. — Rio de Janeiro : DarkSide Books, 2023.
  336 p.

  ISBN: 978-65-5598-334-0
  Título original: The Lesbiana's Guide to Catholic School

  1. Ficção norte-americana
  1. Título II. Bianchi, Jana

23-5340   CDD 813

       Índice para catálogo sistemático:
          1. Ficção norte-americana

[2023]
Todos os direitos desta edição reservados à
DarkSide® *Entretenimento LTDA.*
Rua General Roca, 935/504 — Tijuca
20521-071 — Rio de Janeiro — RJ — Brasil
www.darksidebooks.com

SONORA REYES

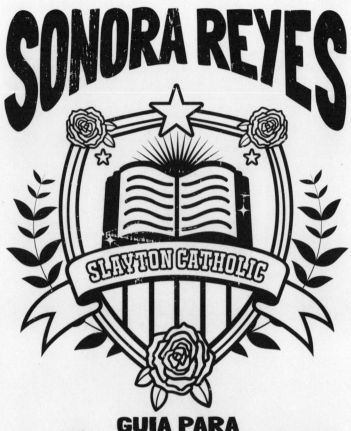

GUIA PARA LÉSBICAS
NA ESCOLA CATÓLICA

Tradução Jana Bianchi

DARKSIDE

A minha mãe. Mi outro yo.

Este livro trata de questões como racismo, homofobia e imigração, além de retratar as ideações suicidas e a hospitalização de um personagem. Fiz o que pude para abordar esses assuntos com cuidado e sensibilidade. Se esses são temas difíceis para você, por favor cuide de si e saiba que seu bem-estar mental e emocional vem sempre em primeiro lugar.

1

Não confiarás em uma *falsiane* escrota

Sete anos de azar meu cu.

Faz muito tempo que não soco alguma coisa, e aquela penteadeira mereceu. Espelho idiota. *Yami* idiota.

Que se dane. Espelhos são supervalorizados, e encher o espelho de porrada é subestimado. Jamais gostei de olhar para mim mesma... Não porque não ache que sou gatinha. Tipo, eu *sou* gatinha, objetivamente falando, mas essa não é a questão. Gosto mais do meu reflexo assim. Tão rachado que mal dá para me reconhecer nele. Fragmentado nos lugares certos. *Eu mesma* fiz isso. Com meu punho. Quem disse que não sou durona?

Não levo desaforo para casa — contanto que o autor do desaforo seja um objeto inanimado. Eu não soquei o espelho com força o bastante para estilhaçar tudo, mas a pulsação nos nós dos meus dedos indica que foi bem forte mesmo assim. Sinto o ego inchar com o feito, e o que começa a inchar também é minha mão.

Merda. Quanto sangue.

Beleza, talvez eu não devesse ter feito isso. Minha mão está tremendo e começando a pingar, mas estou paralisada. Só consigo pensar em Bianca e na outra coisa que eu *realmente* não deveria ter feito.

Quem pede demissão para evitar a possibilidade de trombar com a ex? Nem ex, na verdade. Uma falsiane ex-traordinariamente ex-crota. Uma ex-melhor amiga, tanto que me dá vergonha ter tido sentimentos por ela algum dia.

Bianca nunca foi boa em guardar segredo, então não sei por que pensei que ela não abriria o bico sobre o que contei. A culpa é minha, por ter confiado nela. A última vez que a vi foi quando ela me arrancou à força do armário no fim do segundo ano do ensino médio. Eu estava feliz de nunca mais ter que olhar na cara dela, mas hoje ela *fez questão* de entrar justo no café onde eu trabalho. *Trabalhava*.

Ela teve a cara de pau de me confrontar no serviço. Não é como se eu tivesse como me defender. Nunca tive — não contra ela. Por causa dela, não consegui nem completar algumas semanas no meu trabalho de férias.

Quer dizer então que você vai fugir pra escola católica? Tá desesperada pra me evitar?

Sim. Desesperada a ponto de pedir demissão também. Qualquer coisa para não olhar para cara dela. Qualquer coisa.

"Yami?" Cesar bate na porta, mas não me espera responder antes de abrir uma fresta e dar uma espiadinha. "Já te ligo", diz meu irmão ao telefone, para quem quer que esteja do outro lado da linha.

Ele deve ter ouvido o espelho quebrando. Arregala um pouquinho os olhos quando vê minha mão, então já provoco:

"Era sua *namoradinha*?"

"Tipo isso." Ele dá de ombros.

"Nossa, que pegador!", digo, balançando a cabeça.

"*Enfim*, tá tudo bem aí?"

Meu irmão encara os nós dos meus dedos ensanguentados e o espelho, esperando um explicação que não dou. Eu é que devia estar preocupada com ele, não o oposto. Os nós dos dedos dele estão começando a cicatrizar, o que também vai acabar acontecendo com os meus, e ele está com o olho roxo. Só mais uma variação do usual.

"Tá tudo bem *aí*?", devolvo a pergunta.

Cesar dá uma olhada rápida no espelho e depois em mim de novo antes de entrar. Salta o monte de roupa suja no chão e se senta na minha cama, sorrindo.

"Fechei todas as matérias com nota máxima!", exclama ele.

Certo, não sou a única desviando do assunto. Cesar e eu temos um acordo tácito: podemos fazer perguntas pessoais apenas uma vez. Se um de nós não quiser responder, o outro não insiste. É assim que a gente faz para manter a paz. Cumprimento Cesar com um "toca aqui!" usando a mão boa e depois vou ao nosso banheiro compartilhado lavar o sangue da mão, deixando a porta aberta para que ele possa me ouvir.

"*¡Eso!* Não é à toa que você conseguiu uma bolsa na Slayton."

Cesar é definitivamente o melhor aluno de nós dois. Adiantou um ano na escola, então estamos os dois indo para o penúltimo ano do ensino médio. Muita gente acha que somos gêmeos, e não estou nem aí. É um pouco menos constrangedor do que admitir que meu irmão mais novo é muito mais inteligente que eu. Não sou da turma dos mais inteligentes que nem ele, mas até que mando bem.

Sem uma bolsa de estudos para chamar de minha, preciso arrumar outro emprego com urgência para pagar minha metade das mensalidades. É o único jeito de a minha mãe conseguir arcar com o custo de mandar nós dois para a Escola Católica Slayton, e estou mais do que disposta a fazer o trabalho extra. Provavelmente ia morrer de vergonha se tivesse que voltar ao Colégio Rover depois do que a Bianca fez. Ir para a escola católica e achar outro serviço vão valer a pena se, em troca, eu nunca mais tiver que ver aquele rostinho lindo e traíra dela. Tchau, tchau, Rover, não acho que vou sentir saudades.

Depois que me livro de todo o sangue, cubro o corte com um pouco da cola medicinal instantânea de Cesar antes de voltar para o quarto. Quando termino, mal dá para perceber que tinha me machucado. Esconder a dor, ao menos, é algo que faço muito bem.

Cesar está deitado na minha cama, encarando o teto, brincando com o crucifixo no cordão que tem pendurado no pescoço.

"Você quer mesmo ir pra Slayton?", pergunta ele.

Dou de ombros e me jogo ao lado dele na cama.

Bianca não é a única razão pela qual preciso ir para a Slayton, mas não posso contar isso para Cesar. Mamãe está nos forçando a ir para lá porque precisamos de uma "educação de mais qualidade", com os melhores professores e um currículo mais avançado. Também é a forma de mamãe compensar o fato de que não tem mais tempo de levar a gente à igreja.

Foram essas as razões que nós duas demos para Cesar. Não contamos que também tem a ver com as dificuldades que ele está tendo no Rover, e que a mamãe acha que na Slayton vai ser mais seguro (por causa dos valores cristãos). Não contamos que insisti em mudar de colégio com ele para manter meu irmão longe de confusão. A Slayton é uma escola católica toda chiquetosa e também um novo começo, para nós dois. E agora ao menos vou lembrar de manter a boquinha calada sobre meus crushes. Dessa vez, vou ser uma lésbica no sigilo. Tipo a atriz Kristen Stewart.

Cesar vira de lado para me encarar.

"Ouvi dizer que só tem gente branca lá."

"É provável."

Os alunos no Rover são quase todos negros ou racializados e de ascendência mexicana, apesar de terem nascido nos Estados Unidos. A Slayton, por outro lado, fica na zona norte de Scottsdale, a uns quarenta minutos de carro de onde a gente mora. Digamos que não tem muita melanina naquela região. Eu provavelmente conseguiria pagar a mensalidade só vendendo protetor solar nos intervalos entre as aulas.

"E o time de futebol americano da escola é uma merda", diz ele.

"Você nem joga."

"E nunca vou jogar."

Há uma tristeza nos olhos do meu irmão, como se jogar futebol americano já tivesse sido um sonho dele.

Juro, ele é o cara mais dramático que conheço.

"Nhoin, *pobrecito*."

Tento beliscar sua bochecha, mas ele me dá um tapinha.

Cesar é só dez meses mais novo que eu, mas não quero que esqueça que é meu bebê.

"Ouvi dizer que tem, tipo, umas dez horas de tarefa de casa por dia. Isso é maus-tratos infantis. Quando a gente vai dormir? E comer? A gente vai morrer de fome!" Ele agita os braços no ar.

Gargalho e dou uma travesseirada nele.

"A gente vai sobreviver." Não comento que ele é quem vai ter tarefa de casa extra, com todas as matérias do ensino superior que decidiu antecipar e o lugar na turma de melhores alunos que só ele conseguiu. "Além disso, é melhor que a alternativa, certo?"

"Que alternativa?"

"Ah, você sabe..." Aponto para o olho roxo dele. "Apanhar?", sugiro, e ele contrai o maxilar. Me sinto automaticamente mal por ter trazido o assunto à tona, então continuo. "Ou comer nugget de frango embolorado de almoço. *Aquilo sim* é maus-tratos infantis. Pelo menos em Slayton vão servir comida de verdade."

"Acho que sim." Ele não parece muito feliz.

Cesar não tem instinto algum de autopreservação. É quase como se *quisesse* continuar apanhando que nem um desgraçado no Rover.

Passo os braços pelos ombros dele.

"Não se preocupa. Se você ficar com saudades da comida do Rover, é só lamber a sola do sapato. Vai parecer que você nunca mudou de escola."

Ele solta uma risadinha pelo nariz e ergue uma das pernas.

"Nem vem, meu sapato é super limpinho. Um prato cinco estrelas."

"Eu disse a *sola*, tonto." Faço menção de dar uma puxadinha na orelha dele, mas ele é mais rápido e puxa a minha antes. "Ai!" Esfrego o ouvido. Malditos reflexos lentos.

Mas tudo bem. Prefiro uma orelha puxada a um irmão possesso comigo.

Meu telefone vibra, e a fotinho de mamãe aparece na tela. Não sei por que ela me liga mesmo podendo só me chamar. Nossa casa não é tão grande a ponto de não dar para ouvir. Atendo mesmo assim.

"Oi, mami."

"Vem pa' acá, *mi hija*."

"Tô indo!" Desligo.

Minha mente está a mil, tentando pensar em alguma desculpa para explicar como o espelho quebrou.

"Diz pra ela que fui eu que quebrei." Cesar deve ler minha mente, mesmo sem nem estar olhando para mim. Ele é bom nisso.

"Por quê?"

"Ela vai acreditar em você, e não vai dar em nada pra mim."

Ele está certo. O Cesar é o queridinho da mamãe. Se ele disser que quebrou um espelho, tudo que ela vai querer saber é se a mão dele está boa. Já se for comigo, vou ficar de castigo — no mínimo. Mesmo assim, não vou jogar a culpa nele desse jeito.

Reviro os olhos e vou para o quarto da minha mãe. No corredor, evito olhar para a coleção de crucifixos e a galeria de fotos de Jesus nas paredes. Ao que parece, um Jesus não é santidade o suficiente para me fazer virar hétero à força — não que mamãe saiba que precisa disso. Queria que Cesar não acreditasse tanto nesse tipo de coisa religiosa, porque aí eu poderia ao menos reclamar com ele sobre o assunto. O retrato maior é o que sempre me deixa particularmente incomodada. É um Jesus me encarando — não, me *fulminando* — com uma baita tristeza no olhar, como se soubesse que vou para o inferno. Não consigo ignorar a sensação de que não importa se sou ou não assumida. A voz de mamãe ralha na minha mente: *Jesus vê tudo*. Sinto o estômago se revirar, como se os crucifixos estivessem tentando exorcizar a lésbica em mim. Fito o carpete e avanço a passos rápidos pelo Corredor da Vergonha até entrar no quarto dela.

Já entro quase enfiando o pé em um brinco de miçanga. O padrão angular tenta imitar uma flor vermelha e laranja. Como sempre, o chão está cheio de contas, fios, arames e outros apetrechos de trabalhos manuais. No tempo livre, mamãe faz bijuterias e colares mexicanos de miçanga para vender, e ela manda bem demais. Como se já não fosse ocupada o bastante trabalhando em tempo integral em um callcenter e cuidando de dois filhos. Ergo a cabeça para ver se ela percebeu que quase pisei no brinco, mas ela não reage.

Mamãe dá um tapinha na cama, ao lado de onde está sentada. Está com o cabelo preso em um coque todo bagunçado e óculos escuros — o que costuma usar quando está com os olhos vermelhos e inchados de tanto chorar. Não sei o que aconteceu, mas acho que não tem relação com o espelho. Sou eu que ela chama quando está de óculos escuros. Está sempre preocupada demais com Cesar para despejar os problemas no colo dele.

Salto a bagunça no chão e subo na cama para me aconchegar na nossa posição usual de denguinho. A cama dela é muito mais confortável que a minha, e, mesmo depois de crescida, sempre me sinto segura nela. Mamãe me abraça e começa a me fazer cafuné. Fecho os olhos, e ficamos as duas em silêncio por um tempinho.

Ela não fala nada sobre o espelho. Talvez nem tenha ouvido a quebradeira. Sei que devia estar confortando-a agora, mas me sinto muito culpada. Preciso tirar essas coisas do peito.

"Eu pedi demissão", disparo. Melhor arrancar o curativo de uma vez. Ela teria descoberto cedo ou tarde. "Mas vou arrumar outro, prometo."

"Ay, Dios mío..." Ela suspira e faz o sinal da cruz. "Não vai me dizer que a Bianca te convenceu a pedir demissão. Ela é uma má influência pra você."

Ouvir o nome da Bianca faz meu corpo gelar por um instante.

"Não, mami. A gente não é mais amiga."

Tento não me abalar pelo fato de que ela ainda não percebeu. Faz só algumas semanas que a Bianca me arrancou à força do armário, então talvez mami só tenha passado os últimos tempos muito ocupada para perceber.

"Ay, ay, ay... Então mais tarde a gente fala sobre um emprego novo."

Por alguma razão, ela não parece irritada pelo fato de que me demiti. Não era exatamente a reação que eu estava esperando.

"Beleza...", digo.

Demora um tempinho para ela dizer sobre o que *realmente* quer falar.

"Preciso que você me faça um favor. Pode ser, lindinha?" A voz dela está rouca.

"Claro, mami."

"Você sabe que quero o melhor pra você e seu irmão."

"Sei."

"Não sei mais o que fazer com aquele garoto." Ela se deita de costas. "Seu pai que era ótimo em lidar com ele."

Não falo nada. Papai foi deportado para o México quando eu tinha 10 anos. A gente se fala pelo telefone e por chamada de vídeo de vez em quando, mas não o vejo pessoalmente há anos. Depois que ele foi embora, minha mãe passou por poucas e boas tentando trazê-lo de volta para os Estados Unidos, e acabou gastando todas as economias da família pagando os advogados. Mas o sistema deixou a gente na mão, e não tem como ele voltar.

Papi e Cesar são as únicas duas pessoas que sinto que me entendem. É um saco só conseguir falar com meu pai por uma tela, e por pouquinho tempo por vez.

"Falei com ele hoje. Ele tá com saudades de você. E do Cesar." Ela enxuga os olhos sob os óculos. "O Cesar... Ele não me escuta como escutava seu pai."

Respiro com um pouco mais de alívio sabendo que ela está chateada com Cesar, não com meu emprego ou com o espelho. Mas sei que, cedo ou tarde, ela vai fazer a conversa ser sobre mim. Mamãe sempre faz isso.

"Vai ficar tudo bem com o Cesar, mami." Aperto a mão dela.

Cesar sempre insiste que está bem e finge que é durão, mas o fato de ele revidar não faz com que a briga seja justa. Mamãe e eu já tentamos perguntar por que ele continua se metendo em briga e qual é o problema, mas ele estoura ou se fecha quando sente que está sendo questionado. O melhor que posso fazer por ele é ficar de olho, mas não estou dando conta nem disso. Parece que toda vez que me viro para o lado, ele arranja confusão ou leva uma surra do nada, então não me sinto capaz de acabar com os olhos roxos e os lábios partidos com os quais meu irmão continua aparecendo.

"Ele te dá ouvidos." O lábio de mamãe está tremendo, e não sei o que fazer.

Enfio a mão machucada no bolso do casaco de moletom. Se ela descobrir que soquei alguma coisa, vai achar que sou o motivo das brigas em que Cesar anda se metendo. Qualquer deslize sempre faz com que as coisas sejam culpa minha. É muita pressão ter que ser modelo de perfeição para o meu irmão quando mal consigo cuidar da minha vida.

Desde que papai voltou para o México, temos esse acordo tácito de que devo cuidar de Cesar como ele fazia antes. De acordo com mamãe, se alguma coisa acontecer com Cesar, sou eu a responsável.

Estou cansada disso.

"O que você precisa que eu faça?"

"Que seja um bom exemplo pra ele. Que diga que essa vai ser uma oportunidade boa pra vocês dois. Que cuide dele. Essa escola nova é pequena, então vocês não vão ter problema." A sensação que dá é que ela está dizendo que *não ando* cuidando bem dele no momento.

Como se o motivo de eu ter arrumado um emprego não fosse justamente poder ir junto para a escola de freira *justamente* para cuidar dele. Minha vontade é dizer que o que acontece com ele não é culpa minha, mas minha mãe não ia me ouvir.

"Tá bom, mami."

"Ah, e você tá de castigo."

"Como assim?" Me sento na cama.

Como pode ela me pedir um favor e depois me deixar de castigo, isso tudo enquanto fica aconchegadinha comigo? É uma surpresa meu pescoço não quebrar com a velocidade com que viro a cabeça.

"Até você arrumar outro serviço. Você sabe que não consigo arcar com a mensalidade da escola de vocês dois."

"Eu vou arrumar", digo.

Já estava planejando resolver isso. E ficar de castigo não importa, na verdade, já que a única pessoa com quem costumo sair agora é Cesar.

"E vai cuidar do seu irmão."

"Pode deixar, mami", digo, descendo da cama.

Vou deixar o Cesar achar que a conversa foi sobre o espelho.

Não terás outros deuses além do capitalismo

Eu *devia* estar me dedicando à tarefa de férias que chegou pelo correio da matéria de linguagem, mas encontrar um emprego é prioridade. Que tipo de escola dá tarefa de casa DURANTE as férias, afinal? Se acabar encontrando um serviço, talvez faça uma apresentação sobre como lição de casa é uma coisa antiética que suga a vida de qualquer um.

Por mais que me ocupe preenchendo um formulário de emprego atrás de outro, ficar de castigo é solitário. Antes, Bianca me dava apoio moral ou conselhos. Mas agora sei que, para começo de conversa, nem minha amiga ela era.

Parte de mim quer ser grata pelo fato de que ela só contou que sou lésbica para um total de três pessoas — nossas outras amigas, Stefani e Chachi, e a mãe dela. Mas essa parte de mim é inocente demais. Ela não devia ter contado para *ninguém*. Acho que, olhando em retrospecto, nunca fui assim tão próxima das outras meninas no nosso grupo. Elas só me toleravam porque eram amigas de Bianca. Ela era a "líder" do grupo, e nós éramos suas fiéis discípulas.

Mas Bianca era mais que uma simples líder, e eu não era apenas uma discípula. Ela era a super-heroína, e eu, seu braço direito.

Beleza, talvez "braço direito" seja exagero. Eu estava mais para aquele tipo de mocinha em perigo que a heroína precisa salvar o tempo todo.

Ninguém se importa com essa personagem. Então, ainda bem que a Bianca acabou com essa ilusão, e não preciso mais me prestar àquele papel. Sou minha própria heroína agora, e ela é a vilã.

Acho que antes eu era bem ingênua. *Já tinha* visto o lado malvado da Bianca. Como ela metia o pau em todo mundo à toa. Como desprezava qualquer pessoa de fora do nosso grupinho. Sob as asas da Bianca, eu me sentia especial. Devia ter desconfiado que seria muito fácil para ela virar a cara pra mim e me transformar em alvo.

Por enquanto, procurar um emprego tem sido uma distração conveniente para eu esquecer um pouco a Bianca. Não preciso pensar em como a odeio enquanto estou ocupada preenchendo formulários e reescrevendo compulsivamente meu currículo. Passo o restante de junho e todo o mês de julho atrás de um serviço, mas depois de receber apenas rejeições desanimadoras, ainda não tive sorte. Meu currículo não é lá grande coisa, por mais que eu o incremente. Só tive um trabalho, como barista, e nem ele consegui manter por mais de algumas semanas. E são poucas as vagas em um raio de distância da minha casa que permita que eu possa ir a pé.

Tecnicamente, posso usar o telefone só para procurar emprego e em caso de emergência, mas não fui proibida de encarar o celular sem notificação alguma entre inscrições em processos seletivos. Meu fundo de tela faz com que me sinta um pouco melhor por não ter nenhuma mensagem de texto. É uma foto em que meu pai e eu estamos posando como participantes de um reality show de modelo de passarela. Eu tinha 8 anos, então meu pai está de joelhos para ficar mais ou menos na minha altura, e ambos estamos em uma posição esquisita, com as mãos nos quadris e os ombros torcidos. Sorrio para a imagem e considero ligar para meu pai, mas, como estou de castigo, apenas encaro a ausência de notificações mesmo.

Me odeio por ter esperanças de ver o nome de Bianca aparecer na tela. Não devia estar com saudades dela. Devia era estar puta. E *estou* puta, mas...

"Argh!"

Vou até o quarto da minha mãe e salto as bijuterias, me jogando no colchão para me aconchegar na cama dela. Ela me mataria se eu pisasse nas coisas que deixa espalhadas por ali. Cubro a cabeça com o edredom, pensativa.

Mamãe só consegue pagar metade da minha mensalidade, então se eu não conseguir arrumar um emprego para cobrir minha parte, vou ter que voltar para o Rover. Sozinha. Não teria como cuidar do Cesar como mamãe gostaria. Ela já está irritada com o fato de que não posso participar das aulas exclusivas da turma de geninhos dele — se meu irmão acabar se metendo em confusão nesse tempo e perder a bolsa de estudos, a culpa vai ser minha.

Minha preocupação é essa, só essa. Não tem nada a ver com eu estar "fugindo" da Bianca. Nunca mais olhar para a cara dela é só mais uma vantagem dessa situação toda, isso *se* eu conseguir outro emprego. Mas ninguém quer contratar uma menina de 16 anos sem carro e sem experiência. Preciso pensar fora da caixa. Me sento e deixo o edredom cair de lado. Pensa. *Pensa*.

A cama é um lugar confortável demais para reflexões, então desço dela e me sento no chão. Mas não consigo me concentrar porque as coisas de bijuteria da minha mãe estão uma zona. Ela deixa peças pela metade espalhadas por todos os lados e nem se dá ao trabalho de separar as terminadas das que ela ainda precisa acabar. Começo organizando a bagunça para limpar a mente. Francamente, mamãe faria muito mais grana caso se organizasse melhor e se dedicasse pelo menos um pouquinho na divulgação da loja dela na Etsy. Por pura curiosidade, abro o site no celular.

É bem constrangedor, para ser sincera. As fotos estão megaborradas, e de fundo minha mãe usou o carpete azul-escuro desbotado do quarto dela em vez de qualquer outra superfície. Convenhamos, não é um tom que favorece cores vibrantes.

Minha mãe não sabe nada de redes sociais nem de tecnologia. Isso me dá uma ideia... Talvez eu possa fazer uma surpresa! Quem sabe reformar a loja da Etsy dela e fazer uma conta no Instagram seja exatamente o que ela precisa. Com cuidado, pego as peças prontas no chão e escolho a minha preferida de cada estilo. Algumas bijuterias ela vende baratinho, tipo uns brincos de conta ou uns colares com pingente de cristal. Os braceletes trançados à mão são sempre um sucesso nas feirinhas de artesanato. Mas o que acho mais lindos são os trabalhos com miçanga.

As cores que ela escolhe ficam mais vibrantes quanto misturadas, como se os padrões dessem a elas uma vida que não tinham antes. Os colares, brincos e braceletes com padrões tradicionais me lembram muito o México. Não vou para lá desde pequenininha, mas sempre me sinto mais em casa do outro lado da fronteira.

Aliso o lençol branco na cama e disponho as bijuterias de mamãe. São lindas, mas o lençol não faz jus à fofura. Felizmente, mal preciso de motivo para me maquiar. Depois de fazer as unhas e uma maquiagem e arrumar o cabelo, estou pronta para ser modelo de bijuteria.

"Cesar! ¡Ayúdame!", grito.

"Com o quê?", berra ele de volta.

"Vem aqui!"

"Affe, tá bom." Cesar entra, e o olhar dele alterna entre mim e as peças na cama. "Eita. O que você tá aprontando?"

"Ajudando a mamãe a ficar rica. Você vai ser meu fotógrafo."

"Só se você for comigo no mercadinho buscar Takis picante."

Hum. Juro que agora há pouco ele estava com uma menina pelo telefone, dizendo que está doente e não pode sair. Cesar definitivamente está usando essa história de comprar salgadinho para me tirar de casa. Ele nunca nem divide comigo — o que me deixaria irritada se eu gostasse de Takis. Acho que ele está abrindo mão de oportunidades de sair para garantir que estou bem.

Ele não sabe o que aconteceu, mas sabe que *algo* aconteceu. Tenho certeza de que sacou mais ou menos o que rolou, juntando o espelho quebrado e o sumiço de Bianca. Eu costumava estar com ela quase todo dia, na minha casa ou na dela, desde que somos criancinhas, mas é quase fim do verão e ela não aparece em casa desde antes do final do último período letivo.

"Mas eu tô de castigo", resmungo.

"A mamãe tá trabalhando." Ele dá uma piscadela, o que aparentemente só consegue fazer virando a cabeça e abrindo a boca para forçar o olho a fechar. "Além disso, ela quer que a gente leve uns tamales pra *doña* Violeta. Ela não precisa saber que a gente *também* foi até o mercado e comprou salgadinho."

Não preciso de muito convencimento, porque não acho que mereça esse castigo. Tenho certeza de que ela vai me liberar no instante em que eu contar da minha ideia para o Etsy. E, para ser sincera, não queria que

Cesar fosse até o mercadinho da esquina sozinho. Mamãe também não ia querer. Os caras com quem ele sempre briga não moram muito longe, e ele parece que fica com o capeta no corpo quando não estou por perto. Prefiro não arriscar, mesmo estando quente a ponto de dar para fritar um ovo no asfalto.

"Beleza, mas então a gente tira as fotos antes."

Entrego o celular para Cesar, e ele começa a tirar fotos de mim antes de eu estar pronta.

"Calma!"

Corro para botar um bracelete e exibo o pulso para a câmera, mas meu irmão balança a cabeça.

"Coloca aqueles também." Ele aponta para um par de brincos marrom e azul que fazem conjunto com o bracelete.

Coloco as peças e poso com a mão tocando a orelha para que todas as peças apareçam juntas.

"Não precisa disso tudo. Sua boca nem tá aparecendo na foto", diz Cesar, e relaxo os lábios antes contraídos em um beijinho.

Meu irmão é um fotógrafo desses mandões, mas ele arrasa. Continua dirigindo minhas poses e falando quais bijus combinar. Mas logo se enche, e me deixa na mão enquanto fico lá sofrendo para escolher o nome e a arroba do perfil do Insta. Depois de uma hora de reflexão, registro JoyeriaFlores tanto no Etsy quando no Instagram. O nome antigo dela no Etsy era Maria749, o que obviamente precisava ser modificado. Agora, preciso de dinheiro para fazer alguns anúncios. Deleto todos os atuais, já que é até difícil entender o que de fato ela está tentando vender em cada um. E, de acordo com o aplicativo, mamãe não recebe pedidos faz um tempinho, o que vai mudar já, já. Quero ser capaz de provar para mami que a loja é um sucesso *antes* de contar tudo para ela, então vou ter que penar.

O único problema é: já dei todo o dinheiro que ganhei enquanto estava empregada para minha mãe pagar a mensalidade da escola. Por sorte, tem alguém para quem posso pedir ajuda. Mando uma mensagem de texto curtinha para meu pai, contando o plano e mandando algumas das fotos que tirei. Também explico como funciona o impulsionamento pago de anúncios. Alguns minutos depois, meu celular vibra.

Papi: Ay, que linda ♥ Sua mami vai amar. Mal posso esperar pra ver a reação dela.

E logo depois recebo uma notificação do PayPal. Ele me mandou dinheiro o bastante para pagar pelos anúncios de uns vinte itens, mais uns vinte dólares extra e um emoji de coração.

Meu Deus, amo meu pai.

Depois de pagar as taxas do aplicativo, tomo o cuidado de dividir esses custos e incluir também a taxa do cartão e a da plataforma na hora de definir os preços unitários, assim não tomamos prejuízo em nada. Como é que mesmo com esse talento todo para ganhar dinheiro tem gente que não me contrata? Azar o deles.

Assim que termino de impulsionar os anúncios das minhas peças favoritas, compartilho algumas fotos e links no meu Twitter com uma legenda sobre como minha mãe trabalha duro para criar a mim e a meu irmão e como adoro essa mulher e as bijuterias dela e blá blá blá. É meio cafona, mas as pessoas engolem.

"Hora de buscar o salgadinho." Cesar volta para o meu quarto com a expressão séria.

Leio a legenda mais algumas vezes e enfim posto tudo. Quando desço as escadas, meu irmão já está me esperando na porta com os tamales que pegou no congelador. Colocou as palhas de espiga cheias de massa de milho entre dois pratinhos de papel, e agora vamos levar a comida para *doña* Violeta. Ela está bem deprimida depois que o marido faleceu ano passado e não está se cuidando muito bem, então a vizinhança assumiu para si a missão de manter a idosa alimentada. Ela costumava ser a babá do quarteirão e cuidou de toda as crianças da nossa rua, já que nossos pais não tinham dinheiro para creche. Eram pelo menos oito de nós na casinha de um quarto só, e ela conseguia dar conta só Deus sabe como. Ela cuidou da gente na época, então agora é nossa vez de retribuir.

Assim que saímos, ouvimos tristes canções mariachi ecoando pelo bairro, vindas do alpendre da *doña* Violeta. Ela costumava tocar músicas típicas boas de dançar, mas agora está sempre depressiva. Fica sentada do lado de fora o dia inteiro, ouvindo uma música de sofrência atrás da outra enquanto os acordes fazem a quadra retumbar.

Dou uma olhada no celular o caminho todo. Nada. Acho que faz só alguns minutos que arrumei a lojinha e criei o Insta, então ainda não tenho com o que me preocupar. Guardo o telefone no bolso e torço para ter mais sorte quando olhar de novo. Menos de duas casas depois, já sinto a calçada queimar embaixo dos meus pés como se estivesse andando em uma frigideira de tortilha. Não avançamos nem um metro e meio e, por causa desse calor de Phoenix, já estou suando de escorrer. Ah, os sacrifícios que faço pela família...

A casa de Bianca é no caminho até a de *doña* Violeta, mas mantenho o olhar fixo no horizonte. Não quero nem olhar para o jardim que não chegamos a terminar de plantar juntas. Corro o risco de os vasos de cerâmica talavera que pintamos à mão me lembrarem que era *divertido* ser amiga de Bianca, e no momento preciso pensar nela como uma vadia malvada e sem coração. Mas Cesar encara a casa quando passamos, e não consigo não olhar.

Os vasos não estão vazios. As flores não morreram. Sinto o estômago embolar, e o sol parece duas vezes mais quente. Ela terminou o jardim sem mim.

"E aí, o que rolou entre vocês duas?"

Eu tinha a esperança de que meu irmão não fosse dizer nada, mas no fundo sabia que o assunto viria à tona cedo ou tarde.

Enxugo o suor da testa.

"Nada. Ela morreu pra mim."

Cesar dá uma risada.

"Se ela morreu pra você, como é que não foi nada?"

"É que não quero falar sobre isso."

Ainda consigo sentir a dor da punhalada que Bianca me deu não nas costas, mas no peito. Não posso falar sobre isso com Cesar, porém. Se Bianca está morta para mim, não preciso pensar em como as coisas seriam diferentes se eu nunca tivesse saído do armário para ela. Se Bianca não existe, posso seguir com a minha vida. Fico grata por nossa política do "perguntar apenas uma vez", então não preciso pensar muito no assunto.

Também fico grata pelo fato do Rover até ser bem grandinho, então os boatos só se espalham mesmo dentro de um grupo específico de amigos. Assim, os rumores que surgiram sobre mim nunca chegaram aos ouvidos de Cesar, e vice-versa. Gosto assim.

Pego de novo o celular para me distrair dos pensamentos em Bianca. O Instagram ganhou algumas curtidas e uns seguidores, mas nada muito digno de nota. Dou uma resmungada. Sei que não é muito provável que o perfil bombe do nada, mas é difícil ter paciência.

"Para de olhar. Você só vai ficar mais nervosa", diz Cesar, e, algumas casas à frente, o filhote de pit bull de *doña* Violeta começa a latir para nós.

Isso é suficiente para distrair Cesar da chatice do meu telefone. Mas ele está certo. Vou tentar parar de olhar as notificações, pelo menos até a gente voltar para casa. Coloco o celular no silencioso para nem sofrer a tentação de espiar.

Cesar vai até o alambrado, e o bichinho faz festinha e lambe a mão dele pela grade. A coitadinha não pode entrar em casa, então passa o dia presa no gramado bem-aparado do quintal de *doña* Violeta. A maioria dos adolescentes do bairro passa para lhe levar comida, mas alguns se ofereceram para fazer a jardinagem, já que o mato estava crescendo sem controle. Agora a grama é cortada com frequência, e o cachorrinho não tem muito com o que se divertir.

Meu irmão parece que assumiu para si a missão de dar atenção ao animal sempre que passa por ali. Além dos esforços da comunidade, a cachorrinha é a única coisa que está impedindo que *doña* Violeta surte. Ela tem tipo um ano, e é fofa o bastante para distrair Cesar dos meus problemas. Fica nítido que ele está tentando preencher o espaço vazio que Bianca deixou, mas não precisa de detalhes da história. Amo isso no meu irmão.

Parece que *doña* Violeta só percebe nossa presença quando chegamos bem perto, dando abraços e beijos nas bochechas da senhora. Ela sorri com os olhos marejados, mas não diz nada.

"A gente trouxe tamales", diz Cesar mais alto que a música, apontando para os pratos nas minhas mãos.

Ela não responde nada, então entramos e esquentamos a comida. Caso contrário, ela nunca ia comer. Enquanto Cesar requenta a iguaria, dou uma ajeitada na sala de estar. Os móveis são cobertos por uma capa de plástico transparente, o que só faz eles ficarem desconfortáveis pra caramba. Odiava aquilo quando era criança, e até hoje não entendo. A capa de um dos sofás ainda tem desenhos desbotados feitos com caneta permanente, lembrança de uma tentativa de "decoração" minha e de Bianca quando éramos pequenininhas. Sinto o rosto corar com a lembrança. É como se, para todos os lugares que eu fosse, Bianca estivesse lá para me provocar.

A comida fica pronta, e Cesar e eu nos sentamos no chão do alpendre de *doña* Violeta enquanto ela come, contando as histórias que nos vêm à mente para tentar animar a senhorinha. Quanto mais tempo passamos com ela, menos tristes seus olhos ficam. Esperamos, e só nos despedimos quando o sorriso dela não parece forçado e temos certeza de que ela não vai passar o resto do dia chorando.

"Obrigada por tudo isso. *Los quiero muchísimo*", sussurra ela enquanto beija minha testa, repetindo o gesto com Cesar logo depois.

"A gente também ama a senhora", respondemos, e damos um abração na idosa.

Seguimos até o mercadinho de esquina para comprar os salgadinhos picantes de Cesar e voltamos para casa. A infantil pintura laranja faz nossa casa se destacar das outras. Meu pai, Cesar e eu pintamos a fachada em um verão, enquanto minha mãe viajava. Laranja é a cor preferida dela, e meu pai queria fazer uma surpresa, mas como a gente tinha 8 e 9 anos, não éramos lá muito especialistas em pintura. Mamãe diz que não repinta porque não tem dinheiro, mas acho que na verdade ela se apega à essa pintura por ser uma lembrança do meu pai.

Quando entramos, suados e (no meu caso) sem Takis, enfim me concedo o privilégio de olhar para o celular. O perfil JoyeriaFlores não chegou nem perto de viralizar, mas consegui algumas centenas de notificações no Twitter e no Instagram, com várias pessoas bem empolgadas nos comentários. Confiro o Etsy na hora.

Metade dos itens já tinham sido vendidos. Me jogo na cama e começo a chacoalhar os braços e as pernas, gritando tanto que Cesar vem correndo, todo preocupado.

"Tá... Melhor nem perguntar o que rolou." Ele recua devagar, para longe do meu surto frenético.

Assim que me acalmo, posto um agradecimento pelo apoio de todo mundo, prometendo repor em breve alguns dos itens preferidos. Depois volto ao trabalho de tentar vender o resto das peças. Retorno ao quarto da minha mãe e coloco algumas bijuterias em mim mesma antes de fazer alguns videozinhos para o TikTok. Só posto um, guardando o resto nos rascunhos para publicar mais tarde. Com sorte, um deles vai cair na aba "Para Você" de todo mundo e explodir. Quando a porta da frente abre, corro para cumprimentar mami, me preparando para ser logo liberada do castigo.

"Mami, tenho uma surpresa pra você!", exclamo, dando um abraço nela.

"Uma surpresa?" Mamãe ergue uma das sobrancelhas.

Pego o telefone no bolso e abro o post do Twitter antes de entregar o celular para ela. Prendo a respiração enquanto observo seu semblante, tentando calcular em que parte do fio ela está. A expressão da minha mãe não muda, mas a vejo mover o polegar para clicar no link da Etsy.

"Gostou do nome? Olha só as vendas! Não é incrível! *Esse* vai ser meu novo trabalho! Posso te ajudar, cuidando das coisas online e tal."

Sinto que estou prestes a chorar de tanta alegria. Mami deve estar orgulhosa desta gênia do empreendedorismo. Ela me devolve o celular.

"Apaga."

Pisco várias vezes.

"Como assim?"

"Apaga."

"*Por quê?*" Minha voz sai aguda sem querer.

"Porque eu mandei."

Fico de queixo caído, olhando para minha mãe. Será que ela não percebe como isso pode ser bom para ela? Para todos nós? É ela que quer que eu ganhe mais dinheiro. Que me deixou de castigo *justamente* porque não estou ganhando dinheiro! Por que é tão cabeça-dura assim? Essa é a ideia perfeita, e, para ser sincera, não sei mais o que fazer. Parece que nunca consigo acertar com ela.

"Escuta, *mi hija*, meu dia foi longo. Não consigo lidar com isso agora." Ela passa por mim e entra no quarto sem falar mais nada.

Vou correndo para o meu, me jogo na cama e solto uns gemidos com a cara enfiada no travesseiro.

Se dependesse só do meu pai... Ele *amou* a ideia. Talvez possa me ajudar. Ou talvez eu só precise reclamar com alguém. Mando uma mensagem de áudio para ele.

"Paaaaaapi, que saudades. A mãe tá sendo uma escrota", começo, depois deleto e começo de novo.

"Paaaaaapi. Fala pra sua esposa deixar de ser *escrota*!"
Apago.
Até minha raiva passar, gravo umas sete mensagens diferentes. Enfim mando uma comedida, explicando com calma a situação. Talvez ele faça sua mágica e enfie algum tipo de razão na cabecinha oca dela.

Meu celular continua vibrando com notificações, e depois de um tempo a foto do bloqueio de tela com meu pai e eu bancando de modelos fica toda preta quando a bateria acaba. Fico sem coragem de botar o telefone para carregar logo de cara, porque isso significaria ter que postar a notícia muito constrangedora de que a lojinha está fechada depois de um único dia.

Quando enfim conecto o celular no carregador, na manhã seguinte, as notificações continuam chegando a toda. O que me deixa puta, já que toda essa brincadeira acabou se revelando um baita esforço desperdiçado. Mas enfim vejo que tenho duas mensagens de texto. Uma da minha mãe...

Mami: Não precisa apagar...

E uma do meu pai.

Papi: Falei com ela ;)

3
Não cobiçarás a bunda da próxima

Quando o primeiro dia de aula chega, ainda não consigo usar o espelho do meu quarto. Por sorte, mami andou tão ocupada e distraída ao longo do último mês que ainda não descobriu o que rolou, e espero manter isso assim. Ela raramente vem até meu quarto, então não deve ser um problema. Infelizmente, significa que preciso deixar Cesar empestear o banheiro antes de me arrumar, já que ele sempre dá um jeito de se enfurnar lá dentro primeiro. Ligo o ventilador para não morrer inalando gases tóxicos.

O espelho do banheiro é muito maior do que o quebrado da minha penteadeira, então fico um pouco desconfortável. Há algo um tanto perturbador em ver meu reflexo inteiro me encarando de volta. Se os olhos são as janelas da alma, me sinto como se estivesse invadindo minha própria privacidade. Meu olhar recai no canto do espelho, onde Cesar colou uma cópia do Código Maia do Coração, In Lak'ech Ala K'in, com o poema famoso logo embaixo.

* * *

Tú eres mi otro yo / Eu sou você e você sou eu.
Si te hago daño a ti / Se faço mal a você
Me hago daño a mí mismo / Faço mal a mim.
Si te amo y respeto / Se amo e respeito você,
Me amo y respeto yo / Amo e respeito a mim.

É meio irônico ele amar tanto esse poema considerando o tanto de brigas em que se mete. Talvez seja porque é basicamente o mantra do nosso pai. Papai sempre falou às claras sobre nossas raízes, e sempre quis que fizéssemos o mesmo. Costumava se sentar com a gente em momentos aleatórios e falar um monte sobre imigração, colorismo e nosso histórico como descendentes de povos originários — só coisa boa. Eu odiava na época, mas agora meio que sinto saudades.

Mami sempre focou em outras coisas, especialmente agora. Ela é ocupada demais para perpetuar tradições.

Sem papai aqui, sinto que sou menos indígena. Cesar, por outro lado, exibe a identidade indígena dele com muito orgulho. Diz "in lak'ech" em vez de "igual", e sempre usa um cordão com um crucifixo e um colar com um pingente de jaguar ao mesmo tempo — para encarar os medos dele, acho. Talvez seja a forma de compensar o fato de que não temos uma conexão sólida com nossa ancestralidade desde que papai foi embora para o México.

Tenho meu próprio jeito de encarar meus medos: capricho no delineado de gatinho. Um delineado perfeito faz o ato de olhar para mim mesma mais suportável. E, se eu acertar de primeira hoje, acho que vou me sentir menos nervosa. Minha mão está tremendo um pouco, e preciso limpar a primeira tentativa.

Vai dar tudo certo. Tenho um plano infalível:
1. Arranjar uma melhor amiga nova.
2. Não dar pinta de ser lésbica.

Sinto a mão firmar com o pensamento, e a linha sai certinha. Acordei tarde hoje, já que Cesar ficou até de madrugada no telefone com alguma garota como sempre faz, e as paredes de casa são superfininhas. Por causa do meu irmão pegador, não tenho tempo de dar um jeito na minha cara. Tenho que me virar. Risos.

"Yamilet, *¡apúrate!*"

O grito de mamãe quase me faz errar o delineado de novo. Sorte que não borra, ou ela teria que esperar mais cinco minutos até eu consertar. E não estamos nem perto de atrasados. Ela enfiou na cabeça que quer levar a gente mais cedo para termos tempo de encontrar nossas salas.

"Tô quase pronta!", grito, vestindo a camisa azul e a saia xadrez do uniforme.

Segundo o regulamento, a saia precisa bater no joelho. Esta saia ia passar do joelho de uma Barbie em tamanho humano — o que quer dizer que, em mim, bate quase na canela. Enrolo o cós até a barra ficar no joelho, e isso me faz sentir um pouquinho menos de vontade de socar a cabeça na parede. A camisa para dentro da saia enfatiza minha barriga, então puxo o tecido até a blusa ficar um pouco solta na região da cintura. Satisfeita, pego a mochila e vou até a cozinha preparar umas torradas.

Antes que eu possa comer, Cesar desliza até parar na minha frente, com a camisa azul enfiada dentro da calça cáqui. Ele estende o braço como se não me conhecesse e me dá um aperto de mão que quase desloca meu ombro.

"Opa. Mas o clima aqui é uma belezinha, né não?"

Ele está falando com uma voz anasalada e alternando, tipo, três sotaques que não são o dele.

Ainda apertando minha mão, ajusta óculos invisíveis na ponte do nariz com o indicador da mão livre.

Endireito a postura e retribuo o cumprimento.

"Ah, é esplêndido! Simplesmente excelente. *Cheers!*"

Meu sotaque sai britânico.

Faço minha melhor mesura, puxando as laterais da saia. Ele retribui a reverência. Minha mãe chega e dá um tapão na cabeça de cada um. O tapa em si não dói, mas o olhar dela é fulminante.

"Chega de gracinha", bronqueia ela, depois abre um sorriso minúsculo. "Vocês estão uma lindeza."

Quando chegamos ao carro, Bianca e a mãe dela estão saindo de casa, do outro lado da rua. Escondo o rosto como se estivesse protegendo os olhos do sol e pulo para dentro do veículo, rezando para minha mãe não perceber.

Mas ela percebe, é claro.

Do banco da frente, consigo ver mami acenando para elas cheia de entusiasmo enquanto segue até o carro, mas Bianca e a mãe dela meio que só ignoram a minha.

"Que esquisito", diz Mami, entrando, e Cesar se acomoda no banco traseiro logo atrás dela.

"Eu *já* falei, a gente não é mais amiga", digo, afundando no assento para Bianca não me ver quando passam por nós. Não que ela estivesse olhando na minha direção.

"Bom, mas não tem porque ser grossa desse jeito!" Mami franze a testa.

"Foi mal", resmungo, como se fosse minha culpa.

Felizmente, ela muda de assunto e passa o resto da viagem tagarelando sobre como está orgulhosa da gente e como mal pode esperar para começarmos "esse novo capítulo da vida". Ela inclusive faz questão de mencionar como está orgulhosa de *nós dois*, não só de Cesar, já que a loja da Etsy fez muito mais sucesso do que qualquer um de nós imaginava. Mas, de qualquer forma, eu preferiria que ela não dissesse que está orgulhosa de mim. Não quero decepcionar minha mãe. Então só ignoro e posto outro dos vídeos com as bijuterias que deixei salvo na pasta de rascunhos do TikTok.

Quando encostamos na frente da escola, me surpreendo com o espaço que as cinco construções pequenas ousam ocupar. Há uma capela e uma academia do outro lado do estacionamento dos alunos, e um pátio enorme separa o refeitório da administração e do prédio onde fica a maior parte das salas de aula, cujas portas dão todas para ele. Os armários também ficam do lado externo, perto do pátio. Que beleza. Mais tempo para ficar exposta a esse calorão do capeta. Quando saio do carro, espirro com o cheiro de grama de verdade, recém-cortada, que atinge meu nariz em cheio, soprado pela brisa quente.

Apesar do espaço entre os prédios, tenho a impressão de ser possível ver todos eles de qualquer lugar do campus. Por um lado, sinto que estou queimando sob o foco de um microscópio, porque esta escola é bem menor que a anterior. Mas, ao mesmo tempo, parece que vai ser muito mais fácil ficar de olho em Cesar. Não tem onde ele arrumar briga aqui sem que eu fique sabendo.

Depois que mami vai embora, Cesar e eu não desgrudamos. A gente fala que é para um ajudar o outro a encontrar as coisas, mas tenho quase certeza de que nós dois sabemos que é bobagem. Ficar sozinho é assustador. Teoricamente preciso substituir Bianca por outra amiga, mas não faço nem ideia de por onde começar. Já tem um bando de gente no pátio, então começo a brincar de um jogo que chamo mentalmente de "ache a pessoa racializada". Até o momento, só vi alguns alunos de ascendência asiática, um cara negro e alguns ameríndios. No total, de uma centena de estudantes, tipo uns dez ou doze são racializados. Incluindo Cesar e eu. Odeio como isso me faz ser *visível*.

Percebo que minha saia é a única enrolada. Sei lá como, ninguém parece estar com a saia batendo na canela como eu. Aposto que mandaram fazer a barra na costureira. Minha mãe jamais me deixaria "vandalizar" meu uniforme. Ela disse que as peças são caras demais para mexer e correr o risco de estragar.

Quando o sinal toca, Cesar e eu somos forçados a nos separar. Cesar vai para a aula dos geninhos. Eu, para a de linguagem. Ando a passos rápidos pelo pátio para não ficar sozinha no espaço aberto por muito tempo. Outros adolescentes passam por mim no mesmo ritmo acelerado. Como todas as salas de aula ficam nas construções externas, demoro menos de um minuto para chegar onde devo, sala A116, e encontro mais da metade do espaço já ocupado. Pela primeira vez na vida me sinto uma das alunas descoladas, entrando de boas na sala só quatro minutos antes do próximo sinal.

Assim que chego à porta, uma lufada fresquinha de ar frio sopra na minha cara. O ar-condicionado no Rover era meia-boca, e a quantidade de alunos emanando calor corporal em cada turma não ajudava. Esse não é um problema na Slayton, mas ainda assim percebo que estou suando. Com um sangrento Jesus crucificado, uma julgadora Virgem Maria e santos torturados na parede, esta sala é pior que o Corredor da Vergonha da minha mãe. Ainda bem que fiquei acordada até tarde trabalhando naquela porcaria de tarefa de férias. Tenho a sensação de que essa professora não teria me perdoado se eu não a tivesse feito.

Me sento na primeira fileira, mas em um cantinho. É o lugar perfeito porque os professores vão achar que estou interessada, mas assim, na beirada da sala, é mais fácil passar desapercebida. Sou uma gênia.

Tem uma menina loira vindo na minha direção, e ela é bem bonitinha. Ela talvez seja uma boa substituta para Bianca. Anda com aquele tipo de gingado que faz o rabo de cavalo balançar de um lado para o outro. Está com o cabelo preso com uma fita azul e um sorriso lindo que me deixa nervosa. Acho que olho para ela por um milissegundo a mais do que deveria. Preciso tomar mais cuidado. Só vejo as duas amigas vindo atrás dela quando se sentam ao meu redor, e me sinto encurralada. Ainda faltam três minutos para o próximo sinal.

"Oi, eu sou a Jenna!", diz a loira bonitinha. " Essa é a Emily e essa é a Karen." Ela aponta para as amigas, que sorriem enquanto são apresentadas. Karen tem cabelo loiro meio rosado e um milhão de sardinhas. O cabelo de Emily é castanho e tão curto que mal dá para prender. As duas são brancas, mas Karen tem um bronzeado obviamente artificial e o cabelo escuro de Emily contrasta com a pele de vampiro, que parece que nunca viu a luz do dia. As três estão com a mesma fita azul prendendo as madeixas.

"Meu nome é Yamilet."

Estendo a mão para apertar a de Jenna antes de me tocar que isso não é um encontro de negócios.

Sei lá, tudo parece formal quando a gente usa uniforme.

"Ai, meu Deus, ela é tão fofa...", diz Jenna.

"Oi?" Sinto o rosto corar.

Emily dá risadinhas.

"Achei fofo você cumprimentar a gente com um aperto de mão."

É fofo você achar que dou a mínima se você vai embora ou não. Lembro de como a risada de Bianca jogou sal na minha ferida. Como fiquei paralisada diante do meu chefe e dos clientes, que pareciam todos estar adorando o espetáculo. *A gente não é mais amiga. Vai, foge lá pra escola católica.*

"Oi?", repito, engolindo em seco. Sei que perdi alguma coisa.

"Como se fala mesmo seu nome?", pergunta Jenna.

"Yá-mi-lét", repito. Mas o olhar delas me diz que nunca vão conseguir pronunciar meu nome direito. "Mas se quiserem podem me chamar de Yami."

"'Nhami', amei", diz Karen, se sentando meio de lado na minha mesa.

"Valeu."

Tento não soar irritada com o fato de que nem meu apelido ela consegue pronunciar.

"Mas e aí, de onde você veio?", pergunta Karen.

As três se inclinam na minha direção como se eu fosse contar um segredo.

"Do Rover... É um colégio público. Vocês não devem conhecer, é meio lonjinho daqui."

"Não, tipo... Gostei do seu sotaque. Você é de *onde*?" Ela semicerra os olhos e estica o pescoço.

Emily fica com o rosto vermelho.

Ah.

"De Phoenix." Forço um sorriso.

Não quero dar a ela a satisfação de dizer o que ela realmente quer saber. Que tipo de gente faz isso?

"Meu Deus, Karen, não é legal sair perguntando pras pessoas de *onde* elas são!", bronqueia Emily.

O próximo sinal toca, e respiro fundo. O dia vai ser longo.

A professora, sra. Havens, é alta, usuária pesada de bronzeamento artificial e loira platinada. Depois de fazer uma chamada rápida, liga a televisão, e o texto do Juramento à Bandeira aparece na tela. Todo mundo se levanta, coloca a mão no peito e começa a declamar o texto.

Meu pai sempre me diz que não preciso fazer ou falar nada em que não acredite; ele só atura o que sente que é certo. "Liberdade e justiça para todos" nunca se aplicou a gente como nós. A última vez que o vi pessoalmente foi em um protesto. Havia uma lei anti-imigração que, se fosse aprovada, legalizaria a discriminação racial, e meu pai não estava nem um pouco disposto a engolir aquilo. Achei que o green card o protegeria, mas estava errada. Ele foi preso nesse protesto, e não o vi mais desde então.

Depois disso, parei de me levantar para prestar o juramento à bandeira.

Nunca fui a única a permanecer sentada no Rover, mas as coisas são diferentes na Slayton. Aqui, é tudo mais rico. Mais branco. Aqui, continuar sentada seria admitir que sou uma forasteira. Então me levanto, mas não declamo o texto. É o mais próximo que posso chegar de protestar sem causar. Meu pai ficaria envergonhado.

A sra. Havens percebe que minha boca não está se mexendo e começa a me encarar. Minha vontade é encarar de volta sem pestanejar e continuar sem falar nada. Mas sou muito covarde para esse nível de confronto, então começo a sussurrar uma palavra aleatória: "melancia, melancia, melancia".

O que é pior do que fazer os alunos jurarem à bandeira toda manhã? Fazer os alunos *rezarem* toda manhã. Não tenho nada contra rezar, mas é esquisito ser uma atividade obrigatória da escola. Todo mundo murmura a mesma oração, alguns com os olhos fechados. Algo sobre Deus nos amar e sobre nossa obrigação de servir a Ele? Acho ótimo o fato de que algumas pessoas se sentem amadas assim, mas não me identifico nada com isso. Se o Deus sobre o qual aprendi for real, duvido profundamente que me ame. Por que teria me feito lésbica, para depois me fazer comer o pão que o Diabo amassou por causa disso? Larguei esse relacionamento abusivo há muito tempo. Teria largado antes se mamãe deixasse, mas só consegui quando papai foi preso e ela começou a vender bijuteria para fazer um extra e complementar o salário de funcionária no callcenter. Ela ainda é uma das pessoas mais crentes que conheço, mas nessa época ela parou de levar a gente para a igreja. É provavelmente por isso que nunca ouvi a oração que a sala inteira está recitando de cabeça, então só fico ali parada parecendo uma idiota.

"Certo, bem-vindos à aula de linguagem do décimo primeiro ano. Espero que o verão de vocês tenha sido produtivo. Vamos começar sem mais delongas, já que todo mundo recebeu a ementa. Quem quer se apresentar primeiro?"

A sra. Havens não perde tempo. A tarefa de férias era fazer uma dissertação sobre um assunto à escolha. Dissertei sobre como tarefa de casa é estraga-prazeres. Só uma pessoa se oferece para ir primeiro. Até onde vi, a garota é, tipo, uma dos quatro alunos com ascendência do Leste Asiático que estudam por aqui. Escuto alguns murmúrios e risadinhas quando ela ergue a mão de supetão no ar. Isso me intriga.

A professora também não parece muito feliz. Analisa a sala por alguns instantes, tentando encontrar outra mão erguida. A menina sorri vitoriosa quando ninguém mais se voluntaria.

"Certo, srta. Taylor. O que tem para nos apresentar?"

A sra. Havens solta um suspiro alto. Vixe, pelo jeito ela é exigente.

"Toma cuidado pra não encarar. A Bo sempre percebe", sussurra Karen para mim. Pelo jeito, estava encarando. "A visão periférica dela é melhor que o normal por causa do olho puxado." Ela estica o canto dos olhos com os dedos e reprime uma risadinha.

Jenna revira os olhos, mas não diz nada.

"O que você disse?"

Sinto o rosto enrubescer. Só pode ser zoeira.

"Karen!"

Emily dá um tapinha no pulso meio tingido de laranja da amiga. Depois me olha com os olhos arregalados como se quisesse dizer *Acredita nisso, menina?*

"Tô só falando, ué!" Karen ri baixinho.

A sra. Havens fuzila a gente com o olhar, botando rapidamente um fim na conversa. Massageio as têmporas. É mais fácil fingir que nem ouvi; não tenho energia para discutir. Minha vontade é falar, mas não quero armar um barraco e sair com a fama de ser *aquele tipo de pessoa*; já me destaco o bastante. Não posso me meter em confusão no primeiríssimo dia de aula, então só me concentro em Bo.

Quando ela se levanta, percebo que é a única garota até o momento que vi usando calça cáqui em vez de saia, e também está com tênis Vans com estampa de arco-íris. Preciso me lembrar de que estamos em uma escola católica, então tento não tirar conclusões precipitadas. Nem todo mundo que usa calça cáqui e gosta de estampa de arco-íris é do vale. Talvez ela só esteja desesperada para usar qualquer cor que não seja o azul e o bege do uniforme da escola.

Bo anda até a sra. Havens de queixo erguido. Estende um pendrive para a professora, depois fica parada diante da sala esperando a apresentação surgir no telão.

O slide do título anuncia em letras garrafais: ESCOLHA VS. VIDA.

Bo abre um sorrisão e endireita a postura.

"O aborto é um direito humano. Direito que, mesmo quando é tirado das pessoas, não impede que o procedimento seja realizado. Impede apenas que abortos *seguros* sejam realizados."

Devo estar encarando a garota de queixo caído, porque Bo olha para mim e sorri, como se essa fosse exatamente a reação que ela queria. Depois começa a argumentar por que o aborto deveria ser legal em todos os lugares. Quase caio na gargalhada. Estou chocada de ver alguém ter coragem de falar sobre isso na escola católica. A apresentação dela está completíssima, com estatísticas e artigos científicos com fonte. Ela até menciona a Constituição dos Estados Unidos. Bo é fodona. Gostei dela. Faço uma nota mental de tentar fazer amizade com ela mais tarde.

Algumas das garotas concordam com a cabeça aqui e ali, mas, na maior parte do tempo, todo mundo parece monumentalmente incomodado. Em especial a sra. Havens. Não sei por que, mas adoro isso.

Quando Bo termina, a sra. Havens parece completamente inabalada.

"Esperava mais de você, srta. Taylor."

"Por quê? Só por que eu sou chinesa?", rebate Bo. "Foi mal não fazer jus à bobajada sobre os modelos de minoria em que a senhora acredita."

"Nem tudo é diz respeito a raça, srta. Taylor. Pode se sentar."

Bo revira os olhos e volta à carteira. A sra. Havens pede outro voluntário, mas como ninguém mais ergue a mão, me escolhe para ser a próxima.

Depois de ver a apresentação de Bo, não estou tão nervosa. A minha talvez faça a sra. Havens me olhar meio feio, mas não vai ser o assunto mais controverso do dia. Bo me deu uma dose extra de confiança.

Me levanto e vou até a frente da sala. Respiro fundo.

"Srta. Flores, por favor, desenrole a saia. Isso é contra as regras de vestimenta."

Olho para baixo e noto que minha camisa não está para fora o suficiente para esconder a saia enrolada na cintura. Merda.

"É que eu sou baixinha demais pra essas saias. Elas são muito compridas", sussurro, mas sei que a sra. Havens me ouviu porque ela dá um suspiro.

Algumas pessoas pigarreiam enquanto desenrolo a saia.

"Aposto que ela é a próxima a ter que frequentar uma clínica de aborto."

Alguns dão risadinhas abafadas.

"Como é?"

Olho ao redor, tentando encontrar a pessoa que fez a "piada".

A voz veio de onde minhas novas "amigas" estão sentadas. Não estão rindo, mas Karen parece estar tendo que se esforçar para se segurar.

"Srta. Flores, pode continuar com a sua apresentação", diz a sra. Havens, provavelmente tentando evitar que eu dê um chilique.

Ignoro. Já ouvi muitas coisas estereotipadas sobre adolescentes mexicanas para deixar quieto. E, de qualquer forma, meu rosto está fervendo demais para que eu consiga lembrar da merda da minha apresentação.

"Por que eu pareço o tipo de pessoa que abortaria? Por que sou mexicana? Por que não quero deixar minha saia raspando no chão? Por que preciso *trabalhar* pra pagar a mensalidade? Vocês por acaso ouviram alguma coisa que aquela garota falou?", digo, chacoalhando a mão que nem louca na direção de Bo. "Pessoas como eu têm *menos* chance de abortar. A gente não tem dinheiro pra arcar com o procedimento!"

"Já chega, srta. Flores. Sua apresentação, por favor." A sra. Havens tenta me parar, e meu cérebro está aos gritos me mandando calar a boca e fazer a apresentação que passei a noite preparando, mas não consigo.

"Quer saber? *Essa* vai ser minha apresentação. Vocês sabem quem tem mais chance de fazer um aborto na *nossa* idade?" Encaro Karen. Tenho só uns quarenta por cento de certeza de que foi ela que fez a piadinha idiota, mas ela merece uma puxada de orelha de uma forma ou de outra. "Pessoas brancas e ricas. Pessoas brancas e ricas com o *privilégio* de ter a escolha do que fazer com o próprio corpo e com o resto da vida. E sabem quem tem mais chance de *mentir* sobre um aborto? Pessoas que crescem com uma religião que se aproveita da vergonha e da culpa, que não podem carregar provas físicas do 'pecado' que cometeram ou correm o risco de serem expulsas da família e excomungadas da igreja."

"Srta. Flores!" O rosto da sra. Havens chacoalha quando ela grita meu nome. Ela respira fundo para se acalmar antes de continuar. "Vá se sentar, por favor."

Bom... Talvez eu tenha ido *um pouquinho* longe demais ao atacar a fé católica no meu primeiro dia de aula.

"Tô só... só falando", murmuro a guisa de desculpas e volto para a mesa.

Karen, Jenna e Emily ficam me encarando como se eu tivesse dado um tiro em alguém.

"Sr. Baker, você é o próximo", diz a sra. Havens, andando na direção da minha mesa.

Enquanto um rapaz vai até a frente da sala, ela coloca duas folhas de papel em cima da minha mesa, sem se abalar, e retorna para o seu lugar.

Um comunicado de que vou passar o almoço na detenção e minha nota. Zero.

* * *

Tem um intervalo de quinze minutos entre a segunda e a terceira aulas — de religião e química, respectivamente — coisa que eu não tinha no Rover. Quem quiser pode comprar biscoitos e refrigerante. Queria muito ter dinheiro — queria era ligar e pedir para minha mãe ir me buscar, considerando o andamento da manhã.

Ando pelo pátio, tentando não fazer bico por causa da detenção, e quase caio de fuça no chão quando Cesar pula nas minhas costas sem avisar. Acho que isso é a ideia dele de um abraço. Me viro e o empurro para longe, mas não estou brava por ele quase ter me derrubado. É bom ver um rosto conhecido. Digo, até notar a sua expressão de cachorrinho que caiu do caminhão de mudança.

"Yami, minha irmã linda, maravilhosa e perfeita. Suas sobrancelhas estão um desbunde. Seu cabelo tá uma lindeza. Já falei que você..."

"O que você quer?"

"Compra um biscoito pra mim?"

O sorriso dele é tão exagerado que acaba mostrando todos os dentes.

"E eu tenho cara de quem tem dinheiro pra biscoito?" Estou totalmente ciente de que estou falando igual à mamãe.

"Hum... bom argumento." Ele esfrega o queixo e corre o olhar pelo pátio. "Ei, Hunter!", grita.

Vejo um cara — Hunter, imagino eu — vindo na nossa direção. O cabelo castanho e encaracolado dele parece hidratado de verdade, e o garoto tem o que Bianca chamaria de "lábios fofinhos de macho branco". O que basicamente significa que ele é um cara branco que tem lábios.

"Faaaaala, Flores", diz ele, e chacoalha meu irmão com um cumprimento excessivamente entusiasmado.

"Me empresta um dólar pra eu comprar um biscoito?", pergunta Cesar.

Tento não revirar os olhos. Não faz nem uma hora que meu irmão conhece esse moleque e já está pedindo dinheiro emprestado. Ele não tem vergonha na cara. Acho que preciso admitir que tenho um pouco de inveja de como o garoto já está confortável na escola nova. Mas isso me deixa feliz. Tenho quase certeza de que ele só tinha um amigo de verdade no Rover. Um cara chamado Jamal, mas eles não ficavam muito juntos na escola.

"Claro, deixa comigo, cara! Mas só tenho cartão. Eu compro um lá pra você." Ele sorri para mim. "Quer um também?"

Quero me sentir ofendida, porque quando eu ia lá querer que um cara aleatório me comprasse um biscoito? O que faz ele pensar que não tenho dinheiro para pagar? Mas aí vejo Bo entrando na fila do biscoito.

"Aceito." Pensando bem, quero sim que um estranho me compre biscoitos.

"Essa é a minha irmã, Yami, mas pode chamar ela de Yamilet", diz Cesar, e dou uma risadinha.

Eu meio que arruinei essa tradição, mas Yami deveria ser um apelido só para os mais próximos.

"Fala, Yamilet. Meu nome é Hunter." Ele se esforça para falar meu nome certo, e por alguma razão, fica meio coradinho.

Vamos juntos até a fila.

Disse a mim mesma que ia ser superhétero nessa escola, mas não consigo me segurar. Bo tem uma bundinha linda. Desvio os outros e repito meu novo bordão, OQUGHF? O Que Uma Garota Hétero Faria? Tem como reconhecer de forma hétero que uma garota tem uma bundinha linda, não tem? Talvez eu note por inveja, não atração — posso só querer saber que tipo de treino ela faz, ué. Fico com vontade de fazer amizade. Devia falar com ela. Ela está bem na nossa frente. Se eu só...

"É Bo, né?", digo.

Não sei o que me dá, mas estou me sentindo ousada. Bo se vira e sorri quando me vê. De perto, os lábios dela são mais fofos que os de Hunter.

"Isso! Oiê! Gostei de você", diz Bo. *Ela gostou de mim.* "Foi mal, não sei qual é seu primeiro nome, srta. Flores." Ela diz "srta. Flores" no que suponho ser uma imitação do jeito de falar da sra. Havens, mas parece uma cantada e sinto o rosto esquentar.

"Yamilet."

Aliso a saia para ela não perceber meu rosto vermelho.

Quando olho para cima de novo, os olhos da garota, castanhos e amigáveis, se encontram com os meus. Ela ajeita uma madeixa atrás da orelha.

"Eu sou a Bo", diz ela, as bochechas rosadas e redondas. "Ah, quer dizer... Você já sabe, né?"

Dou uma risadinha.

"Gostei da sua apresentação. Foi bem ousada. Achei que iam colocar você pra ajoelhar no milho ou coisa do gênero."

"Ousada, *eu*? Você praticamente deixou a sra. Havens chorando em posição fetal! Eles adorariam deixar a gente ajoelhado no milho, mas não podem mais fazer isso." Ela abre um sorrisinho. "O melhor jeito de deixar esse povo puto é questionar as visões de merda que eles têm do mundo e, ao mesmo tempo, tirar nota máxima. Esse é meu único talento."

Rio meio pelo nariz e cubro a boca com as mãos. Cesar ri da minha risada.

Apresento Cesar e Hunter para Bo para ver se ela esquece o fato de que acabei de rir que nem um porquinho, pelo amor de Deus.

"Sim, eu conheço a Bo." Hunter dá uma risadinha.

Claro que consegui fazer a coisa ficar ainda mais constrangedora. É óbvio que todo mundo nessa escola minúscula se conhece. Aposto que ninguém mais aguenta ficar trancado com as mesmas pessoas todos os dias. Talvez seja por isso que, parece, Cesar e eu estamos chamando tanta atenção. Provavelmente o pessoal não tem muita oportunidade de conhecer gente nova por aqui.

Mal temos tempo de comprar os biscoitos e o sinal da próxima aula já toca. Uma coisa boa de estudar em uma escola tão pequena é que todas as salas são bem próximas, então não preciso correr de uma para outra. Outra vantagem é que vejo pelo menos uma pessoa familiar em cada uma das aulas, mesmo conhecendo um grande total de quatro pessoas do penúltimo ano mais Hunter, que é do último (claro que meu irmão geninho teria aulas com o povo do último ano). Assim, posso facilmente gravitar ao redor das pessoas que já conheço em vez de ter que fazer amigos novos em todas as aulas. A minha favorita até o momento é a de artes, que é antes do almoço. Tanto Bo quanto Hunter cursam a matéria comigo, e a professora parece super de boa. Ela praticamente nos deu liberdade de fazer o que quisermos por uma hora, contanto que cada um produza algum tipo de "arte".

Depois do quarto horário, preciso ir até a sala C303 para passar o almoço em detenção. Ando devagar até lá, mas o caminho é curto demais para levar mais do que alguns minutinhos, então acabo chegando um pouco antes. Quando entro, sou recebida pela pessoa que mais — e menos — quero ver nestas circunstâncias.

"Ei, colega de detenção!" Cesar ri.

"Você também? *Já?*"

Eu deveria estar mantendo meu irmão *longe* de confusão.

"E você, então? *Já?*", rebate ele, e está certo. Não estou dando um exemplo muito bom.

"O que você fez?", pergunto.

"Masquei chiclete. E você?"

Meti o pau no catolicismo e chamei minha colega de sala de racista...

"Não quero falar sobre isso", digo. Depois, o professor vem e nos entrega uns coletes verdes de tecido fininho, os "coletes de detenção". Pelo jeito, passar o almoço em detenção significa passar vergonha em público enquanto recolhe lixo da escola.

Quando saímos para o pátio, começo a procurar resíduos jogados no chão. Decido não entrar no refeitório; em vez disso, caminho por entre as mesas externas procurando algo para recolher. Tudo que vejo são alguns guardanapos sujos ao lado de uma das lixeiras, como se alguém tivesse tentado acertar a boca de longe e errado. Não tem muito o que fazer além de ficar meio à espreita ao lado das mesas esperando alguém deixar lixo para que eu possa pegar — o que não vou fazer de jeito nenhum.

Sempre que vejo que ninguém está olhando, dou uma conferida no celular para ver como os pedidos na lojinha da Etsy estão indo. De manhã, as vendas ficaram um pouco mais devagar pela primeira vez desde que me envolvi no negócio. Mas quando confiro a plataforma, vejo que vendemos todo o estoque! Dou uma espiada rápida no TikTok e noto que o vídeo que postei mais cedo deu uma viralizada, com milhares de curtidas e comentários! Pelo jeito vamos ter alguns pedidos acumulados nos quais trabalhar, mas esse é um problema do tipo bom. Mando uma mensagem de texto rápida para mami, dando a ela uma atualização sobre os pedidos, e depois guardo o celular. Ela concordou em me dar o excedente do dinheiro que eu ajudar a ganhar depois de pagar o valor da mensalidade, então meu plano é botar a mão na massa assim que chegar em casa. Essa grana extra cairia superbem. Vai saber o que mamãe vai fazer se descobrir que sou do vale... Talvez seja bom fazer umas economias, só por garantia. Minha mãe me ensina a arte da bijuteria desde que sou criança, então estou mais do que preparada para fazer um pouco de grana com isso.

Não demora muito para Jenna, Emily e Karen me encontrarem. É como se tivessem medo de alguém me sequestrar do grupo de amigas dela. Estão felizes e saltitantes, de braços dados, e a posição central é ocupada por Karen e seu bronzeado que quase parece um *brownface*. Quando Jenna me puxa para enlaçar meu braço no dela, me sobressalto. Odeio ter me assustado, porque Jenna é muito gente boa, e gosto dela. Só estou surpresa de elas não estarem todas me odiando depois de eu ter batido de frente com Karen.

"Ai, meu Deus, você é tão *fofinha*, Assustadinha!", diz Jenna, e a voz dela fica aguda de repente na palavra "fofa".

Não, fofinha é você. Meu Deus, eu sou muito lésbica. Para de ser lésbica assim, Yami. Para com essa merda agora.

Jenna me guia até a costumeira mesa de almoço delas, sob uma estátua imensa de Jesus crucificado em um canto do refeitório. Ele me encara de cima a baixo. Consigo até sentir — governando a todos nós, me julgando por ter deixado de lado meus deveres de alguém em detenção. Evito olhar para a imagem o máximo que posso. Não sei como conseguem se divertir por aqui com esse Jesus todo-poderoso de butuca.

Não gosto de Karen, mas Jenna e Emily parecem legais fora o fato de terem escolhido andar com alguém tão descaradamente racista. Além delas, tem um outro cara na mesa. Suponho que seja o namorado de Karen, com base no fato de que tão quase se engolindo em vez de falar com o resto das pessoas — o que não acho problema algum. Talvez Karen não tenha feito o comentário do aborto, mas não gosto nada de quem pergunta de onde sou como se eu não pertencesse a este lugar. Talvez não pertença mesmo a este lugar *específico*, mas ela que morda a língua antes de falar de mim.

Não tenho muitas opções no que diz respeito a amizades, então finjo estar pegando lixo caso o monitor da detenção chegue enquanto estou com as meninas. Quando dou por mim, está todo mundo interrogando Jenna sobre seu crush misterioso.

"Qual *ééé*, quem é?" Emily cutuca o ombro de Jenna.

Jenna nega com a cabeça, fingindo fechar os lábios com um zíper.

"A gente vai continuar perguntando", cantarola Karen.

Os olhos do namorado dela ficam vidrados, e ele se retira da conversa encarando o próprio celular.

Sei que existem várias razões para manter um crush em segredo, mas não consigo não me questionar: será que é porque é uma garota? Mesmo que não seja, me identifico com Jenna se negando a contar para as pessoas por quem ela tem uma quedinha.

"Se ela não quer contar, não precisa contar, ué", digo, possivelmente atravessando os limites de Amiga Nova.

"Nossa, valeu!", diz Jenna, enfática, apertando meu braço.

"E você, Nhami? A gente viu você falando com o *Hunter*! Tá gostandinho dele?", provoca Karen.

"Aquele cara é *gatíssimo*", diz Emily, se abanando. "Ele ficou falando de você na aula de geometria. Certeza que todo mundo naquela sala tá morrendo de inveja de você."

"Sério?", pergunto. Não quero fazer inimigos, mas acho que é bom todo mundo pensar que estou gostando de um garoto. De uma forma ou de outra, a situação me faz querer desviar do assunto. "Tipo, ele é gente boa, mas a gente acabou de se conhecer."

"*Gente*, deixa ela em paz. A Emily tá só exagerando. Ninguém tá te odiando." Jenna vem ao meu resgate como acabei de fazer por ela.

"Ai, que saco, tá bom...", diz Karen antes de se virar mais uma vez para o namorado, voltando a ignorar o resto de nós.

O assunto enfim muda, e vou entregar o colete.

Tenho só dez minutos para almoçar depois da detenção, mas a comida de Slayton é do tipo com a qual definitivamente posso me acostumar mal. Tem seções do refeitório com pratos específicos: comida mexicana, comida chinesa, massa, hambúrgueres, fritas, milkshakes... Dá para comer uma coisa diferente todo dia do mês sem repetir.

Karen pode não dar muita bola para mim, mas ainda estou no centro do universo de Emily e Jenna. Elas me acompanham na fila da comida e passam o resto do almoço me fazendo perguntas sobre minha vida antiga. Digo que gosto mais de Slayton. O fato é: não estou muito a fim de pensar no Rover, ou no que aconteceu lá. Prefiro pensar em como Jenna é fofinha e como todos ficam *me* chamando de fofinha. Prefiro pensar em Bo, e em como ela *gostou de mim*. Quero pensar em qualquer pessoa, menos em Bianca.

Mas esse é o problema, né? Eu não devia estar pensando em Bianca. Ou em Jenna. Ou em Bo. Não da forma que penso. Eu devia estar pensando em Hunter, em como ele diz meu nome certo e compra biscoitos para mim. Hunter, que cora quando falo com ele. Hunter... que não é uma garota.

Mas aí Jenna me chama de fofinha de novo, e ela precisa parar logo com essa merda porque ela é definitivamente hétero e eu definitivamente sou Não Lésbica. Pelo menos aqui.

Honrarás teu delineador e tuas argolonas

Vejo o carro de mami na área de embarque e desembarque dos alunos assim que saio da sala do último horário. Ela está acenando freneticamente com um sorrisão no rosto. Assim que entro no carro, ela me bombardeia com perguntas, uma depois da outra, sem me dar espaço para responder.

"Como foi seu primeiro dia de aula? Fez algum amigo novo? O Cesar se meteu em confusão?"

"Foi ótimo, fiz alguns... e não." A menos que você conte passar o almoço na detenção como se meter em confusão, mas não tem como falar isso para ela. "O primeiro dia não foi tão ruim, só que...", começo, mas ela me corta com um gesto assim que Cesar entra no banco de trás.

Ela começa a fazer as mesmas perguntas para ele, como se eu fosse invisível. Eu *ia* contar para ela sobre meus novos amigos e reclamar de Karen, mas meu tempo acabou.

Cesar passa o resto da viagem reclamando do professor de física — que, suponho, foi quem deu a detenção a ele. Graças a Deus, ele não menciona essa parte. Quando chegamos à entrada da garagem de casa, minha mãe suspira fundo e a energia dela muda da água para o vinho.

"Dai-me forças, Senhor!" Ela faz o sinal da cruz e entra toda esbaforida.

"O que deu nela?", pergunta Cesar, e encolho os ombros.

Encontro mami no próprio quarto. Está sentada no chão, fazendo colares. Nem sabia que tinha como a bagunça no carpete chegar *a esse* estado. Me sinto um pouco culpada, porque ela provavelmente está nervosa de ter que repor o estoque depois de ter vendido todas as peças.

"Amo você ter cuidado da reestruturação da loja, e ter dado certo, mas talvez seja trabalho demais pra eu dar conta, *mi hija*", diz ela, enquanto me sento ao lado dela e começo a ajudar.

"Você não precisa fazer tudo sozinha", digo, prestando atenção em quais fios e miçangas ela está usando para preparar meu próprio conjunto. "Você tem sua filhona pra te ajudar."

Ela parece baixar um pouco a guarda quando falo isso, mas ainda está um pouco tensa.

"A gente já tá quase sem material. Não tô acostumada a ver as coisas acabando assim tão rápido."

"Isso é bom! Significa mais dinheiro pra gente." Abro um sorriso encorajador, torcendo para ela não estar *tão* estressada assim por minha causa.

Estou a ponto de pedir desculpas com todas as letras quando Cesar entra e se senta ao nosso lado.

"Não fica estressada, mami." Ele se inclina para dar um beijo na bochecha dela, depois segue meu exemplo e começa a trabalhar também.

"Você ajuda muito, *mi hijo*, obrigada. Que sorte a minha, hein?"

Ela bagunça o cabelo dele, e sinto o rosto corar. Ela nem *me* agradeceu. Está estressada desse jeito por minha causa, beleza, mas mesmo assim. Eu meio que queria que esse lance da bijuteria fosse uma coisa *nossa*. Algo que eu e mami poderíamos usar para nos conectar, sei lá. Ela faz mais perguntas sobre a Slayton para Cesar, me dando respostinhas curtas quando tento me entrosar na conversa sobre a escola na qual *nós dois* tivemos nosso primeiro dia de aula. Talvez, quando minha loja da Etsy tiver feito a gente ficar rica, ela pare de fazer diferença entre os filhos.

Depois de um tempo, Cesar me pergunta sobre meu dia. Ele às vezes divide a atenção quando percebe que mamãe está me deixando de lado. Gosto disso, mas ela não parece tão interessada quando falo.

"Quer saber? Eu não sirvo pra esse negócio de bijuteria. Meus dedos já estão doendo." Cesar balança as mãos no ar. "Melhor eu começar a tarefa de casa."

Ele me abre um sorriso meio cheio de pena e sai. É só quando ele vai embora que mamãe me faz uma pergunta.

"Mas e aí, seu irmão tá indo bem?"

Passo a manhã seguinte obcecada com os detalhes que posso controlar. Puxo a camisa o suficiente para esconder a saia enrolada na cintura. Visto meu melhor tênis Jordan. Penso em modelar uns cachos no cabelo, algo que nunca faço. Mas ele está tão comprido que levaria a manhã inteira, então só faço uma trança. Coloco minhas argolas douradas preferidas. Não são de ouro de verdade, mas são bonitas e gosto de como emolduram meu rosto. Me sinto a Selena Quintanilla. Fofa e elegante ao mesmo tempo. Dedico um capricho extra à maquiagem. As argolas, os tênis e a maquiagem mostram toda a Yami que o uniforme esconde. Estou pronta.

Quando chegamos à escola, passo longe do policial que faz a vigilância do campus, só por garantia. Os alunos parecem ser amigos dele, mas mesmo assim. Ele os recepciona com cumprimentos e soquinhos de mão quando passam por ele, como se alguém ainda falasse oi com soquinhos de mão. Nunca vi um policial ser tão amiguinho da vizinhança assim. Minhas experiências com a polícia nunca foram lá muito boas. Só tive duas interações próximas, e não estou nem um pouco a fim de ter uma terceira. Uma das vezes foi dois anos atrás, quando vi meu amigo um ano mais velho ter a cabeça socada contra o chão de cimento da própria garagem por um policial. E a outra quando meu pai foi levado. Os dois casos terminaram em deportação. Meu pai e a mãe do garoto. Esse guarda na escola parece de confiança, mas não vou me aproximar para conferir isso.

Os primeiros rostos familiares que vejo no pátio são de Emily e Karen, então vou até elas.

"Nhami!", chama Karen quando me vê.

"Becky!", digo, dando um abraço nela.

Karen faz uma careta.

"É Karen", corrige ela, e Emily muda de assunto antes de ficar um climão.

Ela e Karen começam a falar sobre as seletivas do vôlei, nas quais tenho zero interesse, então acabo me distraindo.

Meus olhos correm pelo pátio, e vejo Jenna vindo na nossa direção. Quando nossos olhares se encontram, ela sorri como se eu fosse importante, e começa a caminhar com um gingado ainda mais intenso. Ela me abraça primeiro, depois passa para Karen e Emily. Quase tinha esquecido de como abraços são gostosos. Depois que Bianca me arrancou do armário, passei o verão sem abraçar alguém que não fosse da família.

Jenna aninha um dos meus brincos na mão. A ponta dos dedos dela roça na lateral do meu pescoço, arrepiando a penugem da minha nuca. Uma das vantagens de ter a pele marrom é que, com sorte, ela não vai perceber que ruborizei.

"Você tá parecendo uma mina do gueto hoje!" Ela dá risadinhas. Karen também.

Pisco os olhos. São meus brincos preferidos. Achei que ela ia me elogiar. Mas disse que eu pareço uma "mina do gueto". E o que significa isso?!

Karen me olha com uma expressão simpática.

"Nhami, eu te amo, mas é verdade, você tá meio que parecendo uma chu... Como é mesmo? Chola."

Odeio como ela fala do nada que me ama. Ela nem me conhece. E duvido que saiba o que de fato é uma *chola*, mas sei o que quis dizer com isso. Que estou mexicana demais. "Mina do gueto" demais.

Olho para Emily. Ela está com as bochechas vermelhas e os olhos arregalados. Tenta encostar no meu ombro, mas recuo um passo e empurro sua mão para longe. Uso minha melhor cara feia para dar um soco mental na cara de todas elas, já que sou covarde demais para fazer isso na vida real. Elas mal parecem notar a agressão imaginária.

"Se você a amasse, seria uma amiga de verdade, como eu, e falaria como ela tá bonita", Karen diz para Jenna.

"Gente, é só...", começa Emily, mas meu ouvido está zumbindo muito alto para que eu escute o que está dizendo.

Quero soltar os cachorros para cima dela, mas nem sei externalizar em palavras como estou irritada. Tudo que sei é que não quero estar perto delas. Me viro e saio andando.

A aula do primeiro horário é minha menos favorita neste momento, porque as três estão nela.

Me sento na mesa mais próxima da porta, no fundo da sala. Jenna, Karen e Emily não entendem a deixa e se sentam do meu lado como se não tivessem acabado de me chamar de mina do gueto. Me levanto para trocar de lugar, mas Jenna me segura pelo braço.

"Relaxa, foi só uma brincadeirinha!"

Me desvencilho e vou, sem falar nada, até a carteira vazia mais distante daquelas três. Consigo sentir os olhares questionadores, mas ignoro. Não estou nem aí se acharem que estou exagerando. Gosto das minhas argolas, do meu delineador e do meu Jordan. Eu estou linda, beleza? Estou mesmo. Sou uma monstra da elegância. Elas estão erradas. Elas estão *erradas*.

Se for para não ter amigo nenhum de novo, vai ser uma escolha minha, não de outra pessoa. Não rola ser amiga delas. Pego o telefone e finjo estar mandando mensagens de texto. Quero parecer descolada e distraída, como se tivesse amigos para os quais mandar mensagem. Sério, fico encarando a tela do telefone pensando que, em dois dias, voltei à estaca zero. Menos que estaca zero. A única pessoa para quem quero mandar mensagem é o cara posando comigo na tela de fundo do telefone. E é isso que faço.

Yami: Tô odiando essa escola.

Só tenho coragem de admitir isso para papai. Fico surpresa com a rapidez da resposta.

Papi: Aguenta firme, mi hijita ♥

Sorrio para a tela. Posso estar sozinha, mas pelo menos tenho um companheiro de mensagens.

Yami: Vem me resgatar...

Talvez eu não devesse fazer piadas como essa sabendo que ele não pode vir fisicamente fazer alguma coisa. Ninguém vai vir me resgatar hoje. Estou começando a ter flashbacks do Rover — de como fiquei sozinha depois de Bianca me tirar do armário à força — quando Bo se senta ao meu lado. Ela não diz nada, já que a sra. Havens já começou a apresentar o conteúdo da aula, mas me sinto um pouco melhor com ela perto de mim. Nós podemos não ser íntimas, mas prefiro ficar com alguém que conheço do que sozinha.

Ela me dá uma piscadinha antes de pegar o fichário, e quase tenho um treco. Foi uma piscadinha de flerte? Ou só uma piscadinha amigável, já que estou sentada sozinha? Será que de alguma maneira ela ficou sabendo sobre o comentário da "mina do gueto"? O que essa piscadinha *significa*?

Se minha vida dependesse de conseguir prestar atenção no conteúdo da sra. Havens, eu já estaria morta e enterrada. Fico ocupada tentando não pensar demais na piscadinha de Bo, ou em como meus brincos me fazem parecer uma "mina do gueto". Passo a aula inteira *me mandando* prestar atenção em vez de prestando atenção de fato.

Quando a hora do almoço chega, não sei onde me sentar sem Becky e as comparsas dela. Cesar está em uma mesa cheia de alunos do último ano, já que a maior parte da turma dos cabeçudos cursa matérias com a turma mais avançada. Acho que eles são daqueles caras viciados em esportes. É difícil saber por causa dos uniformes, mas como estão agindo como uns idiotas escandalosos, esse é meu chute. Cesar está falando com as mãos, as expressões exageradas, e todo mundo ao redor dele está rindo do que ele está dizendo. Ele parece se encaixar certinho no ambiente, ao contrário de mim. Mas fico feliz de ver que meu irmão encontrou sua turma. Pelo menos não parece que vão dar uma surra nele do nada.

É quando a vejo. Quando a *escuto*. A risada de Bo é como música em meio aos sons do tráfego pesado do refeitório. Os amigos dela também estão rindo, e tudo que sei é que *eu* quero rir. Tenho algumas aulas com outras pessoas do grupinho dela, mas ainda não conversamos. Bo provavelmente ia me deixar sentar com eles. Mas estou um pouco ansiosa. Ela é do vale, acho. Os Vans de arco-íris e as calças cáqui são bem convincentes. Não quero cair em tentação, e definitivamente não quero ninguém pensando que gosto de Bo nesse sentido. Além disso, meu armário metafórico é seguro e não tenho intenção alguma de sair dele. Não aqui.

Olho ao redor uma última vez. Mesmo com a escola tendo apenas quatrocentos alunos, de algum jeito me sinto mais sozinha aqui neste refeitório do que me sentia no Rover. Todas as salas de aula ficam nos prédios lá fora, então não há corredores internos nos quais possa me esconder. A professora de arte diz que a sala dela está sempre aberta no horário do almoço, mas não quero passar o intervalo sozinha com uma professora. Ainda não estou tão desesperada. Penso em ir até o banheiro e comer em uma das cabines, como sempre acontece com a solitária aluna nova dos filmes. Mas, convenhamos, a ideia é nojenta.

Então vou até o pátio e me sento em uma das mesas externas. Isso me dá tempo de olhar os pedidos de bijuterias no celular. Fico feliz de ver que fizeram alguns pedidos novos depois que conferi a loja pela manhã. Aceito todos e olho ao redor, notando que sou a única pessoa sozinha. Não tem muitos lobos solitários nesta escola. Parece que todos os jovens mais quietinhos têm a própria turma. Isso me faz sentir saudades do Rover. Tinha vários lobos solitários lá, então eu ao menos não estaria sozinha nessa coisa de estar só. Mas não posso voltar. Não posso nem me lembrar dos momentos bons sem recordar de como tudo acabou...

Quando contei a Bianca que a amava, ela chorou. Como se fosse mais difícil para ela do que para mim. Por que fui fazer aquilo?

Tudo faz sentido agora, disse ela. Disse que a ideia a deixava de cabelo em pé. Que, se ela soubesse, teria evitado tudo. Teria *me* evitado. Como se não tivesse chorado no meu ombro quando os pais dela se separaram, ou me deixado chorar no dela quando papai foi deportado. Como se nada disso importasse porque sou lésbica.

Quando disse a ela que a amava, ela fez com que eu me sentisse uma sanguessuga, como se fosse amiga dela só para tirar vantagem disso. Como se tivesse segundas intenções. Não importava o fato de eu não estar pronta para sair do armário ainda. Os anos que fomos melhores amigas passaram a não importar mais porque eu supostamente tinha motivos obscuros para estar perto dela, e tudo que tinha feito de repente começou a soar esquisito. Ela contou para nossos amigos e começou a me ignorar.

Se eu conhecesse Bianca hoje em vez de dez anos atrás, acho que a gente não teria feito amizade. Além da nossa paixão por maquiagem, não temos muito em comum. Ela sempre foi de julgar os outros e gostava de fofocar sobre coisas que não lhe diziam respeito; já eu gostava de cuidar só das minhas coisas. Mas crescemos juntas, e isso devia valer alguma coisa. Até a *mãe* dela me odeia agora. Tive que bloquear o número das duas no celular da minha mãe para não contarem nada a ela. Felizmente, ao que parece, contaminei mami com o que quer que eu tenha, e agora Bianca e a mãe dela também *a* ignoram. Perder uma melhor amiga é uma coisa, e foi uma merda. Ainda é uma merda. Mas não vou perder minha mãe.

Então retiro o que disse. Não estou com saudade do Rover, ou de ninguém que estudava lá. Está ótimo ficar sozinha aqui na Slayton, obrigada, de nada.

Tomo um susto quando alguém rouba uma das minhas batatinhas fritas.

"Jesus!" Levo a mão ao peito e dou uma risada quando percebo que é só Cesar. "Por que você não tá com todos os seus amigos?" Duvido que o Mister Simpatia da Slayton esteja em uma situação similar à minha.

"Você não tá comendo, então resolvi dar uma ajudinha." Ele abre um sorrisão.

Empurro a mão dele para longe das fritas e enfio um punhado na boca.

"Feliz?" A palavra sai abafada por causa da boca cheia de batatas.

"Agora sim." Ele sorri e se senta diante de mim. "Mas e aí, você é muito descolada agora pra ficar com as suas amiguinhas novas?"

Mastigo sem pressa antes de responder:

"Isso aí."

Ele ergue uma sobrancelha, mas não insiste em saber mais. Pela primeira vez, porém, estou com vontade de falar do assunto. Quero gritar a plenos pulmões. Respiro fundo para me conter e não berrar de verdade.

"Se eu me sentar com elas, acho que vou dar um soco em alguém, e não quero ganhar uma suspensão."

"Certo. *Só por isso* que você não quer sair no tapa com elas, né."

Ele está com cara de quem está tentando não sorrir, e odeio isso. Não estou no clima de ouvir sermão sobre minha inabilidade de me impor. Só quero estar possessa agora. É muito difícil?

"Cala a boca."

Ele cala a boca e pega mais uma batatinha. Sei que não devia estar irritada com Cesar. Ele está tentando ajudar. E se alguém nesta escola é capaz disso, é ele.

"Eu não tenho *a menor* vontade de sentar com gente riquinha e ignorante que acha que brincos de argola e pele marrom faz de mim uma mina do gueto."

Cesar ergue as sobrancelhas de súbito e balança a cabeça.

"Branco fazendo branquice!"

Exijo que fale mais baixo e olho ao redor.

"Cesar, olha onde a gente tá!", digo isso, mas não consigo evitar o riso. Ninguém escutou.

Ele me ignora, fuzilando Karen e as amigas pela janela do refeitório — não que elas consigam vê-lo.

"Você quer que eu cuide delas pra você?"

"Cesar, nada a ver."

Sei que é uma oferta vazia. Não tem como ele brigar com Jenna e Karen por mim. Mesmo assim, não gosto de ouvir meu irmão falando desse jeito. A ideia de se meter em briga não deveria nem passar pela cabeça da versão de Cesar que é aluno da Slayton.

"Eu te protejo." Ele me olha no fundo dos olhos sem piscar e coloca a mão no meu ombro. "É só você pedir que desço o cacete nelas." Depois o tonto me dá uma piscadela.

"Só você, mesmo!" Dou uma gargalhada, e ele sorri.

"Sei que você ia fazer isso por mim também."

"E ia mesmo."

"In lak'ech", ele diz, e acho que sei o que ele quer dizer. Eu sou Cesar, e Cesar sou eu.

Na manhã seguinte, a sala está com uma organização diferente para a primeira aula. Seis mesas foram colocadas na parte da frente da sala. Três de um lado e três do outro, um grupo de frente para o outro. Pego minha carteira de sempre no canto da primeira fileira.

"Sabe o que tem hoje?", diz Bo, se sentando ao meu lado.

"É meu terceiro dia aqui. Não sei de nada." Minha resposta sai um pouco mais grosseira do que pretendia, e Bo parece um pouco desconcertada.

Acho que o estresse de não ter amigos está começando a me abalar. Na verdade, fico feliz por Bo ter se sentado comigo. Sorrio para ela saber que sou cem por cento aproximável e conversável. Olho para baixo e vejo um pin na bolsa dela que diz *Homofobia com o vale NÃO VALE* em letras coloridas. Preciso me segurar para não levar as mãos ao peito na tentativa de manter o coração no lugar. Quero esse pin. Quero a confiança sem remorso que vem com a decisão de usar um pin desses por aí.

De todas as pessoas que já conheci na escola nova, Bo é minha favorita. Vans de arco-íris, pin de arco-íris, caça cáqui. Acho que é seguro dizer que ela é uma das minhas. Mas eu não devia estar tirando conclusões precipitadas. Ainda mais sabendo que tudo nesta escola é tão estranho quanto parece. Talvez ela seja uma "aliada".

Quero comentar sobre o pin, mas não consigo. Eu não devia sentir solidariedade alguma com base nesse pin. *Talvez* ela seja queer. Ótimo para ela. Não para mim. Até onde Bo sabe, sou hétero da cabeça aos pés. Hétero, hétero, hétero.

Mas a gente fica sem tempo de falar sobre pins queer, de qualquer forma, porque a sra. Havens está pronta para começar.

"Essa semana, vamos exercitar nossas habilidades de debate!"

Ela escolhe seis pessoas e as coloca para debater assuntos aleatórios, assim de improviso. Bo fica no primeiro grupo de debate. Karen cai em uma equipe contrária à dela, então é claro que sou totalmente a favor do fim do horário de verão nos Estados Unidos, ou de seja lá o que for que Bo está defendendo. Não entendo metade do que está sendo dito, mas nem por isso é menos divertido.

Bo bate uma palma a cada palavra dita.

"Horário. De. Verão. É. Arbitrário!"

"Economiza energia!" Um cara qualquer dá um tapa na mesa para enfatizar o argumento.

As pessoas estão levando isso *a sério*, e quem sou eu para julgar? Sou supercompetitiva, então sei que vai ser igualzinho quando for minha vez. Tenho certeza de que não é o jeito "certo" de argumentar em um debate acadêmico, mas a sra. Havens não deu muitas instruções e não está corrigindo ninguém.

Meu grupo é o próximo e, para ser sincera, estou animada. Bo arregaçou com Karen na história do horário de verão. Pelo menos, é o que eu acho. Emily está no grupo com o qual vou discutir, então estou preparada para seguir o exemplo de Bo e dar o sangue por qualquer que seja o tópico fornecido pela sra. Havens. Me sento com as costas eretas em uma das mesas na frente da sala. Bora que bora.

"O tópico desse grupo é..." A sra. Havens batuca na perna, imitando o repicar de um tambor. "Casamento gay deveria ser legalizado?"

Tento não me encolher a ponto de as pessoas perceberem. Esse é um assunto sobre o qual me recuso a debater fervorosamente. Não aqui, onde vou estar no centro das atenções.

Bo se levanta da mesa dela antes que eu sequer seja informada sobre que lado devo defender.

"Sério isso? Já é legalizado."

A sra. Havens suspira, como se aquele tipo de comportamento fosse algo corriqueiro.

"Srta. Taylor, volte para o seu lugar, por favor."

Bo não larga o osso.

"Não vou ficar aqui sentada enquanto vocês discutem quais direitos devem ou não ser negados a todo um grupo de pessoas. Existem assuntos mais apropriados pra se debater."

"Falando em *apropriado*, srta. Taylor, volte para o seu *lugar*."

A sra. Havens está vermelho-brilhante em vez de seu laranja natural. É maravilhoso.

"Então escolhe um assunto diferente." Bo cruza os braços na frente do peito.

Por favor, escolhe um assunto diferente.

"Parece que você sempre tem problemas com a forma como ministro minhas aulas, srta. Taylor. Não vejo mais ninguém reclamando." A sra. Havens aponta para o resto da turma, mas sinto como se ela estivesse apontando diretamente para mim. Não consigo olhar para ela ou para Bo. "Se for se recusar a participar da aula, pode ir para a sala do diretor Cappa." Ela aponta para a porta.

"Beleza."

Bo pega a mochila e sai a passos largos. Quero ir com ela. Preferia ir para a diretoria a ficar na aula, mas não consigo me mexer.

O outro grupo está defendendo a separação entre a Igreja e o Estado. Como se a excomunhão fosse o único jeito de a igreja me aceitar. A igreja católica não tem problema algum de ficar com meu dinheiro, mas não me quer *de verdade*. Nunca vou poder me casar na igreja como minha mãe sempre quis.

Nem sei se quero me casar. Tipo, só tenho 16 anos, e não passo muito tempo pensando nisso. Mas um dia, quem sabe? Gostaria de pelo menos ter essa opção. Porém, ao que parece, hoje, devo argumentar contra isso tudo.

Se eu tivesse tomado café da manhã, provavelmente estaria sentindo a comida subir pela garganta. Tenho a sensação de que está todo mundo olhando para mim. Como se soubessem que minha vontade é sair correndo. Como se *soubessem* que sou lésbica.

Fico extremamente consciente de cada célula do meu corpo. Não posso demonstrar que estou abalada. Me sento com as costas eretas e tento focar em respirar sem parecer que estou tentando focar em respirar.

Calma, Yami.

Minha garganta está estranhamente fechada, o que torna tudo mais difícil. É normal sentir a pulsação no ouvido? Não importa. Prefiro escutar minha pulsação a meus colegas discutindo se sou ou não uma abominação. Mas, no fim, consigo escutar as duas coisas.

Homossexualidade é pecado.

Não é natural!

As crianças precisam de uma mãe e um pai!

Qual é a próxima coisa a se legalizar, sexo com animais? Pedofilia?

Não quero pensar muito a fundo no significado desse último comentário. No fato de que me veem como um animal. Um predador. Até alguém que eu costumava chamar de melhor amiga se sentiu assim. Não posso pensar nisso ou vou surtar na frente de todo mundo. Deixo a discussão ir sumindo ao fundo e foco no canto da minha mesa, onde alguém desenhou vários coraçõezinhos. Sinto o rosto ficar quente. Se estivesse com meu lápis em mãos, rabiscaria todos eles até tudo não passar de um vórtice cinzento.

Enxugo as mãos suadas na saia. Caramba, será que meu rosto está suando também? Não posso parecer muito transtornada. Isso não é pessoal. Ninguém pode saber como esse assunto não é pessoal para mim.

Bianca, fala alguma coisa...

Não é nada pessoal. Só acho que é melhor cada uma ir pra um lado.

"Yamilet, você tem algo a acrescentar?", pergunta a sra. Havens.

Essa vadia com a pele descascando que nem uma cobra. Sou a única que não disse nada. Estava passando despercebida até agora.

"Acho..." Engulo em seco. *Acho que vou vomitar.* "Acho que meu grupo já se posicionou bem." Ele mais que se posicionou.

O sinal toca, e sou a primeira a sair. Não estou mais mandando tão bem em respirar sem parecer que estou focando em respirar. O melhor que consigo fazer é não hiperventilar até chegar a um lugar reservado. Minha visão está borrada, então pisco para tirar as lágrimas dos olhos antes que elas caiam. Em vez de ir para a minha próxima aula, ando a toda velocidade até o banheiro antes que alguém me note.

Abro a primeira cabine e bato a porta atrás de mim. Mas portas de cabine de banheiro não batem direito, independentemente do quão perto de um acesso de pânico a pessoa está. Preciso puxar a maçaneta duas vezes até conseguir fechar a tranca. Depois de dar uma olhadinha por baixo das divisórias, vejo que estou sozinha.

Estendo a mão para pegar um pouco de papel higiênico e assoar o nariz. Aí vejo que o papel acabou.

"Tá de zoeira!" Não tenho a intenção de gritar em voz alta, mas a falta de papel higiênico já é suficiente para turvar de novo minha visão. Que irritante!

Certo, respira fundo. Inspira...
Fecho os olhos, e as lágrimas começam a cair.
Não chora. Expira...
Solto um lamento abafado. Odeio o som.
Inspira...
Minha respiração sai trêmula, mas está melhorando.
Expira...
O sinal toca, encobrindo o som dos meus soluços.

Farás amigos
não racistas

Choro tanto quanto posso até o sinal parar de bater. Não dá tempo de chorar tudo. Quando a campainha para, cubro a boca para abafar os lamentos. O único som que me permito fazer é fungar. A falta de papel higiênico está me matando. Não quero sujar a camisa de meleca e ainda não estou pronta para sair da cabine, então por enquanto vou ter que suportar o nariz escorrendo.

Um fungado vem da cabine ao lado, ecoando o meu.

Quase desloco o pescoço de tão rápido que viro a cabeça para a esquerda. Tem mais alguém no banheiro comigo. Congelo e prendo a respiração, mas não tem mais como esconder agora. Como consegui não perceber outra pessoa bem ao meu lado? Ela devia estar com os pés para cima da privada, por isso não vi. Não ergui os meus, o que significa que minha companheira de banheiro já deve saber quem sou. A menos que mais alguém aqui na escola use o mesmo Jordan que eu. Que não é o caso, senão eu teria visto e feito amizade com a pessoa.

Perfeito. Agora sabem que estou chorando no banheiro. Provavelmente vou acabar sendo chantageada ou coisa do gênero. Mas não sou a única matando aula para ter um surto no banheiro. O que é bom. Digo, não é *bom*, mas pelo menos faz com que eu tenha menos chance de ser chantageada. Digo, isso ainda poderia acontecer, porque a pessoa quase que com certeza sabe quem sou, e ela pode ser qualquer um. Talvez Bo? Ela parece ter tido uma última hora tão complicada quanto a minha...

Uma mão (a mão de Bo?) surge por baixo da divisória entre as cabines, me oferecendo um chumaço de papel higiênico.

Fico só olhando. Isso é estranho. Estava preparada para ir embora e nunca reconhecer a esquisitice da situação, mas agora tem uma mão cheia de papel higiênico invadindo minha cabine. Se eu aceitar, vou estar admitindo que estou aqui, chorando no banheiro porque não consigo lidar com um mísero debate.

Mas se não aceitar, meu nariz vai continuar escorrendo.

Dou o braço a torcer.

"Valeu", digo, pegando o papel, e assoo o nariz.

Em vez de responder, a pessoa abre a porta da cabine dela. Ouço passadas rápidas, e ela vai embora.

Limpo o nariz mais uma vez, depois jogo o papel na privada e sigo para a aula. Assim que abro a porta do banheiro, Bo tromba comigo.

"Foi mal, foi mal!", diz Bo, e vejo a expressão dela se amenizar quando nossos olhares se encontram. "Você tá bem?"

Então não foi Bo que me deu o papel higiênico. O pensamento me faz murchar um pouco por alguma razão. Foi pura força da projeção imaginar que ela, entre todas as pessoas, seria minha salvadora do banheiro.

"Tô bem sim", respondo. *Talvez devesse ficar enrolando mais um pouquinho aqui. Pelo menos até você não conseguir perceber, só de olhar, que eu estava chorando.*

Mas não posso seguir Bo banheiro adentro logo depois de ela ter me visto saindo, então atravesso o campus até o refeitório. Lá, espero até meus olhos voltarem à cor de sempre.

Minha mãe trabalha até mais tarde às quartas-feiras, então em vez de esperar que venha nos buscar no fim da tarde, Cesar e eu pegamos o VLT para casa. O percurso é praticamente uma linha reta, mas a viagem é longa. Fico olhando pela janela o céu claro e ensolarado, ignorando as buzinas e os carros disparando pela minha visão periférica. Se Cesar percebeu que estou mais quieta do que normal, não diz nada. Não quero que ele diga mesmo. Não sei o que acontece, mas nunca consigo me segurar quando ele pergunta qual é o problema. Só quero chegar em casa para esquecer de hoje e dormir até amanhã. Chorar é exaustivo. Estou prestes a cair no sono quando Cesar cutuca meu braço.

"Yaaaaami", chama ele, e empurro o dedo do meu irmão para o lado sem abrir os olhos. "Tô entediado."

Ele cutuca minha barriga.

Por reflexo, agito o braço e acerto um tabefe na testa dele. É um acidente, mas ele mereceu. Foi jogada suja ter cutucado justo o lugar onde sinto mais cócegas.

"Caramba, que agilidade nos movimentos!" Ele esfrega a testa, mas está meio sorrindo.

Na verdade, ouvir Cesar falar assim é reconfortante. Me faz sentir mais durona do que sou. Como se fosse capaz de me virar sozinha.

"Pois é! Toma isso, então!"

Finjo dar uns soquinhos na barriga dele para ele saber que não é para mexer comigo.

"Ei, cuidado! Vai quebrar a mão nesse meu abdômen de aço!"

Ele tensiona os músculos, e solto uma risadinha pelo nariz. Cesar tem uma pancita, como eu. Não é exatamente malhadão.

"*Enfim*..." Reviro os olhos. "Posso cochilar agora?"

"Não. Preciso de você pra me distrair."

"É você que tá me forçando a ficar acordada. Me distrai você então."

"Você é dose, hein... Tá bom. Hum... Hummm..."

Cesar tomba a cabeça para trás, exagerado, como se estivesse pensando em que falar.

Quase espero ele perguntar por que meus olhos estão inchados, mas em vez disso ele faz uma piadinha.

"E aí, você ainda tá gostando da Escola Católica Satã?"

Reprimo uma risada, que sai pelo nariz. Fico irritada que não pensei nesse trocadilho com o nome da Slayton antes. Mesmo assim, não quero que ele saiba o quanto não amo nossa escola nova.

"Tô sim." Endireito as costas. Ele aperta os olhos e me encara, e sei que não fui muito convincente. "Tipo, tenho que me acostumar com um monte de coisa nova, mas é uma escola boa, né?"

Cesar parece estar indo superbem, e não quero arruinar a experiência com meus choramingos. Ninguém está provocando meu irmão. Ele fez vários amigos. Não entrou em nenhuma briga. Faz só alguns dias que estamos lá, mas vou considerar uma vitória.

"É..."

Cesar morde os lábios, e me volto para ele.

Tenho a teoria de que Cesar e eu conseguimos nos comunicar por telepatia. Meus olhos dizem coisas que não tenho a capacidade emocional de dizer em voz alta. *Você tá bem?*

Ele fica em silêncio por um tempinho antes de responder.

"Por que você não tá puta comigo? É por minha culpa que a gente mudou de escola. Sei que você não tá curtindo."

"Como assim? Eu tô gostando da Slayton."

A parte ruim da comunicação telepática é que meus olhos não mentem muito bem.

"Tá bom, então." Ele abre um sorriso meio triste. "É, eu tô gostando também."

Os olhos dele são piores ainda em mentir, e sinto que já o decepcionei.

Chegar no nosso ponto interrompe a conversa, e não retomamos mais o tópico.

Nem me dou ao trabalho de fazer a tarefa de casa ou mexer nos pedidos de bijuteria. Todo o choro de mais cedo drenou completamente minha energia, mas não consigo dormir. Meu pai saberia como me deixar melhor, então ligo para ele por FaceTime. Toca.

E toca.

E toca...

Desligo e saio para dar uma espairecida. *Doña* Violeta já deve ter ido para cama, porque a música de sofrência não está mais retumbando pela rua. Pela primeira vez, sinto falta da música mariachi dela. Seria uma boa desculpa para chorar. Choro mesmo assim.

Sem pensar em que estou fazendo, deixo meus pés me levarem pela rua, e, quando dou por mim, estou diante da casa de Bianca. Ela deixou os vasos de talavera cheios de vida do lado de fora só para me provocar, tenho certeza. Me pergunto se ela terminou o jardim sozinha ou se já achou alguém para me substituir. As flores com as pétalas abertas parecem estar rindo da minha cara, e não as culpo. Pareço mesmo desesperada por estar aqui.

Antes de sair do armário para Bianca, era aqui que eu vinha quando estava me sentindo assim. Era até ela que eu corria. Limpo as lágrimas e bato na porta antes de conseguir me convencer do contrário. Não sei o que esperar. Se conseguir consertar essa parte da minha vida fazendo as pazes com Bianca, talvez o resto das coisas doam um pouco menos. Consigo ouvir um burburinho de conversa lá dentro, Bianca rindo. Que saudades.

É a mãe dela que atende a porta. Ela abre só uma fresta, então mal consigo ver o rosto dela.

"Oi, *tía*."

O "*tía*" sai por pura força do hábito, e imediatamente me arrependo. Mas ela realmente sempre foi como uma tia para mim. Uma segunda mãe, se bobear — isso antes de descobrir minha paixonite por Bianca. Agora ela parece querer certa distância de mim.

"Desculpa, a Bianca não tá", diz ela, e começa a fechar a porta, mas coloco meu pé no batente para impedir e cruzo os braços.

"Quem estava rindo agora há pouco, então?"

Posso estar chateada, mas ela não vai se safar desse jeito. É quando ouço a voz de Chachi.

"Bianca, é sua *namoradiiiinha*? Achei que vocês não fossem mais amigas."

"O quê? Não! E não somos mais amigas *mesmo*", insiste Bianca, que assume o lugar da mãe à porta.

Ela está linda, como sempre. Prendeu o cabelo preto e comprido em um coque todo bagunçado, e a alça da blusinha está caindo do ombro. Depois de um dia inteiro, a sombra que passou nos olhos está desgastada na dobrinha da pálpebra. Mas a coisa que me chama mais a atenção é a pulseirinha da amizade no pulso dela. Uma que ela fez lá em casa.

"Oi", digo.

"Yami, o que você... você tá chorando?"

Ela solta a porta, que abre o bastante para que as amigas dela consigam me ver. Como se a situação toda já não fosse constrangedora sem isso.

"Eu tô bem." Meus olhos estão secos, mas Bianca me conhece bem demais. E ela se deu ao trabalho de perguntar... Será que ainda se importa comigo? "Só achei que..."

"Escuta, já te falei que não gosto de você nesse sentido. *Para* de me perseguir." Ela projeta a voz o bastante para que Chachi e Stefani consigam ouvir, como se estivesse atuando em um espetáculo.

Processo o acontecido por um segundo, depois começo a rir. Ela parece ficar incomodada com a risada e me olha meio confusa. Fui idiota de achar que ela se importava comigo. Não só agora, mas sempre. Caso se importasse, não teria feito o que fez.

"Tá bom então, tchau", diz ela, e fecha a porta.

No caminho até a calçada, chuto os vasos de talavera e pisoteio as flores várias vezes. Não faço distinção entre as que plantei e as que ela cultivou sem mim. Fui até a casa dela atrás de um encerramento, mas tudo que sinto é um buraco no peito. Preencho o vácuo pisando na terra que estava dentro dos vasos até perder a sensibilidade no pé.

No dia seguinte, na escola, me sinto perdida. Penso em almoçar do lado de fora, mas está um milhão de graus e tudo que não quero é voltar para a aula toda suada. Acho até que poderia me sentar com Cesar, Hunter e os outros amigos populares dele do último ano, que sei lá como são ao mesmo tempo nerds e viciados em esporte. Sei que meu irmão tentaria me forçar a fazer amizade com eles. Todo mundo nessa escola parece amar Cesar, então tenho certeza de que me receberiam bem. E Hunter é gente boa, mas tem um limite de quanta testosterona consigo encarar na mesma mesa do almoço. E não quero que Cesar se sinta mal porque não consigo fazer meus próprios amigos.

Quando olho ao redor, preciso fazer um esforço consciente de não me virar na direção da mesa de Jenna, porque não quero vacilar e fazer contato visual com alguma delas. Se isso acontecesse, ia ter que fazer cara feia para garantir que soubessem como estou me sentindo a respeito delas. Ia ser constrangedor, e não tenho tempo nem energia para isso hoje.

Então escuto a risada contagiante de Bo vindo do outro lado do refeitório. Ela está rindo tanto que tomba a cabeça para trás. Noto que estou me aproximando, mas me detenho. Tenho quase certeza de que ela é do vale. Se eu me sentar com Bo, será que as pessoas iam ter certeza de que *eu* sou do vale?

Não, o gaydar não funciona assim. Além disso, o meu é péssimo. Tinha certeza de que Bianca me dava mole antes de me assumir para ela, e estava completamente enganada. Então talvez a Bo seja hétero! Não é que eu esteja caidinha por Bo ou algo do gênero, embora ela tenha potencial para me deixar assim. Digo, se eu fosse ficar caidinha por alguém aqui. O que não é o caso.

Merda. Há quanto tempo estou encarando? Considerando que ela está sorrindo e acenando para mim, pelo menos não ficou assustada nem nada. Não tem como voltar atrás agora, então vou até ela.

"Ei, Yamilet! Você conhece o David e a Amber?", pergunta Bo. Ela pronuncia meu nome do jeito certo.

"Eu te conheço! A gente tá na mesma turma de religião!", diz Amber.

Lembro dela, mas a gente nunca conversou. Ela é uma garota branca e robusta, com cabelo loiro encaracolado. A professora da matéria não nos deu muito tempo para socializar. Para ser sincera, aula de religião seria muito legal se a gente aprendesse sobre qualquer fé além do catolicismo.

"Você é a irmã do Cesar, né? Todo mundo diz que ele é meu irmão gêmeo e que a gente foi separado na maternidade." David ri, jogando as mãos no ar como se quisesse dizer *sei lá por que as pessoas dizem isso*.

Ele está na turma de artes comigo, Bo e Hunter, então já o vi. Cesar também me contou sobre esse "gêmeo". *Acho* que meio que consigo ver algumas semelhanças. Tipo, os dois são garotos de pele marrom, baixinhos e com um tipo físico similar. Fora isso, não se parecem muito.

"Bom, nesse caso é como se a gente fosse da família!"

Estou sentada na cadeira ao lado de David, então dou um abracinho lateral nele. Ele me abraça também, como se nos conhecêssemos desde sempre.

"Maninha!"

"As pessoas falam que vocês são parecidos? Eu não acho", diz Bo, estreitando os olhos na direção da mesa de Cesar.

"Racismo", diz Amber, disfarçando a palavra com uma tossida.

Fico meio que aliviada por alguém ter falado isso no meu lugar. É muito mais seguro quando é a garota branca que afirma algo assim.

"Bom, eu sou a Amber. A *melhor* amiga da Bo desde o jardim de infância." Ela envolve Bo com o braço, e Bo toma um sustinho.

Agora entendo o que Jenna quis dizer com aquela história de como é fofo ser assustadinha. Tento dispensar a ideia. Não quero ficar pensando em Jenna... ou em Bo sendo fofa.

Mas alguma coisa se revira no meu peito, e acho que é uma pontadinha de inveja. Porque Bo é queer — provavelmente — e tem uma melhor amiga desde o jardim de infância que não soltou a mão dela.

"O David é nosso outro melhor amigo, desde o primeiro ano do ensino médio." Amber envolve David com o outro braço. "Você pode ser nossa melhor amiga também, se quiser."

Ela sorri, e sei que devia ter mais cuidado ao me aproximar demais de Bo, mas não tem como não gostar dela e dos amigos. Especialmente depois que ela me defendeu na aula ontem — saiba ela ou não que foi isso que fez ao protestar contra o debate a respeito dos direitos dos LGBTQIAPN+. Sinto que preciso demonstrar minha gratidão.

"Então, Bo... Queria agradecer por ontem. Pelo que você falou na aula."

A garota abre um sorrisinho meio amuado. Como se estivesse acostumada a ouvir isso. Como se estivesse decepcionada por eu não ter me juntado a ela. Por ninguém ter se juntado a ela. Não consigo evitar o sentimento de culpa.

"Mas e aí, quer dizer que você não é mais amiga da Jenna e do pessoal dela?"

Bo muda de assunto. Fica olhando para a comida em vez de olhar para mim.

"Qual é, Bo, achei que você já tinha superado a Jenna!"

David dá uma cutucada brincalhona no ombro de Bo, mas ela não ri.

"Eu superei! Quer dizer... Nunca teve *o que* superar!" Suas bochechas vão ficando cada vez mais vermelhas.

Não a culparia se ela tivesse um crush em Jenna. Quase tive também... antes de ela revelar quem é de verdade com aquele comentário da "mina do gueto".

"Essa eu não engulo não", diz Amber.

Caraca, estão lavando a roupa suja da menina na minha frente mesmo.

"Não é só porque gosto de mulher que gosto da Jenna." Bo suspira o nome de Jenna para que ninguém fora do nosso grupo ouça.

Tá, então Bo é do vale, e não se incomoda que eu saiba disso. Ouvir Bo dizer isso com todas as letras me deixa em crise existencial. Meu coração bate mais rápido, tentando alcançar o passo dos meus pensamentos acelerados e berros internos. Mas não tem como, acabo perdendo o resto da discussão.

Não ser a única pessoa LGBTQIAPN+ da escola devia me fazer bem, mas não faz. E se Bo souber? Sinto que ela sabe. Porque o gaydar de quem é do vale é melhor, não? Menos o meu, acho. Talvez funcione melhor quando a pessoa não está em negação.

Se eu tivesse um gaydar melhor, talvez pudesse ter evitado toda essa confusão.

Isso me faz ter um *déjà vu*. Bianca falou algo assim para mim — que teria evitado ser minha amiga se soubesse. O pensamento me deixa enjoada. Não, eu *não* teria evitado conhecer Bo. Eu *quero* ser amiga dela. Só Deus sabe como preciso de uns amigos decentes. Só vou precisar dar um jeito de ludibriar o gaydar dela de algum jeito.

"Não, não sou amiga da Jenna e do pessoal dela." Interrompo a conversa antes de Bo — ou eu mesma — implodir. "Não suporto aquelas meninas, para ser sincera."

"Né?", diz Amber. "Elas são *um horror*."

"A Karen é uma vadia, mas não são *todas* escrotas. Eu jogava vôlei com elas, antes de sair do time", diz Bo para mim, o rosto ainda corado. "A Jenna e a Emily sempre foram gente boa comigo."

"Mas enfim", interrompe Amber, aparentemente ansiosa para mudar de assunto. "Fala um pouco de você, nossa nova melhor amiga!"

"Hum, eu..." Não consigo pensar em nada. "Eu... Ééé..."

"Cara, não coloca ela no centro das atenções assim."

David ri quando nota que deu pane no meu cérebro. Depois se inclina para a frente, esfrega a barbinha rala no queixo e começa a contar a história de vida deles três. Todos parecem estranhamente abertos sobre seus assuntos pessoais.

Bo é adotada, e os pais dela são brancos. Sua família é "católica", mas nunca vai à igreja. Bo e Amber frequentam a escola católica desde sempre. David estudava em escola pública, como eu, até o primeiro ano do ensino médio, quando conseguiu uma bolsa na Slayton, e a mãe ficou toda feliz com a possibilidade de ele ter uma educação melhor. Ele faz aspas com os dedos quando diz "educação melhor", como se não estivesse muito certo quanto a isso. Mora ainda mais longe da Slayton do que eu e Cesar, já que mora na reserva indígena. Ele e Amber ficam sentados juntinhos o tempo todo e meio que me passam uma vibe de casalzinho, mas, de acordo com a própria Amber, eles Não Tem Nada (ainda?).

"Quase todo mundo aqui é católico, mas sou ateu", diz David.

Me viro para ele, chocada.

"O que foi?", pergunta o garoto, e percebo que estou de queixo caído.

"Nada, só tô esperando você irromper em chamas em frente à estátua de Jesus", respondo.

Para minha surpresa, ele gargalha, e mesmo assim não pega fogo.

Cresci católica, mas não concordo com tudo que o cristianismo prega. Não sei muito bem em que acredito em questão de forças superiores. A culpa católica ainda me afeta. Se existe um inferno, com certeza é para lá que vou. E na verdade morro de medo disso.

Ver o pessoal falando tão abertamente comigo me deixa um pouco mais tranquila. E, fazendo uma pergunta aqui e outra ali, consigo manter a atenção longe de mim. Geralmente escuto muito mais do que falo, e não pretendo mudar isso. Gosto desse pessoal. Por enquanto. É legal conhecer mais sobre eles, mas eles não precisam me conhecer nesse nível. Bo ter saído do armário para mim não muda o fato de que não posso pisar na bola nesse lugar. Não sou Bo, e seria inocente da minha parte achar que poderia ser eu mesma, assim como ela, e receber o mesmo tratamento.

Na semana seguinte, mamãe trabalha até mais tarde na quarta-feira, como sempre, e Cesar pega uma detenção para ser cumprida depois da aula, então demoramos mais ainda para voltar para casa. Fico irritada, mas também um pouco aliviada de descobrir que o motivo da detenção foi só porque ele dormiu na aula de novo. Acho que ficou acordado até de madrugada falando com alguma garota nova, o que é uma alternativa razoável. Se já estivesse se metendo em briga, todas essas mudanças pelas quais estamos passando teriam sido em vão.

Mas queria muito que ele não pegasse detenções nos dias em que mamãe trabalha até mais tarde. A gente demora para chegar em casa, e não é nada legal ter que esperar do lado de fora da escola, sob o sol do Arizona, por mais uma hora. Eu poderia matar o tempo na biblioteca, mas Karen e o namorado estão sempre por lá, e prefiro engasgar com um salgadinho desses porcaritos a lidar com ela. Cesar me disse para ir embora sem ele, mas mamãe ia me matar se soubesse que deixei meu irmão para trás. Aliás, quem estou querendo enganar? Ela ia me matar se soubesse que o deixei pegar uma detenção. Eu me meteria em mais confusão que o próprio Cesar, mas vou fazer o quê? Entrar na sala batendo panela para acordar o menino?

Me sento em uma mesa no pátio e faço a tarefa de casa enquanto espero por ele. É setembro, o que aqui é basicamente junho parte quatro, então ainda está um calor da desgraça. Pensando bem, é melhor a detenção ser hoje do que em um dia que mamãe perceberia. Vou só falar que o VLT atrasou. Faz muito sentido, no caso.

Emily se aproxima da minha mesa e fica parada ao lado dela de um jeito meio constrangedor.

Pigarreia e, nervosa, acomoda uma madeixa atrás da orelha.

"Oi..."

"Oi", respondo sem emoção, de cara feia.

"Eu queria pedir desculpas pelo que Karen e Jenna falaram semana passada. Sobre seus brincos. Foi grosseiro e insensível." Ela cruza os braços atrás das costas e se inclina um pouquinho, como se quisesse que eu falasse algo.

"E racista", acrescento.

Ela assente.

"E racista. Realmente não devia ter acontecido. Mas falei com elas. E acho que elas entenderam."

"Ah, eu... Obrigada", respondo, relaxando a expressão fechada.

Ela sorri e sai andando na direção do estacionamento sem falar mais nada. Não estou acostumada com pedidos de desculpas, então não sei como me sentir. Acho que posso ficar de boa com Emily. Mas não quero ficar de boa com Jenna e Karen.

Confirmo mais alguns pedidos de bijuteria antes de voltar para a tarefa de casa. Desde a última vez que conferi, vendemos duas pulseiras da amizade, um colar de miçangas e um par de brincos dourados. Antes que dê para retornar à lição, porém, alguém se senta ao meu lado.

"Ei, precisam de carona?", pergunta Bo.

É três e meia, então Cesar deve sair a qualquer instante. Fico surpresa ao ver que Bo ainda está na escola.

"Acredita em mim, você não vai querer me dar uma carona. Eu moro longe pra caramba."

"Tudo bem. Não tô muito a fim de voltar pra casa mesmo."

"Sério, não precisa. Não tenho como contribuir com o combustível ou coisa do gênero."

Não estou a fim de pegar o VLT, mas também não quero fazer Bo dirigir por quarenta minutos fora de mão para só depois ir para casa.

"Não se preocupa, meus pais pagam a gasolina, então esse não é um problema."

Alguém se espreme entre Bo e mim e joga os braços sobre nossos ombros.

"Minha irmã é incapaz de aceitar qualquer tipo de demonstração de gentileza. Mas a gente ia *adorar* uma carona", diz Cesar.

"Não, sério, a gente pega o VLT, não tem problema."

Não é que não queira que Bo veja onde moro. Ou talvez seja.

Cesar me fulmina tanto com o olhar que é quase como se conseguisse sentir o laser me queimando.

"Tá, e se você deixar a gente no ponto do VLT?" Fico mais confortável com a ideia.

"Claro!" Bo parece feliz com a perspectiva de uma excursão até o VLT.

"Eu vou no banco da frente!", grita Cesar. "Falei primeiro!"

Merda. Eu geralmente não faço questão de me sentar na frente, mas meio que queria ficar ao lado de Bo. Me contento com o banco traseiro.

"Ei, como nossa mãe trabalha até mais tarde de quarta, que tal você deixar a gente no VLT toda semana?", sugere Cesar, assim que fecha a porta.

"*¡Sinvergüenza!*", meio sussurro, meio grito, mas estou rindo.

Me inclino para a frente para dar um empurrão no ombro dele. Ele me empurra de novo. Esse garoto precisa passar óleo de peroba nessa cara de pau.

"Opa, mas é claro."

Bo dá um sorrisinho fofo com os olhos pelo retrovisor, e sinto vontade de morrer.

Quando chega em casa, mamãe se junta a mim na missão de fazer as encomendas na sala de estar. Criamos um sistema de montagem. Mamãe é muito mais rápida, então faço os brincos enquanto ela cuida dos colares de miçanga. Com calma, elaboro o intrincado desenho de uma flor em um par de brincos. Mesmo movendo as mãos devagar e com delicadeza, meus dedos já estão começando a doer. Ignoro a dor, porém, porque nunca vou atingir o nível dela se não me esforçar. No tempo em que faço um mero par de brincos, ela completa um colar inteiro. Quando terminamos, nos juntamos para trabalhar nas pulseiras da amizade.

Ela deixa a TV sintonizada na novela dela enquanto fazemos as encomendas. Em vez de assistir, presto atenção nas mãos de mamãe. Se não a visse trabalhar em tempo real, acharia que era um vídeo acelerado. Não sei como consegue mexer os dedos tão rápido. Não está nem olhando o que está fazendo. Consegue trançar as miçangas rápido desse jeito mesmo de olho na novela. Faço um vídeo curtinho das mãos de mami em ação e posto no Instagram e no TikTok para atrair mais pedidos. Depois tento acompanhar o ritmo dela, mas acabo confundindo o desenho quando acelero muito. Assim, preciso demorar um pouco mais e trançar as pulseiras com amor.

"¡Cierra los ojos!"

Mamãe fica horrorizada com alguma coisa que vê na televisão e cobre meus olhos com a mão, toda dramática.

"Ai, mami, para com isso!"

Empurro a mão dela para o lado e vejo duas mulheres se beijando na tela. Algo faz meu estômago se revirar. Eu ficaria feliz com a cena — não fosse pelo fato de que minha mãe não me quer vendo isso.

"Sério, mãe, a mulher acabou de matar a gêmea boa e é *disso* que você quer me proteger?"

Nem sei por que me dou ao trabalho de reclamar. Essa não é uma batalha que tenho como vencer.

"Não vou tolerar essa porcaria na minha casa, isso não é de Deus."

Ela desliga a televisão, reiterando minha decisão de me negar a lhe falar sobre minha sexualidade. Nada de lésbicas em casa, isso não é de Deus. Talvez ela não acredite de verdade nisso. Ou talvez acredite. Não importa, porque estou guardando todo o dinheiro extra que ganho para conseguir me sustentar sozinha caso ela descubra que sou assim e me expulse de casa.

Ela substitui a novela por cumbia, e depois vai dançando até a cozinha para preparar o jantar.

Caraca.

Balanço a cabeça, afastando a sensação ruim, e tiro um momento para admirar as pulseiras que fiz até ali. Se as encarar por tempo suficiente, talvez as cores me coloquem em transe e me façam esquecer. É fácil se perder nos padrões geométricos coloridos. Minhas pulseiras são tão boas quanto as de mamãe, mesmo levando mais tempo para fazer menos peças. Fico admirando meu trabalho manual antes de me dedicar a pecinhas menores. Mas não consigo terminar muita coisa antes de o cheiro de tortilhas na frigideira invadirem o cômodo. Depois de uma espera excruciante e pouquíssimo produtiva, mamãe enfim volta com *flautas* de frango e feijão, e me entrega o prato com um beijinho na testa.

"Ah, tô amando isso, *mi hija*. Você e eu cuidamos das coisas agora, e seu irmão vai cuidar de mim quando eu estiver velha."

Detesto isso, mas me conforta a tentativa da minha mãe de se conectar comigo mesmo com a sua descarada homofobia.

Ainda assim, não consigo evitar certa problematização.

"Vou poder continuar cuidando da senhora quando estiver velha, mami."

Espeto o dedo com o arame do brinco que estou dobrando, e ela dá uma risadinha.

"Ah, não acho que vá precisar. Seu irmão vai ser o novo Bill Gates. Vai poder cuidar de nós duas!"

Começo a comer para não precisar falar nada. Queria que ela não desse tão na cara que acredita que Cesar tem muito mais potencial que eu. Sim, ele é um prodígio e um gênio, mas sou eu que fico acordada até mais tarde fazendo a tarefa de casa e trabalhando, enquanto ele vai dormir de madrugada porque está de papinho com alguma garota. Sou eu que trabalho sete dias por semana para pagar a mensalidade da escola, enquanto Cesar nem precisa *tentar* conquistar a aprovação de mamãe. Mas no fundo ela está certa. Se um de nós "der certo", vai ser ele.

Meu celular vibra, e dou um gritinho infantil, agitando as mãos de alegria, quando vejo que é papai me ligando pelo FaceTime. *Finalmente* ele me retornou.

Mamãe aponta para o telefone.

"*Pues* para de gritar e atende!"

Ainda estou gritando quando enfim atendo. Meu pai está com um sorrisão no rosto que faz as olheiras se esticarem, e as ruguinhas na lateral dos olhos ficam ainda mais apertadas quando ele ri da minha reação. Nunca vi meu pai "chorar", mas ele sempre fica com os olhos meio marejados quando nos falamos depois de um longo intervalo de tempo. Ligamos por FaceTime sempre que dá — o que, ultimamente, não é com muita frequência, já que ele está trabalhando tipo um milhão de horas por semana.

"Ah, se não são minhas duas mocinhas preferidas! Como vocês são lindas." Ele sorri e passa a mão pelo cabelo. Geralmente, quando falamos por FaceTime, papai está usando a boina da empresa para a qual ele trabalha como taxista; mas hoje não está com ela. Daí que eu percebo alguns fios grisalhos misturados aos pretos. "Como estão minhas garotas?"

"Ótimas! A Yamilet é uma empresariazinha, sabia?"

Mamãe me chacoalha pelo ombro.

"Claro que sei. Ela vai cuidar da nossa aposentadoria. Né, *mi hija?*"

Mal consigo esconder o rubor do rosto. Pelo menos *alguém* acredita em mim. Sinto a garganta apertar como se estivessem me enforcando. É horrível dizer isso, mas queria que alguém *aqui* botasse fé em mim. Alguém mais tangível.

Acho que papai percebe que tem algo errado.

"Maria, *mi amor,* posso falar um momentinho a sós com a Yami?"

Minha mãe leva a mão ao peito.

"E sua *linda* esposa aqui, hein? Tem alguma coisa pra esconder de mim?"

"Sim, a gente vai falar umas merdas sobre você", responde papai.

"Emiliano!"

Mamãe fica boquiaberta como se nunca tivesse ouvido um palavrão antes. Ela sempre foi adepta de xingamentos, apesar de só praguejar quando está *putaça*. Não vou esperar tomar uma bronca, então desço do encosto do sofá e tropeço nos meus próprios pés enquanto sigo até o quarto com o celular.

"Foi mal, mãe, te amo!", grito antes de fechar a porta.

Chuto os chinelos e me jogo de barriga na cama, me sustentando nos cotovelos enquanto apoio o celular nas mãos.

"Tá, primeiro me conta alguma coisa boa sobre a escola nova antes de me dizer porque odeia o lugar", pede ele quando enfim ficamos a sós.

A câmera mexe enquanto ele se ajeita na amada poltrona do apartamentozinho onde mora. Meu pai sempre me faz focar nas coisas positivas antes de mergulhar nas negativas, mas também sempre me dá espaço para desabafar quando preciso.

"Hum... Eu fiz alguns amigos?"

Estou pensando em Bo, Amber e David, *não* Karen e o pessoal dela.

"Que maravilha! Me fala sobre eles."

Começo a contar um pouquinho animada sobre como eles se comportaram comigo, e como parecem abertos sobre a vida deles mesmo mal me conhecendo. Para ser sincera, passo boa parte do tempo falando de Bo.

"Adorei saber disso, *mi hija*. Então, se fez amigos tão legais assim, por que tá odiando tanto a escola em si?"

"É uma escola católica. Por que o senhor acha?"

Meu pai não é religioso como minha mãe. Ia à igreja com a gente quando éramos crianças, mas era como se ele fosse um terceiro filho, obrigado a estar ali do mesmo jeito que eu e meu irmão. Ele sempre dizia que achava a missa um saco, e me fazia prometer que nunca ia contar isso para minha mãe. Mas claro que ela sabe.

"É tão ruim assim?"

"É. Eles são *quase* tão rigorosos quanto a mamãe", resmungo.

Ele dá uma risadinha.

"Sei que sua mami pode ser meio intensa, mas você sabe que ela quer o seu bem." O olhar dele fica mais suave quando menciona minha mãe. Eles se amam tanto que é até enjoativo.

"Não pra mim. Pro Cesar", solto, depois cubro a boca. "Não conta pra ele que falei isso."

"Não vou contar." Papai sempre foi bom em guardar segredos, mesmo quando discorda do que a pessoa fala. Ele é ótimo em ficar na dele.

"Também não conta pra mami." Aponto a tela, com o dedo em riste em um aviso.

"Você sabe que não vou falar nada. Isso é coisa pra você conversar com a sua mãe. Mas porque tá dizendo isso?"

Engulo em seco. Por onde começar?

Se tem alguém capaz de me deixar melhor agora, esse alguém é meu pai. Falando com ele, sempre me sinto durona o bastante para encarar qualquer coisa. Não sei se existe algo como amor incondicional, mas acho que meu pai ama os filhos tão perto de incondicionalmente quanto possível. Minha mãe sempre amou Deus incondicionalmente, e meu pai sempre *me* amou. Quando voltou para o México, levou com ele boa parte da força que me ajudou a construir. Ao longo dos últimos seis anos, fui um pouco mais frágil que antes.

"O que foi, *mi hija?*" Quando vejo a preocupação no rosto dele, percebo que estou quase chorando.

Não sei se entendo qual é o problema até ouvir as palavras saindo da minha boca.

"Papi, tô tão cansada de ter que cuidar de todo mundo..."

Enxugo os olhos.

Ele fica em silêncio por um tempo, e chego a pensar que está decepcionado comigo.

"Ai, *mi hija*..." Ele fecha os olhos. "Esse devia ser meu trabalho. Odeio não estar aí pra cuidar de vocês."

A câmera dele está apontada meio para baixo, então só consigo ver o peito e a velha camiseta larga e (supostamente) branca que ele está usando, sobre a qual pende um pingente de jaguar igual ao de Cesar. Tudo que quero é mergulhar em um dos abraços dele, mas faz tanto tempo que não nos encontramos que mal lembro da sensação. Quero dizer que não é culpa dele, e sei que não é. Mas eu estaria mentindo se dissesse que parte de mim não coloca a responsabilidade nele de certa forma. Queria que ele estivesse *aqui*.

"Não é justo" é tudo que consigo dizer.

"Sei que não é. Você tá se saindo melhor do que eu me sairia na sua situação, e isso está longe de ser justo."

Dou uma risada porque isso é ridículo. Estou me saindo muito mal. Ando pisando em ovos, tentando não deixar tudo desmoronar.

"Eu tô cansada. Muito cansada."

"Vai, desabafa comigo", diz ele.

A voz dele parece um abraço. O mais perto que consigo chegar disso. Fecho os olhos e aceito a sensação.

"Sinto que preciso estar feliz, porque se contar pro Cesar que não gostei da Slayton, ele vai dizer que não gostou também, e a mamãe vai me culpar. E sei que prefiro estar na Slayton a ir pro Rover... E também sei que é melhor pro Cesar, e *sei* que não tem solução. Mas só quero ser *sincera* sobre como tô me sentindo uma vez na vida."

Respiro fundo, porque sinto que esvaziei todo o ar dos pulmões.

"Você tem o direito de ser sincera", diz ele, mexendo a câmera para que eu possa ver sua expressão suave se encontrando com a minha. "Especialmente comigo. Você sabe disso, né?"

"Sei."

Acho que algum dia vou ser sincera com ele a respeito de tudo. Não vou me assumir agora — me sentiria quase egoísta fazendo isso sabendo que devia estar focada em Cesar e em ganhar dinheiro para pagar a mensalidade. Mas é bom saber que papai vai estar disponível quando eu estiver pronta.

Já é tarde quando desligo e começo a fazer a tarefa de casa na cama. Agora, quando faço a tarefa está sempre tarde, já que trabalhar para garantir a mensalidade é prioridade. Pego no sono em cima do edredom com o livro didático e o fichário me cobrindo.

Por sorte, no dia seguinte tenho um tempinho de tirar um cochilo depois da escola, já que Cesar (por azar) pegou outra detenção. Parece que o garoto só consegue dormir se for durante as aulas. Em parte, me preocupo com a possibilidade de ele estar passando por algo mais complexo, mas sei que não vai me contar. Todos os outros sinais indicam que ele está bem, então não deixo a preocupação me consumir.

Mamãe me liga meia hora depois do fim da aula.

"Tô aqui já faz tempo. Cadê vocês?"

Isso não é nada bom.

"Eita... tô indo aí."

Desligo e corro até a área de saída dos alunos.

Achei que Cesar tinha contado da detenção para ela, ou ao menos inventado alguma desculpa, tipo ter entrado para um clube estudantil com reuniões depois da aula ou coisa do gênero. Mas não, deixou para mim o trabalho de encobrir a merda dele, como sempre.

Entro no carro e improviso.

"Então, o Cesar entrou pros Matematletas. Vai demorar mais uma meia hora pra sair."

Mando a ele uma mensagem de texto sobre o que inventei para ele continuar com a balela quando chegar.

"Ai, ai, ai... E vocês nem pensaram em me contar essa novidade antes de eu sair pra vir buscar os dois?"

"Foi mal, mami. Achei que ele tinha falado", digo, afundando no banco do passageiro.

"Não falou." Ela revira os olhos.

"Certeza? Jurava que ele tinha comentado..." Tento parecer surpresa.

"Matematletas, é? Como você convenceu o menino a fazer isso?", pergunta mami.

Sinto o rosto esquentar um pouco. É legal ela presumir automaticamente que ele entrou em um clube de matemática por minha causa. Pelo jeito, ela não bota *só* as coisas ruins na minha conta, mas também as coisas boas, mesmo inventadas. Mas ela nem me espera responder antes de perguntar:

"Ele tá indo bem, então?"

Há um toque de preocupação nos olhos de mamãe quando ela se vira para mim.

"Sim, ótimo."

Mentira. Pegar detenção não é ótimo. Mas pelo menos não está entrando em brigas.

Quando enfim o vejo, ele está correndo na direção do carro com as roupas de educação física, suando mais do que seria humanamente possível. Na verdade, parece que despejou uma garrafa de água na cabeça. O normal seria estar colocando os bofes para fora, ainda mais suando nesse nível, mas a respiração dele está normal. Cesar entra no banco de trás e limpa a testa, como se estivesse atuando.

"Nossa, eu não sabia que clube de matemática era uma coisa assim, tão exigente fisicamente." Minha mãe ergue a sobrancelha, olhando para ele.

"Yami, você não precisa mentir pra me acobertar", diz ele.

Me viro para ele, pronta para expulsá-lo do carro. Minha mãe está me fuzilando com o olhar e estou fazendo o mesmo com Cesar, e com o calor dos nossos olhares e a temperatura corporal do meu irmão, o carro quase pega fogo. Ele, é claro, mal se abala.

"Eu estava na seletiva do futebol americano!", continua ele.

"E por que a Yamilet ia mentir?"

"Ah, achei que a senhora não ia aprovar", murmuro.

Futebol americano, sério? A seletiva foi há *semanas*. Eu construí uma mentira perfeita para ele. Qual é o problema desse moleque?

"Claro que aprovo!"

Mamãe se vira e se inclina entre os bancos para dar um beijinho na testa falsamente suada de Cesar.

"Gracias a Dios. Você precisa de uma válvula de escape pra toda essa energia agressiva. Isso é bom."

"Bom, *eu* ainda acho que o Matematletas ia ter sido uma escolha melhor", digo.

É uma mentira mais convincente. Agora vou ter que ensinar Cesar a lançar uma bola de futebol americano? Se ele quisesse escolher a própria mentira, não deveria ter deixado para mim a missão de encobrir sua detenção.

"Por quê? Só por que sou inteligente preciso pensar em matemática o tempo todo? Prefiro jogar *futebol americano*."

"Mas você nunca jogou antes! Não tem sentido!"

"É pra isso que serve o treino." Ele dá um sorriso meio afetado. "Tipo, qual é. Matematletas? Pfff..."

"Seu ingratozinho de m..." Tento dar um soco nele.

"*¡AUXILIO!*"

Ele se debate e grita por ajuda como se estivesse sendo assassinado. Minha mãe dá tapinhas nas minhas costas até eu deixar para lá.

"Yamilet! Já chega. Deixa seu irmão escolher o melhor caminho pra ele."

"Tá bom", digo, e coloco o cinto de segurança com a postura mais imponente que consigo.

Encontrarás um pseudopretendente

Acho que, na verdade, não odeio a Slayton. Também não a amo, mas depois de, tipo, um mês, me acostumei com ela. Não é nem outubro ainda, mas sinto que estou na escola há mais tempo. Gosto da comida. Gosto dos meus amigos. Cesar não está arrumando briga. Inclusive ele tem vários amigos que provavelmente o defenderiam se alguém tentasse tocar nele, o que é um pensamento reconfortante. Além disso, as notas do meu irmão estão ótimas, apesar de ele dormir o tempo todo na aula. Acho que se eu fosse inteligente como ele também ficaria tão entediada que cairia no sono. Tento não me abalar pelo fato de que ele dorme na aula todo santo dia e ainda vai melhor nas provas que eu.

Não tenho como impedir que ele cochile nas aulas, mas a mentira do futebol americano está saindo melhor que a encomenda. Mamãe fica mais do que feliz por trabalhar uma hora a mais e pegar a gente depois dos treinos — também conhecidos como sessões de detenção — de Cesar, e está ocupada demais para acompanhar o que está acontecendo. Em algum momento vai querer assistir a algum jogo, mas esse é um problema para a Yami e o Cesar do futuro.

Como sempre, Bo e Amber se juntam a mim na mesa no pátio e tiram os livros didáticos da mochila. Acabou virando um hábito nosso sentar aqui e fazer a tarefa de casa ou desenhar depois da aula. Como Cesar pega essa porcaria de detenção quase todo dia, passo um tempão no pátio. Tentei perguntar por que ele está sempre caindo no sono na aula, mas ele desviou do assunto. Seguindo nosso acordo tácito, não insisti. Acho que está com insônia ou algo do gênero. Com todo o tempo que passo esperando por ele do lado de fora da escola (já que Karen e o namorado estão *sempre* na biblioteca depois da aula), sei que estou começando a ficar com um bronzeado esquisito com a marca da camisa.

Depois de um tempo sem conseguir entender a tarefa de matemática, mudo para a de arte, que exige menos raciocínio. O tema é "insegurança". Seja lá o que isso signifique. A sra. Felix diz que a arte é subjetiva, então meio que só preciso entregar alguma coisa. Poderia fazer um brinco bem intricado, se quisesse. Mas não vou gastar os materiais da mamãe.

Um quarto companheiro se junta a nós. Não tira tarefa alguma da mochila.

"Ei, vocês se importam se eu ficar aqui com vocês?"

"Oi, Hunter. Claro que não, chega aí", diz Bo.

Ela olha para o garoto, curiosa, vendo que ele dá a volta na mesa inteira para se sentar ao meu lado, mesmo com um lugar vago perto de Amber.

"Que desenho maneiro. Você tem talento mesmo, hein, Yamilet?"

"Valeu!" Dou um sorrisinho.

Sei que não sou a artista mais habilidosa do mundo, mas estou pegando o jeito. Estou fazendo um retrato de mim mesma vestida de agente secreta, ao estilo *Homens de Preto*. Amo a ideia de ser agente secreta ou espiã. Meio que sinto que já sou uma, com todas as mentiras que conto. Ser espiã é um jeito mais legal de viver a vida. Poderia apresentar versões compartimentalizadas de mim para cada pessoa que conheço, e ninguém precisaria saber minha identidade secreta.

Amber se inclina na direção de Hunter com um cotovelo na mesa, repousando o queixo na mão.

"E a que nós, meros mortais, devemos o prazer de sua companhia?"

Hunter ruboriza por um segundo. Recupera a compostura tão rápido que, se não fosse tão branco, eu mal teria notado. O garoto me dá um meio sorriso sutil.

Bo ergue as sobrancelhas para Amber, e depois pisca para mim quando vê que Hunter não está olhando. Acho que não é só Karen e o pessoal dela que acham que eu e Hunter temos alguma coisa. Mas queria que ela parasse de piscar para mim, porque me faz *sentir coisas*.

"Hum, então, Yamilet..." Hunter aperta as mãos enquanto fala. "Gosto de assistir a aula de artes com você. Pensei que algum dia a gente também podia passar um tempo juntos, tipo fora da aula de artes. Talvez você queira ir assistir a algum treino de futebol americano em vez de só ficar aqui? Se você estiver de saco cheio, claro."

Será que ouvi direito? Ele não me convidou para ir assistir a um jogo de futebol americano, e sim para ver ele *treinar*? Isso conta como um encontro? Juro que não entendo os héteros.

"Hum... Isso não ia ser meio entediante também?"

Ele ri.

"Ah, que cabeça a minha, eu falei treino? Quis dizer baile de volta às aulas."

"Como assim?"

Não, isso não pode estar acontecendo.

Ele fica todo vermelho de novo.

"Como assim? Ah, cala a boca."

"Você acabou de mandar ela calar a boca, é isso?", dispara Amber.

"Não! O cala a boca foi pra mim mesmo. Eu estava só zoando sobre o baile. A menos que... você queira..."

Bo encobre a risada com uma tossida. Não sei como isso foi acontecer. Nem conheço Hunter muito bem, mas acho que isso não impede os garotos de darem suas investidas.

Na verdade... talvez essa seja uma oportunidade para mim. Se Hunter for meu parzinho, ninguém vai achar que sou do vale. Mas, de novo, será que ia ser escroto usar ele assim? Não consigo imaginar como fingir que gosto de alguém que gosta de mim poderia terminar bem para qualquer pessoa envolvida.

"Foi mal, ela já tem planos", corta Amber.

Devo ter demorado muito, porque ela está me olhando com uma expressão de *não precisa agradecer*.

"Certo. É, eu já tenho planos. Mas... vou sim assistir ao jogo de volta às aulas, tá bom?"

"Ah, sem problemas! Claro, parece ótimo." Ele logo deixa a rejeição de lado quando prometo estar no jogo. Na verdade, quase consigo sentir o espírito dele comemorando, todo feliz. "Bom, gente, vejo vocês mais tarde."

Ele acena e literalmente vai embora correndo, mas espero que seja só porque está atrasado para o treino. Juro que não entendo como esse garoto é tão popular. A escola católica é uma viagem mesmo.

Cesar vem trotando até nós assim que é liberado e depois fica correndo no lugar ao lado da mesa, provavelmente tentando ficar suado até mamãe chegar para nos buscar. Amber e Bo riem. Já contei para eles a história de Cesar fingindo ser parte do time de futebol americano, então ele se exercitando de forma aleatória é mais engraçado do que confuso.

"Então, Bo, não preciso de carona amanhã", diz Cesar, ainda correndo no lugar.

Tombo a cabeça para o lado. A comunicação telepática é uma arte. Cesar e eu estamos em sintonia, então ele capta minha mensagem secreta: *Oi?*

"Tenho planos." Ele abre um sorriso malandro e troca a corrida por polichinelos. Código telepático para *Cuida da sua vida, Yami, sua merdinha intrometida, vai arranjar uma vida social pra chamar de sua*. Ou talvez eu esteja interpretando demais.

"Beleza, sem problema." Bo dá de ombros.

"Isso me lembra: posso ir pra sua casa depois da aula amanhã?", pergunta Amber, se virando para Bo.

"Claro. Quer vir também, Yamilet? Posso te deixar em casa depois. Ou na estação do VLT, se preferir."

"Sim!" Sei que minha resposta sai muito rápido e pareço um pouco empolgada demais, mas não ligo. Estou animada de entrar no nível dois da amizade: sair junto depois da escola.

"Se você pudesse mudar uma única coisa no mundo, o que seria?", pergunto para meu pai na nossa ligação por FaceTime.

Estamos conversando há uma hora já, desde que cheguei da escola. Ainda não estou legal para desligar e começar a fazer bijuterias, então comecei a fazer perguntas aleatórias. Me ajeito para deitar de lado na cama, apoiando a cabeça no punho fechado enquanto seguro o celular diante de mim.

Papai suspira. Por um instante, os olhos dele lampejam com algo que quase parece tristeza.

"Claro que faria o mundo ser mais amigável a imigrantes."

"Quem sabe não faça algum dia?", digo, abrindo um sorriso esperançoso.

Eu já acreditei que ele voltaria para casa algum dia e lutaria por essa causa, mas aprendi minha lição: ele não vai retornar, e vou ter que conviver com isso.

"E você? O que você mudaria no mundo?", pergunta ele, ajustando a boina do uniforme.

"Hum..."

Cogito dizer que acabaria com a homofobia, o racismo e outras formas de preconceito. Mas sei que se tocasse nesse assunto ia ficar tentada a me assumir para ele, e não acho que estou pronta para isso ainda.

"Faria mulheres poderem ser sacerdotes também?"

Realmente não sei de onde veio essa. Não é um assunto com o qual me importo, mas realmente acho injusto só homens poderem ser padres, mesmo não querendo ser uma sacerdote.

Papai dá uma risadinha e revira os olhos, brincalhão.

"Ah, tá bom, Yami."

Reviro os olhos também. Mesmo sendo ativista como é, papai às vezes é meio conservador com algumas coisas. Não sei se revirou os olhos porque a coisa que escolhi mudar é insignificante perto da dele ou só porque acha que a ideia de mulheres sacerdotes é idiota.

"*Mi hija*, adoro papear com você, mas preciso trabalhar."

Faço um biquinho, que ele imita.

"Tá bom. É, melhor eu trabalhar também. *Te quiero mucho, papi.*"

"*Te quiero muchísimo, mi hijita.*"

Ele me sopra um beijo.

Encerramos a ligação, e passo o resto da noite trabalhando com mamãe, desejando que ela se importasse comigo tanto quanto papai.

O dia seguinte passa muito devagar. Quero que a aula termine logo para poder sair com minhas amigas, que logo serão do nível dois. Será que é lamentável ficar assim tão feliz só por ir até a casa de alguém?

Boto isso na conta de não ter muitas interações sociais fora da escola, já que não vou à casa de ninguém desde que a Vadia-que-Não-Deve-Ser-Nomeada me fodeu.

Paramos na lojinha de conveniência de um posto de gasolina antes de ir até a casa de Bo. Salgadinhos, mini rosquinhas e refri. As casas na vizinhança são todas diferentes umas das outras, então meio que esperava que a casa de Bo fosse uma daquelas casas perfeitinhas de filme, mas não é. Todas as residências no quarteirão parecem personalizadas, e ficam tão longe umas das outras que daria para construir um conjunto pequeno de prédios entre elas. Há um caminho de tijolinhos que leva até uma das construções, uma via de lajotas até a próxima, e daí chegamos na casa de Bo. O caminho pavimentado que segue até a entrada tem árvores de bordo anãs dos dois lados e dois dragões chineses escoltam a porta da frente.

Tenho a impressão de que minha casa inteira caberia na sala de estar do lugar. Ou duas casas iguais à minha. Sinto o queixo cair quando entramos. Ainda bem que Bo nunca levou a gente até nossa casa. Teria sido constrangedor.

É a maior residência em que já estive, mas nem é a maior da rua. Um animal esquisitíssimo vem nos receber. É o cachorro com a aparência mais engraçada que já vi, mas parece que ele me ama à primeira vista, então meio que já derreto de fofura.

"Não pula, Gregory!"

Bo ri enquanto o cão — Gregory — a enche de beijos caninos bem melecados.

Um cara branco mais velho vestindo um colete de lã se aproxima, o cão se distrai e deixa Bo em paz. Amber vai até o cara branco, e eles trocam um aperto de mão completo e superlongo com direito a vários gestos coreografados, tipo um em que fingem que estão jogando adoleta.

"Que vergonha, gente." Bo cobre o rosto com as mãos e se vira para mim. "Esse é meu pai."

"Você deve ser a Yamilet", diz o pai de Bo.

Dou o sorriso mais doce possível e confirmo com a cabeça. Ele já sabe meu nome, o que significa que Bo deve ter falado de mim. Não sei por que isso me deixa tão nervosa. "Que bom finalmente te conhecer!"

Ele faz a saudação vulcana de *Star Trek*. Pelo jeito, o pai de Bo é todo da zoeira. Acho que ela é meio da zoeira também.

Calma... Ele disse *finalmente*? Quanto será que Bo falou de mim? O que falou de mim? Me sinto um computador que travou na tela azul. Mas Bo começa a subir os degraus, então ignoro a sensação e a sigo junto com Amber.

A casa é toda decorada; tem várias estátuas de leões, dragões e budas pelos cantos. Leques e pinturas com caracteres que não sei o que significam se espalham pelas paredes, pendurados entre retratos de família. Por causa de toda a decoração chinesa, quase fico surpresa de ver nas fotos que tanto o pai quanto a mãe de Bo são brancos, ainda que ela já tenha me contado isso.

Bo me vê encarando uma pintura chinesa, e é como se tivesse lido minha mente.

"Sei o que parece, mas meus pais não são *esse tipo* de gente branca. Do tipo orientalista que adota uma criança chinesa pra estar mais perto 'da cultura'. E eu nem fui adotada na China. Meus pais biológicos são tipo, sei lá, de terceira geração, acho."

Mas tem algo na voz de Bo que não combina exatamente com o que ela está falando sobre os pais. Talvez o assunto a deixe um pouco insegura.

"Entendi." Concordo com a cabeça, sem saber muito bem o que falar.

Os pais dela podem não ser *esse tipo* de gente branca, mas tenho minhas dúvidas se Bo fica à vontade com o jeito como eles exibem a ascendência dela em cada centímetro livre de superfície.

Outro cachorro nos recebe quando subimos a escada. Vejo que é um pelado-mexicano — cinzento e sem pelagem, com orelhas grandes e um tufo de pelos no topo da cabeça. São meio que conhecidos pela aparência engraçada. Tem outra sala de estar no andar de cima, fora o quarto de Bo, um quarto de visitas e um escritório.

"Dante!"

Amber se agacha para coçar atrás da orelha do cãozinho.

Pelo jeito, Bo deve ser fã de *Viva – A vida é uma festa*. Isso definitivamente faz ela ganhar uns pontos comigo, já que é um dos meus filmes favoritos.

A atmosfera do quarto de Bo é totalmente diferente da do resto da casa. Tem um mural abstrato nas cores do arco-íris cobrindo duas das paredes; as outras estão repletas de desenhos e pinturas. Algumas das artes estão enquadradas e outras só presas com tachinhas, algumas com as pontas se sobrepondo. Todas têm a assinatura de Bo no cantinho, mesmo as que claramente foram feitas quando ela tinha, sei lá, 3 anos. A garota é talentosa demais. As pinturas mais recentes parecem fotos. Algumas são retratos de Amber, David e dos dois cachorros. Mas não consigo parar de olhar para o mural. Não é tão cuidadoso como as outras pinturas, mas de alguma forma parece... feliz? É como se várias bombas de arco-íris tivessem explodido na frente do sol.

"Foi mal pelo meu quarto super do vale", diz Bo quando percebe que estou encarando o mural. "Você vai ter que se acostumar."

Dou uma risadinha. Daria de tudo para ter um quarto super do vale. Parece um sonho.

Amber e Bo se sentam na cama. Se sentar na cama de alguém é um privilégio de amiga de terceiro nível, então fico na cadeira da escrivaninha.

"Pelo jeito seus pais são super de boa com isso, né?"

Me arrependo de ter dito o que disse assim que as palavras saem da minha boca. Coisas queer deviam ser o tópico número um a ser evitado.

"Você quer dizer sobre eu ser lésbica? Sim, eles são de boa."

Amber e Bo continuam conversando, mas ainda estou absorvendo o que ela disse. Não consigo não sentir uma pontada de inveja. Nem consigo me imaginar saindo do armário diante de minha mãe. Não tão cedo, ao menos. Talvez se eu mudar de país algum dia enfim me assuma para ela. Ela é muito cabeça-fechada. O protótipo da Mãe Mexicana Superprotetora, Tradicionalista e Temente a Deus™.

Gregory interrompe a conversa ao abrir a porta com o focinho e tentar subir na cama com dificuldade. O cachorro tem um timing incrível, convenhamos.

"Que raça é essa?", pergunto.

"Ele é vira-lata, mistura de pitbull com salsicha. Não é uma feiurinha?", diz Amber, meio distraída, puxando um cacho dourado até ele ficar esticado.

Gregory tem a cabeça de pitbull, mas o focinho é um pouco maior do que o normal para a raça. E também tem perninhas curtas e um corpo comprido de salsicha, além das orelhas caídas.

Bo coloca as mãos nas orelhonas gigantes de Gregory.

"Shiuuuu, ele é lindo."

"Ele até que é fofinho mesmo." Dou um risinho. "Tão feiozinho que chega a ser fofo."

Amber coloca a mão em concha ao lado da boca para que Bo não possa ver os lábios dela, como se isso a fosse impedir de ouvir.

"A Bo gosta de resgatar animais feios."

"Animais feios também merecem amor!" Bo beija a cabeça de Gregory. Não vou mentir, é a coisa mais lindinha que já vi.

"Então, Yamilet, o que o Cesar vai fazer quando sua mãe resolver que quer ver ele jogando?", pergunta Amber.

Encolho os ombros.

"Sei lá. Ele provavelmente vai inventar uma história supercomplicada e me envolver nela no último minuto."

Cesar nunca admite que está mentindo, nem quando está prestes a ser pego com a mão na botija. É só isso acontecer e ele começa a criar coisas mais elaboradas para se safar.

"O gêmeo dele tá no time." Bo faz aspas com os dedos quando diz "gêmeo". "Talvez ela não note que ele não tá jogando se o David estiver!" Ela ri.

"Nem dá essa ideia pro meu irmão."

Sei que é uma piada, mas não seria uma boa ideia deixar Cesar ouvir isso.

"Sabe quem mais tá no time de futebol americano?" Amber ergue as sobrancelhas para mim. "Seu admirador não-tão-secreto."

"Ai meu Deus, minha alma quase saiu do corpo de tanta vergonha alheia." Bo estremece.

"Eu achei até que fofinho", diz Amber. "Aliás, foi mal ter me intrometido naquela hora. Tive a impressão de que você estava com uma cara de quem precisava de ajuda. Se quiser ir com ele ao baile de volta às aulas, pode dizer que seus planos foram cancelados."

Penso na ideia por um minuto. Essa coisa de baile de escola é um pesadelo para quem ainda está no armário. Todo mundo espera que as pessoas estejam de parzinho com alguém do outro gênero. Se uma menina dança com outra, chama muita atenção. Atenção é a última coisa que quero quando for fazer algo queer assim.

"Tá tudo bem. Eu não queria ir mesmo", digo.

"Bom, eu não queria te pressionar, mas geralmente a gente nem vai. Quer cabular o baile junto com a gente?", pergunta Bo, e Amber bate uma palminha.

"Claro, quero sim. Vou adorar." Sinto o rosto esquentar e nem sei o que está provocando isso.

A gente demora uma hora para comer todas as porcarias que compramos no posto. Se eu não for embora logo, vou ter que andar do ponto do VLT até em casa no escuro. Sei que a solução lógica seria deixar Bo me dar uma carona até meu bairro, mas, depois de ver onde ela mora, isso definitivamente não vai acontecer. Peço que me deixe na estação do VLT. Durante a viagem, termino a tarefa de casa da semana para me distrair dos pensamentos em Bo e na quedinha que não tenho por ela. Quem diria que estar em negação poderia fazer de mim uma aluna modelo?

Quando chego na esquina da minha rua, vejo que tem um carro na entrada da nossa garagem que não reconheço. E, quando entro, tem uma mochila que não é a minha em cima da bancada da cozinha. Parece que não tem ninguém em casa, porém, então deixo a bolsa na banqueta próxima à mochila da pessoa misteriosa. É quando vejo os dois pela janela.

Cesar está no quinta com Jamal, o amigo dele do Rover. Ver alguém da nossa vida antiga na nossa casa me faz ter uma sensação meio desagradável. Nunca conheci Jamal muito bem, mas a gente sempre se cumprimentava com um aceno de cabeça quando cruzava um com o outro no corredor. Gostava dele porque ele parecia proteger Cesar quando eu não estava por perto. Sei de algumas ocasiões em que foram bater em Cesar e Jamal entrou no meio da briga para ajudar. Tinham várias garotas caidinhas por Jamal, mas ele nunca dava muita atenção a elas. O garoto é alto e magro, e tem uma postura toda certinha com a camisa abotoada até o pescoço e sempre para dentro da calça. Se ele não fosse negro, teria a maior cara de aluno da Slayton.

Ouço o carro da minha mãe encostando na garagem. Jamal já devia ter ido embora, porque mamãe não gosta que pessoas que ela não conhece frequentem a casa. Especialmente quando ela não está. Começo a seguir na direção da porta dos fundos para avisar. Antes de chegar nela, porém, Jamal entrega algo a Cesar. Aperto os olhos e me inclino para a frente, mas não consigo ver o que é. Um salgadinho? Dinheiro? Algo pior?

Vou perguntar para Cesar depois, mas primeiro preciso avisar que mamãe chegou ou ela vai matar nós três. Quando encosto na maçaneta, Jamal puxa Cesar pelas mãos e eles se beijam.

Espera.

Será que vi direito? Eles *se beijaram*!

Pelo jeito julguei muito mal a situação de Cesar. Novo diagnóstico: gayyyyy!!!!

Preciso juntar cada grama de força de vontade da minha alma para não berrar isso em voz alta. Meu irmão! E Jamal! Por um momento me sinto a própria Nazaré Confusa. Será que é com *Jamal* que Cesar fica falando até tarde toda noite? Meu Deus, odeio o fato de eu, logo eu, sempre ter imaginado que fossem garotas. Mas obviamente não estou chateada com a descoberta. Sei que não deveria estar empolgada, mas caramba, mal consigo me conter.

Ouço minha mãe saindo do carro logo ao lado da lavanderia. Me viro tão rápido que quase caio contra a porta de tela que estava prestes a abrir.

Não posso deixar mamãe ver os dois.

"Mami!"

Corro até a porta da lavandaria e a abraço, colocando toda a alegriazinha sobressalente em minha melhor interpretação para fins de distraimento materno.

Ela dá uma risadinha.

"Não, não trouxe comida pra você."

"Poxa, mami, não posso só te amar?", digo, dando um passo para o lado quando ela tenta desviar de mim.

Ela me olha esquisito e passa reto. É por isso que eu nunca poderia ser uma agente secreta de verdade.

Corro na frente e me planto diante da porta de tela, tentando encobrir a visão com o corpo para que mamãe não veja Jamal. Mas ela vê a mochila dele.

"Yamilet. Quem tá na minha casa?"

"Mãe, não fica brava..."

A porta de tela abre, e Cesar e Jamal entram. Cesar congela quando vê mamãe. Tanto ele quanto Jamal parecem ver a vida passando diante dos olhos deles. Mamãe não vê nada disso, porém. Tudo que vê é que tem um estranho em casa. Um problema muito mais fácil de resolver.

"Éééééé..."

Parece que o cérebro de Cesar deu tela azul. Legal.

"Mãe, eu, ééé... queria te apresentar meu namorado!"

Paro entre Jamal e Cesar e seguro a mão do garoto. Está úmida e áspera, mas acho que posso perdoá-lo por estar suado, considerando que minha mãe parece estar prestes a cometer um homicídio.

"Não se preocupa, mãe. O Cesar estava só passando aquele sermão de irmão protetor nele pra você não ter que se preocupar com a parte de deixar meu namorado morrendo de medo de me machucar e coisa e tal."

Jamal solta minha mão e enxuga as palmas na calça. Depois estica uma delas para cumprimentar mamãe.

"Prazer, sra. Flores. Eu sou o Jamal."

Ela não retribui o cumprimento. Em vez disso, cruza os braços. Jamal espera um instante antes de, desconfortável, pigarrear e baixar a mão.

"Jamal." Ela assente. "Vou te dar uma colher de chá, já que parece que a Yamilet ainda não te ensinou as regras da casa." O veneno na voz dela é dirigido a mim, não a ele.

"Obrigado, sra. Flores."

A voz de Jamal sai tão baixinho que mal consigo ouvir. Ele baixa a cabeça e esfrega a nuca.

"Regra número um: garotos não podem frequentar a casa enquanto eu não estiver."

"Sim, sra. Flores." Ele engole em seco. "Peço perdão, sra. Flores."

"Da próxima vez que vier à minha casa, espero que você acerte essa parte."

Ela aponta para a porta, mandando o garoto ir embora.

"Sim, senhora."

Ele pega a mochila e sai quase correndo.

Fico surpresa por ele não ter se cagado todo. *Eu* quase me caguei. Mamãe sabe ser assustadora quando quer.

Assim que a porta fecha, ela dá uma risada.

"Nossa, *adorei* ele!"

Barulho de disco arranhando.

"Sério?", Cesar e eu falamos ao mesmo tempo.

"*Sim* senhora, sra. Flores, *obrigado*, sra. Flores. Assim fico mal-acostumada!", recita ela.

Cesar parece estar prendendo a respiração.

"O que foi, Cesar? Não gostou do namorado da sua irmã? Ele parece o Steve Urkel, não parece?"

Mamãe tem uma risada horrível de hiena que dá sempre que tenta zoar alguém. O barulho é sempre mais engraçado que a piada em si. Mas é contagioso, e não consigo não rir. Cesar, porém, não acompanha.

"Mami, que maldade! Ele é legal", digo, tentando conter o riso em respeito a Cesar.

"É mesmo. Acho que... A senhora provavelmente vai gostar dele." Cesar tropeça nas palavras. "Tenho tarefa de casa pra fazer." Ele agarra a mochila e se enfia no quarto.

Ah, *que maravilha*, Cesar vai mesmo me largar para ter A Conversinha com a mamãe sobre o namorado *dele*. Digo, acho que é namorado dele. Sei lá, vai ver é só um ficante. Definitivamente mereço algumas respostas antes de colocar o meu na reta desse jeito.

"Você tá certa, *mi hija,* ele parece um bom rapaz."

"Então a senhora não tá brava?"

"Tô é feliz que você enfim arrumou um namorado! Depois de todos esses anos, estava começando a achar que você era lésbica!"

Ela faz o sinal da cruz e solta outra gargalhada de hiena.

Fico sem ar de ouvir o que ela diz, mas forço uma risadinha mesmo assim. Se ela descobrir sobre mim e Cesar, provavelmente vai mandar exorcizar a gente.

Minha mãe passa mais alguns minutos zoando a roupa de Jamal antes de me dizer que quer convidar o garoto para jantar na sexta. Assim que me libera, corro para o quarto de Cesar. Ele está andando de um lado para o outro, cutucando as unhas. Achei que ia dar uma bronca nele por ter me deixado sozinha com mamãe, mas quando dou por mim estou puxando meu irmão em um abraço. Ele tensiona o corpo, como se essa fosse a última coisa que estava esperando. É a respiração dele que me diz que talvez esteja chorando, mas não dá para saber. Depois de um minutos, Cesar se afasta.

"Então... Até onde você viu?"

As mãos dele estão tremendo, mas não há lágrimas escorrendo pelo seu rosto.

"Como assim? Vocês não foram pros finalmente lá fora, né?"

"Meu Deus, Yami! Não!" As bochechas dele ficam coradas de vergonha. "Mas você viu... Ééé... Você sabe..."

"Eu vi vocês se beijando, sim."

"Eu... Eu ia te contar." Ele suspira com força.

"Você não me deve nada. Tá tudo bem, sério."

Minha vontade é puxar ele em outro abraço, mas algo me diz que devo esperar.

"Eu vou falar tudo de uma vez, tá?", diz ele, com o lábio trêmulo, mas não continua.

O quarto cai em um silêncio absoluto enquanto ele junta coragem. Estamos ambos prendendo a respiração. Percebo que meu lábio, como o dele, começa a tremer. O que Cesar disser agora pode mudar tudo. Podemos estar juntos nessa.

"Eu sou bi", desembucha ele, enfim enxugando os olhos e o nariz, todos escorrendo.

"Cesar, nãoooo... Não chora..."

Abraço meu irmão. Imagino que vá tensionar o corpo de novo, mas ele meio que se solta, como se o abraço fosse a única coisa a mantê-lo de pé. Não sei o que dizer. Ele acabou de sair do armário diante de mim, e sei como isso é importante. Ah, como sei. Não sei se ele está chorando de alívio ou de medo, mas precisa parar senão quem vai chorar sou *eu*.

"Valeu por me dar cobertura."

Ele me olha com uma expressão que provavelmente significa exatamente isso, mas talvez também esteja falando algo como *Agora vai logo e diz que é lésbica pra gente poder se conectar por causa disso*. Não que ele saiba. Ainda. Abro a boca para contar, mas nada sai. Ele começa a cutucar os dedos de novo, e sei que preciso falar *alguma coisa*.

Isso deveria ser fácil, já que ele fez primeiro, mas noto que estou prendendo a respiração de novo. Quanto mais demorar para responder, mais ele vai achar que sou bifóbica. Sei que eu estaria pensando isso se alguém demorasse tanto assim para responder depois que eu me assumisse. Beleza, eu consigo. Enfim expiro e tento de novo.

"E eu sou... Eu sou les..." começo, mas as palavras parecem estar se agarrando à minha garganta. Só consigo empurrar tudo para fora com um suspiro. "Eu sou lésbica."

Não estou mais sozinha, e o pensamento me faz cair no choro.

"Yami, nãoooo!" A voz de Cesar embarga, e agora é ele que está me abraçando.

Começo a rir. A gente não dá mesmo conta de ver o outro chorando.

Cesar recua um passo e abre o sorriso mais piegas do mundo.

"Você sabe o que isso significa, né?"

Enxugo os olhos.

"O quê?"

"In lak'ech, baby!"

Solto uma mistura de risada com choro, e Cesar começa a dancinha do Fortnite.

"In... la... eeeeeech!", canta ele entre os movimentos.

Ele começa a balançar o quadril, e como não me juntar a ele? Pulo na cama do meu irmão e faço o passinho da toalha entre as pernas enquanto ele tenta rebolar. Rimos e cantamos e rebolamos. Pura energia queer.

7
Confundirás o gaydar de tua mãe

"Bem que eu devia ter desconfiado", diz Cesar, cansado de tanto rebolar.

"Por quê? Como você poderia ter desconfiado?"

Fico aliviada ao saber que isso nem passou pela cabeça dele. Se nem meu irmão imaginava, outras pessoas também não devem imaginar.

"Fiquei sabendo que você dispensou o convite do Hunter pra ir ao baile de volta às aulas."

"E daí? Ele podia só não ser meu tipo."

É claro que sei que Hunter é padrãozinho. Não é porque sou lésbica que não consigo *enxergar* o menino.

"Ai, se eu fosse solteiro...! Nossa, ele ia ver só."

Reviro os olhos e mudo de assunto.

"Sabe aquele mocinho que pelo jeito é meu namorado agora? A mamãe quer que ele venha jantar aqui sexta."

"Vixe..."

"Deixa comigo. Vou fingir ser namorada do seu namorado, mas só se você me contar tudo."

Me sento de pernas cruzadas na cama e repouso o queixo nas mãos, pronta para a história.

"Não me joga na fogueira assim! Não sei o que falar. Vai, me faz uma pergunta, alguma coisa."

"Tá bom. O que ele te deu?"

Considerando o histórico de Cesar, ainda não estou cem por cento convencida de que foi algo inocente, mas vou dar a ele o benefício da dúvida.

"Sério? Por quanto tempo você ficou olhando a gente?"

"Tipo dois segundos, relaxa! Tentei avisar pra vocês que a mamãe tinha chegado."

"É, valeu pelo alerta", murmura ele. Ingrato malditinho.

"Desculpa, mas acabei de salvar seu pescoço. Não tem de quê."

Me levanto para ir embora, esperando que ele me interrompa antes que eu precise embarcar na farsa de que estou mesmo irritada. Quero detalhes.

"Espera, não... Valeu. Foi um anel de compromisso."

Cesar morde o lábio inferior para reprimir um sorriso.

De queixo caído, me sento de novo na cama.

"Deixa eu ver! Você vai usar?"

Ele tira um anel do bolso. É uma aliança larga, preta e prateada, e tem um jaguar gravado em cima. A cara de Cesar.

Ele esfrega o anel entre o polegar e o indicador, de cabeça baixa.

"Não tem como usar agora. Ainda não me assumi..."

"Você disse isso pra ele?"

"Ele sabe. Falou que quer que eu fique com a aliança mesmo assim, e que posso começar a usar quando me sentir pronto. Mas sinto que ele vai ter que esperar sentado."

"Óin!" Reprimo um gritinho empolgado. Jamal é um querido. "Há quanto tempo vocês estão juntos?"

"Hoje faz um ano." Dessa vez, Cesar não consegue esconder tão bem o sorriso.

"UM ANO?"

Nunca pensei em Cesar como um cara que entra em relacionamentos sérios, mas um ano é bastante tempo. Não acredito que deixei isso passar. Não acredito como *ele* conseguiu esconder tudo tão bem.

"É um presente de um ano de namoro." O rosto dele fica corado.

Resisto ao ímpeto de beliscar as bochechas do meu irmão porque quero que ele entenda que estou levando isso muito a sério. Mas, por dentro, sou puro arco-íris e gritinhos animados.

"Como ele é? Ele te trata bem?"

Affe. Pareço meu pai falando assim.

"*Sim*. Pode parar de ser esquisita."

"Tá bom, tá bom." Jogo as mãos no ar, me rendendo. "Mas saiba que se ele te machucar, vou contar pra mamãe que ele *me* machucou e a gente vai sair na porrada."

Ele ri.

"É, não tô preocupado com isso."

"Pois devia! É sério, dou na cara dele sem dó."

Sei que Cesar acha que sou uma fracote porque nunca briguei com ninguém. Mas ele está errado. Sou *sim* capaz de moer alguém no soco. Acho.

"Não, digo, isso não vai acontecer. Você não precisa se preocupar com o Jamal."

"É bom mesmo." Encaro meu irmão com meu melhor olhar de *Te amo mas não durmo em serviço*.

"Que exagerada..." Cesar revira os olhos.

Quero continuar brincando com ele, mas agora estou começando a sentir uma coisinha estranha no peito.

"Cesar, é por isso que os meninos... Hum... provocavam você?" Não quero dizer "espancavam você" porque parece pesado demais para o momento. "Por causa da sua sexualidade?"

Cesar suspira.

"Então, eu não me assumi, mas um bilhetinho que escrevi pro Jamal foi parar nas mãos de uns caras. Por sorte, eles não tinham como saber que era pra ele. Mas não quero falar sobre isso agora. Não foi nada de mais. Não foi a escola inteira sabendo ou algo assim." Ele vira a cabeça, desviando o olhar.

Não acredito que tanto Cesar quanto eu fomos arrancados do armário no Rover e não ficamos sabendo um do outro. Ainda bem que os boatos morrem rápido por lá, mas ao mesmo tempo, queria que a gente pudesse ter se apoiado. Minha vontade é chacoalhar meu irmão e dizer que não tem essa de não ser nada de mais. Quero gritar que não é justo, que ele não merece isso. Em vez disso, digo algo que raramente sai da minha boca.

"Te amo, irmãozito."

"Que coisa mais gay", sussurra Cesar. Touché.

Na sexta-feira, a aula passa rápido demais. Só consigo pensar em Jamal indo jantar com a gente. Depois que chego em casa, fico ainda mais nervosa. Mamãe precisa se convencer.

Ela me faz guardar todos os materiais de bijuteria antes que ele chegue. Pelo jeito ter arames e miçangas e cristais para todos os lados é bagunça demais para convidados. Ela bota uma playlist de cumbia enquanto limpo e ela cozinha. O cheiro de frango e o leve toque de chocolate no *mole* parece fazer parte da música tanto quanto a batida da percussão.

É só Jamal, mas mamãe sempre gosta de deixar algo tocando ao fundo quando recebemos visita. Gosto de música para criar um clima mais solto. Jamal chega às seis em ponto. Mamãe olha para mim, impressionada, antes de ir dançando até a porta, mas logo depois ativa o modo mãe assustadora. Encara Jamal por dois segundos excruciantemente longos. Ele finge não se abalar, mas é impossível. Enfim, o garoto estende a mão e sorri.

"Oi, sra. Flores. Tudo bem?"

"*Mi hijo*, a gente não se cumprimenta com apertos de mão nesta casa", diz mamãe, e o puxa para um abraço.

Um pouco fora do personagem da mãe brava. Ela tenta, mas acaba sempre deixando o amor transbordar. Não é lá muito boa em fingir que é durona. Puxei isso dela.

Jamal fica trocando olhares travessos com Cesar sempre que minha mãe não está olhando. Tento ignorar que estão brincando um com o pé do outro por debaixo da mesa. É quase como se *quisessem* que mamãe os pegasse no pulo. Jamal é péssimo em fingir que é hétero. Para a sorte dele, porém, mami tem um gaydar péssimo, com uma baixíssima taxa de acerto até o momento.

"Me diz uma coisa, Jamal... Você é católico?"

"Mãe!", exclamo.

"Não, mas sou cristão."

"Certo. Aceitável. Você frequenta a igreja?"

"Mãe!" Dessa vez, tanto eu quanto Cesar a repreendemos.

"Calma, calma. Só quero o bem da minha filha. Você entende isso, né, Jamal?"

O garoto assente, e depois disso mamãe muda de assunto. Graças a Deus.

Acho que eu nunca tinha falado direito com Jamal, ou teria tentado empurrar ele para algum amigo meu. Algo no comportamento dele berra "gay" para mim. Talvez eu não dê tanta pinta, considerando que Cesar nunca nem desconfiou que sou lésbica e Bianca tentou arruinar minha vida quando descobriu. Mas agora que estou em um feliz relacionamento fake, estou de boa sem ela.

Depois do jantar, acompanho Jamal até o carro dele como uma namorada fake faria. Assim que a porta da frente se fecha atrás de nós, ele solta um suspiro aliviado.

"Não se preocupa, ela gostou de você", digo.

Ele chamou mamãe de sra. Flores e sempre pediu por favor e disse obrigado, algo que a ganhou na hora.

"Sério?"

Ele sorri e ergue a mão para nos cumprimentarmos com um tapinha animado antes de entrar no carro.

Cesar aparece assim que o namorado começa a se afastar do meio-fio, e Jamal baixa o vidro da janela.

"Vocês foram péssimos", diz Cesar.

"Como assim? O que mais eu podia ter feito?" Ergo as mãos.

"Precisam ser mais convincentes. Vocês deviam marcar um encontro fake ou coisa assim. Precisam se conhecer um pouco, pra não ficarem tão travados da próxima vez."

"Você que manda, amor", diz Jamal.

"Beleza, sem problema, mas você paga."

Cutuco Cesar. É justo, já que nós dois estamos fazendo isso para salvar a pele dele.

"Com que dinheiro?", pergunta Cesar.

"Usa sua carinha de cachorrinho que caiu do caminhão de mudança com a mamãe. Ela vai te dar uma grana."

"Que tal a gente almoçar amanhã, então?", pergunta Jamal.

"Fechou." Não vou reclamar de almoçar na faixa e conhecer melhor o namorado de Cesar.

"Cesar! YamiLET!" O grito abafado de mamãe vindo de lá de dentro é tão alto que a gente escuta da rua.

"Affe, vamos, melhor a gente entrar."

Cesar se inclina na janela de Jamal e o beija na bochecha.

Aceno, e nós dois entramos correndo para lavar a louça antes que minha mãe invente de limpar a cozinha sozinha enquanto reclama, bem em um estilo passivo-agressivo. O que parece que ela já começou a fazer. Affe.

"Deixa com a gente, mami", digo, enquanto tiro cuidadosamente o prato todo ensaboado da mão dela como se fosse uma bomba que só eu posso desarmar.

Cesar pega um pano de prato e começa a secar o que ela já lavou. Ela suspira e abre mão de estar no controle antes de se sentar na banqueta do outro lado da pia.

"Mami, preciso de uns trocados. Pro futebol americano", diz Cesar, fazendo aquela carinha de coitado dele.

O garoto nem precisa especificar para que raios futebol americano precisaria de dinheiro; ela já está pegando a bolsa. Coloca duas notas novinhas de vinte em cima do balcão. Mais do que suficiente para eu almoçar com Jamal.

No dia seguinte, Jamal aparece na hora marcada, e o carro dele parece mais limpo que no dia anterior. Será que ele o lavou só para me receber?

"O que você quer ouvir?", pergunta ele assim que entro.

"Pode escolher."

É o carro dele, então ele pode decidir a trilha sonora.

"Você curte Saul Williams?", pergunta o rapaz.

"Quem?"

"Meu poeta favorito", diz Jamal.

Nada contra poesia, mas eu meio que esperava ouvir música mesmo.

"Tô escutando *The Dead Emcee Scrolls: The Lost Teachings of Hip--Hop*. É bom, juro."

Ele sorri enquanto conecta o celular ao sistema de som do veículo, todo animado. Poesia declamada não é lá muito minha praia, mas entendo o lance. O ritmo das palavras parece música, mesmo sem muito acompanhamento. Mas decifrar o significado das frases é difícil para mim sem poder acompanhar o texto escrito. Nunca tinha ouvido poesia desse jeito.

Jamal parece saber tudo de cor. Ele declama junto, sem pestanejar. Alguns versos são lindos, então começo a estalar os dedos junto com a voz de Jamal, e me pego balançando a cabeça no ritmo das palavras. Não temos muito tempo para a apreciar o poema, porém, já que o lugar onde vamos almoçar fica no fim da rua. Mal tiro o cinto e Jamal já vem correndo abrir a porta para mim.

"Valeu", agradeço, abafando uma risadinha.

É fofinho ele ter se esbaforido todo para abrir a porta sendo que eu poderia ter feito isso sozinha sem problema. Acho que ele está tentando me agradar.

"A gente precisa, sei lá, andar de mãos dadas ou coisa do gênero?"

Jamal fica mexendo no bolso enquanto andamos até o restaurante, seguindo pelo chão azulejado até a mesinha de canto.

"Acho que não, só quando a gente estiver perto da minha mãe."

"Tá, foi mal, foi uma pergunta idiota." Aí ele começa a contorcer as mãos sobre a mesa.

"Ei, relaxa. Eu não sou ela. Você não precisa me impressionar nem nada do gênero. O Cesar confia em você, então sei que você é do bem."

"Valeu", diz ele, e coloca as mãos sob a mesa, mas acho que ainda está nervoso.

"Entãoooo... Vamos lá, a gente está aqui pra se conhecer melhor." Tento começar com coisas que uma namorada deveria saber sobre o namorado. "Você tem irmãos ou irmãs?"

"Duas irmãs. Elas têm 5 e 3 anos. E meu padrasto tem um filho. Mais velho, tipo, tem uns vinte e tantos já, acho."

"Entendi. Você provavelmente já sabe tudo sobre minha família, por causa do Cesar."

"Não *tudo*."

"O que você quer saber?", pergunto.

"Ah... Não quero que você me conte nada que seu irmão não contaria. Mas ele não fala muito sobre o pai de vocês, só diz que você é a favorita dele."

"Ah, pronto, meu pai é a *única* pessoa que gosta de mim tanto quanto gosta do Cesar. Certeza que *não sou* a favorita dele." Não sei por que fico tão na defensiva. Acho que sou mais próxima de papai que Cesar, mas Cesar é o preferido de *todo mundo*. E é tão ruim assim se eu for a favorita de papai? "Foi mal, não sei porque explodi assim com você."

Jamal olha tão fundo nos meus olhos que sinto que ele sabe todos os meus segredos.

"Sei que é difícil viver à sombra de alguém. Mas você é uma pessoa também. Tem seus próprios talentos e paixões. Fico feliz de saber que você tem alguém como seu pai pra enxergar isso em você." Os olhos dele não se desviam dos meus enquanto fala, então cedo e baixo a cabeça.

Abro a boca para responder, mas nada sai. Estou meio surpresa de ver como ele está me levando a sério. Estava só desabafando, não esperava que ele fosse se aprofundar tanto nisso. Fico me perguntando como ele e Cesar funcionam, já que Cesar é o completo oposto de sério. Acho que, assim, eles se equilibram.

"Se isso tranquiliza você, também não sou o favorito de ninguém. Só do Cesar, talvez." Ele abre um sorrisinho triste.

"Por que não?", pergunto.

"Acho que não atendo as expectativa das pessoas. Não sou o cara mais masculino do mundo. Meu padrasto acha que sou uma vergonha."

Ele fica olhando para baixo, sem tocar na comida.

"Eles sabem sobre o Cesar?"

"Vão saber em breve. Vou me assumir, só não sei exatamente quando vai ser a hora certa."

"Você não tem medo de contar pra eles?"

"Tenho medo contando ou não contando, então melhor acabar logo com isso", diz ele.

"Bom, boa sorte. Espero que... Ai, meu Deus..."

É melhor eu estar enxergando coisas, ou vou matar minha mãe. E Cesar. Porque se meus olhos estiverem certos, os dois estão espionando a gente.

"O que foi?", pergunta Jamal.

"Não olha", digo, antes que ele se vire. "Mas o Cesar e minha mãe estão aqui."

Pego meu celular para descascar Cesar por mensagem, mas pelo jeito ele tentou me avisar enquanto estávamos a caminho.

"Tá, então *agora* a gente fica de mãos dadas?", propõe Jamal.

Juro, ele começou a suar assim que mencionei mamãe.

"Sim." Estendo o braço por cima da mesa e entrelaçamos os dedos.

É estranho tentar comer com uma mão enquanto tem uma pessoa segurando a outra. Casais fazem isso mesmo? Sei lá.

Meu celular vibra, e já sei quem é.

Cesar: vocês não tão convencendo ninguém

Dou uma risada fake alta o bastante para eles dois ouvirem de lá de fora, e Jamal se junta a mim.

Cesar: agora sim

Jamal e eu passamos a próxima meia hora fingindo estar apaixonados. Damos risadas fake, ficamos de mãos dadas e comemos um do prato do outro, mesmo eu não gostando da comida que ele pediu. Não precisa me agradecer, Cesar.

Mas fingir que estou em um relacionamento me faz pensar em como seria estar em um de verdade. Talvez algum dia isso aconteça. Mas espero que seja mais fácil que isso. Quero poder segurar a mão da minha companheira sempre que quiser. Ou falar com ela ao telefone até cair no sono. Ou beijar alguém por quem esteja atraída de verdade.

Quero beijar uma garota. Segurar a mão de uma garota. Ficar de denguinho com uma garota. Quero uma namorada. Mas Cesar tem um namorado, e não pode fazer nenhuma dessas coisas. Mamãe não é como os pais de Bo. Não temos o privilégio de sermos quem somos. Não funciona assim.

Não para nós.

Cuidarás da própria vida.
Vadia.

Sempre fico ansiosa pela aula de artes. Como sempre, a sra. Felix só nos dá uma tarefa para fazer em sala e deixa a gente em paz por uma hora. Ela nunca se importa se ficamos de brincadeira, contanto que no fim da aula haja alguma coisa para entregar. Então ela passa a maior parte do tempo por perto, fazendo as artes dela e elogiando o pessoal.

É como uma terapia para mim. Consigo relaxar depois de ter passado a aula de linguagem com Jenna e Karen por perto. Talvez sejam as substâncias voláteis um tanto tóxicas que saem das canetinhas e da água suja de tinta, mas é difícil me preocupar muito quando estou por aqui. Bo e David são ambos muito talentosos; já eu e Hunter nos esforçamos, mas não nos saímos muito bem. Depois de trabalhar em paisagens e natureza morta, agora estamos fazendo retratos, e temos que fazer pares para desenhar uns aos outros.

Bo e Hunter pedem para ser meus parceiros ao mesmo tempo. Se entreolham, e Bo dá de ombros.

"Sem problema, eu fico com o David", diz ela, e é como se eu tivesse tomado um banho de água fria.

Hunter me sorri, ressaltando as covinhas dos dois lados das bochechas e aqueles lábios fofinhos de macho branco.

"Espera! Eu não sei como desenhar... Ééé...", começo, e Hunter me olha com olhos brilhantes e esperançosos. Minha mente acelera, tentando inventar alguma desculpa para fazer par com Bo, "... gente branca."

Hunter só me encara, pestanejando. Mantenho o contato visual, esperando que ele ou qualquer outra pessoa diga algo. Ficamos nos olhando enquanto morro devagar por dentro, minha alma flutuando até outro plano da existência, gritando no abismo.

"Ela tá certa." Bo enfim quebra o silêncio. "É difícil desenhar gente branca. É tipo, como assiiiiiim, fala sério!"

Ela vira o rosto para mim de forma que Hunter não vê a piscadela que me dá. Provavelmente Bo acha que estou evitando Hunter depois que ele me convidou para o baile de volta às aulas. Minha salvadora de calça cáqui.

"Eu consigo desenhar gente branca, cara", David diz a Hunter, que parece decepcionado.

"Tá bom, beleza."

Hunter se vira para David, e eles começam a trabalhar. Bo abre um sorriso malandro. Sinto o rosto corar e colocamos as mãos à obra.

O que ninguém diz sobre artes é que é uma coisa que quase todo mundo consegue fazer. Há regras, e, contanto que elas sejam seguidas, tem como fingir habilidade até enfim adquirir alguma. Independentemente do nível, desenhar cada centímetro do rosto de Bo faz com que seja bem difícil não me pegar admirando a garota, então levo um tempo considerável traçando as linhas e círculos que formam qualquer rosto genérico antes de enfim prestar atenção nela para valer. Bo está séria, o que é inteligente já que assim não vai ficar com os músculos faciais cansados enquanto desenho. Ela não está usando maquiagem, mas não tem olheiras escuras como as minhas. Imagino Bo dormindo em paz por oito horas. Provavelmente com pijamas de arco-íris. Me pergunto se ela prende o cabelo para dormir. Ia ficar uma gracinha com um coque todo bagunçado.

Foco.

Passo para os olhos de Bo, emoldurados por cílios retos e curtinhos que quase fazem parecer que ela está usando delineador. Talvez deixe os olhos para depois. Minha cara deve ficar meio sonhadora enquanto trabalho neles. Mas os lábios dela também não são fáceis. Têm cara de ser muito macios.

Caramba, acho que estou suando.

Acabo acelerando o desenho para que ninguém consiga notar minha cara de apaixonada.

"Posso ficar com ele?", pergunta Bo assim que termino.

Faço que sim com a cabeça, mas minha vontade é sumir. Pela primeira vez, fico grata por não ser muito boa em desenho. Assim, o retrato não vai dar muito na cara como acho que ela é fofinha.

Bo demora muito mais para me desenhar. Repete o tempo todo que é para eu olhar para ela. Não sei se é o contato visual, mas me sinto completamente nua, no centro das atenções. Mas acho que ela não está olhando nos meus olhos de verdade. Só tentando desenhá-los. E de alguma forma isso é pior.

"Não olha, ainda não acabei!", bronqueia Bo quando tento dar uma espiada no resultado.

Ela parece hiperconsciente de cada pedacinho do meu rosto. Queria saber o que acha da minha aparência.

"Não faz meu nariz muito grande, tá?"

Não sabia que eu tinha essa preocupação com o nariz até este momento. Ou com meus olhos meio afastados, ou com minha boca grande, ou com meu maxilar reto.

"Pode deixar, confia em mim. Vou fazer jus ao seu rostinho."

O que raios ela quer dizer com isso?

"Tá, mas faz eu ficar bonita. Minha vida tá nas suas mãos."

"Sem pressão", acrescenta David do outro lado da mesa. Ele dá um sorrisinho enquanto coça o cavanhaque, analisando o rosto de Hunter.

"Me mostra assim que você terminar, pode ser?", peço.

Bo sorri.

"Tem uma exposição de arte dos alunos em março. Talvez você veja só nesse dia."

Caramba, misteriosa pra burro.

Três caras surgem na sala, chamando a atenção de Bo e de todas as outras pessoas. Estão cantando *a cappella*. Uma música feita especificamente para convidar alguém para o baile de volta às aulas. O rapaz do meio está segurando um buquê de rosas. Ele se ajoelha.

"*Sarah, estou de joelhos para pedir com ardor: vá ao baile comigo, por favor?*", declama ele.

Ela aceita as rosas e os pombinhos se beijam. Eca.

A sra. Felix não permite que aproveitem muito esse momento. Os garotos voltam para a aula em que deviam estar, qualquer que seja ela, e Sarah começa a fofocar com as amigas sobre o que acabou de acontecer.

"Eu ia ter um treco se alguém tentasse fazer algo assim comigo. É muito constrangedor", digo.

Bo para de desenhar para comentar.

"Sério? Eu achei tão fofo!"

"Não gosto da ideia de fazer esse tipo de proposta em público. Porque aí a pessoa meio que fica obrigada a dizer sim, caso contrário acaba parecendo uma escrota."

Não consigo nem imaginar como teria sido se Hunter tivesse me pedido para ir ao baile em público em vez de só na frente de Bo e Amber. Eu teria entrado em combustão instantânea.

"É, se ela tivesse negado, todo mundo ia morrer de vergonha", diz Hunter, esfregando o pescoço como se tivesse lido meus pensamentos.

"Não sei, acho que é isso que torna um gesto realmente romântico, sabe? O fato de você se colocar no centro das atenções. Tipo, 'Gosto tanto de você que tô disposto a passar vergonha em público por isso'", acrescenta David, quase na defensiva.

"O problema é que você não passa vergonha sozinho, você faz a outra pessoa passar também", digo.

Bo concorda com a cabeça.

"Acho que você tá certa nos casos em que o relacionamento ainda é incerto. Mas a Sarah e o Ryan já estão juntos, então é óbvio que ela diria sim. Acho fofinho, mas só se você tiver certeza de que a pessoa também quer ir ao baile com você."

"Ah... Nunca tinha pensado nisso." David parece desproporcionalmente gongado.

"Espera, você estava pensando em convidar a Amber?", pergunta Hunter.

Meus olhos se voltam de imediato para David. Nem me toquei que era por isso que ele estava insistindo no assunto, e agora me sinto meio mal. Ele encolhe os ombros.

"Bom, agora não tô pensando mais. Não quero deixar ela constrangida."

"Como melhor amiga dela, confia em mim quando te digo que ela não vai ficar constrangida." Bo dá uma piscadela para David, e as bochechas dele ficam coradas. Saber que ela não dá piscadelas só para mim é, ao mesmo tempo, um alívio e uma decepção.

Bo não faz sentido algum. Ela faz questão de não ir aos bailes, então achava que isso não era muito a praia dela. E, de certa forma, isso me passa a impressão de que ela não é muito romântica, ou alguém que *gostaria* de ir a um baile. Mas, ao que parece, é fã de pedidos em público. Talvez ela até quisesse ir, se tivesse um par...

De repente, Bo tira uma foto de mim, que apaga o que quer que houvesse na minha cabeça. A aula está quase no fim, e ela não terminou meu retrato, então suponho que queira a fotografia para terminar depois. Tento espiar mais uma vez, mas ela fecha o caderno de supetão. Droga. Vou ter que esperar, parece, que ela decida a hora de me mostrar. Talvez antes da exposição, que é só em março, daqui a um baita tempão.

Quando outubro engrena, as pessoas só se preocupam com duas coisas: o baile de volta às aulas e o Halloween. O fato de usarmos uniforme tira boa parte da graça do Halloween, então a expectativa pelo baile é mil vezes maior. Vira algo totalmente normal esbarrar com pessoas pedindo em público que outras as acompanhem na cerimônia. Até o momento, Hunter foi o único que me chamou para ir com ele — o que não é uma surpresa, já que não falo com muita gente.

Toda hora de almoço, um pedido já é o esperado. Parece que quase todo mundo que vai ao baile faz questão de transformar a coisa em um espetáculo. No Rover, algumas pessoas convidavam outras em público para ir ao baile de volta às aulas ou ao de formatura, mas não com tanta frequência quanto na Slayton. Me pergunto como Bo consegue ver tantos pedidos assim e ainda gostar da ideia. Não é que ela — ou eu — pudesse protagonizar esse tipo de demonstração fofinha de afeição na escola sem que joguem tomate na gente.

Bo e Amber estão com a cabeça bem juntinha do outro lado da mesa, ambas focadas no celular de Bo, e me sinto um pouco excluída. Pelo menos também deixam David de fora. Pego o celular e confirmo mais alguns pedidos na lojinha da Etsy para distrair a mente e não ficar tentando adivinhar do que estão falando. Vendemos uma batelada grande de pulseiras da amizade, o que me deixa feliz porque é a coisa que mais curto fazer.

"O que vocês duas estão aprontando aí?", pergunta David, enfim, e ergo o olhar do celular. Tenho que admitir que estou curiosa.

"Tentando achar uma namorada pra Bo", diz Amber, como se não fosse nada de mais.

Eu não devia sentir ciúmes, especialmente porque já contei a eles sobre Jamal. Preciso sustentar minhas mentiras. Não sei por que é tão mais difícil mentir para meus amigos do que para minha mãe. Acho que porque sinto que com minha mãe é uma questão de necessidade; quando minto para Bo, Amber e David, porém, parece egoísmo. Especialmente considerando que Bo é uma das únicas pessoas da escola que na verdade entenderia minha situação. Mesmo assim, não posso correr o risco de a verdade chegar até minha mãe.

"Não precisa ter 18 anos pra usar aplicativos de namoro?", pergunto. A ideia de Bo arrumando uma namorada me deixa esquisita.

"Não precisa chamar a polícia, a gente tá só dando uma olhada!" Amber dispensa minha questão com um gesto da mão. "O que você acha dessa Jamie? Ela é fofinha, né? Estuda análise social e cultural na Universidade Estadual do Arizona! Que a gente sabe que é praticamente estudos queer. Parece o tipo de garota que a Bo gosta." Amber me mostra o perfil dela, que exibe a foto de uma jovem de cabelo azul e um piercing de argola no lábio.

"É... Ela é bonitinha." Forço as palavras garganta afora.

"Ei, vocês já pensaram em quantas pessoas nessa escola ainda estão no armário?", pergunta David.

Fiquei *quase* grata pela troca do tema do papo. Achei que ele só estava tentando se envolver na conversa, mas a pergunta me deixa desconfortável.

"Tipo, estatisticamente falando, não é possível que Bo seja a única pessoa não hétero daqui."

Quase engasgo com a comida.

"Não é da minha conta, então...", digo. Com sorte, ele vai mudar de assunto.

"A Bo não era a única ano passado. Lembram da Elaina?", diz Amber.

Bo revira os olhos.

"Sim, eu era a única pessoa não hétero. A Elaina não é lésbica, ela é trans. São duas coisas diferentes", diz Bo, séria.

"Quis dizer que você não era a única pessoa LGBTQIAPN+ aqui", diz Amber. "Mas já pensei nisso antes, viu, David. O Jake Jeffrey com certeza é gay. Aposto que a namorada dele é só de fachada. Ela deve ser cúmplice dele."

Não gosto nada dessa conversa. Se eu não estivesse com eles, estaria nesta lista? Me sinto como se estivesse sendo julgada pelos olhos da estátua de Jesus — o "Jesus gostosão", como Cesar o chama (só para mim). Por causa do abdominal sarado.

Olho para Bo. Se tem alguém aqui com coragem de dar uma bronca nos amigos, é ela. Mas ela está em silêncio e com os olhos fixos na comida.

"E a sra. Felix, a professora de arte? Definitivamente lésbica", continua Amber.

"Não dá para ter certeza desse tipo de coisa. O pessoal não achava que você era lésbica ano passado?", David pergunta a Amber.

"Mas foi só porque a Bo se assumiu, e ela é minha melhor amiga."

Amber joga um bolinho frito de batata no ar e o pega com a boca. Como se não estivesse nem aí se todo mundo assumisse ser do vale.

"Pois é, Yamilet, já se prepara. Todo mundo acha que os amigos da Bo são queer que nem ela", diz David, e Amber o fuzila com o olhar por Bo.

"Foge enquanto ainda é tempo se não estiver de acordo com isso", diz Bo, sem sorrir.

"Não, tô de boa", respondo. Mas não sei se estou mesmo.

Jenna e Karen estão nos encarando do outro lado do refeitório. Encarando Bo, em especial. Karen dá risadinhas, que tenta disfarçar cobrindo a boca com as mãos bronzeadas demais, e Jenna parece estranhamente mais tímida do que o normal. Karen a empurra na nossa direção, mas fica um pouco para trás.

"Já que estamos falando de quem é do vale ou não, acho que a Jenna talvez tenha um crushzinho em você, Bo."

David cutuca Bo com o cotovelo para chamar a atenção dela.

Ela se vira para olhar, e Jenna solta um gritinho antes de se esconder atrás de Karen. Bo dá um sorriso fofo para Jenna, e tento engolir o ciúmes antes que ele transpareça no meu rosto. Será que *Bo* é o crush secreto de Jenna?

Karen enfim consegue empurrar Jenna para a frente. A garota estufa o peito e anda toda aprumada até Bo.

"Ééé... Oi..."

"Oi, tudo bem?"

"Foi mal, sei que faz um tempo que a gente não conversa, mas eu estava pensando..." Jenna respira fundo. "Você vai ao baile de volta às aulas?"

O rosto dela assume um tom brilhante de vermelho. As pessoas começam a olhar. Tanto Amber quanto David ficam de queixo caído.

"Você tá me convidando pra ir com você?"

O sorriso de Bo fica mais amplo, e nesse instante percebo que quando ela sorri com o rosto todo, o lado direito da boca sobe um pouquinho mais que o esquerdo. É o sorrisinho torto mais lindo do mundo, e quero ver mais desses sorrisos — mas de preferência não provocados por Jenna. A expressão inteira de Bo se ilumina, e sinto as bochechas quentes. Sei lá, acho que estava empolgada para cabular o baile. Com Bo.

Karen cai na gargalhada, e o rosto de Bo se franze todo confuso.

"Foi mal, foi mal! A gente estava só brincando de verdade ou desafio!" Jenna não consegue parar de rir. "Caraca, achei que ela ia dizer que sim!"

Ela está rindo. Está todo mundo rindo. O rosto de Bo fica vermelho, assim como minha visão. Me levanto.

"Você acha essa porra engraçada?"

A sacanagem precisa ser muito grande para me tirar do sério. Mas mexer com os meus amigos? Não posso só ficar sentada sem falar nada. Marcho até Jenna e Karen. Amber vem comigo. Elas correm para longe, ainda às risadinhas. Na verdade, vão fugindo conforme nos aproximamos. Acho que eu meio que torcia para isso acontecer, já que não sei o que faria se elas tivessem me encarado de frente.

Bo se levanta também, mas segue na direção oposta. Sai do refeitório antes de começar a ouvir as coisas horríveis que as pessoas estão falando. Amber e eu corremos atrás dela até o estacionamento. David nos chama, mas não vamos voltar. Não sem Bo.

"Bo, espera!", grito, mas ela não para.

Anda direto até o carro, e precisamos correr para alcançar nossa amiga antes que ela abra a porta.

"O que você tá fazendo?", pergunta Amber.

"Vou pra casa."

Bo entra no carro, mas não vai conseguir se livrar tão fácil assim da gente: subo no banco do carona enquanto Amber entra no assento traseiro.

"Vamos ficar com você se você quiser", digo, e Amber assente.

Bo nem olha para nós.

"A gente não precisa falar sobre o que rolou. Podemos tomar sorvete, ir ao cinema ou uma coisa assim. Eu pago."

Amber pousa a mão no ombro de Bo. Ela dá um meio sorriso, parecendo um pouco menos tensa.

"Cinema."

Ela dá a partida no carro e saímos da escola.

Se tem uma coisa que não suporto na época do Halloween são os filmes de terror. Odeio do fundo do meu coração; filmes de ação são muito mais minha praia. Mas Bo gosta de terror. E estamos aqui para cuidar de Bo, então só engulo. Respiro fundo várias vezes — não quero parecer uma bebezona. É hora do almoço, então somos as únicas na sessão. Ainda tem umas pipocas esparramadas pelo chão, na frente das nossas cadeiras, já que a equipe de limpeza provavelmente achava que ninguém ia aparecer nesse horário.

Amber aperta meu braço e o de Bo.

"Ai caramba, a gente ainda tá de uniforme. Vão pegar a gente."

"Shiu, vai ficar tudo bem", diz Bo.

"Eu tô muito nervosa. Mas tá uma delícia. Amo vocês, gente", sussurra Amber.

"Também amo vocês", responde Bo, sussurrando igual.

"Por que vocês estão falando baixinho?", digo, em uma altura normal para lembrar a elas que estamos sozinhas na sala de cinema.

Elas caem no riso.

Dez minutos depois do começo do filme, Bo aperta minha mão com força. Dou uma assustada porque não estava esperando. É bom pensar em qualquer coisa que não seja o filme para não ficar tão surtada de medo. Então Bo segurando minha mão seria uma distraçãozinha ótima, não fosse o fato de que isso me deixa surtada também. Depois de um tempo percebo que ela também está segurando a mão de Amber. Então não é nada assim tão especial, acho. Mesmo assim, ela está *segurando minha mão*.

Bianca também tinha o hábito de segurar a minha mão.

Fazia isso o tempo todo, e nunca foi uma questão até eu me assumir. Ela fez parecer que eu era algum tipo de monstro por segurar a mão dela sem ter contado que era lésbica. Fez parecer que ela não teria feito isso se soubesse. Na época, não pensei muito a respeito. Amigas às vezes dão as mãos, e eu não sabia que não podia fazer isso. É tão ruim assim querer dar e receber dos meus amigos o mesmo nível de afeição que outras pessoas demonstram com os amigos delas? Como gosto de garotas, porém, todo tipo de contato físico é considerado sexual. É solitário.

Então quando Bo segura minha mão sem se fazer de rogada, sinto que é como um tapão na boca grande de Bianca. Porque Bo não dá a mínima para as regrinhas de comportamento de Bianca, ao menos não comigo e com Amber. Amigas queer podem dar as mãos também.

Quando o filme acaba, percebo que fiquei apertando a mão de Bo com tanta força que mal consigo esticar os dedos.

"Ai, desculpa", digo, enquanto tento fazer minha mão parecer menos com um conjunto de tentáculos desfigurados.

Bo abre e fecha as mãos, rindo.

"Foi um trabalho em equipe."

Matar aula para ir ao cinema foi um curativo, mas acho que a ferida ainda não sarou — no dia seguinte, Bo não vai para o refeitório na hora do almoço. Não responde minha mensagem perguntando onde ela está, então David, Amber e eu vamos atrás dela. Bo não está nem no pátio, nem nos banheiros.

Enfim a encontramos na sala de artes, trabalhando em um desenho que esconde assim que entramos. Me sento ao lado dela, e Amber e David se acomodam do outro lado da mesa.

"O que você tá fazendo aqui?", pergunta Amber.

"Me escondendo", responde Bo sem pestanejar.

"Bom, então a gente vai se esconder aqui com você." David pega o caderno e começa a desenhar.

Também pego o meu.

Bo sorri, mas o ar ao redor dela está tão pesado que é difícil de respirar.

"É por isso que parei de participar das equipes esportivas, sabe", diz ela, e Amber coloca a mão no ombro da amiga. "Dos grupos de dança também. É exaustivo ter que prestar atenção o tempo todo para ver se não estou sendo muito eu a ponto de deixar as pessoas desconfortáveis. O povo é escroto quando quer. Sempre precisei ficar de olho no meu comportamento depois que me assumi. Tipo, não encarar ninguém nos vestiários ou coisa assim. Toda menina ficava achando que eu queria alguma coisa com ela. Tipo, não é possível ficar atraída por toda garota que encontro, né? Mas talvez eu gostasse da Jenna. Acho que ela sabia disso." Bo baixa a cabeça.

Ela não tem ideia de como isso é real para mim. Jenna é a Bianca de Bo, acho.

"*In lak'ech*", digo sem nem pensar. Ando passando muito tempo com Cesar.

"O que é isso?"

"Hum, é um jeito de falar 'eu te entendo'."

Não quero que Bo saiba que é basicamente só um jeito meu e de Cesar de falar "somos iguais". É uma explicação simplificada, mas não é exatamente uma mentira. Assim como toda a minha existência na Slayton.

Não te autossabotarás

Até o momento, Cesar conseguiu convencer mamãe a não ir aos "jogos" dele. A mentira parece ter funcionado como um reloginho nas últimas semanas. Ela anda bem ocupada com o trabalho, então não fica chateada com a ideia de não conseguir comparecer, mas ainda diz que torce para ele e deseja boa sorte nos dias de jogo. Chegou inclusive ao ponto de fazer café da manhã especial nesses dias, com *chilaquiles de chorizo* e batatas com um aroma de especiarias que, pelo menos para mim, tem cheiro de culpa.

Geralmente, quando mamãe demonstra um interesse maior de ir a algum jogo, lembro a ela quantos pedidos de bijuterias temos que fazer. Mas chega o jogo de volta às aulas, um dos mais importantes do ano, então só o compromisso de fazer bijuterias não vai livrar a gente do problema. Claro, isso significa que Jamal também quer ir à partida. Quem diria que ver a derrocada do namorado poderia ser uma atividade romântica junto com a namorada fake?

No jogo de hoje à noite, vai ser a primeira vez que Bo — e o resto da Slayton — vai me ver usando minhas roupas de verdade, então claro que estou planejando meu look há semanas. Sandálias pretas, um macaquinho tomara que caia e um dos colares feitos à mão da minha mãe.

A cascata de miçangas pretas, amarelas e vermelhas pende da base do meu pescoço, cobrindo minhas clavículas com um padrão geométrico, o que quase faz a peça parecer parte do decote do macaquinho. Modéstia à parte, estou uma gracinha. Me pergunto que tipo de roupa Bo usa quando não está de uniforme...

No caminho para o jogo, ainda não tenho ideia do que Cesar vai fazer. Ele anda todo cheio de segredos sobre seu "plano" — o que significa de duas uma: ele não tem plano algum ou é algo tão brilhante que vai surpreender todo mundo. Convenço mamãe a nos sentarmos na parte de trás das arquibancadas, porque tem menos gente. Mas, no fundo, isso é uma desculpa para ter a pior visão possível do Cesar fake jogando futebol americano, só para garantir. Considerando o histórico de mamãe, é bem provável que eu esteja mais ansiosa a respeito da situação toda do que ele. Se Cesar não for convincente, ela vai nos matar. Especialmente eu. Finjo estar tendo calafrios por causa do vento do fim de outubro, não por medo da ira da minha mãe. Mas preciso admitir que, para variar, é legal passar um tempinho com ela sem ter que me preocupar com pedidos de bijuteria.

Bo e Amber nos encontram quando a banda entra em campo, com tambores e trompetes soando alto.

"Oi, Yami!", grita Amber por cima do barulho, me abraçando.

Ela dá um passo para o lado, revelando Bo em seu esplendor. O cabelo dela está preso em um rabo de cavalo baixo que deixa antever um brinco de crucifixo de um lado só, e está vestindo uma camisa de botão com estampa floral amarrada na cintura e jeans com as barras dobradas. Nota onze de dez. Impossível não perceber que ela está analisando meu look também. Grito acima da música antes que alguém perceba que estou secando Bo, ou que ela (talvez) esteja *me* secando.

"Amber, Bo, essa é a minha mãe e o Jamal, meu, ééé... namorado." Ainda não gosto da ideia de mentir para meus amigos sobre Jamal, mas não tenho como explicar a situação sem arrancar Cesar do armário.

Minha mãe abraça Amber e Bo. Bo fica tensa, como se não estivesse esperando o gesto, mas Amber nem se abala. As duas se sentam à minha direita, com Jamal à minha esquerda e minha mãe logo ao lado dele. Dois mundos separados e que precisam permanecer assim.

Quando o time entra em campo, analiso os jogadores, procurando por Cesar. Não consigo ver o rosto de ninguém por causa dos capacetes, mas tem apenas dois jogadores não brancos. Vemos David de imediato. Número 21. Minha mãe se levanta e começa a cantar.

"¡Dale, dale, dale! ¡Dale, veintiuno!"

Ela acha que é Cesar. Pelo jeito, ele disse a ela que esse é o número *dele*. Jamal e eu embarcamos na da minha mãe e começamos a cantar também.

David não tira o capacete em momento algum, mas se vira e acena para nós algumas vezes. Mal consigo focar no jogo de tão ansiosa. Amber e Bo sabem que devem deixar minha mãe pensar o que estiver pensando, já que estão a par da mentira. Bom... de uma das mentiras.

"Como vocês se conheceram?", Amber pergunta para mim e Jamal no intervalo do jogo.

Hesito, e Jamal nos salva.

"A gente frequentou o Rover juntos."

Não é nem uma mentira. Não sei por que raios não falei isso.

Antes que qualquer um tenha chance de fazer mais perguntas, vou pegar uns *nachos*. Sei que é jogo sujo deixar Jamal sozinho com minha mãe e com amigos que ele não conhece. Ops.

Vou traçando meu caminho por entre um grupo de rapazes sem camisa com o peito e o rosto pintados com as cores da escola. Um deles dá um tapinha no meu ombro.

"Oi! Você é a Yamilet, né?"

Não conheço esse cara, e ele meio que assassina a pronúncia do meu nome. Mas já o vi com Cesar e Hunter.

"Isso! Oi", respondo.

"Hunter me pediu pra te convidar pra festinha que vai rolar amanhã. Ele ficou com medo de não conseguir ver você depois do jogo."

"Ah, valeu, mas não sei se vai rolar de ir. Provavelmente não conheço os convidados", digo, mesmo tendo certeza de que Cesar adoraria comparecer.

"Não tem problema. Leva alguém se quiser."

Ele dá de ombros, me entrega um pedaço dobrado de papel e vai embora. Desdobro o bilhete e vejo um endereço e um sorrisinho. Guardo tudo no bolso, pego meus *nachos* e volto para a arquibancada. Vamos ver se Cesar foi convidado. Não preciso ir sozinha.

* * *

Depois que vencemos o jogo, Cesar é o primeiro a sair do vestiário. Está com o uniforme de David, suando em bicas. Provavelmente passou os últimos dez minutos fazendo polichinelos para reforçar a farsa. Como esse moleque sua! Me pergunto se ele ficou enclausurado no vestiário o jogo todo... Minha mãe ignora o suor e dá um abração nele.

"Você jogou tão bem, *mi hijo!* Que orgulho de você!"

Mais alguns beijinhos suados. Eca. Cesar e minha mãe, porém, parecem não ligar para a nojeira.

Cesar volta para o vestiário para se trocar, e mamãe fica nos esperando no carro enquanto aguardo ele voltar. Hunter sai primeiro e vem direto até mim, me puxando para um abraço. O barulho que sai da minha boca quando ele me ergue do chão é um misto de grito de um gremlin com guincho de porco. Não o gritinho fofo que ele provavelmente estava esperando. Ele me larga.

"Que barulhinho foi esse?", solta Jamal, e Bo e Amber começam a rir, o que não é bom para manter nossa farsa.

Ele devia agir como se estivesse com ciúme ou algo do tipo. Por sorte, mamãe já foi para o carro, caso contrário definitivamente me daria uma bronca por causa do abraço.

"Eu não estava esperando." Dou um soquinho no braço de Jamal, depois outro no de Hunter. "Você me assustou!"

"Só queria dizer oi e te agradecer por ter vindo." Ele cora.

Estou prestes a apresentar Jamal como meu namorado para que Hunter esteja inteirado, mas David e Cesar se aproximam. David deve ter ficado esperando no vestiário para que Cesar lhe devolvesse o uniforme. O cara foi firmeza demais — ter passado o jogo inteiro sem tirar o capacete não deve ter sido nada legal. Me pergunto o que Cesar usou de moeda de troca...

"Preciso ir!", diz Hunter, e corre até David e Cesar.

Cesar e Hunter se cumprimentam com um tapinha no ar e depois meu irmão corre até nós como se ainda estivesse na partida de futebol americano. Menino bizarro.

"O treinador quer conversar com o time, então o David disse pra não esperar por ele", diz Cesar.

Amber parece decepcionada, mas Bo me dá uma piscadinha.

"Acho que a gente devia ir pra casa então", diz ela, dando o braço para Amber e a guiando pelo estacionamento. Cesar e eu vamos atrás.

Antes de chegarmos à barraquinha de comida, uma fileira de jogadores de futebol americano bloqueia o caminho, com Hunter entre eles. Começam a erguer a camisa, um a um, revelando as letras: B-A-I-L-E--C-O-M-I-G-O? Depois a fileira se divide ao meio e David vai até Amber com um buquê de flores nas mãos.

Amber escancara um sorrisão bobo, abanando o rosto.

"Achei que você não ia mais me convidar!!", grita ela, e eles se abraçam.

Acho que isso é um sim.

Eu já sabia que David iria convidar Amber, e estou feliz por ela, mas sinto a ficha cair: isso significa que agora Bo e eu vamos matar o baile sozinhas. A ideia de passar um tempo apenas com Bo faz meu estômago embrulhar.

Todos ao nosso redor comemoram por David e Amber, e solto um suspiro de alívio. A parte mais difícil já foi.

Cesar decidiu ir ao baile de volta às aulas com os amigos do futebol americano enquanto fico com Bo, mas prometi que vou com ele à festa que vai ter de depois do baile. Acho fofinho como Jamal confia em Cesar indo na balada sem ele. Digo, deveria ser padrão confiar na pessoa com a qual você tem um relacionamento, mas sei que muitas vezes não é assim. Talvez um dia a gente amadureça e pare de sentir ciúmes, mas, por hora, Cesar e Jamal são pontos fora da curva.

Os cachorros fofinhos-de-tão-feios de Bo pulam em mim assim que chego e sobem com a gente até o andar de cima. Bo e Amber têm uma tradição de assistir a filmes de horror ruins em vez de ir aos bailes. Me assusto com qualquer coisa, mesmo com os filmes mal avaliados. Se tem sangue, monstros ou assassinos em série, é assustador. Ponto final. Percebo que estou encarando a mão de Bo, esperando ela também ficar assustada para segurar na minha.

Para minha decepção, ela não segura. Acho que não é "assustador" o suficiente para Bo querer pegar minha mão. E não estou disposta a agir primeiro. Prefiro que Bo não pense que sou tão covardona quanto sou. Sem a mão dela, preciso ter criatividade para não mijar nas calças a cada cena de susto de baixo orçamento. Imagino os efeitos de ossos quebrando e carne se dilacerando sendo feitos com cenouras e alface crocante. É um pensamento meio que reconfortante. Tento me distrair pensando em como vou convencer Bo a ir à festa que vai ter depois do baile. Mal vejo a hora de fazer minha mente esquecer do filme, então levanto o assunto assim que os créditos surgem na tela.

"Eu fui convidada pro after", digo, tentando soar o mais casual possível.

"E você vai?", pergunta Bo, a boca cheia de pipoca.

"Sim. Você não quer ir também? Me disseram que eu podia levar alguém..."

Não sei se isso soa como se eu estivesse fazendo um convite para um primeiro encontro. Meio que parece, mas não era minha intenção.

"A Amber me convidou também. Mas não tô muito a fim de ir. Além disso, tenho quase certeza de que queriam dizer que você podia levar um garoto."

"Não especificaram o gênero. Qual é, vai ser legal!"

"Não é muito minha galera." Bo afunda no sofá.

Franzo a testa. É minha versão meia-boca da cara de cachorrinho que caiu do caminhão de mudança. Ela nem se abala. Não posso julgá-la, já que tem uma boa chance de Jenna estar por lá. De jeito nenhum eu iria a uma festa em que tivesse alguma chance de esbarrar com Bianca.

"Ah, tá bom, então. Mas se você mudar de ideia, eu ia adorar que você fosse comigo."

Bo se senta mais reto e sorri com os olhos. Certo, talvez ela tenha se abalado um pouquinho.

"Por que você quer tanto que eu vá?"

Ela se inclina na minha direção. É sutil, uns centimetrozinhos, mas percebo.

Porque gosto de sair com você. Porque você me faz bem. Porque você torna qualquer situação mais divertida. Porque você é bonita, gente boa e divertida. Porque sou lésbica, e acho que tô gostando de você.

"Não sei..." É tudo que consigo dizer.

Bo tomba a cabeça para o lado, e acho que está na minha. Não gosto muito de manter contato visual por muito tempo, mas é difícil não olhar nos olhos dela. As íris são escuras e grandes, como buracos negros. Eles me atraem, e não sei o que pode acontecer se eu chegar perto demais. Não tem como voltar atrás depois de ser pega por um buraco negro. Quando dou por mim, estou me inclinando. Será que ela está se inclinando também? Não sei dizer. Estamos perto demais.

"Eu sou hétero", solto. *Sutil como uma jamanta, Yami.*

"Tá... bom?"

Bo cruza os braços. Tá, acho que ela não estava se inclinando também.

"Foi mal, achei que..."

Que merda, por que fui falar isso? Ela já sabe que "tenho um namorado". Isso foi completamente desnecessário.

Depois de uma pausa, Bo inclina a cabeça para trás e cai na gargalhada.

"Você achou o quê? Que eu estava a fim de você? Não é toda lésbica que vai querer ficar com você só porque você é uma garota. Sério isso? Se manca."

"Não, eu sei! Eu não devia ter dito isso. Foi mal." Tento não deixar a voz vacilar.

Se por acaso ela gostava de mim, acabei com tudo agora. Mas é óbvio que não gostava. Sei que isso devia ser bom porque sou Não Lésbica. Mas na verdade é uma merda.

"O que eu fiz dessa vez? Devia ter me sentado no outro sofá? Devia ter cancelado nosso encontro quando a Amber decidiu ir ao baile? Devia *nem ter olhado* pra você? Por que sou sempre eu que preciso pisar em ovos pra ninguém me achar esquisita?" Ela foi erguendo a voz, e seus olhos estão começando a ficar úmidos.

"Não, eu... Você não fez nada errado, Bo." Minha voz falha, e me odeio por fazer com que ela se sinta como me sinto o tempo todo.

Como se fosse uma predadora.

"Que seja. Eu tenho uma namorada. Achei que você soubesse."

Por alguma razão, as palavras dela invadem meus ouvidos a toda e fazem minha visão borrar.

"Ah... Isso é... ótimo. Quem é sua namorada?"

Não devia ter perguntado isso agora. Devia estar pedindo desculpas.

"O nome dela é Jamie. Mas não te interessa", diz Bo, fria.

Me lembro da garota de cabelo azul do aplicativo de namoro que Amber mostrou.

Balanço a cabeça para voltar ao momento. Ferrei com tudo. Foco nisso.

"Foi mal, Bo. Sério. Não sei por que falei tanta bobagem. Você não fez nada errado", lamento.

"Você não tem uma baladinha pra ir?"

É um jeito não muito súbito de me dizer para ir embora.

"Ah, sim, preciso passar pra pegar o Cesar... Tá tudo bem entre nós?"

É egoísta da minha parte, mas só quero que ela me diga que não me odeia. Que não vou estar sozinha de novo depois disso.

"Tudo bem."

Ela se levanta e vai para o quarto em vez de me levar até a porta como geralmente faria.

Acho que não está tudo bem entre nós.

Não usarás o celular bêbada

Mais cedo, eu não estava muito a fim de vir, mas agora acho que uma festa vai cair bem. Qualquer coisa para esquecer como Bo me odeia. Como ferrei totalmente nossa amizade. Como Bo tem uma namorada que provavelmente nunca a fez se sentir mal como eu acabei de fazer. Os acordes do baixo da música que vem da festa me despertam dos devaneios chorosos. Mal conseguimos ver a casa ainda, mas a música está *alta*. Tem carros estacionados ao longo de toda a rua, então precisamos estacionar em uma paralela. Quando enfim entramos, fica óbvio que boa parte das pessoas já está meio altinha ou completamente bêbada. Algumas deram perda total antes de começar a dançar. Mesmo sóbria eu poderia me perder na casa — é tipo a da Bo, só que mais bombada ainda, com tetos superaltos, cômodos imensos e escadarias com vários lances.

Cesar agarra meu braço, e tomo um susto.

"Toma um shot comigo! Vai ajudar a não parecer que você tá com um cabo de vassoura enfiado no rabo."

Acho que ando meio tensa desde que fui embora da casa de Bo.

"Não posso, vou *dirigir*!"

Empurro o ombro dele, mas deixo meu irmão me puxar até a cozinha, onde damos de cara com Hunter.

"iaeeee?", grita o garoto.

Ergue um copo na nossa direção, quase derrubando bebida por todo lado. Depois ele cumprimenta Cesar com o entusiasmo de sempre.

"Fala, cara", murmura Cesar, servindo um shot para si mesmo.

Hunter acena com a cabeça na minha direção.

"Achei que você nem ia vir, já que não foi pro baile."

"Eu tinha planos, mas tô livre agora."

Abro meu sorriso mais simpático. Espero que ele não esteja bravo por eu não ter ido ao baile com ele.

"Bom, fico feliz que rolou de você vir." Ele sorri de novo e encosta no meu braço.

Acho que estamos flertando. Ou ele está, ao menos.

Hunter me entrega um copinho de shot, mas dispenso.

"Sou a motorista da rodada, infelizmente."

"Se estiver a fim de beber, pode ficar por aqui com o seu irmão até passar o efeito. Podem até dormir aqui em casa se quiserem. Não vão ser os únicos."

Cesar ergue as sobrancelhas para mim como se Hunter tivesse nos oferecido a fortuna dos pais, mas fico nervosa. A única vez em que bebi algo alcoólico foi ano passado, na festa de aniversário de Bianca. Não bebi nem quando fui a uma festa no primeiro ano. Mas é difícil dizer não — contanto que Cesar passe a noite aqui também. É uma ocasião especial. Do tipo *Falei uma coisa idiota pra Bo e agora preciso encher a cara pra parar de pensar nisso*. Que saudável, né.

Mando uma mensagem de texto para minha mãe.

`Yami:` vou passar a noite na casa da Bo

Ignoro o fato de que, por várias razões, me sinto culpada por mentir . Hunter ergue um shot cheio de vodca diante do meu rosto, e coloco a pontinha da língua no líquido para ver quão ruim é. Quase vomito.

Ele ri.

"O gosto é péssimo. É por isso que tem que beber rapidão. Faz assim."

Hunter ergue meu queixo. Parece um daqueles Momentos Heterossexuais forçados retratados em todos os filmes do mundo, em que o cara estabelece contato físico desnecessário com uma garota enquanto a ensina a fazer algo extremamente simples.

E, com isso, tenho uma ideia.

Vou tentar ser hétero esta noite. Me comportar de acordo com a mentira que contei para Bo, ou tentar. Se conseguir provar que sou hétero, não vou precisar ficar gritando isso aos quatro ventos como uma escrota. Agente secreta Yami em ação.

Deixo Hunter inclinar minha cabeça para trás, e ele me entrega o copinho. Depois aperta meu nariz para prender minha respiração. Não sei se isso devia ser romântico ou coisa do gênero, só sei que é esquisito pra cacete.

"Tá, agora manda ver."

Engulo a culpa junto com o álcool. Não sei se tampar o nariz ajuda, porque o que quer que ele me dá tem um gosto horrendo. Em seguida ele me entrega um pedaço de limão, que abocanho. Depois, enche um copo descartável vermelho até a boca com alguma bebida.

"Essa tem gosto bom, juro."

Dou um golinho, e é verdade. Tem gosto de Coca sabor baunilha.

"Ah, agora ensina *pra mim*!" Cesar junta as mãos e bate os cílios, todo dramático.

Isso parece lembrar Hunter de que não estamos sozinhos na cozinha, o que é ótimo. Hunter fica corado, serve um copo da mesma bebida para Cesar e brindamos.

Solto um arroto. Hunter arrota também. Que romântico.

Começo a me sentir um pouco altinha. Álcool faz a ideia de fingir ser hétero um pouco menos intimidadora. Dou um golão na bebida antes de pegar Hunter pela mão e o puxar pela sala de estar — também conhecida como pista de dança. Não sou muito de dançar, mas na minha família, quem não tem gingado aprende rapidinho ou é zoado pelo resto da vida. Alguns dos meus *tíos* têm a autorização de não saber dançar, mesmo estando bêbados o suficiente. Eles iam se encaixar bem nesta multidão.

Hunter coloca as mãos na minha cintura e repousa a cabeça no meu ombro, como se nossa relação fosse íntima o bastante para isso. Quase me sinto mal por estar dançando com outro cara mesmo tendo um "namorado", mas Jamal não está aqui, e preciso treinar isso de ser hétero com *alguém*. Mas Hunter não está se movendo no ritmo da música, então é difícil acompanhar. Depois de um minuto, fico de saco cheio. Pelo jeito ele percebe que não estou no clima, porque grita no meu ouvido acima da música:

"Vou te mostrar a casa!" E agarra minha mão, me puxando para longe.

A música está tão alta que dá para ouvir a batida basicamente de qualquer lugar. Tem algumas pessoas dançando do lado de dentro da casa. Do lado de fora, estão relaxando e fumando. Hunter continua olhando para mim como se quisesse minha aprovação, como se estivesse nervoso com a possibilidade de eu não gostar da casa dele ou coisa do gênero. Dou um sorriso meio constrangido e continuamos.

Quando dou por mim, estamos no quarto de Hunter, e ele fecha a porta. Claro que a gente ia acabar aqui. Quero me dar um soco por não ter antecipado isso. Ele começa a fuçar em uma gaveta. Meu estômago revira. Será que está procurando uma camisinha?

"O que você tá fazendo?"

"Espera aí", murmura ele, e continua remexendo os conteúdos da gaveta. Começa a tirar algo de lá de dentro.

"Eu não vou transar com você", digo antes que ele tenha a chance de passar vergonha.

Ele dá meia-volta. Está com um gibi na mão e uma expressão de susto absoluto no rosto.

"O quê? Eu não ia... Eu sou..." Ele olha ao redor como se tivesse mais gente no quarto que pudesse ouvir o que ele tem a falar. "Então, eu sou virgem... Tipo, ia querer conhecer você melhor antes se a gente fosse transar. Só queria te mostrar isso."

Sinto o peito apertar de tanta vergonha. É um gibi. Sobre espiões.

"Eu vi que você curte coisa de espião, aí achei que ia gostar disso...", continua ele, e me estende a revistinha com os olhos fixos no chão e o rosto vermelho-brilhante.

"Ah... Foi mal. Valeu."

Primeiro Bo e agora Hunter. Preciso parar de presumir que as pessoas querem meu corpinho nu. Talvez eu precise parar de me achar.

"Foi mal por quê? E se quiser, é só pedir." O olhar de Hunter sobe devagar do chão até meus olhos. Ele sorri, depois pigarreia. "O gibi! Quis dizer o gibi, não... É... Eu gosto de você, mas não tô pronto pra transar ainda."

Solto uma risada meio pelo nariz e pego o quadrinho para evitar que Hunter imploda. Coloco o gibi na bolsa e dou um abracinho no garoto. Mas Hunter não entende que é para ser algo rápido, e me segura por alguns segundos a mais do que seria adequado. Começo a me afastar, mas, antes que dê por mim, a boca dele está sobre a minha. Solto uma exclamação assustada e dou um pulo para trás.

"Eu gosto de mulher!", digo, e levo as mãos automaticamente à boca.

Hunter coça a cabeça.

"Ai, meu Deus, eu interpretei muito mal a situação." Ele recua um passo. Os arredores ficam borrados, e não sei se é o álcool ou o fato de ter acabado de sair do armário. Não percebo que estou hiperventilando até o garoto colocar a mão no meu ombro. "Ei, não se preocupa. Eu não vou contar pra ninguém, tá? Sua confiança em mim significa muito."

O problema é que eu não confio em Hunter. Mal *conheço* ele. Qual é meu problema?

"Valeu... Eu... Ééé... preciso fazer xixi."

Pego meu copo, canalizo meu Hunter interno e fujo.

Achei que fazer xixi era só uma desculpa, mas na verdade preciso muito fazer xixi. Tomo o restante da bebida no banheiro mesmo, esvaziando o copo antes de perceber como o álcool está me afetando. Me sentar na privada de alguma forma me faz reviver os momentos mais constrangedores do dia. Meu cérebro despiroca e me trai. Falei para Hunter que sou lésbica. Falei para Bo que sou *hétero*. Ele provavelmente vai estragar meu disfarce. Ela provavelmente me odeia. Por alguma razão, a última questão é a que mais me preocupa no momento. Pego o telefone para mandar uma mensagem de texto para ela.

"Oi, pai!"

Dou uma risadinha quando vejo meu fundo de tela antes de focar em escrever para Bo. Na minha cabeça, meu pai do fundo de tela se mexe para fazer um joinha e diz *Vai lá conquistar essa garota*. Com o encorajamento dele, mando duas mensagens.

Yami: Eeei

Yami: Foi mal mesmo

Com meu telefone ainda em mãos, rolo o feed do Instagram por um tempo, mas não consigo não pensar em Jamie, e em como queria ser ela. Talvez se tingisse o cabelo de azul... ou será que era roxo? Me pergunto se uma aluna de escola católica pode ter cabelo colorido. Provavelmente não.

Que cor que era o cabelo de Jamie mesmo? Preciso saber. Não porque quero perseguir a namorada de Bo no Instagram, mas porque... talvez queira tingir o cabelo algum dia, ou coisa assim. Começo a olhar as 224 pessoas que Bo segue, procurando Jamie, mas desisto quando vejo que ela não está entre as cinquenta primeiras.

Me levanto e lavo as mãos. Meu reflexo me assusta, e derrubo o sabonete. Mas sou só eu. Não tenho com que me preocupar. Preciso me concentrar muito no espelho para conseguir reconhecer meu rosto. Puxo o lábio de baixo, tentando imaginar se um piercing de argola no lábio me faria ficar tão interessante quanto Jamie. Dou um tapinha no espelho.

"Você vai mandar benzão." Nem sei mais do que estou falando.

Rio sozinha, depois vou procurar alguém conhecido.

Cesar está sentado no sofá, falando ao telefone. Pulo por cima do encosto e caio ao lado dele.

"Te amooooooo", murmura ele para o celular.

Acho que está falando com Jamal. Pego o aparelho da mão do meu irmão e o levo ao ouvido.

"Foi mal, mas boas irmãs não deixam o irmão beber e usar o telefone!", digo, e Jamal ri do outro lado da linha.

"Beleza, cuida dele por mim", responde ele antes de desligar.

"Mal-educada." Cesar faz um biquinho.

"É pelo seu próprio bem", afirmo.

E não porque acho que ele vai passar vergonha com Jamal, mas porque pode sem querer acabar se assumindo na festa se alguém perceber que ele está de chameguinho com o namorado.

Cesar repousa a cabeça no meu colo. Dou um gole do copo dele, já que minha bebida acabou. Sem perceber, começo a fazer cafuné em Cesar, como *doña* Violeta costumava fazer quando eu era mais nova. Sinto saudades disso às vezes.

"Você acha que depressão é algo que passa algum dia?", balbucia Cesar.

Caramba. É como se ele tivesse lido minha mente e soubesse que estou pensando em *doña* Violeta. Penso a respeito por um instante antes de responder.

"Não sei se passa... mas acho que melhora. Com a ajuda de habilidades de enfrentamento e apoio de outras pessoas, sabe?"

Eu ao menos espero que *doña* Violeta melhore com o tempo. Ver a senhorinha tão triste todo dia me deixa de coração partido.

O olhar pensativo de Cesar está fixo à distância.

"Sim, espero que você esteja certa."

Antes que as coisas fiquem mais sérias, ele salta do sofá e corre para brincar de jogar bolinhas de tênis de mesa em copos de cerveja.

Enquanto estou no sofá, um cara que não conheço se senta ao meu lado. Não deve ser aluno da Slayton.

"Ei, o que você tá fazendo aqui, toda solitária?"

Ele chega tão perto do meu rosto que consigo sentir o bafo de cerveja. O garoto lambe os lábios. Comprimo os meus. Mesmo que não tivesse estragado meu plano de agir como hétero, ainda tenho padrões, e esse moleque está muito abaixo dele.

"Meu nome é Connor", diz ele. Assinto com a cabeça, mas não respondo. "A gatinha tem nome?"

"Yamilet." *Por favor, vai embora.*

"Ahhh, *Yamilet*... Que nome lindo. Exótico. Você fala espanhol?"

Lá vamos nós.

"Aham", respondo, olhando por cima da cabeça dele para ver se acho algum conhecido.

"Que sexy. Fala meu nome em espanhol?"

Sério isso? Preciso resistir ao ímpeto de dar na cara dele. Em vez disso, fulmino o menino com o olhar para que ele perceba que está sendo idiota.

"Connor", digo, soando propositalmente tão branca quando possível.

Ele ri.

"Você é engraçada. E bem linda também, sabia?"

"Aham, sabia sim", resmungo.

"Hum, tá." Parece que o garoto ficou irritado.

Reviro os olhos. É como se ele estivesse esperando que eu discordasse, mas a troco de quê? Talvez queira que eu agradeça, mas tudo que ele fez por mim até agora foi me fazer querer quebrar minha política de não violência.

Enfim, *enfim* vejo alguém que conheço. Emily está dançando com Hunter, mas prefiro ficar com eles do que com esse babaca.

"Beleza, falou!"

Dou um fora em Connor e vou me juntar aos dois. Emily pode até ser amiga de duas das minhas pessoas menos favoritas do mundo depois de Bianca, mas no momento estou bêbada demais para me importar.

Quase sinto inveja. Era para eu estar fingindo ser hétero. Se não tivesse arruinado tudo, ainda estaria dançando com Hunter neste momento. Emily para tudo quando me vê e deixa Hunter de lado para me dar um abraço. Ela está com o cabelo castanho todo encaracolado em vez de preso no rabo de cavalo meio desmilinguido que costuma usar sempre.

"Tô tão feliz que você veio!"

Ela se afasta um pouco e mexe no meu cabelo como garotas hétero fazem. Se eu estivesse sóbria, talvez não ronronasse alto. Mas não consigo evitar, é tão *gostoso*. Se estivesse sóbria, provavelmente nem teria deixado ela encostar em mim. Mas, no momento, isso não importa. Emily me pega pela mão e me leva até a cozinha.

"Você vai tomar um shot comigo, tá?", diz, servindo dois copinhos.

Parece muito mais fácil engolir a bebida dessa vez. Devo ser muito fraquinha para o álcool, porque o mundo começa a girar — no bom sentido. Tipo como se eu estivesse na xícara maluca da Disney. No caso, é o que eu *acho*, porque nunca fui à Disney.

"Eu quero ir pra Disney", murmuro.

Acho que Emily nem escuta. Pego outro drinque de vodca com Coca e chantily.

"Eu tinha um pouco de medo de você, sabia? Mas você é muito gente boa." As palavras dela saem meio embaralhadas.

"Sério? Pensei que você me achava fofinha."

Ou foi Jenna que disse que me achava fofinha? De qualquer forma, eu não sou de dar medo. Tento não me afetar pela ideia de que ela talvez não me ache uma gracinha.

"Você *é* fofinha!", grita ela, e suspiro de alívio.

Sabia. Eu *sou* fofinha. Ela não elabora o comentário sobre eu dar medo.

"Então", começo depois de mais um gole, "eu te achava legal, mas agora eu é que tenho medo de você."

"Por quê?" Ela franze a testa. Só dou de ombros. Acho que no momento sou incapaz de conversar a sério sobre quem Emily escolhe ter por perto. "Enfim, não precisa ter medo de mim, juro."

Ela sorri e pega minha mão, depois me puxa para a pista de dança. Joga os braços sobre meus ombros e entrelaça os dedos atrás da minha cabeça. Como isso pode não dar medo???

"Quer deixar o Hunter com ciúmes?", sussurra ela no meu ouvido; antes que eu diga qualquer coisa, aproxima o quadril do meu e é quase como se estivéssemos nos esfregando.

Me pergunto se Jamie e Bo dançam desse jeito. Provavelmente não, já que Bo não curte dançar. Mas a gente está se esfregando de um jeito hétero. Tudo para entreter Hunter, não eu mesma. Hunter faz um joinha, como se estivesse orgulhoso de mim. Queria poder dizer que dançar com Emily para chamar atenção me diverte minimamente, mas sinto que estou pegando fogo. Como se a qualquer momento alguém fosse perceber que sou uma fraude. Se ela soubesse que sou lésbica, nunca dançaria comigo desse jeito.

Antes que eu dê por mim, Jenna chega em Emily por trás e começa a se esfregar nela também. Karen vem depois de Jenna e o namorado de Karen em seguida, e de repente se formou um trenzinho de esfregação do qual não quero participar.

"Preciso fazer xixi!", berro, e fujo para o quintal.

Me pergunto se ficam pensando que vou fazer xixi lá fora. Mas não acho que estou bêbada a esse ponto.

Enquanto saio, ouço um coro de garotos comemorando, e me viro a tempo de ver Jenna e Emily *se pegando*. Não consigo definir em palavras o que sinto. Meu coração começa a acelerar.

Sigo até o quintal e me deito na grama esperando o mundo voltar ao foco. Porque garotas hétero podem se beijar na frente de todo mundo mas eu não? Fecho os olhos. Não quero nem saber do que está acontecendo ao meu redor.

Da última vez em que enchi a cara assim, eu é que beijei uma garota hétero. Mas Bianca não beijava como uma garota hétero. Acho que eu devia ter imaginado que não era nada de mais, porque a gente estava brincando de verdade ou desafio e essa foi minha prenda. Quando a garrafa apontou para mim, Bianca me olhou *daquele jeito*. Lambeu o lábio inferior e sorriu, piscando devagar. Não sei nada sobre relacionamentos, sexo ou coisa do gênero, mas acho que foi o olhar mais sugestivo que alguém já me deu. Não sei se o meu transpareceu o quanto eu estava desesperada para que ela me beijasse, mas Bianca nem hesitou. Atravessou o espaço entre nós e me deu um beijaço de língua como se estivesse com vontade mesmo. Achei de verdade que ela estava.

Mas não, ela é só mais uma garota hétero que beija outra garota quando tem caras bonitos olhando.

Meu celular vibra e percebo que ainda estou deitada sozinha na grama. Acho que demoro uns bons dois minutos para pegar o celular do bolso. Recebi uma mensagem de Bo. Arquejo de tão empolgada.

Bo: Talvez eu tenha exagerado na reação...

Dedico toda minha energia à missão de enviar uma mensagem de texto que não denuncie meu nível de embriaguez. Demoro alguns minutos, mas consigo enviar uma sem erros de digitação.

Yami: Talvez não tenha.

Devolvo o celular ao bolso e fecho os olhos de novo, focando na música que ribomba vinda de lá de dentro. Não sei por quanto tempo fico deitada até ouvir duas pessoas se deitando comigo, cada uma de um lado.

"Nossa, olha as estrelas", diz Amber.

Abro os olhos. É ela e David. As estrelas estão lindas. Mais lindas aqui do que em casa.

"Cara, isso é ridículo", digo.

"O que é ridículo?", pergunta David.

"Até as estrelas de gente rica são mais bonitas." Minha voz vacila, e acho que estou prestes a cair no choro.

Não é justo. Quero estrelas bonitas também. David assente, como se soubesse exatamente como me sinto, e Amber segura minha mão sem dizer nada. Sei que, pelas regras, não devia deixar garotas hétero segurarem minha mão, mas me sinto melhor assim, tá bom? As regras que se danem.

A música para, e fico curiosa o bastante para me sentar. Há um coro de "shius", e de repente Cesar surge e me puxa pra ficar de pé.

"É a polícia!"

A descarga de adrenalina que vem com a palavra me faz ficar sóbria na hora, e saio correndo com ele. O quintal é imenso; sinto que estou correndo em um carrossel, mas não deixo a sensação me retardar.

O muro dos fundos é alto demais para eu pular nas condições em que estou. Cesar tenta me dar pezinho, mas nós dois caímos. Ele está bêbado como eu. Em vez de saltar, a gente se arrasta e se esconde atrás de um arbusto. Consigo ver as luzes do giroflex por cima do muro, e sinto que vou vomitar. Tento não pensar no que pode acontecer em seguida, ou no que aconteceu da última vez que nos vimos nesta situação... Tampo os ouvidos e fecho os olhos, como se isso pudesse fazer os policiais irem embora.

Enquanto tento recuperar o fôlego, percebo que fomos os únicos a correr. Todas as outras pessoas estão paradinhas, esperando para fazer o teste do bafômetro e serem detidas. Nós, não.

Depois de um minuto, a música retorna, só que mais baixinha. As pessoas voltam a dançar, fumar e beber. Estou morrendo de dor de cabeça.

"Acho que a polícia foi embora. Vantagens de estarmos na zona norte, ao que parece."

Cesar espana a terra da roupa, depois estende a mão para me ajudar a levantar, mas não aceito. Apoio a cabeça no muro e ergo os olhos para ver as estrelas de gente rica. Tudo é diferente por aqui. Nem tento reprimir as lágrimas que escorrem pelo meu rosto.

Meu irmão se senta ao meu lado. Não preciso falar nada. Ele entende tudo. Eu só tinha ido a uma única *festa* antes. Cesar estava lá também. A polícia apareceu. Não tinham mandato, mas arrombaram a porta e entraram mesmo assim. Antes de sair correndo, vi um deles bater a cabeça do meu amigo Junior no chão de concreto. Nem todo mundo teve a mesma sorte que eu de conseguir escapar. Todos que ficaram levaram uma multa por estarem bebendo sendo menores de idade — até os que não estavam de fato consumindo bebida alcoólica. A mãe de Junior foi deportada, mesmo não sabendo da festa.

E, aqui, a polícia só pediu para abaixarem a música. Ninguém foi detido nem deportado. Ninguém teve a cabeça socada no chão. A festa ainda está rolando, porra.

"Yami? Cadê você?", grita Amber, correndo em uma direção aleatória com David logo atrás.

Enxugo os olhos e saio de detrás do arbusto. Cesar também.

"Aqui."

"A gente achou que você tinha ido embora!", diz David.

"Não fui, mas acho que tô indo."

"Mas você tá bêbada." As palavras de Cesar se embolam enquanto ele aponta um dedo para mim, acusatório.

"Eu tô bem. Venho te buscar amanhã", declaro com o máximo de clareza para provar meu ponto, mas ele e Amber estão ambos altos demais para me impedir.

Vou embora, passando pelas pessoas sem me despedir nem sequer olhar para elas.

"La migra, la migra!", diz o idiota que me pediu para falar o nome dele em espanhol, forçando um sotaque. Depois, ele cai na risada.

La migra — a imigração. Como se isso já não estivesse óbvio para todo mundo, já que os dois descendentes de mexicanos na festa foram os únicos a fugir ao ver a polícia.

Me viro e ando direto até ele, os punhos cerrados. Se Cesar tivesse ouvido, teria dado um soco na fuça dele. Não ouviu, mas alguém precisa meter a mão nesse cara. No momento, não me sinto no controle de mim mesma. Parece um sonho, e sinto que estou fora do corpo, me vendo marchar até ele e o acertar em cheio no nariz.

"Ohhhhhhh!!!!", exclama um grupo de garotos quando ele cai no chão e não levanta.

Dois fazem uma reverência para mim, como se estivessem agradecidos por eu ter nocauteado o amigo deles. Me viro e continuo andando.

Acho que Hunter tenta me chamar assim que passo, mas não paro. Sinto que todo mundo está olhando para mim. Prossigo, e a multidão se abre ao meio como o Mar Vermelho. Quando chego à privacidade do carro da minha mãe, percebo que talvez não chegue em casa se resolver dirigir agora. Não me sinto capaz de andar em uma linha reta, o que dirá dirigir em uma.

Vou esperar.

É difícil ficar sentada aguardando sem começar a devanear. Tento focar no latejar distante na minha mão e não nas alternativas. Tipo Junior tendo a cabeça socada no cimento. A mãe dele sendo deportada. Meu pai sendo deportado...

Sinto tantas saudades do meu pai... Saudades dos abraços dele, e da forma como ele sempre reforçava que eu ia ficar bem. Quando eu era pequena, era ele que eu procurava sempre. Ele me deixava mais forte e me preparava para enfrentar qualquer coisa de frente. Quero lhe contar sobre esta noite. Sobre os policiais, e que soquei um cara. Quero contar sobre Bo e nossa discussão. E que gosto dela, mesmo ela tendo uma namorada e achando que sou hétero.

O que mais tenho a perder me assumindo para meu pai, afinal? Mesmo que ele me odeie por isso, não é que eu dependa dele para viver como dependo da minha mãe. Mas sei que ele jamais me odiaria. Provavelmente vai fazer tudo isso parecer mais fácil. Vai saber exatamente o que falar para que eu não me sinta mais como um grande cocô. Mando duas mensagens de texto para ele. Duas coisas que gostaria de falar com mais frequência.

Yami: Te amo, pai.

Yami: E gosto de mulher.

Sei que não é uma boa ideia ligar ou mandar mensagem para as pessoas estando bêbada, mas quero contar isso a ele há muito tempo. Acho que sou pior em parecer hétero do que imaginava. Não consegui manter a farsa nem por uma noite. Nem por algumas horas. Mas já me sinto melhor sabendo que vou poder conversar com meu pai sobre isso em breve.

Já que estou fazendo confissões ébrias, talvez seja uma boa ligar para Bo. Tem como me arrepender disso amanhã? Não tem. Cai na caixa postal, o que a versão sóbria de mim assumiria ser um aviso de Deus. Mas a versão bêbada de mim caga para segundas chances dadas pelo universo. Deixo uma mensagem de voz.

"Hum... Oi." Hesito por tempo demais. "Acabei de dar um soco em um cara. Foi legal, acho. Talvez você fique surpresa de saber que foi a primeira vez que infligi um ato de violência a outro humano." Não sei por que estou falando tão empertigada. Talvez para fazer a ideia de ter socado a cara de alguém parecer menos violenta. Não dura muito, porém. "Você acha que sou uma pessoa assustadora? Suponho que pensem que sou mais brigona do que sou de verdade. Ah, a festa foi uma merda. Devia ter ficado com você. Se eu não fosse tão escrota, talvez você tivesse me deixado ficar. Teria sido melhor ainda, acho. Só queria dizer que você não me faz sentir incômoda. Eu mesma faço isso. Você é gente boa. É muitoooo gente boa, linda, divertida e areia demais pro meu caminhãozinho. Sua namorada é tãooooo sortuda. Por favor, Bo, você precisa parar de dar aquele sorrisinho com os olhos, porque é a coisa mais fofa do mundo e literalmente me faz morrer por dentro. Porra, sério, você estraga tudo. Eu gosto muito de você, sabia? Não sei se você tá ligada no quanto. Eu *gooooostooooo* de você! Gosto de estar com você. Tipo, não *estar com* você do jeito que você tá pensando. Claro. Porque eu sou hétero, lembra?" Começo a rir, e não consigo parar. Minha risada no momento é pior que a da minha mãe. "BRINCADEIRA EU SOU SAPATONA PRA CACETEEE!"

Estou praticamente gritando de tanto que estou rindo. Lágrimas escorrem dos meus olhos. Ela vai achar que sou muito engraçada. Desligo.

Meu celular vibra, mas não é Bo nem meu pai.

Cesar: *YAMI LUCHADORA*!!!!!! O cara AINDA tá apagado! Não conhecia esse seu lado 😄

Dou um sorrisinho e reclino o assento até ficar confortável, depois me aconchego de lado.

Respondo que é hora de criar certa reputação, mas faço isso só na minha cabeça. Gastei toda minha energia com mensagens de texto para papai. Quanto tempo demora para a bebedeira passar? Espero que não seja muito. Sinto que, se me mexer, vou vomitar, então fecho os olhos.

Demora só um segundo para uma sensação avassaladora de *o que caralhos tem de errado comigo* consumir todo o meu ser.

De repente, ainda tenho energia para enviar mensagens de texto mais uma vez, tanto para Bo quanto para meu pai. Escrevo a mesma coisa para os dois.

Yami: HAHAHA ZOEIRA

Para Bo, mando uma segunda mensagem, porque talvez ela ainda não tenha ouvido a caixa postal.

Yami: eu to bebsds por fvor n escuta a mnsgem

Assim que termino a contenção de danos, fecho os olhos e caio no sono.

⇒11⇐
Não levantarás falso testemunho contra mensagens que deixaste bêbada na caixa postal

Quase não acordo com o celular vibrando. Demoro um segundo para perceber que ainda estou no carro da minha mãe. O som de vibração não para, e fico um pouco irritada até me tocar que pode ser meu pai ligando. Preciso apertar os olhos para conseguir ler o nome na tela. É quase três da manhã, o que significa que só dormi tipo dez minutos.

É Bo. A bela Bo.

"Eiiiiiiiiii, Bo... Bo-nitona", solto, e caio na gargalhada.

Bonitona. Sou muito espertinha.

"Hum, oi. Desculpa não ter atendido. Eu estava dormindo. Você tá bem?"

"Entãoooo, não, não tô bem... Você já viu as estrelas de gente pobre, Bo? São uma merda. Ah, também dei um soco em um cara!" Falo de um jeito meio espantado, como se tivesse acabado de ficar sabendo da novidade.

"Você não vai dirigir assim não, né?"

Ela ignora minha reflexão sobre as estrelas. E a outra coisa que contei. Que grossa.

"Talvez, não sei."

"Não, não vai. Me fala onde você tá."

Quando dou por mim, estou no banco do passageiro do carro de Bo. Tenho quase certeza de que sou uma viajante no tempo, porque perdi o que aconteceu entre nossa conversa anterior e este momento. Maneiro.

Bo está me perguntando alguma coisa, e preciso me esforçar para que as palavras façam algum sentido. Solto um gemidinho.

"Onde você mora?"

Dou uma risadinha. Bela tentativa, sua demônia sexy. Eu é que não vou te entregar minha identidade secreta de bandeja.

Mais um salto temporal.

Estou debruçada em uma privada, vomitando. Não é meu banheiro. Tem alguém segurando meu cabelo para trás.

Salto temporal.

"Cadê?"

Estou me arrastando pelo quarto de Bo, olhando embaixo da cama dela.

"Cadê o quê?"

"O retrato que você fez de mim! Preciso dele."

Preciso encontrar aquele retrato. Preciso...

Salto temporal.

Bo está me ajudando a me deitar em uma cama que não é a minha. Nem a de Bo.

"Você pode dormir aqui. Vou estar no meu quarto se precisar de alguma coisa, tá bom?"

Estou no quarto de visitas da casa dela.

"Espero que sua namorada seja a pessoa mais legal do mundo. Você merece alguém melhor mesmo", balbucio.

"Valeu..."

"Ela é legal com você?"

"É sim. Não faz muito tempo que a gente tá junto, mas gosto muito dela", admite Bo, e engulo o ciúmes a seco. Devia estar feliz por ela.

"Que bom. Aposto que ela é muito mais legal que a Jenna", digo, e Bo baixa os olhos. "E que eu. Foi mal por não ter sido muito legal com você. Por que você é tão legal comigo?"

Não entendo Bo. Na escola, ela age como uma garota fodona, fria como gelo. Mas adora cachorrinhos feios e cuida de amigas bêbadas que tem todo o direito de odiar.

"Pra manter o karma bom." Ela dá de ombros, mas acho que simplificou a ideia para mim como simplifiquei o *"in lak'ech"* para ela. "Boa noite."

Ela começa a andar até a porta. Mas está frio, e não quero que ela vá embora. O que realmente quero é um abraço.

"Nãoooo..." Estendo os braços na direção dela. "Quero conchinha."

Ela dá uma risadinha.

"Sério?", pergunta Bo. Sorrio com os olhos tão bem quanto posso, esperando que isso a faça se derreter em meus braços — como aquele sorrisinho com os olhos que ela faz me dá vontade de derreter nos braços dela. "Eita, você tá com algum problema no olho?"

Paro de tentar sorrir com o olhar.

"Tô com frio." Faço um biquinho.

Em vez de deitar de conchinha comigo, ela coloca outra coberta em cima de mim.

Quando fecho os olhos, a Bo Onírica está bem aqui comigo na cama para me aquecer.

Bo Onírica está um pouco tensa, então pego os braços dela e os faço envolver meu corpo como quero. Sou a pessoa de dentro da conchinha, claro. Resmungo e abraço o braço dela, que é meu travesseiro. Bo pode ou não pensar ainda que sou hétero, mas a Bo Onírica sabe tudo. Por enquanto, me permito fingir que ela é de verdade, e não tem uma namorada legal, e que ficar de conchinha foi ideia dela. Finjo que ela gosta de mim também. E toda a coisa de ser lésbica. Acho que talvez possa me acostumar com isso.

Acordo sozinha e com uma dor de cabeça que é nefasta demais, nefasta nível vilão que mata cachorrinho. O sol que entra se esgueirando por entre as frestas da persiana é brilhante demais. Mas esta é a cama mais confortável em que já estive. Não quero sair dela nunca mais.

Demoro um minuto para me lembrar de como cheguei até aqui. Para ser sincera, não me recordo de muita coisa, o que me deixa meio surtada.

Emprego toda minha força na tentativa de me sentar. Tem uma garrafa de água e uma cartela de Advil na mesinha de cabeceira. Bo pensou em tudo mesmo. Tomo duas cápsulas com um gole d'água.

Dois segundos depois, a garrafa inteira já foi. Acho que não bebi nem uma gota d'água noite passada. Talvez seja por isso que minha ressaca está do cão.

Depois de enrolar mais um pouquinho na cama que tenho certeza de que é digna de membros da realeza, me levanto. Não posso evitar para sempre o momento de encarar Bo. Especialmente estando na casa dela. Abro a porta do quarto de visitas e a vejo na sala de estar do andar de cima encarando a tela do celular, corada e com um sorrisão no rosto. Talvez, se eu parar de me autossabotar, um dia possa ter uma namorada que me faça ruborizar olhando para o telefone.

"Opa", digo.

"Opa." Ela baixa o celular. "Tá se sentindo melhor?"

"Com um pouco de dor no corpo e dor de cabeça, mas sim, tô bem."

"Ótimo. Pelo jeito a festa foi boa, né?"

"Não, na verdade... Valeu por ter ido me buscar." Me sento no canto oposto do sofá.

"Não tem de quê."

Não falo nada por um tempo. Ela baixa o olhar para o telefone de novo.

"Então você não tá mais brava comigo?", pergunto, enfim. Ela se vira para mim.

"Estava, mas já superei."

Suspiro, aliviada.

"Sinto muito, de verdade."

"Eu sei. Você repetiu isso mil vezes ontem à noite." Ela ri.

Não lembro disso. Me pergunto o que mais falei para ela...

"Merda. Você ouviu a mensagem na sua caixa postal?"

"Que mensagem na caixa postal?" Ela desbloqueia o celular.

"Nada, não! Sério, só falei um monte de merda de bêbada. Você devia deletar, e..."

"Ahhh, *essa* mensagem na caixa postal?" Ela vira o celular para mostrar minha mensagem não ouvida e *coloca para tocar*.

Estendo a mão para pegar o telefone, mas ela é mais rápida. Salta do sofá, e preciso correr atrás dela pela sala de estar enquanto tento tomar o celular. A mensagem está tocando ao fundo, e começo a gritar para que Bo não consiga escutar as palavras.

"Hum... Oi. Acabei de dar um soco em um cara..."

"Ah, *fiquei sabendo* disso! Ele mereceu." Bo ri.

"Para! Dá isso pra mim!"

Pulo por cima da mesa de centro e ela salta para longe, rindo e jogando almofadas em mim como se isso fosse uma brincadeira, e não meu maior segredo sendo colocado em jogo.

"*Ah, a festa foi uma merda. Devia ter ficado com você...*"

"LA LA LA LA LA!", grito, tentando desesperadamente encobrir a mensagem. Enfim a alcanço e consigo prender contra o chão a mão com que Bo está segurando o celular. Continuo gritando para ela não ouvir. Mal consigo escutar minha própria voz no recado. Talvez ela não consiga. Agarro o telefone e, meio desesperada, deleto a mensagem antes que seja tarde demais.

"Não sei se você tá ligada no quanto. Eu *gooooostooooo...*"

Deletada. Derrubo o celular e me jogo no chão.

"Meu Deus, o que foi isso?"

Bo esfrega as costas da mão que raspei contra o tapete. Me sinto mal por ela ter se esfolado assim, mas é o preço que precisei pagar para impedir que ela descobrisse tudo.

"Foi mal, é que é bem constrangedor... Eu falando merda bêbada e tal..."

Bo dá uma risadinha pelo nariz, depois se levanta e estende a mão para me ajudar a ficar de pé. Dou um suspiro de alívio e aceito. Quando ela me puxa, sinto a cabeça latejar. Solto um gemidinho.

"Vem, tô morrendo de fome", diz Bo.

Consigo sentir o cheiro de bacon fritando. Descemos para a cozinha e encontramos a mãe de Bo comendo e o pai preparando o café. É a primeira vez que vejo a mãe de Bo em casa. O pai dela nos serve bacon e panquecas.

"Bom dia!", cumprimenta a mãe. "Você deve ser a Yamilet, né?"

Concordo com a cabeça e estendo a mão.

"Prazer conhecer a senhora."

"Queria ter uma conversinha sobre a noite passada.", diz ela, colocando a mão no ombro do marido.

"Sério, mãe?", começa Bo, mas o pai dela a interrompe com um gesto.

"Ah... Tudo bem", digo. Será que Bo contou a eles o que aconteceu?

"Você fez a coisa certa, Yamilet. Ficamos felizes por ter ligado pra Bo ir te buscar em vez de ter dirigido pra casa. Pedir ajuda exige muita coragem." Ela aperta meu ombro com a mão livre.

"A senhora não tá brava?"

Então eles sabem que eu bebi. Sabem que Bo saiu às três da manhã para ir me buscar. Sabem que dormi na casa deles porque estava bêbada a ponto de não conseguir dizer para Bo onde moro. E estão orgulhosos de mim?

"Preferimos muito mais qualquer inconveniência a alguém morrendo em um acidente", responde o pai de Bo.

"Ah... Bom, é... Obrigada por me deixarem ficar. E pelas panquecas", digo, tentando não deixar transparecer que meu rosto está fervendo de vergonha.

Não menciono que na verdade não tinha a intenção de pedir ajuda. Só liguei para fazer uma confissão a Bo enquanto estava chapada. Mas vou deixar que pensem que fui responsável.

"Não podemos impedir vocês adolescentes de fazerem o que vão fazer, mas a gente espera que façam isso de forma segura."

"Ela tá bem, pai", interrompe Bo, tentando de novo me salvar do sermão, mas a mãe continua.

"Por garantia, é sempre bom estar com alguém em quem você confia. E nunca aceite bebida de estranhos. Olha." Ela pega meu telefone da mesa. Luto contra o ímpeto de a impedir. "Vou salvar meu número nos seus contatos. Se de repente se vir em uma situação em que precisa de ajuda e não estiver confortável de ligar pros seus pais, liga pra mim. Você não vai se meter em apuros, mas prefiro que um adulto esteja lá pra cuidar de você."

"Valeu..." Não sei mais o que dizer. Os pais de Bo são incríveis mesmo.

Começo a comer para ter o que fazer com as mãos, e só então percebo que estou morrendo de fome. Talvez porque tenha vomitado até a alma a noite passada.

Depois de comer, Bo me leva até o carro da minha mãe, que ficou estacionado perto da festa. Assim posso pegar Cesar e voltar para casa.

"Desculpa pelos meus pais. Eles são meio exagerados", diz Bo, segurando o volante.

"Nada, eles são uns fofos. Se fosse minha mãe, teria me matado." Estremeço, pensando na reação dela caso descobrisse que bebi em uma festa e precisaram ir me buscar. "Eles não vão contar nada pra ela, né?"

"Não, eles se esforçam bastante pra serem os pais *gente boa*." Bo revira os olhos ao dizer "gente boa".

Solto um suspiro ansioso. Minha mãe não precisa saber. E, agora que me livrei para sempre da mensagem na caixa postal, tem apenas uma evidência na qual tenho de dar um fim. Preciso falar com meu pai.

Entre brutais cochilos de ressaca, devo ter tentado ligar para ele umas dez vezes. Sem resposta. Vou ter que dizer para minha mãe que estou doente, porque não tenho condição de trabalhar desse jeito. Sério. Por que as pessoas bebem? Com sorte, ela não vai querer minhas bactérias na bijuteria dela. Imagina se um cliente dela fica "doente" por minha causa...

Papai provavelmente está ocupado ou coisa do gênero. Não passaram nem 24 horas desde minhas mensagens, então ainda é cedo demais para entrar em pânico. De um jeito ou de outro, meu corpo e minha cabeça estão doendo demais para que eu tenha condições de entrar em pânico. Talvez ele nem tenha visto as mensagens ainda. Se eu encher a janela de bate-papo dele com outras coisas, será que as comprometedoras somem no meio do resto? Talvez ele nunca nem chegue a ver.

Mas parte de mim quer que veja. Ele disse que eu poderia ser honesta com ele sempre, e foi o que fiz. Se tem alguém para quem acho que posso contar tudo, essa pessoa é meu pai. Amo Cesar, mas ele nem sempre me dá os melhores conselhos. A única coisa que pode estragar tudo é meu pai contar para mamãe, mas duvido que faça isso. Ele sempre foi bom em manter meus assuntos só entre nós. Nunca me deixou em apuros com mamãe antes. Mas, só para garantir, mando mais uma mensagem.

Yami: Por favor, não conta pra mamãe. Ela não ia entender como o senhor.

Fico aliviada de tirar isso do peito. Só queria que ele *respondesse*, pô. Talvez precise de algum tempo para processar a ideia. Posso ser paciente. Nossa, como posso ser paciente.

* * *

"Yami, acorda. Preciso de um favor."

Cesar chacoalha meu braço, e dou um tapinha nele. Se fosse por mim, passaria o dia e a noite inteiros dormindo.

"Cesar, *ya*! O que você quer?"

"O Jamal foi expulso de casa. Vem." Ele me puxa para fora da cama antes que possa responder, e o tom dele é tão urgente que só vou.

Jamal e mamãe estão sentados na mesa da cozinha. Ele está com um lábio partido e uma das bochechas inchada. Escuto o fim de uma conversa entre eles.

"Eu não sabia mais pra onde ir..."

"Ai, meu Deus, você tá bem?"

Estendo a mão na direção do inchaço, e ele se encolhe de dor.

"Sim, tô bem", murmura, sem olhar para nenhum de nós dois.

"Ele *não* tá bem." Mamãe parece irritada. *"Mi hijo*, quem fez isso com você?"

Jamal mantém o olhar baixo e não fala nada. Cesar está parado alguns passos para trás. Parece trêmulo, como se estivesse tentando se conter e não chegar muito perto. Acho que não quer que mamãe perceba como ele está chateado.

"Me responde quando eu te fizer uma pergunta", diz mamãe em sua voz amedrontadora.

"Meu padrasto", murmura Jamal, fitando a mesa.

Ai, não... Ele deve ter se assumido...

"Ay Dios mío." Mamãe faz o sinal da cruz, depois pousa a mão com gentileza no rosto de Jamal. "Pode passar alguns dias aqui, tá bom, *mi hijo*? Não quero você por aí na rua."

"Sério?"

Jamal enfim ergue o olhar. O queixo dele está tremendo.

"Mas nem vem, não fica todo alegrinho assim não. Você não vai nem chegar perto do quarto da Yamilet, claro."

"Ele pode dormir no meu", oferece Cesar.

Ainda me sinto muito mal, mas é difícil não rir.

"Ótimo. Você vai cuidar desses dois pra nada acontecer, né?"

Cesar bate uma continência, e Jamal faz um péssimo trabalho em disfarçar o sorriso contido.

⇒12⇐
Não cobiçarás a vida de teu irmão

Jamal faz questão de ser tão útil quanto possível enquanto está em casa. Ajuda a limpar e, como tem o próprio carro, se oferece para levar a mim e a Cesar até a escola durante esse período com a gente. O que é algo muito significativo, já que estudamos muito longe. Claro, por causa disso precisamos ir mais cedo para dar tempo de Jamal voltar para o Rover, mas minha mãe economiza a viagem. Ela diz o tempo todo que com essa ajuda vai acabar se acostumando mal. Depois de alguns dias pegando carona com Jamal, me acostumo também. Definitivamente o dia de Cesar fica muito melhor, e com sorte meu irmão vai causar menos confusão.

Na semana seguinte, depois da aula, vejo o carro de Jamal esperando por mim na área de embarque.

"Ei, Yamilet!", chama Hunter.

Ele continua tentando conversar comigo na hora da saída. E na aula de artes também. Sei que quer falar sobre o que contei para ele na festa, mas não vou deixar isso acontecer de jeito nenhum. Vou fingir que não é comigo.

Na aula de artes, ao menos, um olhar rápido para Bo e David é suficiente para fazer Hunter se calar — ele é sensato o bastante para não dizer nada na frente de nenhum dos dois. Falou que guardaria segredo, mas não desiste de me abordar no fim do dia. Finjo que não escuto e ando direto até o carro, onde Cesar e Jamal já estão esperando. Não é a forma mais durável de evitar alguém, mas está funcionando por enquanto.

É mais fácil evitar Hunter agora que Jamal vem nos buscar. Ele sempre chega na hora, então posso me esconder de Hunter até ver o carro. O único ponto negativo é que sinto um pouquinho de saudade de Bo nos levando até a estação do VLT (tá, sinto muita saudade). Mesmo tendo duas aulas com ela e ficando juntas todos os dias no almoço, sinto falta dos dez minutos extras. Estar caidinha por alguém é uma merda. Mas ela tem namorada, e ainda estou no armário, então não sei por que estou choramingando tanto. Passo o resto da viagem para casa fingindo que não estou com inveja de Cesar e Jamal de mãozinhas dadas por cima do console entre os bancos.

Talvez eu não estivesse tão borocoxô assim se Jamal e Cesar não fossem um casalzinho tão de comercial de margarina. São esquisitinhos juntos, mas muito fofos. Nunca esbarrei com eles se pegando ou coisa assim, mas vejo outras coisas estranhas o dia todo. A última foi a tentativa mal-sucedida de fazer supino usando o outro como peso. Quando entro no quarto do Cesar depois de chegarmos em casa, Jamal parece um esquilinho sentado na cama. As bochechas dele estão estufadas de marshmallow, mas nem por isso Cesar para de enfiar mais na sua boca. Jamal diz algo ininteligível, depois começa a rir. Cospe os marshmallows na mão.

"Fuém. Foram só dez", diz Cesar.

"O que tá rolando aqui?", interrompo.

Não posso deixar isso passar, ou me convenceria de que estou imaginando coisas.

"A gente tá brincando de 'coelhinho fofinho'. Quer participar?", diz Jamal depois de jogar os doces melados no lixo e limpar a boca.

"Que brincadeira é essa de?!"

"Você tem que enfiar marshmallows na boca e dizer 'coelhinho fofinho'. Quem fizer isso com mais marshmallows vence", explica Cesar.

Me sento na cama com eles, ao lado de Cesar. Minhas opções são participar disso, o que quer que isso seja, trabalhar ou fazer a tarefa de casa. Não é uma decisão muito difícil.

Eles têm uma clara vantagem por causa do tamanho da boca, mas tento dar o melhor de mim. Quando chego a seis, Cesar aperta minhas bochechas com tanta força que os marshmallows saem voando. Tudo acontece quase em câmera lenta. Jamal arregala os olhos e grita em um tom duas oitavas acima do normal. Os doces batem direto na cara dele.

Engasgo tanto que não consigo nem rir.

Jamal salta da cama como um gato assustado com uma cobra. Começa a chacoalhar os braços e fazer um barulho de ânsia de vômito. Cesar dá um tapinha nas minhas costas enquanto tento respirar, mas está rindo demais para ser de alguma ajuda.

Então Jamal encontra um marshmallow babado colado na camisa, dá um berro e o atira em Cesar. E assim começa uma guerra da qual não quero participar, então volto de fininho para o meu quarto enquanto eles jogam marshmallows — espero que não mastigados — um no outro.

Esses dois são o casal mais esquisito que já vi. Estou morrendo de inveja.

Quando volto para o quarto, tento não olhar o celular. Papai já levou mais de uma semana para "processar" minha mensagem, e estou tentando não surtar com isso. Acho que ele precisa de mais tempo. Mas tudo bem. Eu estou bem.

Meu pai e eu já passamos mais tempo que isso sem falar um com o outro, mas ele não costuma simplesmente não responder. Geralmente demora só um dia ou dois. Tento levantar todas as razões lógicas pelas quais ele pode não ter respondido.

Talvez tenha acontecido alguma coisa com o telefone dele e ele sequer recebeu minhas mensagens. Talvez precise de tempo para me responder de forma sincera. Talvez eu esteja exagerando.

"Alguém viu meu celular?", pergunta mamãe, muito mais alto do que necessário.

"Não!", grito, vendo a tela do celular dela ficar preta enquanto seguro o botão de desligar antes de escondê-lo em uma caixa de sapato no meu armário.

A esperança é a última que morre, mas não acho que posso me dar ao luxo de acreditar nas antigas promessas de confidencialidade feitas por papai. Talvez ele esteja simplesmente ocupado, talvez esteja me odiando. Mas pelo menos não vai mais poder contar para minha mãe.

Não aguento mais não saber em que ele está pensando ou se sequer viu minhas mensagens. Pego o celular, abro o aplicativo Marco Polo e gravo um vídeo para mandar para ele.

"Ei, papi... Não sei se você viu minhas mensagens. Espero que esteja tudo bem entre a gente. Tá sendo uma época difícil pra mim, e tô com saudades de você. Fala comigo. Te amo."

Aperto enviar. Papai sempre me disse para me preparar para o pior e esperar o melhor.

Me forço a respirar fundo e pensar. Na pior das hipóteses, vou ser expulsa de casa. Queria poder falar sobre isso com Cesar, mas ele está sempre com Jamal, e não quero pesar o clima — especialmente considerando que Jamal está passando exatamente por isso.

Não tenho tempo de ficar triste se pensar na logística das coisas. Mamãe vai achar que perdeu o celular, e isso vai me dar algum tempo para descobrir o que fazer se papai quiser lhe contar que sou lésbica. Para ser sincera, ela está tão ocupada ultimamente com o trabalho e as bijuterias que mal vai sentir falta do telefone.

Se ele encontrar um jeito de falar com ela, vou negar. Vai ser a palavra dele contra a minha, e tenho um namorado fake contando a meu favor. Mas caso isso não funcione, talvez seja bom arrumar outro trabalho, por garantia. Não vou poder me sustentar com a lojinha de bijuterias se minha mãe me deserdar.

Deixo a ansiedade de lado tanto quanto posso e foco em soluções. Preciso começar a procurar vagas de emprego. Só por desencargo de consciência. Depois de uma rápida pesquisa no Google, descubro como incrementar o currículo e faço com que pareça que tenho muito mais experiência do que realmente tenho. Aparentemente, sou uma "gerente de social media e marketing" do negócio da minha mãe. Além disso, o trabalho com as bijuterias me dá habilidades criativas, organizacionais e de gerenciamento de tempo. Isso deve abrir algumas portas.

Jamal está aqui em casa bem mais do que os "alguns dias" que mamãe deu a ele, mas ela ainda não o despachou. Mesmo depois de algumas semanas, nem tocou no assunto. Não na minha frente, ao menos. Mas não acho que vai durar muito mais, já que ela definitivamente não pretende adotar outro filho. Às vezes quero conversar com Jamal sobre o que aconteceu quando ele foi expulso, mas é um assunto tão sensível que não tenho coragem. Não somos tão próximos, e isso está muito fora da minha alçada. Vou cuidar das minhas coisas, assim como quero que as pessoas cuidem das delas.

Até onde Jamal sabe, só estou fazendo um favor para ele e Cesar. Fingir que sou namorada dele é muito divertido, na verdade. Provavelmente porque sei que ele não está interessado em mim. É bom para eu treinar, também. E Cesar fica com um pouquinho de inveja de mim, o que torna tudo ainda mais interessante.

Jamal ainda está com a gente quando o Dia de Ação de Graças começa a se aproximar. Temos o resto da semana de folga, mas como não comemoramos esse feriado colonial, é só alguns dias sem aula.

Cesar quer ir comprar uns pacotes de salgadinhos, e mamãe faz Jamal e eu irmos juntos para que eu não fique sozinha em casa com meu "namorado". É uma boa oportunidade para entregar alguns currículos pessoalmente, já que ninguém respondeu aos cadastros que fiz pela internet.

Mamãe manda um pote cheio de *chilaquiles* para deixamos na casa de *doña* Violeta. Jamal e eu andamos de mãos dadas por uns minutos, mas soltamos assim que saímos do campo de visão de mamãe. A brisa está uma delícia, e o sol não parece tão intenso a ponto de deixar as tiras das minhas *chanclas* marcadas nos meus pés. Já estava mesmo na hora da Mãe Natureza decidir dar uma trégua desse calorão.

Jamal e eu não estamos mais de mãos dadas, mas ele e Cesar nunca agem em público como se fossem um casal; ficam tão contidos quanto em frente de mamãe. Tem alguns carros passando pela rua, então acho que não dá para bobear. Quando saímos assim, o máximo que eles fazem é deixar as mãos roçarem de vez em quando. É rápido o bastante para parecer um acidente, mas acontece com uma frequência que mostra que não é sem querer.

Prendo a respiração quando passamos pela casa de Bianca. Não quero cruzar com ela. Vejo que alguém tirou nossos vasinhos do quintal — ou melhor, os vasinhos dela. Não estão mais por ali, então o quintal parece pelado. Devem ter se livrado dos restos depois que estraguei as flores. Ótimo.

Continuamos seguindo a música mariachi, que retumba cada vez mais alto até chegarmos ao alpendre de *doña* Violeta. Alguma outra família foi mais rápida e levou comida para ela antes. Tem um pessoal almoçando com a velhinha na frente da casa, então ela não precisa da gente.

Do fim da rua, vejo Bianca e uns amigos saindo da loja aonde estamos indo. Mesmo à distância, ela está linda. Agora já estou esperta, e sei que não é o tipo de mulher linda da qual as pessoas devem querer chegar perto. Bianca é linda nível rainha malvada de *Branca de Neve*. O tipo de linda assustadora. O tipo de linda que não vai hesitar em envenenar um oponente.

Entro meio às pressas na casa de *doña* Violeta para não ter que esbarrar com ela. Cesar e Jamal falam oi rapidinho para todo mundo enquanto coloco os *chilaquiles* na geladeira e espero Bianca passar. Ouvindo a conversa lá fora e tentando me acalmar, boto a mão no peito até meu coração voltar ao ritmo normal. Parece que um dos adolescentes no alpendre está indo para a faculdade, então está todo mundo falando do futuro. Meu coração volta à velocidade de sempre depois que espero tempo o bastante para ter certeza que não vou trombar *com ela* no caminho até a loja. Enfim saio, agindo como se nada de extraordinário tivesse acontecido, e abençoados sejam Cesar e Jamal por embarcarem nisso sem tocar no assunto. Continuamos caminhando.

"Acho que a gente nunca falou disso. Qual é o emprego dos sonhos de vocês dois?", pergunta Jamal, continuando o papo iniciado no alpendre de *doña* Violeta.

Dou de ombros. Acho que não tenho um. Se meus pais me apoiassem mais, talvez eu pudesse me dar ao luxo de ter esse tipo de pensamento. Odeio o simples fato de esse tipo de pensamento me passar pela cabeça. Não *sei* se papai me apoia ou não. Mas mamãe... provavelmente não. Então, enquanto lambo as feridas do sumiço recente de papai, só me resta guardar dinheiro para me mudar quando for inevitável.

"Qual é o ponto de ter um emprego dos sonhos se a gente nem sabe se vai estar aqui amanhã?", pergunta Cesar, e fico um pouco surpresa.

É um pensamento meio mórbido para Cesar. Penso no marido de *doña* Violeta. Sim, a gente nem sabe se vai estar aqui amanhã, mas isso é o total oposto de qualquer razão para não se ter um emprego dos sonhos. Para mim, é justamente se planejar *para* o amanhã incerto.

"Bom, não se sabe, mas é provável que esteja. Ainda estamos no ensino médio. É quase garantido que vamos estar aqui amanhã."

"Não tem como saber", balbucia Cesar.

"Assim como não tem como *ter certeza* se a gente vai morrer amanhã. Então é melhor se planejar, não?", digo.

"Que seja." Cesar revira os olhos, e reviro os meus em resposta.

Jamal provavelmente tenta evitar uma discussão entre irmãos, porque logo muda de assunto.

"Mas e aí, Yami, quando você vai tirar as asinhas de fora e ser gay com a gente?"

"Você contou para ele?"

Fulmino Cesar com o olhar.

"Não tem segredos entre nós dois." Cesar olha para Jamal com aqueles olhões apaixonados. "Ele é meu outro eu."

Quem diria que o *"in lak'ech"* ia sair pela culatra comigo?

"Você fala isso pra todo mundo", digo.

Não gosto de como ele usa isso como desculpa para contar coisas minhas para Jamal.

"Ei, você sabe que pode confiar no Jamal, né?", diz Cesar.

Jamal me dá um sorrisinho amarelo. Sei que não vai contar nada para ninguém, mas esse não é o ponto.

"Pô, Yami, não sabia que você ia se importar", diz Cesar quando vê que não vou responder nada.

Para Cesar, "pô, Yami" = "desculpa", já que parece que ele é incapaz de usar a palavra certa para pedir perdão.

"Mas me importo. Como você ia se sentir se eu fosse e contasse de você pra... Bo, ou qualquer outra pessoa?"

Jamal fica um pouco para trás, nos deixando sozinhos para discutir a vontade.

"Como assim? Você e a Bo estão..."

"Não! Foi só um exemplo! Esquece."

"Não, não, não, você não me engana!"

"Cesar, *para*", digo entredentes.

"Eu sabia! Você gosta da Bo!"

"*¡Cállate!*"

Cubro a boca dele com a mão, mesmo estando a quilômetros de distância de qualquer pessoa que saiba quem Bo é.

E o desgraçadinho *lambe* minha mão.

"Eca!" Estremeço e limpo a mão na cintura.

Ele se comporta como se nada nojento tivesse acontecido.

"Ei, quando você chamar ela pra sair, posso retribuir o favor e ser o namorado fake dela! A gente pode sair em encontros duplos como dois casais fake que na verdade são dois casais de verdade!"

Cesar está praticamente saltitando de tão animado. Mas isso nunca funcionaria, já que Bo *já tem* namorada.

"Eu não vou chamar ela pra sair! Para!"

Quero soar brava, mas minha risada me trai.

"Tá bom, vou parar." Cesar ergue as mãos, derrotado. "De volta à pergunta do Jamal, então. Vem ser gay com a gente!"

"Achei que você era bi."

"Sim, e achei que você era lésbica. Não sei, porque, pelo menos quando falou comigo, não te ouvi usando essa palavra."

Fico um pouco aturdida com isso, na verdade. Nunca tinha pensado nisso.

"Se 'direitos dos gays' é pra incluir a gente também, precisamos nos chamar de gay também. Você não vê ninguém lutando pelo casamento bissexual ou lésbico. Em alguns contextos, gay é um 'termo guarda-chuva'." Cesar enfatiza o ponto empurrando meu ombro. "Mas para de desviar do assunto!"

"Beleza. Vou ser gay com vocês quando eu sair de casa, acho que vai ser isso."

A verdade é que ainda não estou pronta.

"Covardona."

"Se eu sou covarde, você é um hipócrita! Já que é tão fácil assim, porque você não se assumiu ainda, hein?"

"Não foi isso que eu quis dizer. Você não precisa *sair do armário* pra ser gay com a gente. Mas precisa sim falar com a Bo."

Ele cantarola o nome de Bo e cutuca minha barriga.

Se está querendo me incitar a fazer alguma coisa, não está funcionando. Jamal enfim nos alcança, e não posso mais discutir.

Cesar está certo sobre eu ser covardona. Me assumir é uma coisa, mas admitir meus sentimentos por Bo? Acho que nunca vou estar pronta para fazer algo desse nível sóbria. Não depois de Bianca. Cesar sempre foi o corajoso de nós dois.

Mas há um código secreto em algum lugar que diz que a gente não pode admitir quando nossos irmãos estão certos, então dou um peteleco na orelha de Cesar e outro na de Jamal.

"Ei! O que *eu* fiz?" Jamal esfrega a orelha.

"Você provavelmente mereceu." Dou de ombros.

Se Jamal vai ficar com meu irmão, então é melhor fazer com que ele seja da família. E membros da família levam petelecos na orelha. É uma demonstração de afeto.

Estamos quase no mercadinho da esquina, mas a música de *doña* Violeta está tão alta que ainda conseguimos ouvir. Está tocando "Cielito Lindo", e por instinto Cesar e eu começamos a cantar enquanto caminhamos. Cesar abraça Jamal com um dos braços e eu com o outro enquanto entoamos as palavras com nossa melhor voz profunda de mariachi. Jamal aprende rapidinho a parte do "ay, ay, ay, ay", mas só. Depois fica rindo de nós enquanto fazemos palhaçada.

Cesar para de cantar de repente.

"Merda..." Ele também estaca no lugar.

"O que foi?", pergunto.

"Eu, é que... esqueciminhacarteira." As palavras dele saem todas juntas.

"Tudo bem, eu pago", diz Jamal.

"Não, não tô mais com fome." Ele está encarando uma caminhonete no estacionamento da esquina. "Vamos voltar."

Então vejo, pela janela da loja, seis caras do Rover. Reconheço alguns como garotos com os quais Cesar estava sempre brigando. Nunca pensei no meu irmão como alguém do tipo que evita briga, mas ele já está dando meia-volta. Não quer ser notado.

"Beleza, vamos voltar então", diz Jamal quando os vê.

Mas, assim que começamos a retornar, a porta do mercadinho abre e sinto um embrulho no estômago quando ouço um dos caras usar um palavrão para chamar Cesar.

"*¡Oye, maricón!*"

Cesar cerra os punhos, mas continua andando. Quero me virar e lutar por ele, mas não bebi nada para me dar coragem como fiz naquela festa. Além disso, os caras estão em muitos. Até Cesar sabe que não tem como dar conta dos seis, com ou sem minha ajuda e de Jamal. Lá no fundo, espero que a gente não chegue a esse ponto, porque não sei se tenho coragem.

"Olha só, ele tá fugindo!" Eles caem na gargalhada.

Estou pronta para deter Cesar e o convencer a deixar para lá, mas ele nem se vira para brigar. Simplesmente *sai correndo*. Jamal e eu acompanhamos. O código secreto também diz que se um de nós corre, todos correm. Escolhi o pior dia para sair de casa calçando minhas *chanclas*. Os garotos do Rover entram na caminhonete, alguns na caçamba, e o veículo vem atrás de nós.

Não sou tão rápida quanto Cesar ou Jamal, então a distância entre nós vai crescendo a cada passada. Mas corro tão rápido quanto consigo com minhas malditas *chanclas*. A caminhonete sobe com uma roda em cima da calçada, como se os garotos estivessem tentando nos atropelar. Não tem como meus pés funcionarem mais rápido do que já estão funcionando, mas tento mesmo assim. Forço tanto as pernas que sinto as panturrilhas queimarem, mas ainda assim fico atrás de Cesar e Jamal. Tem um beco no qual podemos virar um pouco à frente, mas não sei quanto tempo vou demorar para chegar até lá. A caminhonete me alcança. Não tem como desviar da cerca do outro lado sem ter que sair para a rua. A buzina toca a poucos metros atrás de mim, arrancando um grito agudo da minha garganta. Quase caio, mas continuo a toda. Cesar se vira com o barulho.

"Yami!"

Ele arregala os olhos quando vê como estou perto de ser atropelada. Tropeça nos próprios pés, mas começa a voltar.

"Cesar, não!" Jamal se vira junto com Cesar.

Cesar corre e me joga contra a cerca com tanta força que ele próprio acaba na linha da caminhonete.

Quando meu irmão está prestes a ser atingido, o veículo desce de volta para a rua e vai para longe. A risada dos moleques é quase tão alta quanto a música ensurdecedora que vem do sistema de áudio.

Arranco uma das *chanclas* e saio correndo de novo. Solto um grito de guerra reprimido e jogo o calçado na direção da caminhonete. Acerto a janela traseira, mas não me dá a satisfação que eu queria. Os garotos riem e vão embora, e minha *chancla* é atropelada por outro carro. Eles podiam ter me atropelado. Se Cesar não tivesse me empurrado para fora do caminho...

"Você tá bem, Yami?", pergunta Cesar, arfando.

Me viro para ele e redireciono minha raiva.

"Por que você fez isso?", berro. Meu irmão podia ter *morrido*.

Ele dá de ombros como se nada tivesse acontecido. Mas aconteceu. Ele acabou de arriscar a vida dele para salvar a minha. Tenho vontade de empurrar meu irmão contra a cerca. Em vez disso, dou um abraço nele. Ele ri uma risadinha desconfortável.

"Você é tão dramática..."

Aperto Cesar mais um pouco antes de soltar. Quando retomamos o caminho de casa, *doña* Violeta está parada na calçada como se estivesse prestes a sair em nosso auxílio. Do outro lado da rua, Bianca está nos encarando com os olhos arregalados enquanto os amigos dela continuam andando. Chego a pensar que ela vai checar como estamos, mas ela dá meia-volta e corre para alcançar sua turma. Depois que acalmamos *doña* Violeta e a fazemos prometer que não vai contar nada do que rolou para mamãe, nenhum de nós fala sobre o que aconteceu no trajeto de volta para casa — nem nunca mais.

13

Confessarás teus pecados de forma seletiva

Cometi o erro de postar várias fotos de pulseiras da amizade no Instagram para a Black Friday, então agora temos um monte de pedidos acumulados. Mas não posso reclamar. Embora goste mais da aparência dos colares de miçanga, o que mais curto fazer é trançar as pulseiras. Entro em um ritmo bom quando estou trabalhando nelas. É repetitivo e previsível, e algo nisso é calmante, quase como fazer tranças no cabelo de alguém.

Enquanto elaboro as pulseiras, crio estratégias para procurar emprego e isso me impede de pensar no meu pai. Estou começando a surtar com a falta de resposta dele? Sim. Sim, estou. Mas se eu substituir esses pensamentos por preocupações com um novo trabalho, não vou precisar lidar com isso, certo? É o que tem pra hoje.

Encontrar um emprego é muito mais difícil do que imaginei, e aparentemente já esgotei as alternativas de lugares para trabalhar perto de casa. Deixei currículos em restaurantes de fast food, cafés, mercados e consultórios, e nada. Talvez tenha mais sorte se procurar algo na região da Slayton.

Também estou meio de olho em um apartamento, por via das dúvidas. A caução é o valor de apenas um mês de aluguel, que é bem mais barato que qualquer outro imóvel na área. Se conseguir um emprego que me pague um salário mínimo, acho que rola. Claro, não é o apartamento mais lindo do mundo, o que explica ter tantas unidades disponíveis, mas dá para o gasto. Cesar e eu podemos dividir um beliche ou coisa do tipo. Mas não tem como alugar um apartamento se eu não arrumar um *emprego*.

Manter o foco vai me impedir de ficar estressada com isso. A feira de inverno vai chegar à cidade em breve — acontece todo ano no segundo e terceiro sábados de dezembro. Meu plano é tirar o atraso dos pedidos antigos de bijuteria para trabalhar em peças extras que eu possa vender na feirinha. Vai ser na praça da Central nos dois próximos sábados, e mamãe disse que se eu cuidar sozinha disso posso ficar com todo o lucro. No ritmo em que estou, vou conseguir terminar os pedidos até o fim da semana, e aí posso ir à feira nos próximos dois fins de semana para vender os itens adicionais.

Jamal entra na sala de estar. Se senta ao meu lado e fica olhando para as minhas mãos, como se estivesse tentando compreender o processo. Cesar está ajudando minha mãe a fazer o jantar, então somos só nós dois.

"Que lindo..." Jamal observa minhas criações, e aproveito a oportunidade para fazer o mesmo.

Todas as pulseiras da amizade que fiz têm paletas de cores diferentes: pôr do sol no deserto, algodão-doce, flores silvestres. Os padrões geométricos fazem parecer que as bijuterias são peças que um transeunte poderia encontrar à venda em uma rua do México. O pensamento me faz sorrir. Elas parecem autênticas.

"Valeu."

"Quer ajuda?", pergunta Jamal.

Ponho de lado os fios que estava trançando e alongo os dedos doloridos. Ensinar a ele a fazer as pulseiras da amizade demoraria muito, mas talvez ele possa me ajudar com algumas coisinhas extras enquanto boto a mão na massa.

"Quer começar a cortar os fios pra mim? Uns 25 centímetros cada." Tento controlar um sorrisinho quando ele pega a régua e começa a trabalhar.

"Foi mal por aquele outro dia", diz ele, medindo um fio. "Achei que você sabia que o Cesar tinha me contado. Não queria te deixar incomodada por não ter se assumido."

"Eu não fico incomodada com isso", respondo rápido demais. Quase na defensiva.

"Beleza, ótimo. Não deveria mesmo. Cada um tem seu tempo." Ele se cala por um momento e olha para mim. Lá vai ele, todo sério do nada. "E você não é uma covardona, tá? Não acho que o Cesar falou isso de coração. Você é esperta."

"Como assim?"

"Você é esperta por se proteger. Eu fui idiota de ter me assumido daquele jeito."

Me sinto automaticamente mal por ter estourado com ele. Cá estou eu, remoendo a possibilidade de ser expulsa de casa enquanto Jamal está passando exatamente por isso.

"Eu sinto muito..." Não sei mais como confortá-lo. "Se isso for fazer você se sentir melhor, não sou tão esperta assim. Eu me assumi pro meu pai."

"E como ele reagiu?"

"Ainda não respondeu... Se contar pra minha mãe, eu talvez acabe expulsa de casa também."

"Não, deixa eu me intrometer, vai. Não conheço seu pai, mas sua mãe é gente boa *demais*. Ela não ia fazer isso com você."

Mas Jamal não tem como saber com certeza.

Antes que eu possa fazer qualquer coisa, Cesar se espreme entre nós.

"A comida tá pronta", diz ele, abrindo um sorrisão orgulhoso.

"Esse é o meu garoto. E eu tô de olho em vocês, hein?" Com dois dedos, minha mãe aponta os próprios olhos e depois Jamal e eu.

É engraçado como ela está completamente equivocada.

Depois do jantar, Cesar relutantemente aceita me ajudar já que Jamal insiste; com os três trabalhando, não preciso nem ficar acordada até tarde para alcançar minha meta de produtividade antes de ir à escola amanhã.

Na segunda-feira, parece que a sorte continua sorrindo para mim. Meio expediente de aula é reservado para celebrar o sacramento da Confissão. Uma vez por ano, quase todo o corpo discente tem que confessar seus pecados para o padre. Alguns alunos podem optar por não participar, mas precisam se juntar à turma mesmo assim. Essas pessoas sentam no fundo e não fazem nada. Minha mãe morreria do coração se soubesse que optamos por não nos confessar, então Cesar e eu fazemos esse esforço. Os veteranos são os últimos a irem para a celebração, então temos aulas mais curtas ao longo da manhã antes de sermos liberados.

Sinto os dentes tiritarem enquanto caminhamos até a capela, e me arrependo de não ter vindo de calça em vez de saia. Enfim começou a esfriar. Bom, tanto quanto é possível fazer frio no deserto. É começo de dezembro, e as folhas mal começaram a trocar de cor. Estou sempre reclamando do calor, mas definitivamente não fui feita para o frio. Hunter me vê logo depois da aula enquanto todos seguem até a capela e aperta o passo para me alcançar.

"Ei, Yamilet!", grita ele. Finjo que não escuto e continuo em frente. Ele me alcança, assim como tenho certeza de que o acontecido na festa vai me alcançar cedo ou tarde. Venho conseguindo evitar o garoto por várias semanas. Mas não vi ele chegando dessa vez. "Você tá me evitando?"

"Não."

Mentira. Deslavada.

"Ah, beleza, então. Bom... Ééé... Eu queria falar sobre... Ééé..." Ele envolve meu ombro com um dos braços e começa a sussurrar: "O que aconteceu na festa de volta às aulas, sabe..."

Semicerro os olhos e o encaro.

"Sei que eu prometi que não ia contar nada, mas..."

"Pra quem você contou?"

Paro de andar e empurro o braço dele do meu ombro. Sabia que não podia confiar em Hunter.

"Pra ninguém! Eu só ia falar que você também sabe um dos meus segredos. E... Eu ficaria muito agradecido se você também não contasse nada pra ninguém."

"Como assim?"

Minhas lembranças daquela noite estão meio borradas.

"O negócio de que eu sou... Você sabe." Ele sussurra a última palavra: "Virgem."

"Ah!" Sinto um sorriso repuxar os lábios. Ele não vai contar nada a meu respeito porque também tenho um trunfo. Não que eu fosse contar para alguém, mas o fato de que ele acha que contaria talvez acalme meus nervos. Significa que estou segura — de Hunter, ao menos. Agarro o braço dele e o puxo de novo para cima do meu ombro. Um calorzinho extra não vai fazer mal. "Sim, deixa comigo."

Sentamos um ao lado do outro na capela, e não parece que ele só está sendo legal comigo porque tenho material para uma potencial chantagem. Parece que está sendo legal e ponto final. Talvez eu precise parar de pensar em segredos como trunfos. Mas é difícil fazer isso depois que meu maior segredo foi usado contra mim.

Não só o negócio de ser lésbica. Bianca sabia *tudo* a meu respeito. Olhando em retrospecto, sempre foi uma questão de tempo até ela se irritar comigo e soltar tudo. Bianca é um tipo particular de maldosa. Do tipo que se aproveita de confiança, de vulnerabilidade, de coisas reais. O que faz as pessoas a amarem primeiro.

Bo chama minha atenção do banco à minha frente. Arregala os olhos e mostra a língua, me fazendo rir. Depois percebo que a mochila dela tem um pin novo. Ao lado do de arco-íris, agora tem um em forma de coração com as listras cor-de-rosa da bandeira lésbica. Não consigo acreditar que um dia duvidei se ela era queer ou não. Me pergunto se foi Jamie que deu o pin para ela. Meu Deus, até *eu* estou irritada com minha fixação por Bo e Jamie.

Pela primeira vez na vida fico feliz de ouvir a lengalenga do padre sobre confissão porque me distrai, mesmo eu não estando lá muito empolgada para contar todos os meus segredos a um cara velho e desconhecido. Por que preciso ter um padre como intermediário?

Se Deus existe, adoraria ter a possibilidade de manter meus assuntos entre mim e ele, apenas. Mas também queria não ser condenada ao inferno só porque deixei de lado a obrigação de contar formalmente meus pecados a um padre, que então o repassará à entidade onisciente que adora. Começo a pensar nos pecados que cometi desde minha última confissão. Ser lésbica. Beber em uma festa. Dar um peteleco na orelha de Cesar só porque quis... Ser lésbica.

Minha mãe obriga a gente a se confessar duas vezes por ano desde os 7 anos de idade, mas não tem como eu parar de ser lésbica depois de uma confissão. Me pergunto quais são as regras quando o "pecado" de alguém é algo constante. Se a intenção da confissão era me absolver, não está funcionando. No dia seguinte ao sacramento, já estou completamente lésbica de novo. Com base nas leis que me explicaram, isso significa que o único jeito de eu ir para o céu é morrer espontaneamente no instante seguinte àquele em que o padre me absolver.

Acho que não estava prestando atenção, porque sei lá como perdi algo que o padre disse que fez Bo se levantar e começar a discutir com ele. Isso mesmo. Bo está *discutindo com um padre* na frente de metade da escola. Eu sabia que ela tinha culhões, mas caramba.

"Não entendo porque preciso pedir perdão por ser exatamente como Deus me fez", diz ela.

"O pecado reside na ação e nos pensamentos. Pois sexo fora do sacramento do casamento é um pecado."

"Mas o casamento gay é permitido perante a lei. Então não é pecado se as pessoas forem casadas."

Ela cruza os braços. Todo mundo vai olhando de Bo para o padre enquanto eles discutem. Acho que os outros alunos estão tão surpresos quanto eu. Consigo sentir o olhar de Hunter em mim de vez em quando, como se ele estivesse tentando avaliar minha reação. Procuro Cesar na multidão para que a gente possa ter algum tipo de solidariedade telepática. Quando o encontro, quase dou uma gargalha ao ver como meu irmão está suado e pálido. Parece até que comeu o nugget de frango podre do Rover. Não estava com cara de doente hoje cedo, mas definitivamente está agora.

"Pode ser permitido aos olhos dos Estados Unidos, mas não aos olhos de Deus."

Cesar não está olhando do padre para Bo como todas as outras pessoas, então não consigo chamar a atenção dele para fazermos contato visual. Ele está com os olhos fechados e os lábios se movendo enquanto murmura silenciosamente o que suponho ser uma prece. Não faço ideia de como ele pode achar uma oração mais interessante do que Bo esculachando um padre. Depois de um tempo, meu irmão enfim faz um sinal da cruz e abre os olhos, mas parece péssimo, tadinho. Cesar realmente se apega à coisa da religião. Sorte dele, acho. Volto a observar Bo.

"Por quê?", dispara ela.

O sacerdote hesita por um instante.

"É o que a Bíblia diz."

"Onde? E não me venha com o Velho Testamento, já que nossos uniformes são feitos de uma mistura de tecidos. O que, por acaso, é outro pecado, de acordo com o Velho Testamento."

"Romanos, capítulo um, versículos 26 e 27. 'Por causa disso Deus os entregou...'"

"'A paixões vergonhosas', blá blá blá. Eu conheço a passagem", interrompe Bo, e alguém reage com um arquejo. "Trata de adultério, não de homossexualidade no contexto de parceiros comprometidos. Não tem como o senhor passar um ano ensinando as escrituras e depois esperar que a gente aprenda só as partes convenientes."

Uau, *drop the mic*. Queria que Bo estivesse segurando um microfone só para poder derrubá-lo no chão nesse instante. Bato palmas por uns dois segundos até perceber que ninguém mais está acompanhando. O olhar de Bo cruza com o meu, e ela morde o lábio como se estivesse tentando não rir. Depois sinto o estômago revirar ao perceber que agora todo mundo está olhando para *mim*. Hunter bate algumas palmas também, e, como estamos perto um do outro, as pessoas presumem que foi ele quem começou. Bendito Hunter. Nunca quis tanto abraçar uma pessoa.

"Srta. Taylor, você tem cinco segundos para se sentar, ou vou ter que te acompanhar até a diretoria", bronqueia um professor na extremidade do banco de Bo, ficando de pé.

"O senhor não precisa me acompanhar, não."

Bo sai da igreja sozinha.

"Você tá bem?", sussurra Hunter quando o padre volta a falar.

Faço que sim com a cabeça. Estou mais do que bem. Bo é ótima em contextualizar as coisas para mim. Ela está certa. A Bíblia diz uma série de coisas que o povo da igreja ignora. Por que se apegam tanto a um único detalhe? Não consigo explicar o porquê, mas sinto que estou flutuando.

Começamos a fazer fila diante dos confessionários, um banco por vez. Algumas pessoas saem aliviadas, outras chorando, o que é superintimidador. Isso me mostra que não sou a única aqui que carrega um fardo enorme de culpa nas costas. Quando Cesar sai, parece prestes a vomitar, e me pergunto se ele realmente está doente. Não parece muito bem depois de termos vindo para a capela.

Quando chega minha vez de me confessar, minhas pernas nem tremem enquanto adentro o confessionário.

"Me perdoe, padre, pois pequei", começo. "Essa é minha... é... Não sei quantas vezes já confessei. Mas foi um monte."

O padre dá uma risadinha e me conclama a fazer a confissão.

Cogito contar para ele que sou lésbica. É a primeira coisa que confesso toda vez que passo por esse sacramento. Padres estão entre as únicas pessoas para as quais já proferi meu segredo em voz alta, já que fazem um juramento de manter segredo entre as partes envolvidas. Mas algo me diz para não fazer isso dessa vez. Conto como feri os sentimentos de Bo e como fiquei bêbada. Confesso todas as coisas que me fazem sentir culpada.

Mas gostar de garotas? Acho que posso fazer as pazes com essa parte de mim — ou ao menos tentar, mesmo que os outros não sejam capazes. Não tem por que me odiar por causa disso. Minha penitência é rezar um monte de Ave-Marias. Tenho certeza de que logo vou dar conta disso.

Depois da aula, corro para me encontrar com Bo lá fora e lhe dar o abraço que merece. Ela tensiona um pouco o corpo, então recuo e entrelaço os dedos atrás das costas. Ela não é muito de abraçar, acho.

"Por que isso?"

Os lábios dela se contorcem como se ela estivesse tentando não sorrir.

"Ah... Só porque você é maravilhosa."

Ao contrário de Bo, não tento esconder o sorriso. Sinto que estamos prestes a ter um "momento" quando Cesar passa por nós sem dizer nada. É quando vejo o carro de Jamal encostado no meio-fio. Suspiro. Cesar é tão prioridade de Jamal que ele está matando a segunda metade do dia letivo para ir buscar a gente. Já disse que ele pode parar de sair mais cedo para ir nos pegar, mas não sou mãe dele, então não posso obrigar o garoto a nada. Além disso, tem tanta coisa rolando na vida dele no momento que não posso culpá-lo por não colocar a escola em primeiro lugar.

"Preciso ir." Vou abraçar Bo de novo mas me contenho, já que ela se encolheu da primeira vez. E agora não sei o que fazer com os braços estendidos. Sopro um beijo para ela antes de perceber como isso é gay. *"Ciao!"*, digo, porque héteros italianos sopram beijos, certo? Meu Deus, eu sou péssima.

Corro até o carro antes que acabe passando mais vergonha.

"Pelo jeito as coisas com a Bo andam bem, né?", diz Jamal quando entro no banco de trás.

Ele é discreto o bastante para esperar a porta fechar antes de soltar uma risada.

"Cala a boca."

"Posso considerar isso um sim, né?" Jamal olha para Cesar, que dá de ombros. Ele não está rindo. Sequer sorrindo. "Ei, você tá bem?"

Cesar concorda com a cabeça, mas não diz nada. Geralmente é do tipo que começa a fazer piadas quando está de mau-humor para que ninguém saiba que está chateado. Cesar quietinho assim é novidade, mesmo para mim, e não sei muito bem como lidar com isso. Pelo jeito Jamal também não, porque passamos o resto da viagem sem falar uma única palavra. A música vai retumbando alto para substituir a conversa, mas a sensação é esquisita.

Cesar murmura um agradecimento a Jamal quando chegamos em casa, e entra sozinho. Jamal se vira para mim.

"Aconteceu alguma coisa?"

"A gente se confessou hoje. Talvez ele esteja se sentindo mal por ter cuspido marshmallows na sua cara."

A verdade é que não faço ideia do problema dele. Provavelmente vai estar bem daqui uma hora. Geralmente é o que acontece.

Jamal ri de um jeito meio forçado. Entramos. Eu iria falar com Cesar, mas parece que Jamal vai cuidar disso, porque segue direto até o quarto de Cesar. Aproveito a oportunidade para trabalhar. Já terminei minha metade dos pedidos, mas quero fazer mais alguns brincos e colares antes da feira de sábado. Estar bem-preparada ajuda com o nervoso.

Quando mamãe chega em casa, começa a atar miçangas para completar a metade dela dos pedidos. Enquanto uma cumbia toca baixinho ao fundo, comenta aqui e ali como o colar que estou fazendo está ficando lindo. Conversamos bobagens sobre o trabalho dela e a novela que estamos assistindo. Ela não faz uma única pergunta sobre Cesar. Estou começando a gostar de fazer as coisas com minha mãe. Então tento afastar o pensamento de que isso só vai durar até ela descobrir a verdade a meu respeito.

Ela vai poder pedir um celular melhor pela empresa daqui um mês, então vai esperar até lá para arrumar um telefone para substituir o que escondi. Estaria me sentindo culpada de ter roubado o aparelho se isso não estivesse salvando minha pele. Estou tentando desesperadamente arrumar dinheiro para me mudar antes que ela descubra tudo e me expulse. Assim, se papai contar a ela, não vou ser pega de calças curtas.

"Então, mami..." Respiro fundo para juntar coragem para perguntar: "Você anda falando com o papai?"

"Aham." Ela continua trabalhando no mesmo ritmo. "Estamos trocando e-mails."

"Quê?"

Aperto a miçanga que estou segurando com tanta força que ela voa para o outro lado do cômodo. Minha mãe faz um barulhinho com a boca e a recolhe.

Eles conversaram. O que mata minhas teorias inúteis sobre meu pai estar ocupado demais para *me* responder. Sério que roubei o celular da minha mãe por nada? Será que ela já sabe?

"E sobre o que vocês... Ééé... conversam?

Meu coração dá um duplo tuíste carpado dentro do peito, mas aguento firme.

"Ah, nada importante, papinho normal."

"E por acaso andou contando... Sei lá, alguma coisa *interessante?*"

"Ele nunca tem nada interessante a dizer."

Ela ri, e solto a respiração.

Ele não contou a ela. Não ainda, ao menos. E se está falando com mamãe por e-mail, talvez ainda não tenha olhado o telefone dele? Mas se está mandando e-mails casuais para minha mãe, por que não mandou nenhum para *mim*? Se o celular dele está quebrado e ele nunca recebeu minha mensagem, o que o impede de entrar em contato *comigo*?

O aperto no meu estômago intensifica enquanto espremo o cérebro, tentando extrair dele uma teoria que faça sentido. Meu pai me ama. Sempre amou. Não é religioso como mamãe. Quando enfim me ligar, vou poder falar como andei paranoica e vamos rir de como estou sendo ridícula.

"Qual é o problema, *mi hija?*" Ela olha para mim toda preocupada, e percebo que meus olhos estão marejados.

"Só tô com saudade dele, acho." É tudo que digo.

"Também estou." Ela aperta minha mão antes de voltar ao trabalho. "Vocês não andam se falando ultimamente, é isso?", pergunta, toda preocupada.

"Hum, não... A gente se fala, sim", minto.

Já que ela não sabe o que contei a ele, também não precisa saber o que aconteceu depois.

Não conversamos muito mais pelo resto da noite. Começo a atar as miçangas mais rápido para não ter que pensar. Não paro nem depois que mamãe fica tão cansada que vai para a cama.

Acordo com um baita torcicolo, deitada no sofá, embaixo de um cobertor. Acho que caí no sono enquanto trabalhava e mamãe me acomodou aqui. Demoro um minuto para perceber que Cesar e Jamal estão conversando perto da porta da frente, mas estou muito cansada para me levantar e dar privacidade a eles. Além disso, provavelmente estou meio sonhando.

"Posso te abraçar?", pergunta Cesar. Ele parece estar chorando.

Por que pediria para abraçar o próprio namorado? Não abro os olhos, porque provavelmente não deveria estar vendo ou ouvindo isso. Não ouço a resposta de Jamal, apenas o som de dois rapazes choramingando baixinho pelo que parece uma eternidade. Enfim fecham a porta, e Cesar volta para o quarto.

Rolo para o lado, sem saber muito bem se estou sonhando.

Cesar: Se a mamãe perguntar, o Jamal foi embora.

"Você tá bem?", pergunto a Cesar no dia seguinte, enquanto estamos no banheiro, nos aprontando para a escola.

"Por que não estaria?", rebate ele, já começando a escovar os dentes.

Esperto, assim não precisa responder às minhas perguntas de forma coerente.

"Você parecia meio esquisito ontem, e com o Jamal voltando pra casa e coisa e tal, quis confirmar. Ele ainda pode vir visitar a gente, né?"

Cesar resmunga sem muita emoção, mas não para de escovar até estar pronto para cuspir.

"Ele não foi pra casa. Ele...", cospe a pasta, "... vai ficar com o primo dele. No Novo México."

"Ah, que merda... Mas tá tudo bem entre vocês?", questiono.

"Tudo mais do que ótimo."

Não acredito na resposta dele nem por um segundo. Estou prestes a insistir, mas ele aponta a escova para mim e passa o dedo nas cerdas para jogar a água misturada com pasta na minha cara.

"Que nojo!" Arranco a escova da mão dele e retribuo o golpe, mas ele foge do banheiro rachando o bico.

Estremeço e limpo a água cheia de cuspe dele da minha cara. Parte de mim está preocupada com a possibilidade de ele estar escondendo alguma coisa sobre o que aconteceu com Jamal, mas não parece ser algo que o está incomodando tanto. Ele ao menos parece mais ou menos de volta ao normal.

Quando vou contar para mamãe que Jamal foi embora, ela está usando os óculos escuros pós-choro, sentada na bancada da cozinha com o notebook aberto diante de si.

"O que foi, mami?", pergunto.

Ela vira o computador e mostra um e-mail de Jamal. Pelo jeito, não vou precisar dar a notícia. Ele já fez isso, enviando um textão via e-mail em que agradece a todos nós pela estadia. Mamãe é uma manteiga derretida mesmo.

"Vou sentir saudades daquele moleque depois das últimas semanas. Vocês vão ficar bem?", pergunta ela.

"A gente vai tentar manter o relacionamento à distância", digo sem pestanejar.

Mentir está começando a virar um hábito.

"*Bueno*. Vou rezar por vocês dois."

"Mami, ele não morreu", diz Cesar entrando na cozinha e pegando uma torrada da torradeira.

"Não seja insensível", bronqueia ela antes de nos enxotar até o carro rumo à escola.

* * *

Na aula de artes, temos mais um dia de criatividade livre.

Olho ao redor, pensando no que fazer. Os retratos que David e Hunter pintaram um do outro há algumas aulas estão pendurados na parede, junto com o projeto de artes de outros alunos. Não me passa despercebido que Bo ainda não me deixou ver o retrato que fez de mim *meses* atrás. A única coisa pior que saber como ela realmente me vê é *não* saber.

Bo e eu acabamos fazendo um desenho a quatro mãos. Faço um rabisco com canetinha marrom e entrego a ela. Ficamos trocando o papel ao longo de boa parte da aula.

Ela morde a bochecha quando está concentrada, e precisa ficar ajeitando o cabelo atrás da orelha porque ele cai no rosto o tempo todo. A parte lésbica do meu cérebro quer tirar a xuxinha da minha trança e trançar o cabelo dela para que ele se comporte. Afinal de contas, ela precisa estar com os olhos livres do cabelo para fazer arte.

A parte prática do meu cérebro diz que, se continuar assim, vou acabar vacilando e serei pega cedo ou tarde. Preciso tomar cuidado.

Talvez tenha encarado Bo por tanto tempo que ela acabou notando, porque ergue a cabeça. Baixo o olhar para a página às pressas.

"Vocês querem um pouco de privacidade, pombinhas?", pergunta David.

Hunter parece presumir que ele contou a David sobre mim, porque arregala os olhos.

"Eu não disse...", começa Hunter.

Tusso para impedir o garoto de terminar a frase, e ele fecha o bico. Devo ter ficado olhando com intensidade demais para a mexa de cabelo que quero ajeitar atrás da orelha de Bo. Uma coisa é ela perceber, mas David? Quem mais vê que está na cara que sou lésbica? Abro a boca para me defender, para dar alguma desculpa, mas minha voz não sai. Não quero dizer algo idiota como fiz da outra vez.

"Falei só de zoeira", diz ele quando vê que nenhuma de nós vai responder.

Por que ele brincaria com isso? Não é nada legal, mesmo que eu estivesse apenas fantasiando secretamente sobre trançar o cabelo de Bo.

"Ela é hétero, David", diz Bo, inabalada, antes de devolver a página para mim.

Forço uma risada e pego o desenho. Graças a Deus, algo menos queer em que eu possa me concentrar. Os traçados estão quase formando um rosto. Há dois círculos que poderiam ser olhos, e começo a colorir ambos. Os padrões que Bo desenhou ao redor deles dá mais profundidade ao semblante, e os olhos parecem dois buracos negros atraindo tudo na direção deles. Não sei se eu estava pensando inconscientemente nos olhos magnéticos de Bo enquanto desenhava. Mas foi isso que fizemos.

Tiramos nota máxima, claro.

Quando o sinal do almoço toca, fico na sala em vez de me juntar a Bo e David na mesa de sempre do refeitório. Tenho mais bijuterias para fazer e pouco tempo livre, então decido aproveitar o costume da sra. Felix de deixar a sala dela aberta. Como a aula de artes é antes do almoço, acaba sendo conveniente de qualquer forma.

"Você não vem comer?", pergunta Bo assim que ela e David percebem que não levanto da cadeira.

"Não, acho que vou ficar e fazer umas bijuterias."

"Que massa! Quer companhia?", pergunta Bo.

"Só se você deixar eu te colocar pra trabalhar", respondo.

E é só meio mentira. Mãos extras viriam muito a calhar. Aprendi com Jamal que fazer as pessoas cuidarem das coisas mais simples para mim me economiza um tempão.

Acabamos formando uma espécie de linhazinha de produção na sala de artes: Bo corta os fios, David coloca as miçangas, eu tranço e amarro tudo. Quando o almoço termina, tenho todos os colares trançados de miçanga que vou precisar este fim de semana.

14

Juntarás uma bela poupança

No sábado, já estou pronta antes mesmo de a feira de inverno abrir. Cheguei tão cedo que há poucos vendedores arrumando suas mesinhas. O cheiro de massa frita e doce de leite do carrinho de churros chega diretamente no meu nariz pelo vento de dezembro, o que faz com que eu me arrependa de não ter tomado café da manhã. Poderia comer várias coisas por aqui, mas não faz sentido gastar todo meu potencial lucro em quitutes. As mesas estão organizadas em um círculo ao redor da praça, viradas para dentro, com um espaço de entrada. Por sorte, a minha ficou bem ao lado da passagem. Isso significa que meus itens serão os primeiros ou últimos que as pessoas irão ver, e só tenho uma mesa vizinha — ou seja, menos competição direta. A senhora ao meu lado está vendendo *champurrados* e *aguas frescas*, dois tipos de bebidas mexicanas. O que é ótimo, já que não vou precisar competir com ela por clientes.

Já fiz tudo que poderia ter feito para me preparar, então jogo o resto para o universo. A cada venda, vou estar um passo mais perto da independência financeira.

As primeiras horas são lentas em termos de movimento. Sorrio para todo mundo que passa, mas a maioria das pessoas evita meu olhar e minha mesinha. A tentativa de fazer as pessoas se compadecerem de mim com meu sorriso obviamente não está funcionando, então desisto dessa estratégia.

Já passou metade do dia quando um cara branco mais velho para e passa mais que alguns segundos diante da minha mesa. Estamos em uma área externa e é dezembro, mas ele está suando mais do que eu na igreja. Esfrega o queixo e observa cada uma das peças individualmente pelo que parece um século.

"O senhor tá procurando algo específico?", pergunto para quebrar o silêncio.

"Esqueci do meu aniversário de casamento. Minha esposa gosta de roxo."

Entro em ação, pegando da mesa um colar de miçangas com um padrão intrincado em roxo e verde que lembra uma flor.

"Ela vai te perdoar se o senhor der esse colar pra ela! É o favorito da minha mãe!"

Ponho a peça contra meu próprio pescoço para que ele possa ver melhor.

"Quanto custa?"

"Cento e dez dólares", digo, com tanta confiança quanto consigo.

"Pago cinquenta." Ele inspeciona a peça como se não tivesse muito valor.

Coloco o colar de volta na mesa e pestanejo.

"Sinto muito, senhor, ele custa cento e dez."

Diminuir uns poucos dólares do preço original já parece um insulto, e ele ainda quer um desconto de mais da metade do valor? Os preços já estão baixos considerando os custos com material e o tanto de tempo dedicado a cada peça.

"Sessenta. É minha última oferta." Ele passa os dedos no colar, e me contenho para não empurrar a mão suada dele para longe da minha arte.

"Cem", ofereço. Odeio regatear, mas acho que não vou vender nada se não ceder um pouco com esse cara.

Só engulo a desfeita porque não quero dormir na rua se minha mãe me expulsar de casa. Preciso desse dinheiro. Além disso, ele já contaminou o colar com esses dedos gordurentos que mais parecem linguiças.

"Quer saber? Volto depois."

Ele começa a se virar. Já acompanhei muito minha mãe em feiras para saber que as pessoas nunca voltam.

"Espera!", grito, mais alto do que necessário. "Pode ser sessenta."
Odeio o desespero na minha voz.

Ele abre um sorriso convencido e pega a carteira. Tento não permitir que meus olhos marejem enquanto embalo o colar e aceito o pagamento. Cinquenta dólares menos do que devia estar recebendo.

As pessoas começam a chegar aos montes perto da hora do almoço, e graças a Deus, porque preciso compensar a falta de vendas da manhã. Normalmente estar sozinha em um lugar tão lotado seria meu pior pesadelo, mas faço da minha mesa meu escudo e das minhas bijuterias minhas armas para enfrentar o movimento que se aproxima.

Me preparo para o pico de transeunte quando começam a surgir filas diante de outras barraquinhas. Uma família de cinco pessoas se aproxima da minha mesa e sorrio para um dos adultos. Ele sorri de volta, mas quando as outras pessoas enfim se aproximam, vejo Bianca e a mãe dela entrando na feira.

Meu coração quase sai pela boca e não consigo pensar direito. Tudo que sei é que não posso deixar que elas me vejam. Ainda estou contendo as lágrimas depois do cara dos dedos de linguiça. Se Bianca me vir chateada, vai saber que também falhei nisso.

"Desculpa, gente, mas preciso de um intervalo! Os senhores podem voltar depois?"

As palavras saem tão desesperadas que a família nem se irrita. Mas duvido que vão voltar. Pego a canga que deixei no chão e cubro a mesa, depois me encolho embaixo dela.

A senhora vendendo *champurrados* me olha com uma cara estranha. Ergo o indicador diante dos lábios, então ela só chacoalha a cabeça e volta a cuidar da própria vida.

Lá no fundo, sinto o ímpeto de me levantar e ganhar algum dinheiro, mas não consigo. Não posso olhar para elas. Sinto as lágrimas vindo. Odeio como Bianca ainda consegue me fazer chorar. Não precisa nem fazer nada e já estou me escondendo embaixo de uma mesa, chorando como um bebezinho.

Fico ali encolhida por pelo menos uma hora, até sentir dor nas costas. Confiro a hora no telefone. Guardo ele de novo assim que vejo o relógio, porque não quero olhar para meu pai agora. Ele não quer nada comigo, então por que deveria manter uma foto com ele como plano de fundo? Acho que simplesmente não tenho coragem de mudar, então venho evitando a tela desde então.

Certo, Yami, foco. Vou precisar recolher minhas coisas daqui umas duas horas no máximo. Não posso passar o dia inteiro me escondendo.

Espio além da canga. Elas foram embora.

Com cuidado, descubro a mesa. Perdi o horário de pico, então quase não tem mais ninguém por perto. O que consigo vender nas horas seguintes são apenas algumas pulseiras da amizade; quando chega a hora de ir embora, tenho só alguns dólares em troca de um dia inteiro de trabalho.

Começo a guardar minhas coisas como a fracassada que sou, mas uma *viejita* e um garoto mais ou menos da minha idade se aproximam da minha barraca no último instante. Ele carrega milhões de ecobags nos braços. Devem ter uma boa grana a julgar pelo dinheiro que provavelmente gastaram para encher todas. A *viejita* anda mais rápido que eu.

Sem dizer nada, ela começa a escolher pulseiras, brincos e colares e vai entregando tudo para mim. Fico um pouco sem ação antes de começar a embalar e ir somando os valores na minha cabeça. Agradeço cada vez que ela me entrega uma peça.

"Obrigada." *Cem dólares.*

"Obrigada." *Mais cinquenta.*

"Obrigada." *Mais 35.*

"Obrigada." *Mais 120.*

Perco a conta quando o garoto a impede de me dar mais um par de brincos.

"Marisol e as meninas já têm uns parecidos, *welita*."

"*Ay, sí,* é por isso que sempre trago você comigo." Ela olha para mim. "Estou adiantando a compra dos presentes de Natal dos meus *nietos*."

Concordo com a cabeça, como se fizesse total sentido gastar centenas de dólares em uma única saída. Sozinha, essa mulher vai fazer meu dia de vendas ter valido a pena. Quanto mais itens ela me entrega, menos o total faz sentido. Preciso usar a calculadora do celular para me apegar à realidade. Começo a chorar quando vejo o valor final.

"Obrigada", agradeço uma última vez antes de entregar a sacola a ela.

Enxugo os olhos, constrangida. Que tipo de vendedora chora quando faz uma venda boa?

A senhorinha sorri e me dá um beijo na bochecha. Não consigo parar de chorar nem depois que ela vai embora.

Já tenho o bastante para a caução do apartamento.

Na segunda, Bo não vai à escola porque pegou alguma gripe de inverno que parece estar rolando por aí. Tudo que quero fazer é contar a ela como a feira foi ótima, mas interromper a troca de olhares apaixonados de Amber e David enquanto falam um com o outro não parece tão divertido. O dia passa devagar demaaaaais sem Bo. Quando percebo como estou de bode, cai minha ficha de que já estou muito além de só um pouquinho apaixonada. Negação não é mais um bom mecanismo de enfrentamento como costumava ser.

Eu devia ter percebido. Foi assim que começou com Bianca. Não tem mais volta.

A partir do instante em que soube que estava sentindo algo por Bianca, as coisas desandaram bem rápido. Não estou pronta para me apaixonar por Bo. Especialmente porque Bo já deixou dolorosamente clara a falta de sentimentos que tem por mim durante nossa não ida ao baile de volta às aulas. E ela tem uma namorada, da qual eu não queria ter tanta inveja. Mas fingir que não sinto nada está funcionando menos ainda.

Não consigo fazer isso nem enquanto trabalho na minha tarefa de casa. Só consigo pensar em como estou ferrada. Vou para o quarto de Cesar depois de não conseguir mais raciocinar sozinha.

"Cesar, *me ajuda!*"

Me jogo de cara na cama do meu irmão, que está sentado à escrivaninha fazendo a tarefa de casa.

"O que foi?"

"Você tá certo. Eu gosto da Bo."

"Tá, e aí?"

"Isso é péssimo."

"Como assim? Por quê?"

Ele baixa a caneta e se vira para mim.

Resmungo com o rosto abafado pelo edredom. Com sorte, isso é suficiente para comunicar telepaticamente uma resposta. Não tenho energia para dizer em voz alta, mas é péssimo porque ela não gosta de mim. É péssimo porque quero que ela pense que sou hétero, mas também quero que ela goste de mim. E ela não vai gostar de mim se achar que sou hétero. E dizer para ela o que sinto pode arruinar o namoro dela. Intimamente, espero que elas já tenham terminado, mas me sinto horrível por desejar algo assim a alguém com quem me importo.

"Não pensa demais no assunto. Você devia estar curtindo essa fase divertida!", responde ele.

"Como isso pode ser divertido? Me sinto massacrada por todos os lados. Será que é por isso que a gente fala 'crush', de esmagar? Porque tipo, sinto que estou sendo esmagada mesmo." Rolo para o lado. "Sério, me diz como isso poderia ser divertido pra eu parar de querer morrer."

A expressão de Cesar muda para algo ilegível.

"Desculpa, acho que não devia ter feito piada com isso", continuo.

Ele só balança a cabeça, como se estivesse querendo se livrar de qualquer que seja o pensamento passando pelo cérebro dele no momento.

"De boas. Então, você tem que deixar de lado qualquer tipo de expectativa que criou pela outra pessoa e aproveitar o sentimento, sacou? Deixa o friozinho na barriga te dominar. Fica toda boba sempre que ela fizer alguma coisa fofa, só porque é fofa. É uma paixonite, é pra ser *divertido*."

"Quando foi que você ficou tão maduro assim, hein? O Jamal é uma influência tão boa assim?"

"Nada, sou só supermaduro mesmo." Ele sorri, mas quando olha para o anel de compromisso na mesinha de cabeceira, o sorriso desaparece.

"Vocês estão bem um com o outro?"

"Sim", responde ele sem pestanejar, me fulminando com um olhar irritado. "Não muda de assunto. O que tá rolando entre você e a Bo?"

"Não tem isso de algo entre eu e a Bo. Eu gosto dela, só isso. Não vai rolar nada."

"Por que não?"

"Porque não vou contar pra ela. E, de qualquer forma, já sei que ela não gosta de mim. Acho que ela tem namorada." Suspiro, sem mencionar o constrangedor fato de que eu disse para Bo que era hétero.

"Como assim, acha?"

"Tipo, no dia do baile ela me disse que tinha uma namorada."

"E nunca mais falou nada dessa namorada?", pergunta Cesar.

"Bom... Não, mas..."

"Então provavelmente foi só um casinho rápido. Aposto que ela tá solteira agora."

Rolo de lado de novo e repouso o queixo na palma da mão.

"Acho que a Bo teria dito algo se elas tivessem se separado."

"As pessoas nem sempre precisam falar dos términos delas, Yami. Merdas acontecem."

"Acho que sim."

Não estou totalmente convencida. Será que a Bo não teria mencionado um término?

"Por que você tá tão desesperada em esconder seus sentimentos? Você já sabe que ela é lésbica, então se não sentir a mesma coisa por você, ao menos vai entender. Ela não vai sair por aí contando pras pessoas."

"Não tem como saber isso. E se ela contar pra todo mundo?"

"E por que ela faria isso?"

"Sei lá, pra me constranger..." As palavras nem terminaram de sair da minha boca e já soaram ridículas.

"Acho que você só tá inventando desculpas porque tá com medo."

"Você não tem medo?", pergunto.

Ele deve ter medo de mamãe descobrir sobre ele também.

"Tô falando da Bo."

"Eu não tô com medo dela." Reviro os olhos.

Ele dá um sorriso malandro, como se soubesse que está certo. E está, mas não vou admitir. De qualquer forma, deixo que me aconselhe e faça as perguntas que quiser. E é tudo da boca para fora mesmo, porque não vou fazer nada com esse crush até extrair toda a diversão dele e tudo acabar.

Meu celular apita. Pego o aparelho mais rápido do que deveria, pensando que pode ser meu pai.

Bianca: Saudades de você...

Fico encarando a mensagem, meio esperando que, ao piscar mais forte, eu descubra que estou vendo coisas. Mas o nome na tela não muda, por mais que eu pestaneje. Um sorriso surge no meu rosto.

"*Ayy*, é ela, é?", pergunta Cesar.

"Aham, é."

Sei que ele está falando da Bo, mas não quero explicar a situação. Ainda não contei a ele o que rolou com Bianca. Não consigo lidar com essa situação agora, então minto.

"Tá, beleza, pode ir agora", diz ele, e dou uma risada.

"Você tá me expulsando?"

"Sim. Vai falar com a sua mina."

Pego o telefone, corro para o quarto e me sento na cama, encarando o *Saudades de você...* na minha tela.

Sei que não é um pedido de desculpas. Mas me sinto bem. Não estou sorrindo porque Bianca me mandou mensagem, mas sim porque ela está com *saudades* de mim. Sei que ela nunca sentiu por mim o mesmo que senti por ela, mas, nossa, como é bom saber que ela está pensando em mim. Me sinto uma vencedora. Porque ela está pensando em mim, e estou pensando em outra pessoa. Outra pessoa melhor.

Acho que vou deixar ela no vácuo.

Três pontinhos surgem na tela, o que indica que ela está digitando. Costumava responder qualquer contato dela o mais rápido possível, então ela não está acostumada a esperar. Depois de um minuto, outra mensagem surge.

Bianca: *como amiga

Reviro tanto os olhos que é capaz de ficar com enxaqueca. Por que caralhos ela sentiria a necessidade de acrescentar isso? É como se estivesse jogando na minha cara que não fica confortável com o fato de eu ser lésbica. Eu nem ia responder, mas meus dedos já estão digitando freneticamente sozinhos. A onda de adrenalina é inacreditável.

Yami: Antes de mais nada

Yami: sua vadia

Os três pontinhos surgem de novo, mas continuo digitando e mando mais algumas mensagens antes de a resposta dela aparecer.

Yami: Eu não to com saudades de vc

Yami: e digo mais

Yami: vai tomar no cu

Yami: *como amiga

E bloqueio o número dela antes que ela possa responder.

15

Não adorarás nenhum *falso* ídolo

Passo a semana seguinte tão focada em fazer bijuterias para a próxima feira que os últimos dias de escola antes das férias de fim de ano passam voando. Trabalho nas peças para o evento enquanto mamãe cuida dos pedidos da lojinha da Etsy. É praticamente perfeito. Fico quase tentada a perguntar se ela quer ir comigo na feira dessa vez, mas sei que isso a atrasaria muito. Ela já não vai ter minha ajuda para atender os pedidos este fim de semana por causa da feira, então é melhor eu ficar na minha e ir sem ela. Mantenho as mãos ocupadas atando as miçangas, sem me preocupar em olhar o telefone quando ele vibra. Antes, eu pulava para ver o que era cada vez que ouvia a chegada de uma notificação, esperando uma mensagem do meu pai; a esta altura, porém, já desisti. Ele não vai mesmo falar comigo... E beleza. Talvez um dia eu consiga processar o que isso significa para mim, mas por enquanto tudo que tenho para me manter de pé são distrações.

O resto da Slayton entrou em férias, já que nossa aula terminou mais cedo hoje, mas estou trabalhando mais duro do que nunca. É minha última chance na feirinha, mas não estou muito otimista. Não fosse aquela única *viejita* da outra vez, não teria vendido mais de três peças. Mal consigo dormir e já acordo às quatro da manhã, já sofrendo por antecedência pelo resto do dia.

Algo cai na sala de estar, e levanto e pego às pressas o pé de cabra pendurado na porta do banheiro antes que meu cérebro processe o que estou fazendo. Nossos vizinhos foram roubados no verão, enquanto estavam fora da cidade, mas tem que ser muito burro para invadir uma casa com um carro estacionado na garagem. Vou até o corredor de fininho, segurando o pé de cabra com tanta força que minhas mãos doem. Mamãe não quer que eu me exponha assim, mas ser roubada está fora de cogitação. Não quando preciso das bijuterias para a feirinha hoje. Ter algo a perder me deixa mais corajosa. Chego à extremidade do corredor, pronta para golpear o intruso, quando escuto um passo logo além da passagem. Me preparo e dou um salto.

E golpeio com o pé de cabra bem na direção da cabeça do meu irmão. Cesar agacha e sai do caminho bem na hora, se jogando no carpete.

"Jesus, Yami!"

Derrubo o pé de cabra e levo a mão ao peito, aliviada.

"Achei que era um ladrão! O que você tá fazendo aqui tão cedo?"

"Bom, ainda bem que não sou um ladrão, né, porque você bateu que nem uma lesma!" Ele ri, mas também leva a mão ao peito. "Não consigo dormir, acho."

Esse garoto nunca dorme, é? Ajudo ele a se levantar, e vejo que Cesar caiu em cima de algumas bijuterias que estavam no chão. Ele deve ter derrubado as peças antes, o que explica o ruído que ouvi.

"Ai, não..." Me ajoelho para conferir se estragou alguma coisa.

Um colar e algumas pulseiras se desfazem nas minhas mãos.

"Que merda, Yami...", diz meu irmão quando vê que quebrou algumas peças.

"Tá tudo bem." Suspiro. A culpa foi minha. É um saco, mas tem como consertar. "Nem vou vender tudo mesmo. Sou péssima nisso."

Devo estar com uma aparência patética, então me levanto. Se eu fosse igual a Cesar, já teria vendido tudo. Se ele encantar estranhos como faz com minha mãe, não tem erro. Me animo com a ideia que isso me dá.

"Cesar, você precisa ir comigo!"

"Pra feirinha? Passar o dia todo?"

Ele olha para mim com uma expressão de *Nem a pau*.

"E se eu te repassar dez por cento do que a gente vender?", proponho, e o rosto dele muda automaticamente para *Aí sim*.

* * *

Não sei onde Cesar aprendeu essas coisas, mas ele age muito diferente de mim. Primeiro, falou para a gente ir vestido com o uniforme da escola porque assim as pessoas vão ver que somos adolescentes e vão ter dó de nós — deixo com Cesar a missão de fazer as pessoas se sentirem culpadas a ponto de comprar coisas. Depois, ele nos fez parar na casa de *doña* Violeta para emprestar a cachorrinha dela pelo dia todo — só Deus sabe o porquê. E organizamos a mesa diferente dessa vez.

Agora, só uma peça de cada tipo fica em exposição, para parecer que são todas exclusivas e únicas (ideia minha!). Assim, se alguém cogitar "voltar depois", vai ter medo de alguém comprar a peça antes.

Depois de explicar os preços para Cesar, ele me faz contar tintim por tintim o que aconteceu da outra vez para saber o que houve de errado.

"Ah, Yami, sua bobinha..."

Ele balança a cabeça e faz um barulho de desaprovação com a língua. Eu daria um peteleco no nariz dele, mas tem um menininho puxando a mãe na nossa direção.

"Posso fazer carinho no seu cachorro?", pergunta ele, e a mãe faz uma cara de *Desculpa, moço.*

Cesar brinca com o garoto, e a mulher começa a olhar as peças na nossa mesa para passar o tempo. Ela aponta um par de brincos dourados.

"Quanto custam esses brincos?"

Cesar intervém antes que eu responda que é sessenta dólares.

"O preço normal é oitenta, mas pra você a gente faz o preço com o desconto de criança fofinha: setenta."

Ela ri e *pega a carteira.*

Quando vai embora, estou setenta paus mais rica. Bom, 63 depois que pagar a comissão de Cesar.

Ele vê outra pessoa olhando a cachorrinha.

"Pode fazer carinho nela se quiser!", exclama ele, e a pessoa vem.

E assim por diante. Ele é um gênio mesmo.

Ao longo do dia, atendemos um fluxo constante de clientes, a maior parte graças à cachorrinha ou a Cesar elogiando as pessoas e dizendo como determinada pulseira, colar ou par de brincos combina com o tom de pele delas. Sim, ele está dando em cima das pessoas em troca de dez por cento das vendas.

Quando chega meio-dia, o coitado está quase dormindo em pé. Não me surpreende, já que aparentemente virou a noite acordado. Já ganhei quase o dobro do que semana passada, então damos o dia por encerrado e voltamos para casa.

Com o valor de pouco mais de dois meses de aluguel garantido, mais a caução devidamente guardada, fico menos estressada com a necessidade de encontrar outro emprego. Ainda vou acabar precisando de um cedo ou tarde, mas o fato de que ninguém quer me contratar não dói mais tanto assim. Sou uma máquina de fazer bijuterias e ganhar dinheiro!

Publico sobre o sucesso de hoje no Insta, depois começo a rolar o feed. Jamal postou recentemente, e passo no perfil dele porque estou curiosa para saber como estão indo as coisas no Novo México. Imediatamente reconheço o pátio do Rover no fundo de uma foto recente. Tirada ontem! Ele está por aqui!

Me pergunto quanto tempo vai ficar na cidade. Se não passar para dar oi, vou arrastar esse menino até nossa casa com minhas próprias mãos. De repente, uma lampadazinha de uma nova ideia se acende em cima da minha cabeça.

Se Jamal vier nos visitar como meu namorado fake, eu talvez seja capaz de reverter todo o dano que causei na minha relação com meu pai. Mandar um vídeo meu com meu "namorado" talvez o faça esquecer dessa história de eu ser lésbica.

Eu estava errada sobre querer que meu pai soubesse. Não vale a pena. Me assumir para ele foi um erro, mas pelo menos é um erro que eu posso consertar. Ligo para Jamal para ver se ele pode dar um pulo em casa e gravar um vídeo comigo.

"Yami?", atende Jamal, parecendo surpreso.

"Oi, namorado fake! Preciso de um favor."

"Tá tudo bem?"

"Tá sim. Você vai ficar quanto tempo aqui na cidade?", pergunto, ansiosa.

"Como assim?"

"Antes de ir embora, passa em casa pra fazer um vídeo comigo? Pra eu mandar pro meu pai?"

"Ir embora de onde? E... tem certeza de que o Cesar não vai achar ruim?", pergunta Jamal.

"Embora pro Novo México, ué. Você tá morando com o seu primo por lá, não tá?", digo, devagar, questionando toda minha vida. O que está rolando? "E por que o Cesar ia achar ruim de você ir lá em casa?"

"Novo México? Yami, eu tô ficando com meu primo em *Phoenix*. O Cesar e eu... terminamos..." A voz dele vacila um pouco. "Ele não te contou?"

Abro a boca para responder, mas tudo que sai dela é um gemidinho. Cesar *definitivamente* não me contou. Jamal nunca saiu do estado. Enfim consigo soltar um pedido de desculpas, depois desligo e vou para o quarto do meu irmão. Ele está fazendo a tarefa de casa na cama. Só ergue os olhos quando me sento ao lado dele.

"E aí... Ééé... Como você tá?", pergunto.

Olho para ele com uma expressão que supostamente deve demonstrar que ele pode se abrir comigo sobre o que aconteceu com Jamal.

"Tô ótimo...?" Ele semicerra os olhos.

Retribuo o gesto e vou direto ao ponto:

"O que aconteceu com você e o Jamal?"

Se não for assim, vamos enrolar tanto nessa lengalenga que vai nascer barba em mim. Estou totalmente preparada para quebrar o acordo de "só perguntar uma vez", mas ele me dá uma resposta direta.

"A gente terminou." Fala como se não fosse nada de mais.

"Como assim? Por quê?" Passamos o dia inteiro na feira e ele não deixou isso transparecer nenhuma vez. O quão desatenta dá para ser?

"Não se preocupa, você ainda pode usar ele como seu namorado fake."

Não consigo saber se ele está sendo sarcástico ou não.

"Mas você tá bem?"

"Tô ótimo. E *você*, tá bem?"

Ele sempre faz isso. E nunca estou preparada para que o jogo vire contra mim desse jeito. Devolvo a pergunta mais uma vez para ele ver o que é bom para a tosse.

"Tô ótima. E *você*, tá bem?"

"Tô ótimo. E *você*, tá bem?", ecoa ele mais uma vez, com um sorrisinho no rosto.

Se depender dele, vamos ficar um século nisso. Será que se eu me abrir um pouco, ele também se abre?

"Você anda conversando com o papai?", pergunto.

"Sim, ele me mandou um vídeo hoje cedo, mas não assisti."

"Deixa eu ver."

Chego mais perto para conseguir olhar a tela do telefone de Cesar por cima de seu ombro. Ele abre o Marco Polo e põe para tocar o vídeo de papai. Ver o rosto dele me dá vontade de chorar de tanta saudades.

"Hola, Peke! Preciso te mostrar uma coisa", diz papai.

Ele é o único que Cesar deixa chamar de "Peke", diminutivo de "pequeno". Cesar sempre foi pequeno para a idade, e ter adiantado um ano na escola o fazia parecer ainda menor. A câmera se move para mostrar um lago no meio de uma praça. Papai dá zoom em um patinho marrom com um tufo de penas arrepiadas no topo da cabeça. Depois ri. A câmera volta a focalizar seu rosto.

"Lembra da Canela? Não é igualzinha a ela? Achei que você ia gostar." Ele continua rindo, e o vídeo termina.

Sinto a garganta apertar. Meu pai costumava levar Cesar e eu ao parque para alimentar os patos quando a gente era criança. Canela era a única pata com um tufo de penas sempre arrepiadas no topo da cabeça, então era nossa favorita. Nós a "adotamos", e sempre procurávamos especialmente por ela quando a gente ia ao parque. Eu também estava sempre lá com eles, mas pelo jeito papai só quis mostrar o que viu para Cesar.

O vídeo foi enviado hoje de manhã. O que confirma, mais uma vez, que ele poderia ter me respondido, mas não respondeu. A essa altura, poderia ter me respondido várias vezes. E está falando com Cesar sobre algo em que eu estava envolvida. Sinto vontade de vomitar.

Não tem mais como evitar. Meu pai, meu ídolo, que um dia foi a pessoa em que eu mais confiei na vida, não quer saber mais de mim.

É bobagem isso de estigmatizar a escolha de viver no armário. Cagam na nossa cabeça por estarmos "vivendo uma mentira" só porque queremos sobreviver. Não quero continuar perdendo todas as pessoas próximas. Não quero ser deserdada e expulsa de casa. É autopreservação, não desonestidade. Não devo a verdade a ninguém, e vou demorar quanto eu bem entender para falar sobre isso. Talvez fale de novo só no dia da porra de São Nunca.

Nem consigo sair do armário de uma vez só, inclusive. Já me assumi seis vezes. Para Bianca, Cesar, Hunter, Jamal, meu pai e Bo. Talvez Bo não conte, já que acho que ela não ouviu a mensagem. Mas se estou "vivendo uma mentira", toda pessoa hétero que nunca "saiu do armário" quanto a sua sexualidade para cada uma das pessoas que conhece também está. Eu não devia ser obrigada a falar sobre isso contra minha vontade. Não quero *ter* que contar para todo mundo. Não depois de como papai reagiu. Ou não reagiu.

"Tudo bem aí?", pergunta Cesar.

Balanço a cabeça, limpando o nariz.

"Você tá brava com o papai ou coisa assim?"

Balanço a cabeça de novo e saio do quarto antes que ele me veja chorando. Talvez essa coisa de se abrir possa esperar.

Cesar e eu passamos o jantar em silêncio.

"Vocês não falam do Jamal há um tempo. *¿Qué pasó?*", pergunta mamãe.

"Então..." Olho para Cesar. Ele espeta a *enchilada* com o garfo e fixa o olhar na comida. Disse que eu podia continuar tendo um namoro fake com o Jamal, então... "Nada, a gente tá bem. Ele tá aqui na cidade."

"Achei que vocês tinham terminado", diz Cesar, frio, e preciso resistir ao ímpeto de revirar os olhos. Ô menino inconstante...

Ele golpeia o prato com o garfo de novo, mas não leva comida alguma até a boca. O que ele quer de mim?

Mamãe quase se engasga com a comida.

"*¿Por qué?*"

"Eu... Hum..."

Nem sei a verdadeira razão pela qual Cesar e Jamal terminaram, então não faço ideia do que dizer. Ele me traiu? Eu o traí? Eu não o amo mais? Mamãe acrescenta outras perguntas à minha lista:

"Ele te machucou? Te traiu?" Ela arqueja. "Já sei! Ele é gay, não é? Sabia que tinha alguma coisa errada com aquele menino!", exclama.

Eita. Só aperto os talheres com mais força.

"Eu torcia pra estar errada, mas sempre suspeitei. Que pena, ele era uma gracinha..." Mamãe faz um barulhinho de desaprovação com a boca, como se tivesse acabado de desvendar um mistério. "É *por isso* que ele foi expulso de casa, *¿qué no?* Os pais dele devem ter descoberto. Faz sentido agora."

"Não, mãe, é que..." Minha voz sai fraquinha, e espero que ela ache que é porque estou chateada por causa do término — não com o fato de que ela acabou de confirmar que ser gay é uma ofensa digna de ser punida com deserdação. "Eu não quero falar sobre isso, tá?"

Cesar também não quer falar sobre isso, então é uma reação realista.

"Tô cheio de lição de casa pra fazer."

Cesar leva o prato cheio de comida na qual mal tocou até a pia, onde o deposita com um estampido alto antes de sair a passos largos. Queria poder fazer a mesma coisa.

"O que ele tem?"

Mamãe nem espera meu irmão não estar mais ouvindo.

Talvez esteja puto porque a mãe dele é homofóbica.

Dou de ombros.

"Ainda bem que ele saiu", continua ela, sussurrando, "porque preciso falar com você sobre uma coisa."

"Hum."

"Como o aniversário do seu irmão tá chegando, achei que a gente podia fazer alguma coisinha especial."

"É?"

O aniversário de Cesar é dia 23 de dezembro. O meu é 12 de fevereiro, então nossos aniversários são ambos ofuscados por outras datas comemorativas maiores. Pelo menos Cesar ganha presentes em dobro.

"Andei guardando um dinheirinho. Tenho o bastante pra mandar vocês dois pro México visitar seu pai nas férias de fim de ano!"

Ela me mostra duas passagens impressas, os olhos cheios de lágrimas. Os voos saem na segunda. Engulo em seco. Mamãe não sabe que papai não está falando comigo, e não posso contar isso para ela sob risco de receber o mesmo tratamento. Ou um ainda pior, já que meio que dependo dela para sobreviver.

"A senhora não vai?", pergunto.

"Só tenho dinheiro pra duas passagens, então não. Mas tá tudo bem. Vocês sempre passam o Natal comigo. Acho justo passarem pelo menos um com o pai de vocês." Ela parece triste por não poder ir, mas tão feliz por mim ao mesmo tempo que não aguento.

"Mãe..."

Agora estamos as duas chorando.

Se ela tivesse me contado isso dois meses atrás, minhas lágrimas teriam sido de alegria; tenho certeza de que mamãe acha que são.

"JURA?", grita Cesar grita do corredor.

Provavelmente ficou de butuca entreouvindo a conversa para ver se a gente continuaria falando de Jamal. Ele volta correndo até a mesa e se senta.

"A gente vai ver o papai?"

Minha mãe joga as mãos para o alto, derrotada.

"Não tinha como você esperar pra eu te fazer uma surpresa?"

"Obrigado, mami! Obrigado, obrigado!"

Cesar a abraça e a enche de beijinhos na bochecha.

Continuam falando sem parar, mas não consigo mais me concentrar.

"Não posso ir", interrompo.

"¿Y por qué no?" Mamãe usa a voz assustadora, e não consigo evitar. Irrompo em choro e balbucios, e ela empurra Cesar para o lado para me abraçar. A voz assustadora some de repente. *"Mi hija,* o que foi?"

Não tenho como responder, então apenas soluço contra o peito dela. Ela não diz mais nada, só faz carinho nas minhas costas enquanto morro de chorar. O toque dela me acalma, e queria que as coisas permanecessem assim entre a gente para sempre. Enxugo os olhos. Preciso me recompor o bastante para inventar uma desculpa.

"É que tô muito estressada com as coisas da escola. Vou precisar entregar um projeto enorme logo depois das férias, então preciso ficar pra terminar."

"Pronto, *mi hija,* passou. Tá tudo bem." Ela faz cafuné em mim.

"Mami, a senhora vai ficar com a passagem da Yami e vir comigo, então?", pergunta Cesar.

Sinto a garganta apertar de novo. Se ela for, e papai contar para ela...

"E deixar a Yamilet aqui sozinha? Melhor não", diz ela, e solto a respiração.

"Hum... Mas posso ir ainda, né?", pergunta Cesar, e mamãe esfrega o rosto.

"*Mi hijo,* não quero você viajando sozinho."

"Tá me zoando? É meu aniversário! Engole o choro e faz esse seu projeto lá, Yami!", grita ele.

"Não posso... Não posso..." Minha voz vacila.

Cesar e eu estamos ambos às lágrimas quando mamãe enfim dá o braço a torcer.

"Certo, certo. Mas se eu for, como vou saber que você não vai botar fogo aqui em casa, hein, menina?", ela pergunta para mim.

"Sou praticamente adulta. Vou ficar bem. Olha pra mim! Abrindo mão das férias com o papai pra fazer *tarefa de casa*." Fungo, mas acho que ainda estou soando convincente. "Se esse não é um sinal de responsabilidade, não sei mais o que é."

Mami morde o lábio.

"Bom, acho que você é crescidinha o bastante. Mas se for ficar aqui, vai ser pra focar no seu projeto. Não vai ser pra trabalhar ou coisa do gênero, certo?"

"Sério? Mas e nossos pedidos?", pergunto.

"Eu já dava conta disso antes de você começar a me ajudar, então vou dar conta agora. Foca na tarefa. Eu cuido do resto sozinha, *com el favor de Dios.*"

"Combinado, mami."

Ela me puxa em um abraço. Amo minha mãe. Vou aproveitando os abraços dela agora, antes que decida que não quer mais saber de mim depois de ouvir o lado de papai da história. Ele provavelmente vai lhe contar durante a visita. Uma parte egoísta de mim quer convencê-la a não ir, mas sei que Cesar nunca ia me perdoar se eu arruinasse a viagem dele. Para ser sincera, nem eu ia me perdoar.

Acho melhor avisar Cesar. Já que ele vai passar um tempo com papai, é bom que saiba o que ele realmente acha de gente como nós. Vou atrás dele até o quarto.

"Posso ajudar?", diz ele quando enfim percebe que o estou seguindo.

"Eu me assumi pro papai", sussurro enquanto entro, fechando a porta atrás de mim.

"Como assim? E o que ele falou?"

"Nada. Mandei mensagem pra ele depois da festa no dia do baile de volta às aulas. Mas ele não falou mais comigo depois disso."

"Eita..." Cesar esfrega a cabeça. "Será que ele nem recebeu a mensagem?"

"Recebeu sim", rebato.

"Como você sabe?"

"Sabendo! Eu também mandei um vídeo pra ele. E ele não me disse merda nenhuma."

"Escuta, não tem como você me convencer a não ir, se é isso que tá tentando fazer."

"Só quero que tome cuidado. Mas porque você ia *querer* ir sabendo que ele é homofóbico? Se ele descobrir sobre sua orientação, vai te tratar do mesmo jeito."

De imediato me sinto mal por falar isso, mesmo sendo verdade.

"Que drama! Ele provavelmente não viu sua mensagem, só isso."

"Então por que mandaria um vídeo só pra você e não pra mim? A Canela também era minha patinha!"

Estou chorando de novo.

"Que merda, Yami, as coisas não giram em volta do seu umbigo!"

Ele dá um soco na escrivaninha.

Recuo um passo. Cesar erguer a voz para mim já é suficiente para as lágrimas pararem, mais de surpresa do que qualquer coisa.

"Tudo bem se ele falar comigo primeiro às vezes!", continua meu irmão. "O papai me mandou um vídeo porque eu estava tendo um dia péssimo. Será que posso lidar com minhas próprias merdas por *um* dia? Não dá pra falar sobre essas coisas com você."

Ele começa a tremer.

"Bom, eu também estava tendo um dia péssimo! Por que ele não falaria *comigo*?"

Sei que não estou sendo justa. Não é culpa de Cesar que papai me odeia.

"Talvez seja porque você não consegue deixar as pessoas em paz! Você não tem que resolver todos os problemas do mundo, porra! Tá sempre se metendo na minha vida. Com Jamal, com o futebol americano e agora com o papai... Que tal me deixar fazer o que eu quero uma vez na vida? Ele é *meu* pai também!"

"Do que você tá falando? Se eu não tivesse te dado cobertura..."

"Eu nunca *pedi* pra você me dar cobertura. Nunca pedi pra você fingir que estava namorando o Jamal ou ir estudar na Slayton. Você não pode me afastar do papai só porque ele não quer falar com *você*."

Odeio o fato de que não consigo parar de chorar. E o fato de que Cesar está certo.

"Ele não quer *falar* comigo..." Enfim sinto a ficha cair quando digo as palavras em voz alta. Solto outro soluço.

Cesar suspira, e a voz dele fica mais suave.

"Caramba, Yami, ele provavelmente tá ocupado ou coisa assim."

Não posso mais falar sobre papai, ou não vou parar de chorar. Saio.

Talvez precise dar um espaço para Cesar. Tenho que lidar com minha própria vida e deixar ele lidar com a dele. Ele está certo sobre isso, e, se quer tanto que eu o deixe em paz, vou deixar. Mas ele está errado sobre nosso pai.

O pai de Bo está me ligando. Logo cedo. É domingo, e nem estou me esforçando para estar acordada. Sei que dei meu número para os pais de Bo, mas nunca achei que iam ligar. Atendo porque ainda quero causar uma boa impressão neles — não posso deixar que pensem que sou uma bêbada perdida.

"Alô?"

"Oi! Yamilet?"

"Isso! Oi, sr. Taylor", digo, tentando ao máximo usar o mesmo tom animado que ele.

"Por favor, pode me chamar de Rick."

"Certo. Tudo bem?"

"Tenho um problema que acho que você pode me ajudar a resolver." Ele fala como se fosse um apresentador desses canais de venda, e é difícil não rir.

"Diga."

"Tô fazendo umas tortas."

"Certo..."

"E Emma, Bo e eu não vamos de jeito nenhum dar conta de comer tudo sozinhos. A gente precisa da sua ajuda, Yamilet."

O tom dele é urgente, como se estivesse me passando uma missão importante.

"Pai! Para de ligar pras minhas amigas!", grita Bo ao fundo.

"Ela também é minha amiga, ué. Certo, Yamilet?"

Consigo ouvir o sorriso no rosto dele, e dou uma risada.

Escuto sons de lutinha, e depois Bo falando em vez do pai. Só de ouvir a voz dela já fico com frio na barriga.

"Foi mal pelo meu pai. Ele é... Ah, desse jeito. Fica entediado e começa a assar um monte de coisa. Não precisa vir se não quiser. Mas tem torta. Torta pra dedéu. Caso queira vir."

"Que tipo de torta?"

Bo repete a pergunta para o pai, que responde alto o bastante para que eu escute.

"De abóbora, de maçã, de cereja! Se gostar de algum outro sabor, eu faço!"

Dou outra risada.

"Parece ótimo. Vou ver se arranjo carona."

"Ótimo! O Cesar pode vir também se ele quiser!"

"Ele tá meio ocupado", minto. Eu é que estou evitando meu irmão desde nossa discussão.

Amber viajou por causa das férias, então só eu e David vamos até a casa de Bo. Estou aliviada por Hunter não ter sido convidado também, porque ele certamente teria convidado Cesar. Às vezes esqueço que Hunter não é tão íntimo de Bo quanto eu, David e Amber. Hoje, estou grata por isso.

Minha casa fica no caminho de David, então crio coragem e peço uma carona para ele. Não ligo de David saber onde moro, já que imagino que ele não vai julgar. Não é como se achasse que Bo me julgaria, mas é só... diferente. David mora na reserva indígena navajo. Não há muitas casas do tamanho da de Bo por lá.

David buzina, encostando a velha caminhonete azul na calçada do outro lado da rua. Subo no banco do passageiro e fecho a porta. É mais leve do que esperava, então ela bate com um pouco de força demais. David arqueja.

"Cuidado com a Sapatinha! Ela é velha demais pra baterem a porta dela assim."

Ao que parece, o nome da caminhonete é Sapatinha.

"Desculpa, mas... por que Sapatinha?"

"Ela parece um sapatinho de criança, não acha?"

Ele sorri, dando um tapinha carinhoso no volante.

"Olha... Não é que parece?"

Não consigo explicar, mas de alguma forma faz sentido.

Passamos a viagem toda ouvindo metalcore. Bom, ouço mais David berrando e batucando no volante do que a música em si. Não faço ideia de como as pessoas conseguem fazer isso com a voz, mas é bem impressionante.

Quando enfim chegamos à casa de Bo, o pai dela abre a porta e gesticula para entrarmos.

"Entrem!"

Ele dá uma corridinha até a cozinha, deixando a porta aberta para nós. A mãe de Bo desliga a televisão da sala e se levanta do sofá para nos cumprimentar.

"Oi! Que bom ver vocês!"

"Bo! Nossos amigos chegaram!", grita o pai dela da cozinha.

"*Meus* amigos, pai!", responde Bo de algum lugar do andar de cima.

Depois de alguns segundos, ela desce as escadas saltitando, usando um macacão jeans largo com uma das alças caídas no ombro. A blusinha branca embaixo, bem curta, mostra um pedacinho de pele de cada lado do macacão. Pele exposta da região peitoral = a área mais sexy da anatomia lésbica. Como é que ela se sente no direito de ser tão linda assim?

O pai de Bo nem me dá chance de ficar sem palavras, já que nos arrebanha de imediato na direção da mesa da sala de jantar. Depois de se sentar, vai dançando até a cozinha, mesmo sem ter música tocando. Minha mãe nunca receberia pessoas sem música, então sinto que tem alguma coisa faltando.

"Não se preocupem, crianças, as tortas do Rick são ótimas", diz a mãe de Bo enquanto nos sentamos.

"Ele me mata de vergonha..." Bo cobre o rosto, mas está rindo.

"Tá doida? Seu pai é o máximo!", diz David.

Bo revira os olhos, e o pai dela chega carregando três tortas com muita habilidade.

A espera até ele colocar as tortas na mesa e cortar e servir os pedaços é excruciante. Se fosse minha mãe, cada um se serviria sozinho — o que prefiro, já que assim posso controlar quando encher minha cara de belas tortas. Mas, aparentemente, esse é o jeito "adequado".

David, Bo e eu passamos um tempinho mandando ver nas tortas até nos sentirmos prontos para uma conversa civilizada. Enquanto comemos, tudo que escuto é o som de torta sendo cortada e talheres batendo nos pratos até Bo quebrar o silêncio.

"E aí, planos pras férias de fim de ano?"

"Eu vou ajudar meu pai no trabalho", diz David, mastigando.

"Tenho certeza de que vai ser divertido", responde a mãe de Bo.

"A gente vai assentar azulejo. Diversão *garantida*", comenta ele com um sorrisinho.

"E você, Yamilet?", questiona a mãe de Bo.

Coloco um pedaço de torta na boca em vez de responder. Pura educação, eu sei. Mas não é a melhor solução, já que em algum momento vou precisar mastigar, engolir e responder à pergunta.

"Eu... não vou fazer nada de mais."

"Como assim? Sem planos pro Natal?", pergunta o pai de Bo, e a esposa dá um chutinho nas pernas dele por debaixo da mesa. Ele se sobressalta. "Perdão. Sem planos pras férias de fim de ano?"

É legal ver isso, porque eles sabem que frequentamos uma escola católica, mas não presumem que todo mundo celebra o feriado religioso.

"Não..." Não tenho energia para inventar uma mentira, então falo a verdade. "Minha mãe e o Cesar vão pro México visitar meu pai pra comemorar o aniversário do meu irmão, mas eu não quis ir."

O pai de Bo reage com espanto.

"Você vai passar o Natal sozinha?" Ele leva outro chutinho por debaixo da mesa.

"Sim. A gente costuma celebrar o Natal, mas..." Preciso prestar atenção na respiração para não engasgar. Não posso contar a eles sobre meu pai sem antes ter que explicar tudo. "Tenho um projeto grande de química pra fazer, então vou ficar em casa pra trabalhar nele."

Bo tomba a cabeça para o lado como um filhotinho de cachorro confuso, e David olha para mim como se soubesse que estou mentindo. Merda. Eles também cursam a matéria comigo, então sabem que não tem projeto grande algum. Em defesa deles, porém, não me desmascaram.

"Ah, querida..." A mãe de Bo estende a mão por cima da mesa e segura a minha. "Você tá mais do que convidada a passar o feriado com a gente! Não quero que fique todo esse tempo sozinha."

"Sério?"

Olho para Bo, não para os pais dela. É ela que quero que esteja confortável com isso. Nunca passei mais que um fim de semana na casa de outra pessoa, e se ela ainda tiver namorada, talvez as coisas fiquem meio esquisitas com a minha presença. Eu provavelmente deveria perguntar em algum momento, mas tenho medo de soar muito lésbica. Uma expressão ilegível lampeja pelo rosto de Bo, e ela fica corada antes de sorrir.

"Claro!", respondem o pai e a mãe dela em uníssono.

Ergo as sobrancelhas de um jeito interrogativo para Bo, pedindo uma resposta. Eu entenderia se ela não me quisesse na casa dela por duas semanas seguidas.

"Claro! Vai ser muito legal!", responde ela, sorrindo de novo.

"Ótimo! Acho que minha mãe vai adorar a ideia. Ela ficou preocupada com a ideia de me deixar sozinha." Parece uma bela melhoria em relação à perspectiva de passar o feriado chafurdando em autocomiseração.

Levar Cesar e minha mãe até o aeroporto é mais difícil do que eu imaginei que seria. Não ando falando muito com Cesar, o que não é justo. A única razão pela qual não estou falando com ele é porque ele não está falando comigo. Se ele pedisse desculpas, eu o perdoaria na hora. Sei que é mesquinho guardar rancor, mas o que mais eu faria? Sou uma vadia mesquinha, assim como Cesar. Ele nem se deu ao trabalho de fazer uma piadinha quando soube que vou passar o feriado com Bo. Não lido muito bem com conflitos, mas já passou tempo demais para voltar atrás agora. Geralmente a gente resolveria qualquer confusão em, tipo, um dia. Mas tem algo diferente nessa discussão, e não sei o que é. Odeio isso.

Quando mamãe se distrai, enfio o celular na bolsa dela para que ela o encontre depois. Não tem por que ficar escondendo o telefone agora que ela vai ver papai em pessoa. Mami está chorando, e não consigo sentir nada. Não posso sentir coisas neste momento, ou vou surtar. Mamãe olha para nós com expectativa, então Cesar me dá um abraço de lado bem meia-boca, que retribuo. Só começo a chorar quando viro de costas.

Ando direto até o estacionamento e não olho para trás.

16

Não guardarás rancores mesquinhos

Fico grata pela família de Bo me impedir de afundar em um poço de sofrência, mas talvez passar o feriado com minha crush não seja a melhor ideia. E se todo esse tempo sozinha com Bo me levar a algo bem digno de Yami, tipo sair do armário... de novo? Eu devia ter ficado em casa, mas não posso voltar atrás agora, então cá estou com Bo. Bo, toda perfeitinha, com a qual evito contato visual porque não posso olhar para ela sem me perder. Isso vai ser interessante.

Durante a viagem, mami me manda atualizações em vídeo via Marco Polo. Cesar às vezes aparece neles, mas só com a voz ao fundo. Se ela pede para ele dizer oi, ele acena, mas não fala muito. Papai não aparece nos vídeos. Se tiver contado a mamãe o motivo pelo qual não quer falar comigo, ela não está muito preocupada com a coisa de eu ser lésbica. Mas não acho que é o caso. Não vou tocar no assunto. Se tocar e ele não tiver falado nada, já era. E se ele contou, o que ganho trazendo o tópico à tona? Só saber a reação dela? Não, não preciso disso. Estou bem aqui, completamente no escuro.

Em metade dos vídeos que minha mãe manda, eles estão no meio de visitas a familiares de papai, então as ligações são geralmente bem curtas. Fico encarando o aplicativo por um tempo depois que mamãe desliga. Não é que eu esteja esperando algo acontecer. Na verdade, sei que nada vai acontecer, por isso fico encarando a tela. Quero *fazer* algo acontecer. Acho que estou pronta para falar com ele. Não com meu pai. Não vou estar pronta para falar com meu pai até ele estar pronto para falar comigo. Isso se ele estiver algum dia.

Começo um vídeo para Cesar.

"Ei... oi. Faz tempo que a gente não se fala. Saudades de você..." Estou só balbuciando coisas desconexas, mas não quero parar de falar porque faz muito tempo que não converso com ele, e isso é o mais perto que cheguei de conseguir fazer algo assim. "O que tá achando de Chiapas?" Faço uma pausa, como se estivesse esperando uma resposta. "Não sei se você ainda tá bravo comigo. Mas eu não tô mais brava com você. Na verdade, nunca estive. Eu só sou péssima em me comunicar. Admito isso. Enfim, fala comigo se não estiver me odiando, por favor. Tchau..." Desligo antes da parte do *eu te amo*.

Encerro o vídeo e suspiro fundo. Não quero ficar sozinha bem agora, então vou procurar Bo. Ela está deitada no sofá com o celular, alguns fiozinhos do cabelo escapando do coque bagunçado. Ela fica ainda mais lindinha de coque bagunçado do que eu pensava que ficaria. Penso nela repousando a cabeça com o coque bagunçado no meu colo enquanto dou um jeito nos cabelinhos rebeldes. Mesmo com ela bem na minha frente, o pensamento me deixa solitária. Não posso sair por aí mexendo nos cabelinhos rebeldes de garotas.

Me ocorre que *Bo* passou a maior parte do feriado até o momento sozinha também. Talvez Cesar esteja certo e ela não esteja mais namorando? Não, não, não, Bo teria me dito se tivesse terminado. Ela não é como Cesar. Talvez não tenha convidado Jamie por minha causa? Me pergunto se minha presença não deixaria meio constrangedora qualquer visita dela.

"Você devia chamar a Jamie pra vir aqui." Me sento no outro sofá. Por que a estou encorajando a fazer isso? Odeio a ideia, mas talvez ter que ver Bo com a namorada me faça superar a paixonite. Por outro lado, talvez elas queiram um tempo sozinhas. "Eu tô com o carro da minha mãe, então posso ir pra algum lugar e deixar vocês sozinha. Se quiser."

A expressão de Bo se fecha, e ela parece quase triste. Merda. Talvez ela e Jamie tenham terminado, e acabei de enfiar o dedo na ferida.

Ela suspira.

"A Jamie tá fora da cidade. Vai passar as férias com os pais, infelizmente."
Ah.
"Foi mal. Que merda." Para nós duas.

Bo afunda no sofá, e me sinto mal por tê-la deixado de bode. Odeio como a conversa fica estranha.

"Mas e aí, como é namorar uma garota que tá na faculdade?"

Parte de mim pergunta por que quero que ela fique mais animadinha, mas a outra é só curiosa mesmo. Acho que Jamie prefere passar as festas com os pais em vez de ficar sozinha nos dormitórios da Universidade Estadual do Arizona. Será que Bo se pergunta sobre o que vai acontecer com o relacionamento delas quando Jamie se formar?

"Ela é só um ano mais velha que eu, então não é *tão* esquisito assim."
"Ah, não quis dizer isso! Só fiquei curiosa."
"Tá de boas."

Agora estamos mergulhadas em um silêncio constrangedor, e não sei como mudar de assunto. O humor de Bo mudou da água para o vinho quando toquei no assunto de Jamie. Ela deve estar sentindo muitas saudades. Estou com zero inveja. O silêncio entre nós me dá *zero* inveja de dos prováveis silêncios constrangedores como este entre ela e Jamie. Sinto falta da cumbia da minha mãe preenchendo a quietude. Sinto falta até mesmo da música de sofrência de *doña* Violeta. Como vou me animar sem música?

"Vocês não costumam ouvir música por aqui?", pergunto.

Bo às vezes escuta algo de fones de ouvido, mas nunca há música tocando em volume alto. Não trouxe fones, então meio que odeio quando ela os coloca em vez de compartilhar a música comigo.

"Como assim? Claro que a gente ouve."
"Vocês têm alguma regra sobre não tocar pra casa toda ouvir?"

Não estou tentando ser sarcástica. Realmente não sei se há uma razão maior para não colocarem música alta.

"Hum, não."
"Bom, então você tem alguma caixinha de som ou coisa do tipo? Estou meio que com abstinência de música."

"Claro! Um minuto." Bo salta do sofá e vai até o quarto. Volta com uma caixa de som com conexão Bluetooth. Coloca o aparelho sobre a mesa e o sincroniza com o telefone. "O que você quer ouvir?"

"Pode escolher. Só preciso de um pouquinho de barulho."

"Promete que não vai tirar sarro da minha cara?"

"Prometo." Duvido que a playlist dela seja mais brega que a minha — uma mistura aleatória de músicas da Disney, reggaeton, cumbia e trilhas sonoras.

"Na verdade, quer saber de uma coisa? Se você me falar com toda a sinceridade que não ficou com vontade de dançar depois de ouvir isso, aí pode tirar sarro da minha cara o quanto quiser. Mas não vai acontecer", diz ela.

Me sinto melhor antes mesmo de a música começar, sei lá como.

Ela dá play e começa a dançar. Não sei o que eu estava esperando, mas não era *isso*.

"Disco?"

"Qual é o problema de disco?"

"Nada, só não era o que eu estava esperando."

"Fato: a decadência do disco é o resultado direto de uma mistura de homofobia e racismo. Como uma asiática lésbica, isso me ofende de várias formas."

Para reforçar seu ponto, Bo cai no chão de forma performática em uma tentativa de fazer um shablam. Depois se levanta e começa a pular e girar em círculos.

Não sei por que, esperava que Bo dançasse bem. Ela parece perfeita em todos os sentidos porque é foda em — achava eu — todas as coisas. Mas nesse quesito acho que sou melhor. Não sei muito bem por que ela me pediu para não tirar sarro da cara dela. Não está com medo do meu julgamento, é óbvio.

Ela aponta para mim, como se estivesse me convidando a dançar com ela, mas prefiro assistir. Depois gira um laço invisível acima da cabeça e finge me puxar em sua direção.

Não tenho escolha.

Sou arrancada do sofá contra minha vontade e, quando dou por mim, estou saltitando e girando ao redor dela. Sinto que estou em uma balada no espaço — essa é a atmosfera que a música disco me passa. É um estilo que precisa seriamente de uma revitalização.

Bo agarra minha mão, e por alguma razão a música impede que eu foque nisso. Começamos a rodar uma ao redor da outra até que tudo exceto Bo esteja girando. Ela joga a cabeça para trás, gargalhando, e agarro as mãos dela com mais força para compensar a aceleração. Depois tropeço nos meus próprios pés, o que nos joga em direções opostas, rindo histericamente acima da música.

Gosto de como Bo me faz esquecer das coisas. Não preciso me preocupar com o que as outras pessoas acham, e posso aproveitar o tempo com ela sem pensar em tudo que está rolando. Não penso em meu pai nem em Cesar até o sol se pôr, quando abro o Marco Polo e vejo que não recebi nada. Cesar ainda não viu o vídeo que enviei, então pelo menos não me deixou no vácuo como papai. Mandei outro vídeo para o meu irmão hoje mais cedo, para dar parabéns pelo aniversário, mas ele também não respondeu.

O som da porta da garagem se abrindo me desperta dos devaneios. Bo e eu descemos para dizer oi, mas a mãe dela não parece muito feliz.

"Rick, será que você pode *por favor* lavar a louça? Trabalhei o dia inteiro e não acho legal chegar e encontrar a pia suja assim."

Minha vontade é abrir um buraco no chão e sumir. Sinto que não devia estar testemunhando as discussões de outra família, mas eles não parecem se importar com a minha presença. Rick, que está assistindo à TV na sala de estar, não responde.

"Oiii? Tá me ouvindo?"

Ele continua sem dizer nada, e dessa vez Bo intercede.

"Pai, a mãe tá te chamando."

"Fica tranquila, meu amor, vou cuidar disso", diz Rick enfim, desligando a televisão.

"Você podia pelo menos me responder pra eu não ficar falando sozinha."

"Bom, sinto muito se eu não reajo muito bem a encheção de saco."

Bo pigarreia, o que parece lembrar aos pais que eles têm visita. O pai de Bo fica vermelho como um pimentão, pede desculpas e vai lavar a louça enquanto a mãe parece notar a filha pela primeira vez desde que voltou para casa. Abre os braços para um abraço, e Bo corre na direção dela e a abraça com força. Não é um abraço normal de *Oi, mãe*, mas um para valer, bem apertado e tal. Sempre achei que Bo não era muito de abraçar, mas pelo jeito é. Talvez seja só com a família. Não dou um abraço de verdade em alguém desde que mamãe e Cesar foram viajar. Estou com saudades dos abraços da minha mãe. Talvez esteja carente de toque neste momento. Affe. Pelo jeito, minha lamentação não acabou.

É fofo como os pais de Bo a amam. E como os cachorrinhos a amam. E os amigos. E eu. Ela é uma pessoa muito amada.

Eu também sou, se for parar para pensar. Minha mãe me ama muito. E mesmo com Cesar me ignorando, sei que ele ainda me ama. Em algum lugar lá, lá no fundo. Mas com minha mãe, ao menos, não parece incondicional. Minha impressão é que se eu não for exatamente quem ela precisa que eu seja, vou passar a ser indigna do seu amor. Talvez ela nem me ame de verdade; talvez ame a pessoa que acha que sou. Como Bianca fazia. E meu pai. A porra do meu próprio pai.

Faz tempo que não tenho a oportunidade de me aproximar para valer de alguém. O mais perto que consigo é a proximidade limitada a uma Yami fake. Sei que a Yami hétero é digna de amor. Às vezes me pergunto se o mesmo se aplica a *mim*. Sempre perco pessoas próximas quando elas descobrem minha orientação sexual. Exceto Cesar. Mas talvez também tenha perdido meu irmão. Não sei.

Talvez esteja sendo dramática. Ele é meu irmão. Irmãos brigam. Provavelmente não é nada de mais.

Mas tem uma pequena bolha no meu peito que vem crescendo desde que eles foram viajar. Me pergunto se estão se divertindo. Me pergunto se estão tão felizes com a companhia um do outro e nem sequer estão sentindo minha falta. Me pergunto se estão criando uma conexão baseada em quanto me odeiam.

E, caso mamãe já tenha descoberto tudo a essa altura, me pergunto se Cesar está bem.

17

Lembrarás de teus ancestrais. E eles te serão sagrados.

Ao que parece, os pais de Bo têm uma regra natalina que diz que é proibido dar presentes. Mesmo assim, sinto que eles merecem uma lembrancinha de agradecimento. Estão me dando um lugar para ficar e estão me fazendo companhia ao longo das férias todas. O Natal é amanhã, então não tenho muito tempo para pensar. O mínimo que posso fazer é... alguma coisa. Não faço ideia do que. Eles mal me deixam ajudar na casa, porque sou "a visita". Me sinto um peso enorme sem poder fazer *nada*.

Não consigo compreender tanta gentileza comigo. Definitivamente não mereço isso. Talvez devesse evitar mais incômodo, indo para casa. Ao mesmo tempo, porém, quero esse tratamento especial. Quando voltar para casa depois das férias, vou ter que encarar minha mãe. Se ainda não descobriu que sou lésbica, provavelmente vai ficar sabendo antes de nos vermos de novo. Ficar aqui faz esse problema parecer muito mais distante.

Também ainda não sei o que vou fazer para juntar dinheiro quando a revelação acontecer. Será que vai ficar mais fácil encontrar um emprego se eu largar a escola, já que vou poder trabalhar em tempo integral? Nunca tinha pensado em parar de estudar, mas é o que vou precisar fazer se for expulsa. Para ser sincera, também nunca fui lá uma grande aluna.

Bo interrompe meus devaneios cantando "Take Me to Church" a plenos pulmões enquanto toma banho. Desde que toquei no assunto, ela passou a ouvir música alta com mais frequência. Essa parece ser a canção favorita dela. Bo a chama de hino lésbico. E definitivamente não tem medo de cantar no chuveiro, de onde a voz dela ecoa pelo andar de cima inteiro, abafada apenas pelo fluxo da água. Eu ficaria horrorizada se alguém me ouvisse cantando, ainda mais no banho. Mas acho que tem outra diferença entre mim e Bo: ela não tem medo de nada.

Às vezes, queria ser mais parecida com Bo. Orgulhosa, feliz, sem remorso, segura. Mas também queria ser menos como ela. Queria não *querer* não sentir remorso. Queria que não houvesse nada a respeito do que não precisasse sentir remorso.

Não sei mais o que fazer, então oro pela primeira vez em muito tempo. Mas isso não me deixa melhor.

É duas da manhã e passei as últimas duas horas revirando na cama, encarando o teto. Oficialmente, já é Natal. Depois de passar ontem o dia inteiro trabalhando em um presente, sinto vergonha do que preparei. Não sei onde eu estava com a cabeça. É pessoal demais. Eles provavelmente vão achar idiota. Vão saber que fiz algo com as próprias mãos porque não tinha dinheiro para comprar um presente de verdade.

Talvez eu nem devesse ter tentado. Não é minha família, não é minha casa. É tudo perfeito demais. Os pais de Bo são simpáticos comigo, e são felizes demais. Estou tentando ser perfeita e simpática e feliz também, mas me sinto uma impostora, e meio que só estou querendo curtir minha fossa neste momento. Não vou conseguir dormir de jeito nenhum, então desço as escadas para pegar um salgadinho ou coisa do gênero.

Quando passo pelo quarto dos pais de Bo, o som deles discutindo me desconcerta um pouco. Ainda estão acordados? Bloqueio os ouvidos enquanto passo para não me intrometer na conversa. Mais uma razão pela qual sinto que não pertenço a este lugar. Abro a despensa, e estou pegando um pacote de batatinhas quando escuto meu nome. Paro onde estou e, sem vergonha alguma, começo a entreouvir. Eles parecem ter se acalmado e estão só conversando normal agora, mas se a discussão anterior tinha a ver comigo, é meu direito saber.

"Por que você acha que ela não foi pro México com a família?" É a voz de Rick.

As palavras fazem meu estômago se revirar. Eles sabem que menti sobre o projeto da escola? Talvez conheçam mais as ementas da escola do que eu imaginava. Devia ter me esforçado mais para parecer ser verdade, fingindo fazer tarefa de casa. Me perco em pensamentos e não escuto parte do papo.

"Coitada. Nenhuma adolescente devia ter que viver assim." É a mãe de Bo.

Viver assim como? Não sei que suposições fizeram sobre mim, mas estou ótima. Não preciso da caridade ou da pena deles. Não mereço isso. Me viro e corro até o quarto de visitas. Sem pensar duas vezes, começo a fazer as malas. Vai ser melhor para todo mundo se eu for embora antes que acordem.

Desço as escadas de novo, de fininho. Quando estou passando pela cozinha, alguém abre a torneira e eu dou um berro. O pai de Bo também grita. O copo plástico cheio d'água cai das mãos dele e bate no chão.

Ele se recompõe quando percebe que sou eu.

"O que você tá fazendo acordada?", pergunta ele. Depois vê minha mala. "Tá indo embora?"

"Ah, eu estava... Então..." Não consigo pensar em uma boa mentira agora, e sinto o sangue subir para o rosto. Me forço a olhar Rick nos olhos. "Eu ouvi vocês falando sobre mim."

"Ah, meu bem, me desculpa."

Ele parece surpreso e um pouco confuso, como se ainda não tivesse entendido o porquê de eu estar indo embora.

"Não quero ser um fardo pra vocês", digo.

"Tá. Olha, juro que estou perguntando isso da forma mais gentil possível: do que você tá falando?"

"Não quero fazer vocês dois brigarem. E não precisam cuidar de mim por pena."

Cruzo os braços. Sei que faz parecer que estou na defensiva, mas no momento é mais como um abraço em mim mesma.

"Querida, eu sinto muito que tenha ouvido a gente discutindo de novo, mas você precisa entender que isso acontece. Não tem nada a ver com você, não é disso que estávamos falando." A expressão dele se suaviza.

"Então estavam falando de quê?"

Seguro a alça de uma das malas para me sustentar, mas também para caso eu tenha vontade de sair correndo.

Rick suspira.

"A gente queria que você se sentisse segura a ponto de contar pra gente o que tá acontecendo com a sua família, mas acho que não é da nossa conta. Só estamos preocupados com você. A gente *se importa* com você, Yamilet. *Gostamos* de ter você por perto. Você não é um fardo, pelo contrário."

Abro a boca, mas não consigo encontrar as palavras. Não consigo relaxar os ombros. Lágrimas queimam atrás dos meus cílios, e consigo sentir o lábio começar a tremer.

"Odeio a ideia de te deixar sozinha por tanto tempo, especialmente durante as festas de final de ano", continua ele. "Mas se é isso que você quer, não vou te impedir. É isso que você quer?"

"Não!" Detesto como as palavras saem como um soluço.

Ele coloca a mão no meu ombro, e o toque faz as lágrimas por fim brotarem dos meus olhos. Não tinha a intenção, mas solto a alça da mala e o abraço. Ele se recolhe de susto por um instante antes de começar a acariciar minhas costas.

"Ei, passou. Passou...", ele repete o mantra várias vezes até eu me afastar.

"Sinto muito, isso é tão constrangedor..." Escondo o rosto nas mãos.

"Certo, não sou especialista nessas coisas, mas parece que tem alguma coisa maior rolando. Quer falar?", pergunta ele.

Mordo o lábio inferior para evitar que ele trema.

"Tô com saudades do meu pai", sussurro. Nem sei se ele consegue ouvir.

"Talvez a gente deva se sentar."

Ele vai até o sofá e se acomoda. Eu vou atrás.

"Ser adolescente é complicado. É confuso também, eu sei. Vocês precisam descobrir muitas coisas a respeito de si próprios, e nem todas as pessoas os apoiam. Mas eu tô aqui pra dar uma força, tá bom? E a Emma também. A gente discute às vezes, mas não significa que a gente não se ama, ou que não ama a Bo ou você, tá bom?"

Não consigo identificar se esse papo é o sermão genérico do "problemas de adolescente" ou se ele está tentando insinuar algo. Será que sabe que sou lésbica? Não tem como. Mas será que suspeita? Talvez eu esteja pensando demais nisso.

Tudo que consigo fazer é agradecer. Ele sorri e aponta minha mala com a cabeça.

"Então olha, se você ainda quiser ir embora, tudo bem. Mas adoraria que você ficasse pro café da manhã. Estava pensando em fazer sua comida preferida."

"Como você sabe qual é?"

"Eu não sei, mas você vai me contar agorinha." Ele sorri. "E aí, qual é seu café da manhã preferido?"

"Burritos de chorizo."

Não sei por que falar qual é minha comida preferida para o café me faz querer chorar.

"Anotado. Se você ainda quiser ir embora depois que eu te fizer uns *burritos de chorizo* de responsa, pode ir. Mas não sem se despedir, pode ser?"

"Combinado. Obrigada, sr. Taylor." Enxugo os olhos.

"Rick." Ele me puxa para outro abraço. "Agora vai dormir um pouco. Tá muito cedo pra chorar. Guarda essas lágrimas pra chorar de alegria depois que comer o melhor *burrito de chorizo* da sua vida."

Dou uma risada. Duvido que o dele supere o da minha mãe. Rick me dá um tapinha nas costas antes de me mandar para o andar de cima.

Rick cozinha bem. Cozinha muito bem. Mas os *burritos* dele não têm o gosto dos que costumo comer. Não me leve a mal, são maravilhosos. Em termos de preparação, talvez estejam à altura dos da minha mãe. Mas eu não queria só um bom *burrito de chorizo*. Eu queria a comidinha da mamãe. Queria minha mamãe. Na verdade, queria Cesar também. E meu pai. Queria todos eles, juntos.

Fico me sentindo péssima por não ser grata pelos *burritos de chorizo* que estou comendo. Devoro a comida como se fosse exatamente disso que estava precisando. Sorrio, agradeço e repito, mas não é a mesma coisa.

Nos juntamos ao pé da árvore para "trocar presentes". Que consiste basicamente em fazer um círculo e listar coisas que podemos fazer juntos. Em vez de dar bens físicos, a ideia é passar o dia fazendo coisas que todos queremos fazer. As atividades podem ser realizadas em qualquer momento entre hoje e o Ano-Novo. É o primeiro Natal da minha vida em que ninguém me arrasta para a igreja. É esquisito, mas de um jeito bom.

A mãe de Bo quer ficar em casa e assistir a um filme em família, o que me deixa nervosa porque não sei muito se deveria me sentir incluída, já que ela disse "em família". Rick quer brincar de descer barrancos escorregando em um bloco de gelo, o que só fiz uma vez quando era pequenininha. Bo e eu demoramos mais para decidir nosso presente.

"Talvez a gente possa pegar uns passes culturais na biblioteca?", sugiro.

É a única coisa gratuita que me ocorre. A biblioteca municipal oferece "passes culturais" para eventos locais.

"Que ótima ideia! Vou olhar a programação dos próximos dias."

A mãe de Bo pega o celular e começa a digitar.

"Meu presente pode ser a gente comer no C-Fu?", pergunta Bo.

"É claro!", responde o pai dela.

Nunca fui ao C-Fu, mas, pelo que sei, é um restaurante chinês chique, o favorito de Bo.

"Estou dando uma olhada na programação do passe cultural", diz a mãe de Bo, rolando a tela. "Pelo que vi, a gente pode ir ao centro de ciência, ao jardim japonês e... Nossa, isso parece muito legal! Vai ter uma apresentação de balé... Ai meu Deus, vou assassinar o espanhol aqui com a minha pronúncia, mas é o festival de balé folclórico, dia 28! Em qual dessas coisas você quer ir, Yamilet?"

Não é uma escolha difícil, mas hesito mesmo assim.

"Será que a gente pode ir ao festival?" Mal consigo ouvir minha própria voz.

Desde que entrei na Slayton, venho me sentindo meio afastada da minha cultura — sem falar que estou morrendo de saudades de casa no momento. Ir a uma apresentação de dança mexicana parece o curativo perfeito. Além disso, meio que quero compartilhar um pouco de quem sou com Bo e a família dela. É meu jeito de me abrir.

Bo me cumprimenta com um soquinho.

"Eu estava torcendo pra você escolher esse. Tá, então hoje a gente pode assistir ao filme e ir ao C-Fu se não estiver muito cheio. O balé é no dia vinte oito, e acho que escorregar no bloco de gelo pode ser uma programação pra noite de Ano-Novo!"

Sei que hoje vai ser divertido, mas estou *muito* empolgada para dia 28.

"Que filme a gente vai ver?", pergunta Bo.

"Você devia escolher, Yamilet! Qual é seu filme preferido?", pergunta a mãe de Bo.

Então, estou convidada. O que, em retrospecto, acho que parece óbvio. Não acho que eles me deixariam enfurnada no quarto de visitas ou me de fora para assistirem a um filme.

"Provavelmente vocês não vão ter esse disponível", digo.

Meu filme preferido é *Selena*, é claro. Assistir a esse filme é quase um rito de passagem para estadunidenses de origem mexicana, mas acho que não ficou conhecido o bastante fora do nicho para que a família de Bo tenha uma cópia.

"Pode ser, mas se não tiver, a gente compra", diz a mãe de Bo.

Pisco para evitar demonstrar a surpresa. Explode minha cabeça pensar que eles podem comprar os filmes que querem sempre que têm vontade de assistir.

"*Selena*", digo, e meu pescoço se retrai como se eu fosse uma tartaruguinha tímida.

Não sei por que, mas estar sendo incluída intencionalmente nessa programação de família me deixa nervosa. Não é tão pessoal quanto ir ao espetáculo de dança mexicana, mas compartilhar meu filme favorito com eles me dá a sensação de estar me abrindo.

"Vou comprar agora mesmo!", diz a mãe de Bo — e, meia hora depois, estamos todos na sala de estar com pipocas e refrigerantes.

A mãe e o pai de Bo se aconchegam em um sofá e Bo e eu ficamos com o outro. Quando não estão brigando, os pais dela são muito fofinhos juntos. Enquanto isso, o joelho de Bo encosta no meu às vezes. Já é alguma coisa.

Certo. Não *só* alguma coisa. Talvez eu esteja mais do que carente de toque. Quando nossos joelhos roçam, sinto algo como uma corrente elétrica fluindo pelo corpo todo. Faz os pelinhos do meu braço se arrepiarem. Quem sente frio na barriga com um simples toque? Uma sensação quente toma meu rosto antes que eu possa aproveitar o friozinho na barriga. Tenho a impressão de que todo mundo ao meu redor percebe quando sinto algo muito queer, como se estivesse irradiando uma espécie de aura intensamente lésbica, e isso me aterroriza. Bo se acomoda melhor, desencostando do meu joelho, como se estivesse se recolhendo de repulsa. Mas depois ela bota as pernas para cima do sofá e as cruza. Agora nossas *coxas* estão se tocando.

De repente, fica difícil respirar. Tenho medo de que meus pelinhos arrepiados a espetem como os espinhos de um cacto, e que ela então *perceba*. Escuto a voz de Bianca em minha cabeça me dizendo como sou nojenta. Dobro os braços para baixar os pelos, e também cruzo as pernas para que nossas coxas não se encostem. Passo o resto do filme dolorosamente ciente de cada centímetro do meu corpo. Quanto espaço ele ocupa. Quanta distância há entre mim e Bo em um determinado momento. Se estou passando a impressão de estar confortável ou desconfortável demais na presença dela. Quão pesada é minha respiração. Nada de auras lésbicas aqui. Nada de *Selena*, também. Estou focada demais na nossa *não encostação*.

Só percebo que estou morrendo de fome quando Rick nos leva até o C-Fu depois do filme. Quando chegamos, está lotado, mas aparentemente não tanto a ponto de termos que voltar outro dia. Enquanto esperamos a comida chegar, Bo e eu andamos pelo restaurante. Ela parece muito feliz com o fato de que estou aqui, então tento reprimir ao máximo a angustiante sensação de insegurança e me permito aproveitar o sorriso contagiante dela.

Há uns peixes enormes em aquários em algumas das paredes, e Bo me segura pelo pulso para me puxar até eles. Não parou de sorrir desde que chegamos. Está irradiando uma atmosfera de alegria pura. Chego a esquecer da minha fome.

"Qual parece mais apetitoso?", pergunta ela.

Olho ao redor e vejo um enorme e enrugado pênis murcho que deve ser uma... coisa-do-mar. Aponto para ela e sorrio.

"Aquele. O peixe-pênis. Nham..."

"Yami*let*!" Ela engasga de tanto rir e até chia.

Não achei que a piadinha ia ser *tão* engraçada assim, mas não vou reclamar de ter feito Bo rir. Não quando esse sorriso é *a coisa mais fofa do mundo*.

"E você?", pergunto.

Ela aponta para um dos peixes de fundo.

"Tá vendo aquele carinha mal-humorado? É um bodião. Fica bom na sopa. O que você escolheu é uma amêijoa-gigante do Pacífico."

Bo começa a apontar para os diferentes peixes, explicando cada um para mim. Está meio que só jogando conversa fora, mas nunca a vi tão feliz falando sobre um assunto — exceto, talvez, disco. Bo realmente tem conhecimentos sobre muitas coisas, como disco e justiça social, mas não achava que ela era especialista em peixes também.

Peixes não me interessam particularmente, mas Bo está tão empolgada que é difícil não me deixar levar. Me pego fazendo perguntas só para ouvi-la falar. Parece que nunca vou me cansar disso.

"Como você sabe tanto sobre peixes?", pergunto quando ela termina uma explicação.

"Na verdade, só gosto desse restaurante mesmo." Ela dá de ombros, mas sinto que há mais coisas por trás do comentário. Antes que eu possa perguntar, porém, ela muda de assunto. "Então... Meu pai contou que você tentou ir embora."

Ela fala isso descontraída, sem desviar os olhos do aquário.

"Ah, hum, é. Acho que estava me sentindo meio culpada de estar me intrometendo no Natal de vocês."

"Meu Deus, pois se intrometa mais. Ia ser tão chato se você tivesse ido!"

"Sério?"

"Acredita em mim, você tá fazendo meus pais se comportarem como nunca. Eles discutem muito mais quando você não tá com a gente. E tudo é muito mais divertido com a sua companhia." Ela tira os olhos do aquário e abre um sorrisinho adoravelmente torto. "Além disso, vou morrer de saudades quando você for embora."

"Sério?", repito, dessa vez mal disfarçando o gritinho que quer escapar.

"Claro! Você não vai sentir saudades de mim?"

Claro que vou, mas fico paralisada e sem ação. Antes que tenha a chance de responder, Rick nos chama quando a comida chega à mesa. E isso é ótimo, porque não sei como teria dito a Bo que vou sentir saudades sem revelar acidentalmente todos os meus sentimentos lésbicos por ela.

Deixei Bo escolher minha comida; ela pediu seu prato preferido, sopa de carne de caranguejo com grude de peixe acompanhada de um chá perolado. Começo com a bebida, já que é menos diferente que a comida, e mastigo as bolinhas frias de tapioca enquanto crio coragem de experimentar a sopa. Um passinho por vez.

"Não gostou da sopa?", pergunta Bo quando percebe que mal toquei na refeição.

Como não quero ferir os sentimentos dela, faço toda uma performance e enfio uma colherada enorme na boca — que cuspo no segundo imediatamente seguinte.

Não porque acho ruim, mas porque está *pelando* de quente.

Bo e Rick riem histericamente enquanto Emma cobre a boca, parecendo quase tão constrangida quanto eu. Por sorte, não cuspi nada na comida deles, só em mim mesma.

"Talvez seja uma boa ideia dar uma sopradinha antes", diz Bo, chiando de tanto rir.

Depois de me limpar, vou para o round dois. Dessa vez pego uma colherada menor e sopro antes de mergulhar delicadamente a língua na colher. Imediatamente levanto os polegares para Bo, que suspira de alívio. Eu sabia que gostava de carne de caranguejo, mas nunca tinha pensado que alguém faria sopa com ela. A textura cremosa e macia do caranguejo fica ainda mais leve embebida pelo caldo grosso, e me esbaldo. Sopro outra colherada e mando para dentro, e Bo faz igual.

Depois de nos entupirmos de pudim de manga de sobremesa, voltamos para a casa de Bo, e nos sentamos todos nos sofás da sala de estar. Os outros estão rindo e falando de coisas nas quais não estou prestando atenção. Dou risada junto, embora na verdade esteja pensando se devo ou não dar a eles o presente que fiz. Sei que os pais de Bo vão querer ir para a cama logo, então se quiser entregar meu presentinho tosco, agora é a hora.

"Então, sei que a gente não vai trocar presentes e tal, mas fiz uma coisinha pra vocês", digo assim que encontro uma brecha na conversa. "É mais um presente de agradecimento do que de Natal, entendem? Eu gosto muito de vocês, gente. Não sei por que são tão legais comigo, sendo que nem fiz nada pra merecer. Então, obrigada. Muito obrigada mesmo."

E, com isso, tiro de uma pasta na minha bolsa uma foto de família deles feita com miçangas trançadas, e estendo a mão para que alguém pegue. É pequena, do tamanho de um cartão de aniversário, já que eu não tinha material para fazer algo maior. Fico com vergonha só de olhar para ela, sério. Bo é uma artista muito melhor que eu. O que eu tinha na cabeça quando decidi fazer uma peça de arte para dar para eles sendo que Bo é quase profissional? E algo feito com miçangas, ainda por cima? E se eles acharem idiota?

"Não tá muito bom. Eu devia ter comprado um presente de verdade."

Evito contato visual com eles enquanto olham o retrato. Provavelmente estão estudando todas as falhas e comparando o item às obras de arte perfeitas de Bo.

"Você incluiu o Gregory e o Dante!"

Bo me abraça, e acho que é a primeira vez que ela faz isso.

Eu a abracei depois da confissão, mas agora é diferente. Ela está com o corpo todo apertado contra o meu, a bochecha aninhada no meu pescoço. Estremeço, torcendo para que ela não sinta o calafrio subindo pelas minhas costas.

Retribuo o aperto, me deleitando com o contato por um instante antes de lembrar que os pais dela estão logo ali. Pigarreio e recuo um passo.

"Ah, querida, que coisa linda! Muito obrigada!" A mãe de Bo está chorando.

"Podemos colocar na parede junto com as outras fotos de família! Vamos ter que enquadrar", diz Rick.

"Yamilet, você sabe que é sempre bem-vinda na nossa casa, né?"

A mãe de Bo me abraça. Rick se junta a ela, assim como a própria Bo. O abraço em grupo é tão forte que é quase difícil de respirar, mas é uma falta de fôlego boa.

O abraço dura mais que o normal, mas não por tempo suficiente. Tem alguém me ligando. Tiro o celular do bolso e vejo um número que não conheço, então não atendo.

Então cada um vai para seu quarto. Me jogo no colchão, e Gregory sobe na cama comigo para que eu possa coçar a orelhinha dele.

Recebo outra ligação. Geralmente números aleatórios não ligam duas vezes em seguida, então atendo.

"Alô?"

"Como ousas não me atender de primeira?"

Me sento tão rápido que assusto Gregory.

"Cesar?"

"Não, seu outro irmão com a voz exatamente igual."

"Bom, então pode ser um golpista tentando roubar minha identidade. Não sei por que você achou que eu ia atender um número aleatório, para começo de conversa."

"Obviamente não sou um golpista, né. Tive que usar um telefone reserva porque o meu quebrou."

Claro. É por isso que ele não viu meus vídeos! Tenho vontade de perguntar se papai disse algo para minha mãe, mas não sei se estou preparada para uma resposta sincera.

"Tá, mas porque você me ligaria?"

Ainda não tenho total certeza de que ele não está bravo comigo, então navego com cautela.

"Como assim, não posso ligar pra minha irmãzinha no Natal só pra dizer oi?"

"Óinnnnnn, ficou com saudades de mim?"

"Cala a boca." Apesar da inabilidade de Cesar de ser sentimental, capto a mensagem telepática dele. Ele morreu de saudades de mim.

"Também tô com saudades." Falo como se fosse uma brincadeirinha, mas não é. Chego a ouvir meu irmão sorrindo.

"Então... Eu... Ééé... senti que eu devia... pedir desculpas. Por estourar com você", diz Cesar, e demoro uns instantes para processar que ele está pedindo desculpas com todas as palavras.

"Tá desculpado, Cesar." Sinto os olhos marejarem.

"Mas e aí, você já deu uns pegas na Bo?"

Ele muda de assunto com tanta rapidez quanto começou o primeiro. Pelo jeito, estamos de volta à normalidade.

"Cesar! *Não!*", digo em uma mistura de grito e sussurro, mesmo sabendo que não tem como terem ouvido o que ele disse.

"Por que não? Você tá na situação ideal. Pode ir lá no quarto dela e cortejar sua pretendente agora mesmo."

"Cortejar minha pretendente? Sério, em que século a gente tá?", sussurro, mantendo a voz baixa só por desencargo de consciência.

Não menciono para Cesar que Bo tem mesmo uma namorada. Ele enfim está falando comigo, e não quero arruinar tudo sendo uma estraga-prazeres.

"Escuta, você tem que fazer o seguinte." Consigo imaginar meu irmão se inclinando para a frente como se estivesse contando um segredo. "Arruma uma desculpa pra ir até o quarto dela. Mente mesmo, fala que esqueceu o celular lá ou algo assim."

"Eu nem entrei lá hoje pra ter esquecido alguma coisa..."

"Hum. Tá, então diz que você teve um pesadelo e que precisa de um abraço pra conseguir dormir. E aí, pimba. Quando você for ver, vão estar de conchinha."

Reviro os olhos.

"Certo, estou ignorando oficialmente esse seu conselho."

Bo abre a porta, e instintivamente jogo meu telefone para o outro lado do quarto como se isso, de alguma forma, fosse destruir a evidência de que estava falando dela agora mesmo. Gregory assusta e desce da cama, e agora pode ser que eu também tenha um celular quebrado, que nem Cesar. Bo está parada à porta, rindo.

"Foi mal, não queria ter assustado você." Ela anda até meu aparelho e o pega do chão. "Por sorte, não quebrou."

Consigo ouvir Cesar gritando pelo telefone.

"É ELA? YAMI, VOCÊ SABE O QUE FAZER!"

Salto da cama e arranco o celular da mão de Bo.

"Beleza, então, Cesar, tchauzinho! Boa noite!" Desligo e solto uma risada constrangida. "Foi mal. Ignora meu irmão, por favor."

"Certo... Eu... vim ver se o outro pé do meu sapato tá aqui. Acho que o Gregory pegou."

"Ah", digo, olhando embaixo da cama para procurar o tal sapato.

Tento ignorar a voz de Cesar em minha mente, dizendo que ela está usando uma desculpa não muito diferente da que ele me sugeriu. Não tem calçado algum embaixo da cama. Prendo a respiração, com se isso fosse ajudar a diminuir minha pulsação acelerada. Será que estou prestes a ver como o plano de Cesar teria funcionado, só que de um jeito reverso?

"Hum... Então vou procurar lá embaixo", diz Bo, e sai.

Solto a respiração e caio de volta na cama. Acho que ela não estava usando uma desculpa para passar um tempo comigo, já que foi embora assim que viu que o sapato não estava no quarto. Me pergunto como o plano de Cesar poderia ter acabado se eu realmente tivesse ido até o quarto de Bo para procurar algo que não estava lá. Será que eu devia ter dito tipo *Ah, é, meu celular não tá aqui. Mas, ei, vamos ficar um pouco de conchinha!"* Isso... não teria funcionado.

Com Cesar me dando péssimos conselhos sobre relacionamentos, fico feliz que as coisas simplesmente voltaram ao normal. Saber que ele não está bravo comigo me traz ainda mais saudades da minha família. Como se estivesse sentindo isso, Gregory volta para a cama e fica de denguinho comigo.

Conforme a data do festival se aproxima, começo a ficar nervosa. Sei que é para ser algo divertido, mas meio que me sinto nua. Só de ir até lá, Bo e os pais terão um gostinho da minha cultura e criação. Relevar minhas camadas nem sempre é sábio. As pessoas estão felizes conhecendo as partes de mim com que se sentem confortáveis, mas minha pele não pode ser muito marrom nem posso ser muito lésbica nem nada que seja de verdade por dentro. É exaustivo. Sei que Bo e a família vão saber lidar com minha lesbianidade. Obviamente, já que Bo também gosta de meninas, não vai ser uma questão. Os pais dela são incríveis. Mas não quero descobrir que não são tão legais quanto eu imaginava. Tipo descobrir que sentem medo de grupos grandes e barulhentos de mexicanos ou coisa do gênero.

Chegamos ao festival, e os pais de Bo são duas das pouquíssimas pessoas brancas no lugar. E, para variar, não é minha vez de me sentir desconfortável. Estou com gente como eu. Não é que eu queira que eles se sintam desconfortáveis. Na verdade, não quero que isso aconteça de jeito nenhum. Só estou cansada de ser o único lado que precisa lidar com esse desconforto em todas as situações para que outras pessoas sintam que está tudo normal. Este é o *meu* normal.

Estão todos sorrindo, então consigo voltar a respirar. Não preciso da aprovação deles, mas é legal ver Bo e os pais se divertindo. Depois de tudo de legal que fizeram para mim, quero retribuir um pouquinho. Quero que se apaixonem pelas cores, pela música, pelas vestes e pela dança como me apaixonei quando era pequenininha.

Eu costumava fazer aulas de danças mexicanas. Minha mãe me inscreveu nas aulas quando eu era pequena, e até hoje me arrependo de ter saído. Acho que eu não era muito boa — mas só tinha 5 anos, então ninguém era. Sempre me sentia linda batendo os pés e balançando a saia ao redor da cintura. Foi como aprendi a endireitar as costas, sorrir e parecer apresentável, o que ironicamente é a razão pela qual algumas pessoas costumam me dizer que "ajo como uma pessoa branca". Mas o povo que me ensinou a dançar é o mesmo que me ensinou sobre as culturas de nossos ancestrais indígenas.

Sei que boa parte das danças mexicanas vem de uma mistura de culturas e danças espanholas e indígenas. Tenho plena consciência de que ficar com as costas retas e sorrindo provavelmente vem mais do lado espanhol. Mas a dança mexicana não tem a ver com postura e sorrisos. Tem a ver com música, cores, dança. É uma dança orgulhosamente mexicana. Meu povo. Meu coração.

Posso não saber a língua dos meus ancestrais. Posso não saber muito sobre eles. A colonização faz isso com as pessoas. Mas quando vejo meu povo dançar, quando vejo minha cor de pele no palco... Há algo na alegria no rosto e no corpo dos dançarinos que, de alguma forma, passa a sensação de ser antigo. E sinto que meus ancestrais passaram o dia comigo. Chego a vê-los aqui, dançando com a gente.

Não é algo que consiga explicar a Bo e aos pais dela, porém. Consigo apenas torcer que curtam o programa enquanto meu espírito volta voando para o México.

Confiro a expressão deles o tempo todo para ver se estão se divertindo. Os pais de Bo sorriem e riem e batem palmas, mas Bo é um pouco mais difícil de ler. Não tira os olhos dos dançarinos exceto de vez em quando, para me olhar, o que faz com que eu me vire de imediato para o palco. Preciso ser menos óbvia nesse negócio de ficar olhando para ela. Ou simplesmente olhar menos.

Impossível. Vou ser menos óbvia.

Preciso lutar contra o ímpeto de segurar a mão de Bo. É que parece muito um momento perfeito para dar as mãos. Estamos sentadas uma do lado da outra, e nossas mãos estão a, tipo, um centímetro de distância. Está um pouco frio. Cobrir a distância entre nós para aquecer os dedos é a coisa lógica a se fazer. Segurar a mão de alguém nem é uma coisa inerentemente queer. Bo segurou minha mão e a mão de Amber no cinema uma vez, e éramos só amigas de mãos dadas. Mas talvez essa seja uma coisa que se faz assistindo a filmes de terror. Ou quando não se tem uma namorada com cabelo azul e piercings legais.

Antes que eu possa decidir se seguro ou não a mão de Bo, ela a afasta para pegar o celular. Tento manter os olhos voltados para a frente, mas meio que fere meus sentimentos ver que ela acha o telefone mais interessante do que a apresentação. Depois de um minuto, ainda está grudada no celular, então espio por sobre o ombro dela por pura curiosidade. Ela está rolando o perfil de Jenna no Instagram. Sinto as orelhas queimarem, mesmo estando o maior frio. Ao mesmo tempo, sinto ciúmes de Jamie e de Jenna, além de raiva de Bo. É uma merda ela estar fazendo isso bem neste momento. Não sei se estou exagerando porque estou com ciúmes ou se estou justificadamente ferida. Mas também me preocupo com Bo. Será que ela ainda tem sentimentos pela Bianca dela? Quando Bo percebe que estou olhando, enfia o telefone de novo no bolso e cora. Guardo minhas mãos para mim mesma.

Os pais de Bo tagarelam sobre a apresentação no caminho de volta inteirinho, mas Bo fica em silêncio. Espero chegar em casa para ir até o quarto dela e colocar um pouco de sensatez em sua cabeça. Jenna é uma pessoa horrível e homofóbica que não merece nem um segundo de atenção.

Ao lado da mesa dela, vejo um cavalete com uma tela coberta por um lençol.

"Em que você está trabalhando?", pergunto, sem pressa de abordar o assunto de Jenna.

Ela cora por um segundo, depois pigarreia.

"É uma obra para a exposição de arte."

"Posso ver?"

"Só na exposição." Ela parece um pouco esquisita, então deixo quieto.

Bo agiu de forma estranha o dia inteiro. A exposição vai ser só em março, então vou ter que esperar um bom tempo. Penso em dar uma provocada sobre isso, mas ela não parece estar no clima de piadas.

"Você tá bem?", pergunto.

Se eu ainda estivesse a fim de Bianca, sei que eu não estaria.

"Eu..." Ela vai até a porta e a fecha antes de responder. "Vou te contar uma coisa, mas você não pode contar pra ninguém, pode ser?"

"Claro, prometo que não vou falar nada."

Me acomodo de pernas cruzadas na cama dela, torcendo para que ela traga o assunto de Jenna antes que eu precise fazer isso. É a primeira vez que me sento na cama de Bo, mas acho que estamos em um nível de amizade que dá direito a esse privilégio. Quando ela se senta no colchão diante de mim, a espuma afunda só um pouquinho com o peso, mas é o suficiente para que meu joelho tombe na direção do dela até encostar. Me ajeito para trás, mesmo sem querer. Não posso arruinar esta conversa estando toda eufórica.

"Certo..." Ela fica em silêncio por um tempo antes de continuar. "Não me leva a mal, eu amo meus pais. Mas é meio estranho estar sempre cercada de gente branca. Eu mal conheço outros chineses."

Ela está falando mais rápido que o normal, balançando a perna para cima e para baixo em um tique. Não era o que eu esperava que ela fosse dizer, mas é importante, então aguardo.

"Acho que fiquei com um pouquinho de inveja de você hoje. Você parecia tão no seu habitat... Você *pertencia* àquele lugar, sabe? A coisa mais próxima que tenho da minha cultura é ir a restaurantes chineses e ter todas essas decorações e estátuas performáticas em casa que me fazem ter que pesquisar o significado delas. Preciso procurar cada coisinha sozinha, porque não tenho ninguém pra quem perguntar. É por isso que sei tanto sobre aquelas porcarias de *peixes*." Ela revira os olhos, respira fundo e continua. "Tipo, sei que meus pais estão tentando me ajudar a me sentir conectada às minhas raízes, mas é esquisito porque *eles* não estão conectados. Tipo, amo os dois, e você não pode dizer pra *ninguém* que falei isso, mas... às vezes sinto que eles são um tiquinho racistas. Não me leva a mal, sei que eles não fazem de propósito e que é só ignorância, mas mesmo assim. Eu morro de vergonha. Todas as coisas chinesas que eles espalharam pela casa parecem forçadas, quase como se eu estivesse fingindo ter uma herança cultural que não tenho. É só decoração chinesa e estética chinesa. Às vezes, sinto que essas coisas têm mais a ver com eles do que comigo. Por outro lado, quase nem sinto que tenho direito de sair falando por aí que sou chinesa. E me sinto culpada por isso, como se estivesse jogando essa parte de mim fora. Mas também me sinto culpada por, tipo, querer ser mais chinesa? Se é que isso faz sentido. Porque meus pais são brancos. É uma merda. Eles fazem tudo por mim e eu ainda reclamo."

Nunca achei que Bo teria inveja de *mim*. Tenho inveja dela o tempo todo, porque ela pode ser abertamente quem é sem se preocupar com as consequências. Mas acho que ela deve se sentir assim a meu respeito também.

"Faz muito sentido", respondo. "Acho que é importante lembrar que não tem só um jeito certo de ser chinesa. Assim como não tem só um jeito certo de ser queer, católica ou *sei lá o quê*. Não acho que esteja sendo ingrata. Você não deve nada pros seus pais só porque eles te criaram. Essa é literalmente a responsabilidade de um pai ou de uma mãe. É normal ter sentimentos conflitantes. Mas sei o que você quer dizer sobre se sentir culpada de um jeito ou de outro. Você já falou com eles sobre isso?"

Bo para de balançar a perna.

"Tenho medo."

"Por quê?"

"Não quero começar uma discussão. Só quero que eles entendam, sabe? Ai, foi mal, desculpa jogar isso em cima de você. Só não sei com quem mais falar sobre o assunto. Sei que se falasse sobre isso com meus pais, ia ferir os sentimentos deles. E a Amber não ia entender. Sei que você não é adotada nem nada do gênero. Só sinto que... Sei lá..."

"Não, eu sei do que você tá falando. É porque eu não sou branca, né?"

"Isso não é racista?" Bo cobre a boca e reprime uma risada.

"Acho que não. Não vou entender tudo porque não sou adotada, mas pelo menos compreendo o que você quer dizer. Sei que é diferente, mas às vezes me sinto distante da minha cultura também. Meu pai era quem sabia sobre nossa história e tal..." Minha voz vai morrendo.

Não quero falar do meu pai agora.

Bo assente.

"Eu tô ligada. Meus pais biológicos morreram quando eu era bebê, então nunca cheguei a participar da minha cultura de um jeito autêntico, sabe?"

Balanço a cabeça.

"Bo, o jeito como você interage com a sua cultura, qualquer que seja ele, é autêntico, porque é seu."

Caramba, meio que sinto que também precisava ouvir isso.

"Valeu. Mas ainda assim é meio esquisito quando essa interação vem através dos meus pais brancos, sabe? Eles não entendem."

"É, faz sentido. Só acho que é natural sentir essa separação cultural, e é uma merda seus pais não entenderem isso. Acho que um monte de gente branca não sabe como é ser a única pessoa com uma determinada característica, sabe?"

"Exatamente! Eles não sabem como é ser a única não branca no meio de um monte de gente branca! Eu meio que amei hoje à noite. Acho que meus pais se sentiram como eu sempre me sinto. Não acho que tinha tido a experiência de ser parte de uma minoria tão pequena assim. Mas não é a mesma coisa, porque só viram a parte divertida de outra cultura, e depois voltaram pra casa confortável onde moram e onde nunca vão precisar pensar de novo sobre a raça deles. Não posso falar pra valer com meus pais ou com a Amber sobre esse tipo de coisa."

"Ou com a... Jenna?", pergunto.

Bo suspira.

"Eu estava esperando você tocar nesse assunto. Não sei por que fui fuçar no Instagram dela. Acho que odeio tanto aquela garota que quero saber o que ela tá fazendo, entende? Não sei como explicar."

"Você ainda gosta dela?", questiono, a pergunta queimando na garganta.

"*Não*! Eu... Eu tenho namorada. Eu não..." Ela enterra o rosto nas mãos. "Só estava tentando sair um pouquinho da minha própria cabeça, aí peguei o celular e calhei de ver a foto dela, e aí fiquei brava e comecei a fuçar no Instagram dela na força do ódio, sabe? Ai, que coisa ridícula. Eu devia ter aproveitado o espetáculo, mas estava com inveja e detestando sentir isso sobre você, então precisava me distrair."

"Eu entendo completamente", digo. Já fucei no Instagram de Bianca na força do ódio mais de uma vez. "Você ainda tá se sentindo assim?"

"Com inveja?" Bo começa a cutucar as unhas. "Não *muito*. Eu sabia que a noite hoje era sua. É que nunca tive *minha* noite, sabe? Tô acostumada a ser a única como eu em qualquer recinto."

"A única pessoa chinesa?"

"Chinesa, lésbica e por aí vai.

In lak'ech.

"Deve ser difícil."

Eu *sei* que é difícil não ser branca ou hétero. Mas não posso contar isso a Bo.

Ela concorda com a cabeça.

"Sinto que sou sempre o elefante na sala sobre o qual ninguém quer falar. Sabe do que eu tô falando? Deixo as pessoas desconfortáveis simplesmente por existir, mas ninguém quer dar o braço a torcer. Sei que as coisas são mais fáceis pra mim por causa dos meus pais, e porque tenho pele clara, mas ainda me sinto invisível. Sou tipo a lésbica de Schrödinger. Preciso gritar aos quatro cantos que sou lésbica e chinesa para provar que eu existo de verdade."

"É por isso que você usa os Vans de arco-íris? E os pins?", pergunto.

"Ajuda a não ter que sair do armário a cada pessoa que conheço."

"Inteligente da sua parte. Mas você não tem medo de, sei lá, acabar parecendo lésbica demais?"

Acho que eu teria.

"Sim, às vezes..."

"É por isso que você não abraça garotas?"

"Como assim?"

"Tipo, você abraça seus pais o tempo todo, e o David às vezes. Mas raramente chega perto de mim e da Amber. No começo eu achava que você não gostava de mim, mas a Amber é sua melhor amiga, então talvez tenha relação com a gente ser menina?"

Ela fica em silêncio por um tempo.

"Bom, é... Acho que tem a ver com vocês serem meninas. Não quero fazer vocês se sentirem... desconfortáveis ou coisa do tipo.

Estendo os braços e abro e fecho as mãos, convidando Bo para um abraço.

"Eu tô confortável."

Ela sorri e aceita a oferta. Por causa do suéter dela, sinto que estou abraçando um travesseiro, e adoro a sensação. O cabelo de Bo tem cheiro de baunilha. Tento não desfrutar muito do abraço, ou ela é quem vai ficar desconfortável.

"Amo abraços, então pode me dar um sempre que quiser, tá bom?", digo, e me afasto para não me perder nesse travesseiro com cheirinho de baunilha.

"Valeu, Yamilet. É ótimo ter você aqui. Ainda bem que você veio."

Os olhos sorridentes dela estão me atraindo como sempre, mas não consigo parar de olhar para seus lábios.

"Eu também. E, ei, se quiser, pode me chamar de Yami."

Acho que ela conquistou o direito de usar o apelido. Me levanto para ir embora. Se ficar sentada muito mais tempo na cama de Bo, não vou conseguir resistir ao ímpeto de beijar essa garota.

⇒18⇐
Não cometerás *adultices*

Acordo com uma vontade insaciável de dançar. Assistir a um espetáculo não é suficiente. Quero *rebolar*. Chego marchando na sala de estar, onde Bo já está ligando o videogame em algum tipo de jogo de luta. A caixa de som está na mesa, pedindo para ser usada.

Não consigo simplesmente levar a caixa de volta para o quarto. Bo me fez dançar a música preferida dela, então é justo que ela dance a minha, certo?

"Tá tudo bem?", pergunta Bo, pausando o jogo.

"Aham. Então... Tá ocupada agora?"

Estou fazendo as coisas ficarem esquisitas. Por que não foi esquisito quando Bo quis que eu dançasse com ela?

"Não. Qual é a da vez?" Ela baixa o controle.

"Lembra quando você fez a gente dançar sua música favorita?"

"Aham." Ela está sorrindo.

"Quer ouvir a minha?", pergunto.

"Claro!" Bo se levanta, e estendo a mão.

"Você sabe dançar cumbia?"

Ela nega com a cabeça. Ponho "Baila Esta Cumbia", de Selena, e mostro os passos. Ela segue meus pés até aprender o básico, depois começa a experimentar os giros, os mergulhos e as firulas todas. Quando puxo Bo para nosso primeiro mergulho, ela parece impressionada. Sorrio, de queixo erguido. Sim, tenho força o bastante para apoiar o corpo dela no meu quadril e a inclinar para baixo em um mergulho. Para impressionar, a faço girar e repito o passo. Dessa vez, ela volta às risadinhas, com o rosto vermelho.

"De novo!", grita ela, e atendo de bom grado.

Depois ergo as mãos acima da cabeça para fazer um giro. Ela continua girando e girando sem parar. Claro que não ia demorar muito para Bo voltar aos rodopios. Parece estar se divertindo tanto que me junto a ela, e meu Deus, a risada de Bo... Eu podia ficar ouvindo esse riso o dia inteiro.

Passo boa parte do dia seguinte sentada no sofá da sala de estar do andar de cima, esperando Bo sair do quarto para ficar um pouco comigo. Ela está enfurnada lá dentro, e não quero incomodar a menos que ela queira minha companhia, então só fico aguardando.

Depois do que parece para sempre, mas é apenas mais uma hora, ela enfim sai do quarto. Vai marchando até o sofá como se estivesse em uma missão. Em vez de se sentar ao meu lado, fica parada à minha frente.

"Chegou a hora", diz ela, o peito estufado.

Endireito as costas.

"Hora de quê?"

"De confrontar meus pais. Sobre o que a gente conversou depois do espetáculo de danças mexicanas. Mas preciso que você venha comigo. Pra me dar apoio moral."

"Claro", digo, levantando animada do sofá.

Ela me acompanha pela escada até o térreo, onde os pais estão assistindo a algo na Netflix. Ela estende a mão trêmula na minha direção; eu a pego e dou uma apertadinha.

"Eu... Ééé... Tenho uma coisa pra dizer pra vocês, gente", começa Bo, insegura.

"O que, filha?", pergunta Emma.

Bo faz uma pausa desconfortavelmente longa.

"Tá, então... Sabem essas decorações chinesas que vocês colocaram pela casa?", inicia ela, apertando minha mão com mais força do que quando assistimos àquele filme de terror com Amber.

"Sei...", responde Rick, devagar, como se estivesse esperando Bo continuar.

"Então, eu estava pensando... Acho que ia gostar se vocês dois meio que... pegassem leve com isso, sabe?"

Emma ergue uma sobrancelha, e Rick olha para Bo com uma triste expressão de surpresa.

"Por que você tá falando isso, querida?", questiona Emma.

Bo hesita, e dou uma apertadinha na mão dela.

Você tá indo muito bem, diz minha mão.

Ela enfim respira fundo e continua.

"Acho que meio que sinto que vocês dois estão explorando minha cultura por mim enquanto meio que só fico olhando. Quero explorar isso por mim mesma um pouco. Tipo, mesmo que seja só ir a restaurante chineses ou assistir a C-dramas ou coisa assim, acho que eu que devia escolher como fazer isso, entendem?' Ela enfim solta minha mão e inspira fundo, como se tivesse usado todo o ar dos pulmões para dizer tudo de uma vez.

A mãe de Bo cobre a boca com a mão.

"Ah, querida, eu sinto muito, muito mesmo, por ter feito você se sentir assim."

"A gente *nunca* quis chatear você, Bo. Não foi por isso que fizemos essas coisas. Você sabe disso, né?", pergunta Rick.

"Claro, claro. Vocês me amam e querem ajudar. Mas, tipo, a intenção não muda o impacto. E, de qualquer forma, demorei um tempo pra perceber como me sentia."

"Senta aqui", diz Emma, dando um tapinha no sofá ao lado dela.

Recuo um passo, percebendo de repente como é constrangedor estar no meio dessa conversa de família extremamente íntima. Bo olha para mim, e tento mandar uma mensagem telepática, como faria com Cesar.

Quer que eu fique com você?

"Não precisa ficar, Yami. Valeu."

Ela estende a mão e aperta a minha uma última vez antes de se sentar com os pais.

Estou quase chocada demais de perceber que ela captou minha mensagem, mas dou um jeito de abrir um sorriso encorajador antes de subir de volta para o quarto de visitas.

* * *

Eu não ia achar ruim ficar de férias para sempre. Sei que vou ter que trabalhar o dobro quando chegar em casa, mas essa pode ser minha resolução de Ano Novo. Mamãe e Cesar voltam amanhã para passar o primeiro dia do ano em casa, então tenho mais um dia para curtir antes de ter que me preocupar com serviço, e meu plano é aproveitar esse tempo ao máximo. É fácil não me preocupar quando minha mãe não está por perto. Me sinto culpada de pensar isso, mas é verdade. Sem a presença dela me lembrando o que tenho a perder, tudo com que me preocupo é nossa sessão de escorregar em blocos de gelo.

Pegar um blocão de gelo e descer um barranco já é bem divertido, mas a família Taylor aparentemente leva o negócio a sério. Até congelam cordas nos blocos para servirem de alças, com as quais dá para controlar um pouco a trajetória.

Esperamos até umas dez e meia da noite para sair de casa e ir até o parque, assim ainda vamos estar na rua quando começarem os fogos de artifício. Nossos blocos de gelo estão em duas caixas térmicas, e precisamos carregar tudo até o topo do barranco acima do lago quando for a hora.

Escolho uma área no topo do morro onde a grama parece mais baixa. É melhor assim, com menos atrito. A primeira descida é só para sentir o declive, mas Bo calha de escorregar na mesma hora que eu, e sou competitiva que só a peste. Não vou permitir que ela chegue antes de mim de jeito nenhum. Estamos empatadas, mas há um calombo no chão logo adiante. Puxo a corda para um dos lados, mas desvio muito para a esquerda e trombo com Bo. Ela se desequilibra por um instante, mas depois puxa a corda do bloco dela e tromba de novo comigo. Entramos oficialmente em uma corrida maluca.

Depois de alguns choques uma com a outra, caímos as duas dos blocos de gelo antes de chegar ao fim do barranco.

"Rá! Ganhei", grita Rick, passando a toda velocidade por nós.

"A gente estava apostando corrida?", pergunta a mãe de Bo, ainda no topo do morro.

Bo ri e revira os olhos, depois me entrega o celular.

"Yami, grava isso pra mim por favor? Quero tentar uma coisa."

Confirmo com a cabeça, e ela sobe o barranco correndo com o bloco de gelo. Fica de pé nele, inclinada o bastante para conseguir segurar as alças laterais.

"Certo, tá gravando?"

Levando o polegar. Ela inclina mais um pouco e começa a surfar em cima do bloco de gelo. Não sei como consegue parecer desajeitada e fodona ao mesmo tempo. Ela é um enigma. Está vindo na minha direção, e começamos a gritar como se a gente estivesse prestes a morrer. Congelo assim como o bloco dela tromba comigo e me joga no chão.

Parece aquela cena que tem em todos os filmes de comédia romântica, onde o interesse amoroso e a protagonista trombam um com o outro e acabam embolados em uma posição constrangedora. Com a diferença de que, neste caso, não é nada constrangedor. Estamos rindo tanto que não conseguimos respirar. Se isso fosse uma comédia romântica, acho que agora seria a hora do beijo.

Só quando os pais de Bo vêm nos ajudar é que me lembro que estamos em público. É quase como a vez em que rodopiamos juntas na casa dela, quando tudo que não era Bo parecia um borrão. As coisas com ela são assim às vezes. Atordoantes e de tirar o fôlego, e ela ainda está do meu lado quando consigo voltar a respirar.

Bo resolve filmar cada um de nós quando escorregamos de novo. Diante da câmera, decido tentar algo descolado e deito de barriga para baixo no bloco para conseguir uma aerodinâmica máxima. Bo corre atrás de mim pelo declive, gravando e comemorando. Minha velocidade vai aumentando quanto mais longe vou. Como estou deitada de barriga, não paro de escorregar quando chego na base do morro. Estou quase voando para dentro do lago quando Bo dá um salto e puxa meu calcanhar para interromper minha trajetória. Meu bloco de gelo sai voando e cai na água.

Rolo de lado quando ela me larga.

"Eu filmei tudo!"

Bo fica de pé e começa a chacoalhar a bunda em uma dancinha da vitória.

"Você me salvou!" Me ergo e corro para pular em cima dela em um abraço. Ambas caímos no chão, rindo de novo. "Valeu por não me deixar cair no lago só pra conseguir views."

Ela se senta e dá um soquinho no ar, como se estivesse decepcionada. "Cara, não creio que não pensei nisso!"

Gargalho e me deito de lado. Adrenalina é uma coisa que deixa a gente esgotado. Bo se deita perto de mim, e juro que parece um sonho quando os fogos de artifício começam no instante em que ela me fita. Vejo os lampejos refletidos nos olhos dela por um segundo antes de rolar de novo de barriga para cima e ver os estouros de verdade. Ficamos ali deitadas enquanto as cores do arco-íris iluminam o ar.

Os pais de Bo nos encontram na base do morro com cobertas, chocolate quente e biscoitos. Só tem duas cobertas, então Bo e eu dividimos uma. Dou uma olhada de soslaio para Rick, já que ele poderia muito bem ter trazido mais do que duas cobertas para nós quatro, mas nem penso em reclamar. Está frio o bastante para uma garota hétero querer ficar juntinho da amiga-que-tem-uma-namorada para se manter aquecida, certo?

Bo apoia a cabeça no meu ombro, e tenho vontade de derreter na grama. Porque ela não tem mais medo de me deixar desconfortável. Porque está confortável desse jeito. Porque os pais dela estão bem aqui, e a situação não está esquisita. Respondo apoiando a cabeça na dela, para que ela saiba que não estou me sentindo mal. E porque quero. Porque estou confortável também.

Mesmo gostando dela, esse momento não tem a ver com isso. Só estou feliz de ter essa proximidade com alguém.

Os pais de Bo logo começam a juntar as coisas.

"Como assim? A gente já vai pra casa?", lamenta Bo.

"Não, *a gente* já vai pra casa", diz a mãe de Bo, apontando para si e para Rick. "A gente está meio velho pra isso, querida. Vocês duas podem ficar aproveitando os fogos de artifício."

Não preciso esconder meu alívio. A situação parece muito íntima, e não quero estragar tudo indo embora. Bo e eu continuamos deitadas na grama.

"Vai ser muito esquisito se a gente der uma aconchegada?", pergunta Bo.

E graças a Deus, porque sou lésbica *e* estou com frio.

"Não vai. Tá muito frio."

Jogo a coberta que os pais de Bo deixaram por cima de nós duas e envolvo o braço de Bo com os meus como se ele fosse um travesseiro de corpo. Consigo sentir o tremor dela.

Espero que ela não consiga perceber como quero ficar de denguinho assim com ela desde que sonhei que estávamos deitadas juntas depois da festa de volta às aulas. Mas a realidade é muito melhor. Ficamos um tempinho quietas. Estou acostumada a pensar que o silêncio precisa necessariamente ser constrangedor, mas não é. Estou só vendo os fogos de artifício e aproveitando a companhia dela. Não precisa de trilha sonora.

Quando os estouros vão rareando, me sento para ver os reflexos no lago. Gosto de como a refração distorce a luz o bastante para parecer um sonho.

"Yamilet. Já te falei como gosto do seu nome?"

"Gosta?" Sinto o rosto corar, e espero que ela ache que é de frio.

"Sim. É muito lindo."

"Bom, eu gosto do seu também", confesso. Ela gira a cabeça, me fitando com um olhar incrédulo no rosto. "O quê? Por que é tão difícil assim de acreditar?"

"Porque é um nome esquisito. Parece nome de cachorro."

"Eu gosto, uai. E tenho direito de gostar, certo? É fofinho. Nós duas temos nomes esquisitos e bonitos. Eu amo meu nome. Só queria que mais pessoas falassem ele direito."

"Ai, merda, eu falo errado?", pergunta ela.

"Não, na verdade. A maioria das pessoas nem tenta. E nem é tão difícil assim de pronunciar, mas as pessoas sempre se embolam."

"Que merda. Todo mundo acha que Bo é um apelido, mas não, é meu nome de verdade. Pelo menos ninguém pronuncia errado." Ela ri.

"Qual é o significado dele?", pergunto.

"Você primeiro." Ela fica vermelha, por alguma razão.

"Ah, espera um minuto então." Não sei o significado do meu nome, na real, então pego o celular para conferir. "Pelo jeito, é o equivalente em espanhol de Jamila. Que significa 'bela'."

"Tá me zoando!" Bo dá um tapinha no chão. "Meu nome *também* significa isso!"

"Mentira! Sério?"

"Sim! Teoricamente é francês escrito errado, mas sim."

Dou uma risadinha. Bo. Bo-*nitona*.

"Combina com você."

Sorrio. É o mais próximo que consigo chegar de como me sinto. Uma mensagem codificada para dizer que a acho bonita.

Ela ruboriza de novo.

"Certo, nós duas temos nomes legais."

Ficamos em silêncio por um tempo. Toda vez que descubro algo novo sobre Bo, acho mais difícil negar como estou caidinha por ela. Preciso admitir. Nem que seja para mim mesma. Eu gosto muito dela.

Acho que estou mais confortável com o silêncio do que Bo, porque é ela que fala de novo depois de alguns minutos.

"Posso fazer uma pergunta pessoal?"

Abro um sorriso.

"Pode. Mas você vai ter que responder uma também."

"Beleza, você primeiro."

Gosto dessa brincadeira de perguntas. Dizem que é uma ferramenta xavecatória de primeira qualidade, mas só quero conhecer Bo melhor. As primeiras questões que me vêm à mente têm a ver com o processo de saída do armário de Bo. Os pais dela sempre a apoiaram? E os amigos? Depois, penso em perguntar sobre o namoro. Ela está feliz? Quão sério é o relacionamento dela com Jamie? Mas, no fim, acho que é melhor ficar longe de assuntos lésbicos, caso ela acabe rebatendo a questão para mim. Faço uma pergunta mais inofensiva.

"Qual é sua resolução de Ano Novo?"

"Levar as coisas menos pro pessoal." Ela responde tão rápido que fica claro que já pensou a respeito disso. "E a sua?"

"Ficar rica."

"Não, sério!" Bo ri. "Em que você *realmente* quer melhorar?"

Eu falei sério, mesmo tendo exagerado um pouquinho. Preciso ficar rica o bastante para ser financeiramente independente. Mas não sei se Bo entenderia isso, já que já nasceu rica. Mesmo assim, olho para o céu e reflito um pouco. Tem várias coisas que quero melhorar além da minha conta bancária.

"Acho que quero ser mais corajosa", digo.

Corajosa como Bo.

"Certo. Vou me esforçar pra levar as coisas menos pro pessoal, enquanto você", Bo estende o dedo mindinho, que aceito, "vai ser mais corajosa."

Os olhos dela estão tão reflexivos sob o luar que posso me ver neles. Eu podia contar a ela como estou me sentindo. Podia dar um beijo nela sob a luz dos fogos de artifício.

Seja corajosa.

O estrondo de uma nova saraivada de fogos me desperta do devaneio. Essa é *minha resolução* para o Ano Novo. Posso inaugurar a coragem amanhã.

"Certo, minha vez então... Qual foi o motivo real pra você não ter ido pro México com a sua família? Você não queria ver seu pai?", indaga ela, e sinto o sorriso sumir do rosto. Como não respondo, ela continua, "É que... Vi seu fundo de tela. Vocês parecem felizes juntos."

Acho que agora talvez fosse o momento certo para contar tudo a ela. Dizer que sou lésbica. Que meu pai não ficou feliz quando soube. Que ele talvez conte isso para minha mãe enquanto ela está no México.

Mas não sou corajosa.

Nem para trocar a porcaria do meu fundo de tela. Sinto que, se trocar, vou estar admitindo que ele nunca vai aceitar. E não é que eu não confie em Bo. Eu confio. Além de Cesar, ela é a pessoa em que mais confio no momento. Mas... não estou pronta para contar a ela.

"Desculpa, você não precisa responder. Eu nem devia ter perguntado."

"Tá tudo bem. É que... não tô mais me dando tão bem com o meu pai. Mas não quero falar sobre isso." Até a menção a ele me faz querer chorar.

"Tudo bem, eu entendo."

"Minha vez." Quero desviar o foco do meu pai o mais rápido possível. "Por que você adota animais feios?"

"Eles não são feios!"

"São feinhos, vai."

Solto uma risada, e ela me olha de cara fechada.

É uma cara fechada de zoeira, no começo, mas depois os olhos dela recaem no lago e ela começa a morder o lábio.

"Acho que só quero pegar os animais que as outras pessoas rejeitam. Bichinhos fofinhos não têm muita dificuldade pra conseguir adoção. Mas às vezes os feios precisam ser sacrificados, sabia?"

Faço que sim com a cabeça.

"Nunca tinha pensado nas coisas por essa ótica", digo. Claro que Bo ia se preocupar com o bem-estar de todos os animaizinhos "feiosos". "Certo. Sua vez, então."

Ela se ajeita para deitar de frente para mim de novo.

"Tá, então..." Ela enrola quase um minuto. "Você tem vergonha de eu conhecer sua mãe?"

"Você já conheceu ela lá no jogo de volta às aulas."

"Eu sei, mas naquele dia a gente estava em várias pessoas. Tipo, você nunca me convidou pra ir na sua casa. E pega o VLT em vez de me deixar te levar até lá. Mas não liga de o David ir te buscar quando vão pra minha casa. Talvez eu esteja problematizando demais, mas achei que você talvez não quisesse que sua mãe me conhecesse direito. Porque sou lésbica e tal..." Ela começa a cutucar a barra da coberta. "Desculpa, eu sei, tô indo contra minha própria resolução de Ano Novo. Às vezes fico meio paranoica, ignora."

Ela está errada, mas odeio como consigo me enxergar nesse comportamento. É quase atordoante, porque Bo sempre parece confiante com tudo.

"Por que você não me disse que achava isso?"

Ela encolhe os ombros.

"Sei lá. Acho que fiquei com medo de saber a verdade."

Ao que parece, Bo não tem problema algum de bater boca com professores, diretores e até mesmo padres, mas, quando se trata de amigos, ela é contida até demais. Acho que entendo a razão. Quando é alguém com quem a gente se importa, temos mais a perder. Mas será que ela tem todo esse medo de *me* perder?

"Bom, eu não sinto vergonha nenhuma de você", digo. Mesmo sendo homofóbica, ela jamais trataria mal uma visita, independentemente de quem fosse. "Eu tenho vergonha é de você saber onde eu moro."

"Por quê?"

"É só que... é diferente daqui." Me viro para olhar para o lago.

"Você acha que vou te julgar ou coisa assim?"

"Sei lá..."

"Sei que a maior parte das pessoas não tem tanto dinheiro quanto a gente, ou quanto a maioria dos alunos da Slayton. Não sou tão desconectada do mundo real assim. Não quero te constranger nem nada, mas você não tem que sentir vergonha de nada."

"Tá bom."
"Acha que algum dia vai me deixar te dar uma carona até sua casa?"
Mordo a parte de dentro da bochecha, pensando na resposta.
"Acho que não."
"Certo. Tudo bem, acho..."
Ela desvia o olhar. Acho que feri os sentimentos dela.

Sei que ela não vai me julgar, mas talvez eu não esteja tão pronta assim para Bo me ver como sou de verdade. Quero que ela me conheça em alguns quesitos. Quero que conheça a parte boa de mim, como penso e do que gosto. Quero que conheça tudo que temos em comum. Bom, *quase tudo* que temos em comum.

Quero que ela saiba como nós duas amamos animais, e como nossos nomes significam a mesma coisa, e como somos ambas competitivas, e como gostamos do mesmo tipo de piada. E talvez parte de mim inclusive queira que ela saiba que sou lésbica. Quero continuar pensando que somos iguais.

Mas não somos.

19

Correção: cometerás adultices sim

Sei que posso voltar quando quiser, mas é triste ter que ir embora da casa de Bo já no dia seguinte. Hora de voltar a sobreviver em vez de viver. Os olhos da mãe de Bo parecem marejar quando nos despedimos com um abraço.

"Foi muito bom ter você por aqui, Yamilet! Bom retorno, dirige com cuidado!", diz ela.

"Mãe, ela ainda é minha amiga. Não é que você nunca mais vá ver a Yami de novo." Bo empurra a mãe para o lado para me abraçar. "Sério, espero que eles não tenham te assustado e você queira voltar."

"De jeito nenhum! Amo vocês, gente!"

Até eu fico surpresa com minha demonstração de afeto.

"Nós é que amamos você!", grita o pai de Bo, fazendo um coraçãozinho com as mãos.

Vou sentir falta deles, mas quando chego ao aeroporto, corro até minha mãe e me jogo em um abraço no instante em que a vejo. Estava com saudades dos abraços dela. Estava com saudades da mamãe.

"Ai, *mi hija*, assim vai quebrar minha coluna", diz ela, mas me abraça com a mesma força.

Cesar finge estar pigarreando, e largo minha mãe para dar um abraço nele. Também senti saudade de Cesar, é claro. Muita. Quero perguntar como foi a viagem, mas também não quero ouvir sobre papai, e acho que Cesar capta minha mensagem telepática. Retribui meu abraço e comenta estar com saudades da cama dele.

O que me lembra do quanto *eu* estou com saudades da *minha* cama.

A do quarto de visitas de Bo é muito mais confortável que a minha, mas, no momento, não quero dormir em nenhuma outra cama que não a minha. Assim que chego em casa, me jogo no colchão. O estrado estala, como se pedindo para eu não pular, mas não dou ouvidos. Quando me acomodo, já tem cumbia tocando pela casa toda. Estava com saudades *disso*.

Depois que Cesar e eu tiramos um tempo para matar as saudades das nossas camas, ele vem até meu quarto e se senta ao pé da minha.

"E aí?", pergunto.

Mas ele fica um tempo sem responder.

Me sento e apoio as costas na parede, esperando o que ele tem para me dizer.

"Você estava certa."

"Sobre o quê?"

"Sobre o papai. Você estava certa."

Sinto o estômago embrulhar. Ai, não...

"Como assim?", pergunto. Será que Cesar se assumiu?

"Ele ficou falando um monte de merda que me tirava do sério. Digo, fiquei feliz de ter ido, a gente se divertiu e tal, sabe? Mas entendo agora por que você não queria que eu fosse. E por que não quis ir."

Ele esfrega a nuca. Parece mais um de seus quase-pedidos-de-desculpas.

Não consigo me concentrar em muita coisa além de em "falando um monte de merda", e me pergunto se ele falou algo para mamãe sobre mim.

"O que ele disse?"

"Não importa."

"O que ele disse?", pergunto de novo. Dessa vez, minha voz sai mais séria.

"Ele falou de você, pronto."

Claro que falou. Quero me surpreender, chorar, mas eu já sabia. Fui idiota de criar desculpas na minha cabeça.

"O que ele *disse*, Cesar?"

O embrulho no meu estômago aumenta. Sei que ouvir a resposta vai acabar comigo, mas *preciso*.

"O papai é um babaca homofóbico, tá bom? Não importa o que ele acha."

"Isso não é verdade, e você sabe disso. Ele é nosso *pai*."

O que ele acha importa, por mais que eu queira que não importe. Sempre me importo com o que ele acha.

"E daí? Só porque ele gozou dentro da mamãe não significa que o que ele acha importa."

"Que nojo, para com isso! Espera, ele contou pra ela?"

Estou apertando os joelhos com tanta força que até dói. Chego a não querer ouvir a resposta. Mas preciso saber.

Ele nega com a cabeça.

"Ele acha que você vai superar isso. Disse que não quer você na rua só porque tá passando por uma 'fase'. Ele não vai contar pra ela. Meio que ficou desabafando comigo."

Não sei como devo me sentir. Chateada por papai ainda se negar a falar comigo, ou aliviada por ele querer me proteger de mamãe? Esfrego o rosto, tentando fazer a dor de cabeça passar.

"Enfim...", continua Cesar. "E aí, o que rolou entre você e a Bo?"

Ele dá uma piscadela.

Meu irmão sempre muda de assunto antes de as coisas ficarem emocionais demais. No momento, fico grata por isso.

"Nada!" Jogo um travesseiro nele.

"Melhor você dar em cima da menina de uma vez. Ela não vai esperar pra sempre!"

"Ela tem namorada. Se tem alguém esperando, essa pessoa sou eu."

"Permita-me discordar!" Ele ergue o indicador como se estivéssemos debatendo política. "Ela gosta de você."

"Permita-me discordar *o senhor*!" Minha vez de erguer o dedo.

"Claro que permito, é só pedir com jeitinho!", zomba ele, e sei que ele quer me tirar do sério. Empurro meu irmão para fora da cama. "Você sabe que eu tô certo!"

Jogo um travesseiro nele enquanto ele sai correndo do quarto.

* * *

Voltar a me acostumar com a escola é um martírio. Eu gostava da vida de férias. Nada de tarefa de casa. Estava com Bo e os pais ricos dela. Podia usar o que quisesse. Agora estou em uma viagem de 45 minutos até uma escola repleta de adolescentes brancos que usam a mesma roupa que eu. Pareço igual a eles, mas não sou.

A gente não ficou tanto tempo sem se ver, mas estou empolgada de encontrar Bo de novo, assim como nossos outros amigos. Estava com saudades de ter amigos. Não desde as férias, apenas, mas desde Bianca.

Quando chegamos à nossa mesa do almoço, Amber está resmungando com a cabeça contra o tampo, e David a consola com tapinhas nas costas.

"O que foi?", pergunto.

"Ela tá tendo uma crise de um quinto de vida", responde Bo.

Amber olha para mim.

"Minha prima vai pra faculdade ano que vem. Ela sabe exatamente o que vai prestar e por que, e eu ainda não tenho ideia do que quero fazer da vida! Só tenho mais um ano pra descobrir!"

"Vai ficar tudo bem", digo.

"Como você sabe?", pergunta Amber.

"Porque você não precisa decidir em um ano. É pra isso que a faculdade serve, né?"

Nem seria expulsa se demorasse um tempo para descobrir sua vocação.

"Eu nem sei pra que universidade quero ir."

Amber volta a deitar a cabeça na mesa. Quase reviro os olhos antes de perceber que estou sendo insensível.

"Mas isso é bom! Você tem escolhas, lindinha", diz David, e começo a parar de prestar atenção na conversa.

Pessoas como Amber e Bo podem fazer o que quiserem da vida depois do ensino médio. Os pais podem sustentá-las até elas se decidirem. Já no meu caso, vou ter que arrumar um trabalho odioso em tempo integral *antes* de sair da escola. Assim Cesar e eu poderemos nos assumir para a minha mãe, e vou poder pagar um lugar para a gente morar se ela nos expulsar.

Para ser sincera, por mais assustada que Amber esteja, tenho verdadeiro horror de pensar que todo mundo além de mim vai ter sucesso e me deixar para trás. Provavelmente vou acabar trabalhando em um callcenter e odiando minha vida, como minha mãe. Não, cancela isso. Ela não odeia a vida dela. Venera tudo neste país, incluindo o trabalhinho de merda que a mantém mal e mal sobrevivendo de holerite em holerite, mesmo com minha ajuda. A melhor coisa que posso fazer pelo meu futuro neste momento é economizar, o que seria muito mais fácil se eu conseguisse encontrar outro *emprego*.

A esta altura, já mandei currículos para todos os lugares aos quais consigo chegar a pé de casa ou da Slayton. Nada ainda. Preciso de uma folga, e nem tenho um emprego ainda. Procurar trabalho, por si só, já dá muito trabalho.

Apoio a cabeça nos braços e me junto a Amber em sua sofrência.

"O que foi?", pergunta Bo.

"Tô desanimada porque não tenho dinheiro. Preciso de um emprego que pague melhor."

"Você já tentou o Taco Bell aqui perto?", sugere David.

"Já tentei todos os lugares", digo, sem levantar a cabeça.

"E as lojinhas do centro comercial?", insiste ele, ainda acarinhando as costas da Amber.

Faço que sim com a cabeça, já que por algum motivo ele acha que não tive todas essas ideias ainda.

"Já sei!" Bo espalma a mão na mesa. "Você podia trabalhar pra minha mãe! Ela tá procurando uma secretária pras coisas de advocacia dela."

Ergo a cabeça de supetão. *Nisso* eu ainda não tinha pensado.

"Quanto ela paga?"

Bo encolhe os ombros.

"Não sei. Liga pra ela depois da escola e pergunta."

Amber geme alto de novo, e todo mundo volta à missão de reconfortar a garota.

Assim que volto da aula, começo a preencher formulários de vagas de emprego e ligo para a mãe de Bo enquanto trabalho. Fico trançando pulseiras enquanto falo, assim talvez não me sinta tão nervosa. Começo a trançar mais rápido.

"Oi, Yamilet, tudo bem?"

É Rick quem atende o telefone.

"Oi, sr. Taylor." Tento soar o mais profissional possível, já que essa conversa pode se transformar em uma entrevista de emprego. "Eu tô procurando outro trabalho, e fiquei sabendo que a sra. Taylor precisa de uma secretária..."

"Ah, sim! Você quer o emprego? É só falar que despeço o secretário atual."

Ele ri. Como alguém pode rir sobre despedir alguém?

"Ah, desculpa, não, não faz isso não. Não sabia que ela já tinha encontrado alguém."

"Tá tudo bem, posso fazer isso agora mesmo. Você tá despedido!" Depois de uma breve voz, ele responde, com uma voz diferente: "Nãooo! Eu tenho uma família pra sustentar!"

"Ééé... Tá..." Ele é tão esquisito às vezes que não sei o que responder.

"Péssima piada, eu sei", diz ele depois de soltar uma risadinha.

"Espera... Quer dizer que o emprego é meu mesmo?"

"Espera aí. Emma! Telefone pra você", chama ele, e escuto alguns barulhos na linha até ouvir a voz da mãe de Bo ao telefone.

"Oi, Yamilet. Desculpas por isso. O Rick tá me dando uma força enquanto procuro alguém. Então, você tá procurando emprego? Tem experiência?"

"Sim! No momento, tô trabalhando como gerente de social media e marketing pra microempresa de bijuterias da minha mãe. A Bo me disse que você precisava de ajuda, e tenho interesse na vaga!" Não menciono que passo noventa e nove por cento do meu tempo fazendo as bijuterias em si. Não acho que isso ajudaria muito no trabalho de uma secretária. "Sei que ainda tô no ensino médio, mas juro que pego muito firme no batente!", acrescento, meio desesperada.

"Sem problemas, Yamilet. O trabalho é muito simples. É só conferir meus e-mails e cuidar da contabilidade pra mim, então acho que vai se encaixar certinho na sua experiência. Vamos tentar alguns dias de período de experiência. Se você se adaptar, te contrato."

"Uhul! Quer dizer, obrigada, sra. Taylor!"

Ela ri.

"Pode me chamar de Emma. Você tem computador e internet?"

"Meu laptop é uma carroça, mas funciona. E a gente tem internet em casa." Ela não precisa saber que divido o computador com Cesar e minha mãe. Vai servir por agora.

"Perfeito. Vamos começar aos fins de semana. Você não vai precisar de mais que umas quinze horas por semana. Tudo bem pra você? A gente pode começar esse sábado?"

"Combinado! Muito obrigada!" Preciso reprimir um gritinho.

"Te vejo no sábado então!"

"Perfeito!"

Posso ajudar minha mãe depois da escola e trabalhar para Emma aos fins de semana. As tarefas de casa faço no VLT e enquanto espero o Cesar sair da detenção, quando for o caso.

Estou tão empolgada que não consigo dormir, e fico fazendo pulseiras da amizade até tarde. Mas logo meu celular vibra, e uma selfie de Bo surge na tela para mostrar que é ela que está me ligando. Ela deve ter roubado meu telefone em algum momento e tirado a foto para colocar no contato da agenda, porque definitivamente não fui eu que tirei. Ela está de olhos fechados, mostrando a língua. Dou uma risada e atendo, prendendo o celular entre o pescoço e o ombro para continuar trançando as pulseiras.

"Não acredito que você vai trabalhar pra minha mãe", diz ela antes que eu possa falar qualquer coisa.

"Ei, eu precisava de um trabalho, e ninguém retornava meus contatos!"

É uma desculpinha esfarrapada. Trabalhar com Emma seria sempre minha primeira alternativa.

"Bom, se você decidir pedir demissão, é melhor não deixar as coisas esquisitas. Você ainda vai poder vir aqui e tal."

É bom estarmos falando ao telefone, sem vídeo, porque posso corar ou sorrir ou sei lá o quê e ela nem vai perceber.

"Definitivamente vai ser esquisito, mas prometo que ainda vou te visitar."

"É bom mesmo. Já tô com saudades. A casa tá parecendo supervazia agora."

"Também tô com saudade", admito, já que não falei isso da última vez. Meio que queria ter sido a primeira a falar, porque Bo parece que está sempre um passo à frente. Consigo ouvir uma música ao fundo, mas não consigo identificar qual. Quase parece... "O que você tá ouvindo?"

"Selena." Ela diz isso como se a palavra não fosse uma flechada do Cupido me acertando bem no coração. "Queria ver se você ia perceber.

Ando ouvindo um monte desde que você foi embora. Entendo totalmente por que você é obcecada por ela."

"Eu tô tão orgulhosa", digo, fingindo que estou com a voz embargada. Ela ri.

"Bom, tenho tarefa de casa pra fazer. Até mais!"

"Até mais", respondo, tentando não soar decepcionada.

Eu conversaria com ela a noite toda. Em vez disso, mantenho as mãos ocupadas por horas. Quando a casa escurece, acendo a lanterna do celular porque não quero acordar ninguém. Quando a bateria acaba, meus olhos se ajustam à escuridão, e trabalho noite adentro mesmo com as mãos e os olhos pesados.

"Por que você ainda tá acordada?"

Só percebo que é meio da madrugada quando Cesar vem até a sala de estar e me dá uma bronca por ainda estar trabalhando.

"Perdi a noção da hora, acho."

Bocejo e coloco as últimas miçangas do colar que estou fazendo. Cesar se senta ao meu lado.

"E por que *você* ainda tá acordado?", pergunto.

"Mesma coisa de sempre."

"Que é...?"

Tombo a cabeça de lado, as mãos ainda se movendo apesar dos dedos doloridos. Eu sabia que ele não andava dormindo bem, já que está o tempo todo caindo no sono no meio da aula, mas meio que supus que era por causa de alguma tarefa de casa extra ou outra coisa que o mantinha acordado.

"Sei lá. Meu cérebro não desliga de jeito nenhum", explica ele. Só faço que sim com a cabeça, cansada demais para processar qualquer coisa. "Tá precisando de ajuda?"

"Sempre."

Ele começa a trançar uma pulseira. Ficamos sentados, trabalhando em silêncio por um tempo. Estou quase dormindo sentada quando ele fala de novo.

"Aquilo que eu te falei outro dia... Não foi de coração..."

"O quê?"

"Eu não fiquei bravo com você por ter me dado cobertura. Fiquei bravo porque não mereci o que você fez por mim. Você merecia mais."

Ergo a cabeça, e meus olhos encontram os dele pela primeira vez esta noite. Estão vermelhos e inchados, como se ele estivesse chorando.

"*¿Qué te pasa?* Tá tudo bem?"

"Tô cansado." Ele boceja. "Boa noite, Yami."

Cesar larga a pulseira meio terminada no sofá e volta para o próprio quarto. Em vez de ir atrás dele fazendo mais perguntas, volto ao trabalho.

Depois que passo pelo período de experiência como assistente de Emma e enfim fico com o emprego, sinto que minha vida parece um disco riscado. Se alguma coisa interessante acontece, eu não percebo, porque estou presa em um ciclo de repetições. Escola. Tarefa de casa. Trabalho. Dormir. Escola. Tarefa de casa. Trabalho. Dormir. Escola. Trabalho. Trabalho. Trabalho. Escola. Trabalho. Trabalho. Trabalho. Trabalho. Trabalho...

Quando dou por mim, já passou um mês, e poupei uma quantidade considerável de dinheiro. Gasto menos agora que tenho algo na conta do que quando estava falida. Quero continuar engordando minha poupança para quando estiver morando sozinha. Depois vou arrumar um trabalho em tempo integral quando sair da escola. Minha conversa com Cesar serviu para uma coisa: descobrir que até meu pai acha que mami vai me chutar para fora de casa se descobrir que sou lésbica. Isso me faz entrar em um ritmo bom de trabalho.

A pior parte de trabalhar tanto é ter que perder reuniões com amigos e furar com Cesar quando ele quer sair ou ir comprar salgadinhos, o que é quase todo dia. A hora do almoço na escola é o único momento do dia em que tenho alguma interação social.

"Seu aniversário não é esse fim de semana? O que você vai fazer?", pergunta Amber.

"Preciso de dinheiro, então vou trabalhar."

Mal percebi que a data estava chegando.

"Mas a gente precisa comemorar!" Amber me agarra pelo ombro e me chacoalha. David e Bo concordam em coro.

"Foi mal! Eu tenho dois empregos, e praticamente todo meu tempo livre fica pra tarefa de casa."

Meu aniversário cai em um sábado este ano, mas não tem nem como comemorar mais tarde algum dia da semana porque estou superatrasada com a tarefa de casa.

Todos franzem a testa. Fazemos um minuto de silêncio em homenagem à morte da minha vida social.

"Tenho uma ideia", diz Amber.

"Manda", digo.

"A gente pode fazer alguma coisa *durante o dia*."

"Você quer dizer matar aula?" David arregala os olhos.

"Sim! É só um diazinho. A gente pode fazer isso na segunda! Não podemos não celebrar o aniversário dela." Amber franze o cenho.

"Acho perfeito! O que você acha, Yami?" Bo sorri para mim.

"Acha que a Jamie vai se importar?", pergunto, porque segunda é Dia de São Valentim. "Quer trazer ela?"

Por que *raios* fui falar isso? Não quero celebrar meu aniversário com a namorada de Bo.

"Quem é Jamie?", pergunta Amber.

"Minha *namorada*." Bo arregala os olhos. Por que Amber não saberia sobre Jamie? "Ah, não. Ela não ia querer matar aula."

"Ahhhh, certo. A *Jamie*. Que cabeça a minha!", diz Amber, entre risinhos nervosos.

David tomba a cabeça para o lado, todo confuso.

Fico encarando os dois por um segundo. Não acredito que demorei até agora para perceber.

Jamie não é real.

Esse tempo todo tive ciúmes de uma pessoa que não existe. Não sei se fico feliz por não ter uma Jamie ou puta porque Bo mentiu para mim. Por que ela mentiria? Será que sabe que gosto dela? Será que é por que não quer namorar *comigo*?

Afasto o pensamento o mais rápido possível. Bo não sabe como me sinto. Não tem como ela saber.

"Então, acha que rola?", pergunta Bo.

Dou de ombros, tentando esconder como estou surtada.

"Quando mais vou poder comemorar?"

Tenho que admitir que preciso de uma folga. Cesar pode pegar minha tarefa de casa com meus professores para que eu não fique tão atrasada.

"Vamos, David, vai ser divertido!" Amber bate os cílios e dá a mão para o namorado.

"Você não tem medo de a gente se complicar?"

Ele olha para cada um de nós. Está procurando alguém com tanto medo quanto ele, porque tem um baita FOMO. Quem diria: o famoso Fear of Missing Out, ou medo de não participar das coisas, vai salvar meu aniversário.

"O que é a vida sem correr um pouquinho de riscos?", diz Bo.

"Exatamente. E fazemos sacrifícios por nossos amigos nesta família." Amber faz um biquinho para David.

"Por favorzinho? Pelo meu aniversário?"

Viro o lábio de baixo em uma careta triste. Bo e Amber fazem cara de cachorrinho que caiu do caminhão de mudança, e David não tem chance alguma contra o poder combinado de nossas fofuras.

"Certo, vamos nessa então", cede ele, enfim.

"Ótimo. Vou parar com o carro no fundo do estacionamento segunda de manhã, aí vocês vão se encontrando comigo conforme forem chegando na escola", diz Bo.

"Qual é o plano?", pergunto.

"Surpresa!", diz Amber.

"Certo. Mas melhor não ter a ver com filmes de terror."

Bo dá um sorrisinho malandro.

"Combinado."

20
Não admitirás que é um *encontro*

Meu aniversário chega, e minha mãe pega no meu pé quando digo que vou trabalhar o dia inteiro. Então deixo que ela me leve com Cesar para um almoço rápido. Acabo comendo meio às pressas porque não quero perder tempo. Emma disse que eu poderia tirar o dia por causa do meu aniversário, mas preciso de grana. Sinceramente, é um desperdício de pizza boa, porque não consigo aproveitar muito. Quando volto para casa, dou mais uma conferida no celular antes de retornar ao trabalho. Já não estava esperando mais nada do meu pai, mas o resquício de esperança morre quando ele não manda nenhuma mensagem para mim nem no dia do meu aniversário. Mas recebo mensagens de Bo, Amber e David.

E Bianca.

"Ah, a Bianca disse pra eu te dar parabéns", diz Cesar, entrando no meu quarto.

"Por que você tá trocando mensagem com a Bianca?", disparo.

"Por que ela queria me dizer pra te dar parabéns? Você bloqueou o número dela ou coisa do gênero?", pergunta Cesar.

"Sim. Por mim ela poderia cair morta. Nem responde."

"Caramba, ainda tá assim? Mas o que ela tanto fez de mal pra você, hein?" Ele ergue uma sobrancelha.

Suspiro.

"Ela me arrancou do armário publicamente ano passado."

"Puta que... Você nunca me contou."

"Não queria conversar sobre isso."

"Ah, entendi. Quer conversar agora?"

Ele se deita na minha cama como faz sempre que estamos prestes a abrir o coração. Mas não tenho tempo. Devia estar trabalhando.

"Não, na verdade." Abro o Outlook e começo a olhar os e-mails, agendando os compromissos de Emma.

"Eu tô entediado. Vem comigo pegar salgadinho no mercado?"

Ele se senta como se estivesse pronto para saltar da cama e ir.

"A gente acabou de comer."

"Tá, então vamos ver a *doña* Violeta. Ela anda perguntando de você."

"Merda..." Não tive muito tempo para fazer uma visita por causa do trabalho e tal.

"E eu ainda tô com fome. A gente pode passar na *doña* Violeta e depois ir comprar salgadinho. Não tem nada de mal em comer Takis de sobremesa, certo?"

"Certo, mas preciso trabalhar agora. Foi mal, Cesar. Diz que eu mandei oi", respondo, sem nem tirar os olhos do computador.

"Beleza, então. Bom, feliz aniversário."

"Valeu."

Cesar continua ali por um instante, depois suspira e vai embora.

Quando chega a segunda-feira, estou um pouco nervosa. Não tenho ideia do que esperar. Levanto bem cedo para me arrumar. Ainda preciso vestir o uniforme, mas dedico um amor extra ao cabelo e à maquiagem. Cesar chega ao banheiro; parece mais grogue do que usual, com olheiras escuras no rosto.

"Não conseguiu dormir?", pergunto, colocando dois brincos artesanais em vez das argolas de sempre. Fiz brincos de coraçõezinhos vermelhos para o Valentine's Day.

Ele balança a cabeça e espirra água na minha cara. Provavelmente está meio chateado por causa da data de hoje. Talvez esteja com saudades de Jamal.

"Hoje vou matar aula com a Bo e o pessoal", sussurro, mesmo sabendo que mamãe está no chuveiro, onde não pode ouvir.

Contar isso para o meu irmão é equivalente a estar fazendo um convite. Ele geralmente se convida de um jeito ou de outro — mas não é o que faz dessa vez.

"Ah, legal", diz ele, terminando de escovar os dentes, e me deixa sozinha para acabar a maquiagem.

Justo na vez em que *quero* que Cesar se convide, ele nem faz menção. É Valentine's Day, e meu receio é nosso encontro ficar parecendo um programinha de casais, já que David e Amber estão melosos um com o outro. Não sei como me sentir a respeito disso.

Assim que mamãe nos deixa na escola, vou direto até os fundos do estacionamento procurar o carro de Bo. Ela já está esperando, então salto para o banco do carona e espero Amber e David se juntarem a nós.

"E aí, qual é o plano?", pergunto.

"Você vai veeeeeer", entoa ela. "Mas vai ser divertido, juro."

Recebemos uma mensagem de Amber no grupo.

Amber: Minha mãe teve que parar pra abastecer, então eu e o David vamos atrasar. Já chegamos ♥

Quanto mais a gente espera por eles, mais chances temos de sermos pegas. Estamos parecendo alvos no meio do estacionamento da escola, só esperando alguém perceber que a gente não vai para a aula. Se eles tivessem bom senso, teriam chegado mais cedo para não correr o risco de alguém impedir que nos encontrem.

Quando o primeiro sinal toca, as chances de sermos surpreendidas aumentam exponencialmente. Mando uma mensagem.

Yami: Hum, atrasados quanto tempo, exatamente?

O policial do campus nos vê.

"Merda, a gente precisa sair daqui", digo.

"Tá tudo bem, ele deve estar achando que a gente acabou de chegar. Vai se distrair já, já."

Suspiro. É melhor Amber e David correrem que nem uns condenados, ou a gente vai rodar.

O guarda não se distrai. Está vindo na nossa direção.

"Merda, merda, merda, vamoemboraagora!", grito.

Bo berra como se estivesse sendo esfaqueada em vez de *dirigir*. Puxo os quebra-sóis para esconder nosso rosto. O policial está a alguns metros de distância quando ela enfim mete o pé no acelerador. Agora estamos as duas nos esgoelando, já que ela avança com tudo na direção dele. O homem desvia do caminho. Mal consigo ouvir os gritos dele por cima do som dos nossos berros. Passamos voando por todas as lombadas e, não sei como, saímos do estacionamento com o carro ainda inteiro. Logo depois, começamos a gargalhar. Bo precisa encostar para não sofrermos um acidente.

"Ai, meu Deus, meu coração!"

Ela bate a mão no peito para mostrar como está com os batimentos acelerados.

"Não acredito que você quase atropelou um policial!"

"Foi mal! Eu entrei em pânico!"

Gargalho até meu riso não passar de um chiado baixinho. Minha barriga dói, e lágrimas começam a escorrer dos meus olhos. Bo tem uma risada daquelas que parecem um guincho, que só sai quando a pessoa está rindo tanto que faz até mal para a saúde. Ela chia ao inspirar, e isso só me faz rir mais ainda. Toda vez que acho que acabei, ela faz o barulho de novo, e caio em outro acesso de riso. Gargalhamos por uns bons cinco minutos antes de enfim nos acalmarmos. Estamos ambas arquejando e chorando, e definitivamente treinei abdome suficiente pela semana inteira.

Enfim relaxo o bastante para dar uma olhada nas mensagens que Amber mandou.

Amber: Vi vocês tentando atropelar o policial Jim! Ri tanto que ele me pegou enquanto eu tentava sair.

Amber: Ele fez a gente entrar na aula ☹ Vocês deviam ter atropelado ele msm

Amber: brincadeirinhaaa FBI se você estiver lendo isso é só uma piada por favor não me prende

Rio de novo e mostro as mensagens para Bo.

"Então, pelo jeito, somos só nós duas hoje", digo, e tenho certeza de que estou suando e meu cérebro não está funcionando direito.

Bo e eu??? Sozinha??? No Dia dos Namorados??? Isso é UM ENCONTRO?

"Foi mal... Mas tudo bem pra você?", pergunta ela.

Pigarreio.

"Bom, a gente meio que não tem escolha a não ser matar essa aula, ainda mais agora que você quase praticou um homicídio culposo na direção de veículo automotor."

"Merda. Acha que ele anotou a placa? E se ele reconhecer meu carro?"

"Acho que ele estava um tiquinho ocupado tentando não ser atropelado pra anotar sua placa."

"É, verdade. Enfim, se você topar ir sem eles, eu topo. É a comemoração atrasada do seu aniversário, né?" Ela sorri.

"Topo. É uma merda eles não poderem vir, mas ainda quero descobrir o que vocês planejaram. Que é..."

"Primeiro, café da manhã."

Bo volta para a estrada. Pouco tempo depois, paramos em uma mistura de café com luderia. Bo quer que eu escolha um jogo de tabuleiro, mas não consigo me decidir, então escolhemos de forma meio aleatória. No fim, ficamos entre Banco Imobiliário e Lig 4.

Quando o atendente vem até nossa mesa, faz uma expressão esquisita.

"Vocês não deviam estar na escola não, meninas?"

Merda. A gente ainda tá de uniforme.

"Ééé..." Em geral, Bo é boa com as palavras, mas aparentemente improvisar não é muito a praia dela.

"Hoje a aula começa mais tarde. A gente vai precisar de mais uns minutinhos pra ver o cardápio", digo.

"Ah, beleza..." Ele não parece ter acreditado muito. "Já volto."

Ele vai conversar com alguém nos fundos do bar, e sei que provavelmente não é nada, mas na minha cabeça estão cochichando para dar um jeito de nos mandar de volta para a escola.

"Bora, bora, bora, bora!"

Bo agarra meu braço e me puxa para longe da mesa. Saímos correndo do café a toda velocidade. É divertido fingir que tem muito mais coisa em jogo do que de fato tem. Somos duas agentes secretas em uma missão. Não podemos revelar nossa identidade secreta. Voltamos ao carro e vamos embora.

"A gente devia ir pra minha casa e colocar uma roupa pra ficar à paisana", diz Bo, em uma voz de espiã supersexy que me faz estremecer.

"Seu pai não vai estar por lá?", pergunto, lembrando que Rick é dono de casa.

"Ele geralmente vai pro Starbucks de manhã, não deve ter voltado ainda. Mas a gente ser rápida."

Estacionamos a algumas casas de distância. Assim, se o pai dela voltar, não vai ver o carro. Bo é a espiã e eu a motorista de fuga.

Ela pega a mochila, tira a chave de casa do chaveiro e abre a porta do carro, me deixando sozinha no veículo.

"Se eu não voltar em cinco minutos...", a voz dela quase falha quando ela sussurra a próxima parte, "... espera um pouco mais."

Ela some antes que eu possa responder. Dá algumas cambalhotas e rasteja pelo chão, agindo como uma completa palhaça da forma mais exagerada possível. Enfim chega ao portãozinho lateral. Depois que ela some de vista, levo a mão ao peito, quase tendo um treco. Ainda bem que ela ficou com a parte de ser a espiã.

Pulo para o banco do motorista e a espero voltar. Depois de um minuto, ela me liga.

"Pegou as roupas?", pergunto.

"Não, meu pai já chegou", sussurra ela. "Não vou conseguir ir até meu quarto sem ele me ver. Hora do plano B. Acho que tem roupa na lavanderia."

Ela desliga antes que eu possa responder. Quem ela pensa que é, o Batman?

A porta da frente abre, mas Bo não sai. É o pai dela que aparece. Ele se senta no alpendre e começa a ler um livro. Mando uma mensagem de texto para Bo avisando que ele está na frente de casa, e recebo um emoji de joinha como resposta.

O portão lateral se abre, e Bo começa a rastejar ao redor da casa. Abro os vidros do carro. Se eu der a oportunidade, pode ser que ela dê um salto ninja pela janela enquanto saio dirigindo a toda. Talvez o pai dela não perceba se ela continuar rastejando bem perto do chão. Mas, assim que alcança o alpendre, ele abaixa o livro e olha bem na direção dela. Ela congela. Meu coração está saindo pela boca, e fico ansiosíssima por ela. E por mim.

Em vez de se levantar e tentar escapar na base do papo, ela corre na direção do carro, gritando o tempo todo como se estivesse morrendo. Não diminui a velocidade quando se aproxima, o que significa que estou prestes a ver o sexy salto de entrada-pela-janela-pré-perseguição-automotiva.

Não é tão legal quanto achei que ia ser. Ela fica presa com metade do corpo para cada lado da janela por causa da mochila.

"Me puxa pra dentro, me puxa pra dentro!", grita ela.

Agarro Bo pelos braços e puxo, e ela despenca. Teria sido muito mais rápido usar a porta. Meto o pé no acelerador. Não muito, porém. Não é meu carro, e não quero sofrer um acidente. Vejo Rick no espelho retrovisor, balançando a cabeça e rindo. Ao menos ele não parece irritado.

"Iuhu!", grito pela janela, às gargalhadas.

Sinto que estou em uma perseguição em alta velocidade, mesmo tendo reduzido para tipo dez quilômetros por hora para enfiar a cabeça para fora. Bo não ri.

"Tenho uma má notícia..."

"Merda. Não conseguiu as roupas?"

"Ah, consegui, mas..." Ela abre o zíper da mochila.

Mostra uma calça legging, um shorts de basquete imenso e uma camiseta enorme. O shorts e a camiseta claramente são de Rick.

"A gente vai dar um jeito", digo, tentando ao máximo soar tão dramática quanto ela.

Paramos em um posto de gasolina para trocar de roupa. Pego a legging e a camiseta. A camiseta bate no meio da minha coxa. Parece mais um vestido. Bo troca a camisa do uniforme pelo moletom da escola, e veste o short do pai. Fica tão grande que ela precisa amarrar parte do tecido com uma xuxinha de cabelo para não cair. A roupa faz com que nós duas pareçamos mais baixinhas do que já somos, ambas ridículas. Mas pelo menos estamos sendo ridículas juntas.

Ainda estou com fome, já que não tomamos café da manhã, então nossa próxima parada é filar as amostras de produtos do Costco. Como não somos membros do clube de benefícios, entramos de fininho com outra família, seguindo as pessoas de perto o bastante para que a moça da entrada ache que a gente está com elas, mas ainda longe para que não se assustem. É o plano perfeito.

Nos dividimos para cobrir uma área maior, obtendo assim uma quantidade maximizada de amostras. Depois de pegar duas amostras grátis de todos os produtos disponíveis para experimentação, voltamos até a entrada com as sacolas cheias de comida de graça.

"Vamos mandar uma selfie pra Amber e pro David", diz Bo.

Pego meu telefone e fazemos uma pose de malandras, mostrando as sacolas cheias. A mulher da entrada vem até nós.

"Ohh, feliz Valentine's Day, pombinhas!"

Bo e eu nos sobressaltamos com a interação inesperada.

Tenho o péssimo hábito de jogar o telefone no chão quando me assusto. O mundo entra em câmera lenta enquanto meu celular voa pelo ar.

"Não!"

Tento impedir a queda, mas não adianta. O som do aparelho se espatifando no chão acaba com a gente. Principalmente comigo.

"Ai, sinto muito, não queria ter assustado vocês."

A mulher pega meu telefone e a tela está quebrada. Merda.

"Tá tudo bem", digo, apesar de estar berrando por dentro. Não quero que ela perceba que sou uma adolescente matando aula, então uso minha melhor voz de adulta. "Assim economizo na conta de telefone."

Ela sorri. Está funcionando.

"Só vim dizer que é muito legal ver casais como vocês por aqui. Há quanto tempo estão juntas?"

Olho para Bo procurando uma resposta. Ela parece prestes a sair correndo pela quarta vez só hoje, então acho melhor eu mesma cuidar disso antes que ela dispare.

"A gente vai fazer um ano mês que vem."

Abro meu sorriso mais doce, depois pego a mão de Bo e saímos andando.

Meu coração está disparado, mas finjo que estou tranquila. Bo provavelmente teria ficado paralisada no lugar ou fugido se eu não tivesse feito nada. Realmente, ela não é muito boa nessa coisa de ser agente secreta.

"Tudo bem?", sussurra Bo quando saímos do supermercado.

Com as bochechas coradas, ela olha para nossas mãos dadas, e entendo como esse gesto é importante.

"Sim", digo, surpresa por não ter que pensar antes de responder. "Melhor continuar no personagem. Caso, sei lá... ela ainda esteja olhando ou coisa assim."

Bo dá aquele sorrisinho torto para mim, e ficamos de mãos dadas enquanto atravessamos o estacionamento.

Quando chegamos à privacidade do carro dela, viramos as sacolas para revelar nosso tesouro. Era para ser só um lanchinho antes de almoçar na galeria comercial, mas é uma quantidade considerável de comida, e acabamos satisfeitas.

"Sinto muito pelo seu telefone. Ainda tá funcionando?", pergunta Bo.

"Duvido." Pego o celular e mostro a ela.

A tela é uma mistureba de cores. É quase bonito. No momento, porém, nem me preocupo com isso. Só vou precisar lidar com a ira da minha mãe quando chegar em casa. Ela vai me matar por ter cabulado aula, mas esse é um problema para depois. Agora, tudo em que consigo pensar é que uma pessoa acabou de supor que Bo e eu somos namoradas e não me autodestruí. Ela percebeu que éramos queer e isso nem me incomodou. Era só uma estranha, mas me senti vista. E *gostei* disso.

"Nem tinha me ligado que era Valentine's Day", digo, mas a verdade é que tinha me ligado sim.

Imediatamente tenho vontade de afundar e desaparecer no banco do carro, porque estou *usando os brincos de coraçãozinho*. Bo definitivamente sabe que estou mentindo, mas não diz nada. Parte de mim se pergunta se David e Amber não nos deram um bolo de propósito, só para ficarmos sozinhas. Amber está sempre tentando arrumar uma namorada para Bo. E como Jamie não existe... Me pergunto se isso foi combinado com Bo. Talvez a intenção fosse um encontro de casal?

"Sim, foi por isso que perguntei se tudo bem pra você sermos só nós duas. Não queria que ficasse uma situação esquisita."

Certo, então não é um encontro de casal. Só duas amigas não sendo esquisitas.

"Ah, beleza. Então, não acho esquisito. Sempre acontece de comemorar meu aniversário no Valentine's Day."

Mentira. Só comemoro meu aniversário no dia do meu aniversário mesmo.

Bo sorri só com os olhos, e posso jurar que estamos flertando. Mas talvez seja só coisa da minha cabeça.

A próxima parada é em um fliperama na galeria comercial na região da cidade em que moro. É o mais perto de casa que permiti que Bo me levasse. É difícil focar em jogar quando estou pensando sem parar em se isso é ou não um encontro formal. Tipo, sei que *não deveria* ser um. Mas me pergunto se ela está sentindo a mesma coisa que eu. Fazemos algumas coisas dignas de um namoro. Muita risada e brincadeirinhas cheias de contato físico. É brega, mas sinto *cosquillitas* na barriga o tempo todo. O dia passa rápido demais quando estou com ela.

Quando nos sentamos para jantar no restaurante do fliperama, ela diz algo que faz meu coração parar.

"Ei, quer ser minha namorada de novo?", pergunta, enquanto casualmente me mostra o cardápio como se não tivesse acabado de virar meu mundo de cabeça para baixo.

"Como assim?", questiono, para ter certeza de que ouvi bem.

Bo acabou de me pedir em namoro, é isso mesmo?

Ela aponta para o cardápio e ri. Em letras garrafais, há um aviso dizendo que os casais que comprarem comida no restaurante do fliperama ganham sorvete de graça. Tento não murchar visivelmente, porque achei que ela estava me pedindo em namoro de verdade — e mal senti medo.

"Ah!" Pigarreio. "Claro! Tudo por sorvete."

Começamos a fingir que estamos juntas de novo. Fico nervosa de pensar em fazer qualquer coisa além de ficar de mãos dadas com ela, já que não quero deixar Bo constrangida. O que me faz ir tateando a experiência é que ficamos de mãos dadas até quando não tem ninguém olhando. Não quero ser quem vai soltar, e pelo jeito nem ela, então continuamos assim.

Com um sorvete de casquinha na mão livre, damos uma volta na galeria comercial exibindo nosso relacionamento fake. Bo parece ter esquecido por completo da outra namorada fake dela. É uma mentirosa ainda pior que eu. O medo de parecer "lésbica demais" geralmente faz meu estômago embrulhar, mas no momento estou muito empolgada para pensar direito. Não quero arruinar tudo.

Bo está com um sorrisão no rosto e de vez em quando começa a chacoalhar nossos braços como se fôssemos crianças. Ela é fofa demais às vezes. O tempo todo, na verdade. Me sinto uma criança com ela. Sei que tecnicamente ainda sou uma criança, mas mal posso esperar para me aposentar dessa vida. Por causa de todo o trabalho, tarefa de casa e estresse, é uma surpresa eu ainda não estar com o cabelo todo branco. Mas é diferente com Bo. Eu *me sinto* uma criança. Como se tudo fosse possível, como se fosse só imaginar.

    Fingir com Bo é diferente de fingir com Jamal. Quando Jamal segurava minha mão, eu não sentia o resto do corpo esquentar, e os pelinhos da minha nuca não se arrepiavam. Nunca ficamos de mãos dadas por tanto tempo quanto agora. Ninguém nos olhava de cara feia como estão fazendo agora. De alguma forma, isso nem me incomoda.

    Sinto que estou flutuando, até ver a única pessoa com poder de me levar a me esborrachar de novo no chão.

21

Pisarás em pecinhas de Lego, vadia

Bianca.

Estamos andando bem na direção dela, e é tarde demais para dar meia-volta. Em vez de tentar me esconder, aperto a mão de Bo com mais força. *Quero* que Bianca veja. Bo me olha com curiosidade, e tudo que consigo fazer é sorrir para ela. Bianca que se foda. Estou feliz agora, e nem ela é capaz de arruinar isso.

De canto de olho, sei que Bianca já nos viu só pelo queixo caído dela. Será que está com ciúmes? Deve ser avassalador perceber que ela *não é mais* o centro do meu universo. Não que já tenha sido. Bo e eu passamos reto por ela, e sequer olho para trás.

"Yami?", chama Bianca quando acho que já escapamos dela.

Bo vira a cabeça, o que meio que destrói todo meu teatrinho de Bianca-não-existe. Continuo andando.

"Acho que alguém te chamou", diz Bo.

"Não, eu não ouvi nada."

Aperto o passo, puxando Bo comigo.

"Yami!"

A voz de Bianca soa mais próxima, e antes que me dê conta, ela está puxando meu ombro. Solto a mão de Bo e me viro de supetão para Bianca.

"Ei, não encosta em mim", digo, me desvencilhando dela.

Sério, como ela ousa?

"Foi mal." Bianca ergue as mãos. "É que faz maior tempão que a gente não se fala... Tô feliz que você... ééé... seguiu em frente."

"Nem é da sua conta, mas segui em frente há *muito* tempo", digo, e sorrio para Bo só com os olhos.

Não estou fazendo isso só por Bianca. Acho que estou tentando dizer algo a Bo. Talvez ela consiga entender tudo agora, e talvez eu queira que ela entenda. Minha vontade era que este fosse um momento fofo entre nós, mas um dos olhos de Bo está tremendo e o outro parece prestes a saltar da órbita.

"Tá, então tá... bom. Isso é bom. Eu sou a Bianca, aliás."

Ela abre um sorriso presunçoso, como se estivesse esperando Bo ficar com ciúmes ou dar algum sinal de que já ouviu falar dela — o que não acontece.

"Eu sou a Bo", diz ela, e fico aliviada por Bo não tentar estabelecer uma conversa. Ela deve ter captado como odeio nossa atual companhia. "A gente tá meio com pressa, mas prazer conhecer você!"

Bo me estende a mão. Aceito, e atravessamos o estacionamento de mãos dadas sem olhar para trás. Aposto que Bianca deve estar com uma expressão impagável, mas prefiro olhar para Bo.

"Então... Quer me contar o que acabou de rolar?", pergunta Bo quando tem certeza de que Bianca não pode mais nos ouvir.

"Mais tarde eu te conto", respondo. Não vou deixar Bianca arruinar meu humor nem por um segundo.

Quando saímos da galeria comercial, o sol já se pôs há tipo uma hora. Ficamos do lado de fora do carro de Bo por um tempinho, ainda de mãos dadas.

"Posso te levar pra casa?", pergunta ela.

Hesito. Não porque não quero — mas porque quero sim, e isso significa muito. Então, pela primeira vez, deixo Bo me levar para casa.

Eu achava que ficar com Bo diante da minha casa seria constrangedor, mas não é. É um dos vários detalhes sobre mim que estou compartilhando com ela. Nos últimos meses, pude conhecê-la muito melhor, e acho que é justo ela saber algumas coisas sobre mim também. Quero contar outras, como por exemplo o quão lésbica sou e como estou a fim dela, mas vamos dar um passo de cada vez.

Não saio do carro logo depois que paramos. Não quero que o dia termine, e espero que Bo também não. O carro de Jamal está na entrada da garagem, e nem sinal do da minha mãe, o que significa que ela ainda está trabalhando; ou seja, não precisamos ter pressa para entrar. Fico feliz que ele e Cesar tenham enfim percebido que são perfeitos um para o outro. Se estiverem conversando agora, não quero interromper.

"E aí, como você se sente sendo lésbica por um dia?", pergunta Bo, rindo.

"Como assim?" É tudo que consigo dizer, porque não consigo me forçar a admitir que sou lésbica todo dia.

"Todo mundo achou que a gente era um casal, por causa do Valentine's Day", diz ela, e acho que minha pergunta fez a situação ficar meio esquisita. "Foi mal, espero que isso não tenha te deixado desconfortável."

Odeio a ideia de que ela está de novo com medo de ter me deixado desconfortável. Achei que a gente já tinha superado isso. Mas passei dias com medo de deixar Bo desconfortável, então não posso julgar ninguém.

Sinto um arroubo de coragem do nada. A mão dela está descansando no espaço entre os bancos, então estendo a minha e entrelaço meus dedos aos dela. Porque não estou desconfortável com a situação. Nem um pouco.

"Eu tô confortável sim", sussurro. "E você?"

Não sei se faço por vontade própria ou se é Bo que age como um ímã com aqueles olhos, só sei que estou me inclinando na direção dela. E ela também.

A testa dela encosta na minha. Fecho os olhos. Minha respiração vacila, e nossos rostos estão tão próximos que tenho certeza de que ela pode sentir a expiração saindo da minha boca.

Vai, coragem.

"Posso...?", começo, sem fôlego.

"Por favor."

Paro de resistir ao puxão magnético e, sem pestanejar, estreito o espaço entre nossos lábios. Beijar Bo é como mergulhar em um tanque de privação de sentidos. O mundo ao nosso redor desaparece, e a sensação macia dos lábios dela junto dos meus é a única coisa que me fixa neste plano de existência, impedindo que eu flutue até as nuvens. Seguro a respiração como se, com isso, pudesse parar o tempo, nos mantendo neste momento. Este momento em que mais nada importa. Nenhuma das mentiras que contei pode nos alcançar... Mas preciso respirar de novo.

"Eu menti pra você", solto de repente, me afastando.

Talvez haja uma boa razão para minha tendência de pensar demais nas coisas. Eu não devia ter beijado Bo, mas agora não tem como voltar atrás. Me preparo para a raiva. Confio em Bo, mas ela confiou em mim também... Ouço a voz de Bianca na minha cabeça.

Eu confiei em você... Como foi capaz de fazer um negócio desses comigo?

"Como assim?"

Os olhos dela se abrem de repente, como se ela precisasse de um segundo para voltar à realidade e registrar o que acabei de dizer.

"Sobre ser hétero..." Sei que o beijo meio que já deixou isso claro, mas é algo que preciso dizer com todas as letras. "Eu não sou."

"É, eu sei", diz ela.

Não fico surpresa. Depois do que aconteceu com Bianca hoje, como Bo não saberia?

"Eu menti pra você também... Eu não tenho namorada", completa Bo.

"É... Eu sei", respondo, sorrindo.

"Você não tá brava comigo, então?", perguntamos ao mesmo tempo.

"Não." Dou uma risadinha. Estou é aliviada por Bo estar oficialmente solteira.

"Eu também não", diz ela. Sorri e pega minha mão. "Mas por que você não tá brava? Eu menti pra você."

"Eu também menti pra você."

"Sim, mas esse assunto não era da minha conta. Sei como é difícil sair do armário, especialmente sendo aluna da Slayton. Você provavelmente estava se protegendo, como eu até ano passado." Ela aperta minha mão. "Eu entendo."

"Valeu." Aperto a mão dela de volta e fecho os olhos. *Ela entende.*

"Mas quero deixar claro que no dia que você me disse que era hétero..."

"Eu ainda me sinto muito mal por aquilo. Eu... Você estava tão linda, e senti vontade de te dizer isso, e aí entrei em pânico."

"*Eu* é que entrei em pânico!" Bo ri. "Por isso que te disse que tinha namorada! Aí as coisas meio que viraram uma bola de neve e fiquei com vergonha demais de admitir. Achei que você tinha sido escrota, mas nós duas só tivemos um acesso de pânico lésbico."

"Definitivamente pânico lésbico."

Ela apoia a cabeça no meu ombro e ri. Deito a minha sobre a dela e rio junto. Hoje foi um dia de muitas risadas. Sempre caio na gargalhada com Bo. Sinto que morri e fui para o céu, porque isso não pode ser real. Antes que comece a pensar demais nas implicações de hoje e daquele beijo, meu celular começa a vibrar. O que, honestamente, não achei que fosse possível dado o estado em que ele está.

"Affe... Deve ser minha mãe." A tela acende, mas não consigo ler o nome na tela trincada, então ignoro a ligação.

Nem sei dizer se meu aparelho ia funcionar se atendesse, para ser sincera.

"Obrigada por hoje. Eu me diverti muito", digo.

"Eu também. Talvez da próxima vez eu possa dar uma entradinha..."

"Da próxima vez, com certeza", respondo.

Bo puxa a minha mão e dá um beijinho nas costas dela. Ela é tão fofa, meu Deus do céu.

Meu telefone toca de novo.

"Melhor eu atender...", resmungo. Mamãe. Vai. Me. Matar.

"Mami, eu posso explicar...", começo, mas sou interrompida.

"Cadê você?"

É a voz de Jamal do outro lado da linha, e ele está quase berrando.

"Jamal?", pergunto, meio atordoada.

Olho de soslaio para Bo, que parece surpresa, quase ferida. Ela não mantém contato visual por muito tempo. Em vez disso, olha pela janela do motorista. Acho que, para ela, não é um bom sinal eu estar falando com meu "ex" no telefone em vez de dar um beijinho de boa noite nela.

"Yami, cadê você?"

Algo no tom trêmulo da voz dele me aperta o coração. Ele está falando tão alto que tenho certeza de que Bo consegue ouvir também.

"Acabei de chegar em casa, por quê?" Solto o cinto de segurança.

A voz de Jamal sai mais baixinha. Quase em frangalhos.

"Eu tô na sua casa. Vou te levar pro hospital. É o Cesar."

Meus pés se movem sozinhos, e me vejo correndo pra dentro de casa antes de ter a oportunidade de pensar. Não me explico para Bo. Apenas corro.

22

Deixa os mandamentos para lá. Vive de acordo com o *código*.

Cesar tem tendências suicidas, e eu não fazia a menor ideia.

Ele já está no hospital com minha mãe. Graças a Deus, Jamal me esperou para me levar. Tenho certeza de que mamãe o obrigou.

"Eu sinto muito, sinto muito mesmo", murmura Jamal, agarrando o volante com tanta força que as veias da mão dele ficam saltadas. Não sei se está falando comigo ou não. "Acho que fiz a coisa certa, né? Não sei o que mais podia ter feito."

Ele está praticamente hiperventilando. Se Jamal não estivesse lá...

"Me conta o que aconteceu. Tudo", consigo dizer.

Ele já repassou a história duas vezes, mas parece que não consigo me concentrar nos detalhes. Tudo depois de "Cesar tem tendências suicidas" virou um borrão. Me forço a compreender as palavras dessa vez.

"Ele me ligou mais cedo. Estava chorando muito e meio que era difícil entender o que ele estava falando, mas ficou repetindo várias vezes pra eu impedir ele de fazer o que ia fazer. Eu não sabia do que o Cesar estava falando, então fui até sua casa." Jamal respira fundo, trêmulo, antes de continuar. "Ele... Ele queria..." Sua voz se embarga como se ele fosse chorar.

"Ele queria o quê?", pergunto, mesmo sabendo a resposta. Preciso ouvir em voz alta.

Com uma das mãos, Jamal enxuga um fluxo de lágrimas escorrendo pela bochecha e funga.

"Morrer, Yami. Mas ao mesmo tempo não queria, ou não teria me ligado, né?"

Parece que Jamal está tentando convencer mais a si mesmo do que a mim. Ele me olha com lágrimas nos olhos. Faço que sim com a cabeça, já que me faltam palavras.

"Ele se machucou?" Cubro a boca.

"Não, eu cheguei antes que ele fizesse qualquer coisa. A gente ligou pra um número de ajuda. Eu não sabia mais o que fazer. Ele não estava se acalmando, então a central abriu uma chamada paralela com a sua mãe e fez ela ir buscar o Cesar." A voz dele vacila enquanto Jamal fala, e não consigo responder nada.

Devia ter sido eu. Por que Cesar não *me* ligou? Eu não tinha ideia de que meu irmão precisava de ajuda. Ele estava indo superbem na escola. Não estava mais se metendo em brigas. Mas obviamente não estava tão feliz quanto deixava transparecer. Penso naquela conversa entre mim, Cesar e Jamal a caminho do mercadinho. Cesar disse que a gente nem sabe se vai estar aqui amanhã. Achei que ele estava dizendo que as pessoas podem morrer a qualquer momento, mas não. Estava dizendo que *ele* não sabia se estaria aqui amanhã. Fico possessa comigo mesma por não ter entendido isso na época. Ele tentou me dizer... A gente supostamente devia conseguir ler a mente um do outro. *In lak'ech ala k'in.* Eu devia ter percebido. *Eu devia ter percebido.*

O celular de Jamal toca e ele o estende para mim. Mamãe começa a berrar antes que eu possa falar qualquer coisa.

"Qual é o seu problema, garota? Você devia estar em casa com ele! Mas estava matando aula pra sair com algum moleque pra comemorar um feriadinho *idiota* enquanto Jamal estava lá fazendo o que você devia fazer."

"Não foi por isso que...", começo, mas não tenho como argumentar. Minha mãe está certa. Eu devia estar em casa com ele. E *ela* devia estar com ele agora em vez de ficar gritando comigo. "Eu tô quase chegando, aí você pode dizer na minha cara como tudo é culpa minha."

Desligo. Quero chorar, mas não consigo.

"Não é culpa sua, Yami", diz Jamal quando chegamos ao pronto-socorro. "Me mantém atualizado, pode ser?"

Assinto e saio do carro. Preciso ficar esperando na recepção em vez de entrar para ficar com meu irmão enquanto aguardo minha mãe vir para me levar ao quarto dele. Tudo que escuto é a voz dela gritando no meu ouvido que eu devia estar lá com ele. *Eu devia estar lá com ele.* Mas eu estava comemorando. Me divertindo enquanto meu irmão...

Não sei quanto tempo passo ali até ouvir a voz dela de verdade.

"Ele tá bem, *mi amor,* ele tá bem", diz mamãe, mas consigo ouvir os soluços.

Acho que está contando para papai o que aconteceu. Egoísta, me pergunto se ele aceitaria falar comigo agora, por causa da intensidade da situação. Mas antes que eu possa pedir para falar com meu pai, mamãe já desligou e está me abraçando. Nem a vi chegando. Ela está chorando, e eu não. Não consigo. Não até ver meu irmão. Ela agarra minha mão e me puxa por vários corredores. O hospital é um labirinto. Mesmo com minha mãe me guiando, me sinto extremamente perdida.

A porta do quarto de Cesar está escancarada. Há uma estranha de jaleco sentada no canto do quarto. Ela parece cansada, mas não tão cansada quanto Cesar. O cômodo está completamente vazio, exceto pela cama e a cadeira onde a mulher está. Os olhos do meu irmão estão inchados, com olheiras que indicam que ele não dorme direito há dias. Como posso ter ignorado os sinais? Ele não diz nada quanto entramos, apenas encara o teto em vez de olhar para qualquer uma de nós. O único som no quarto é o choro baixinho de mamãe. Ela está agarrada ao rosário, sussurrando preces em espanhol entre soluços.

"Mami, por favor, para de chorar." É tudo que Cesar diz antes de fechar os olhos de novo.

Ela não para.

Gostaria de falar algo, mas como confortar meu irmão agora? Não quero perguntar se ele está bem, porque obviamente não está.

Dois homens entram. Um parece bem mais novo que o outro.

"Sra. Flores, podemos conversar por um instante?", diz o mais velho, sem sequer olhar para Cesar ou para mim.

"Não se preocupe, *mi hijo,* vai ficar tudo bem." Mamãe enxuga os olhos. Acho que ela está tentando convencer a si mesma mais do que a qualquer outra pessoa. Sai com os dois homens, deixando Cesar comigo e com a moça aleatória no canto do cômodo. Olho de soslaio para ela. Acho que privacidade é um luxo com o qual não podemos contar.

"Oi", digo, assim que mamãe sai. O que mais poderia dizer?

"Oi." Não é muito, mas ao menos ele está falando.

"Quem são aqueles caras?"

"O psiquiatra e o estagiário dele."

"Ah, legal."

Nunca tive uma conversa tão forçada com ele. Me sinto tensa e nada natural. Não devia ser assim. Não com Cesar.

"Por que você não ligou pra mim?" Sei que não devia perguntar, não agora, mas a questão escapa. Ele não responde. "Eu falei com o Jamal...", digo, esperando que isso o faça desembuchar.

"Adoro como você ainda tá usando ele como namorado fake mesmo depois que a gente terminou. Legal da sua parte, Yami." O tom dele é gélido.

"O quê? Eu não... Ele só me contou que você ligou pra ele", explico, e Cesar não fala nada. "Você sabe que pode conversar comigo, certo?", insisto. Nada. "Sério. Eu tô aqui por você. Sempre...", garanto, e ele só cerra a mandíbula. "Cesar, fala comigo, *por favor.*"

Minha voz fica presa na garganta, e o "por favor" sai mais como um gemido.

"Eu tô bem."

"Você obviamente não tá bem, Cesar!" Não era minha intenção erguer a voz.

"Ah, então agora você percebeu?", retorque ele.

"Como poderia ter percebido se você não fala comigo?"

"Sério? Foi você que parou de falar comigo!"

"Vocês dois precisam se acalmar, por favor." O tom de voz da mulher no canto é gentil, mas há um toque de alguma outra coisa nela também — um aviso.

"Foi mal", murmuramos ao mesmo tempo.

"Eu não liguei pra você porque você não ia ter atendido. Você nunca atende. Tá sempre ocupada. A mamãe também. O Jamal tá sempre disponível pra mim... Você e a mamãe não podem me ajudar." As palavras cortam fundo e me deixam vazia.

Abro a boca, mas nenhuma palavra sai. Talvez ele esteja certo. Andei tão ocupada com o trabalho, a escola e Bo que mal tive chance de me preocupar com Cesar. Penso em todas as vezes que o deixei de lado nos últimos tempos. Eu tinha só uma função: cuidar de Cesar. E não fiz isso. Enxugo os olhos antes que qualquer lágrima tenha a chance de cair.

"Eu... Eu sinto muito..." Claro que não percebi nada. Estava muito preocupada com o trabalho. "Ainda bem que você chamou *alguém*. Se tivesse morrido, eu ia..." Não sei o que faria. Talvez morresse também. *"In lak'ech..."* É tudo que consigo dizer.

"*Não.*" Ele cerra os punhos, me fulminando com o olhar. "Não vem com essa baboseira agora, beleza? Não quero falar sobre isso."

"Tá bom, eu só... Por favor, promete que não vai se machucar?" Minha voz fraqueja.

"Yami, para com essa porra!" Ele agarra os lençóis.

Tenho quase certeza de que vou ser expulsa, mas mamãe volta com os carinhas de terno. Vai direto até a cabeceira da cama de Cesar e segura a mão dele. O estagiário se adianta.

"Cesar, foi corajoso da sua parte ter pedido ajuda. Ficamos todos felizes que tenha feito isso. Por sorte, já temos um leito pra você na Clínica de Saúde Mental Horizonte. Eles são especializados em ajudar adolescentes nessa mesma situação."

"Pode ser, mami?" A voz dele sai tão baixa que mal consigo escutar.

Mamãe e eu sabemos o que ele quer dizer: *A gente tem como pagar?*

"Sinto muito, rapaz, mas não é exatamente uma escolha. Quer você goste, quer não, essa é a melhor opção para você." O psiquiatra parece apressado.

Não é que seja preciso convercer Cesar; ele só precisa de um segundo para pensar.

"Mãe?"

Cesar parece assustado pela primeira vez desde que cheguei.

"Tá tudo bem, *mi hijo*. Só quero que você fique em segurança. Isso é tudo que importa." Ela acarinha as costas da mão dele com o polegar, e ele aperta os dedos dela.

"Mas...", começa a protestar Cesar, mas o psiquiatra interrompe.

"Como eu disse, é pela sua segurança. Não gosto muito de internação involuntária, mas essa é sua outra única opção." Ele suspira, como se estivesse pensando na inconveniência que seria ter que fazer as coisas desse jeito.

"Só dá um tempo pra ele, pode ser? Jesus...", intercede a enfermeira.

Tenho vontade de dar um abraço nela. Pelo jeito, *nem todo mundo* neste lugar é insensível.

O psiquiatra suspira.

"Claro, peço desculpas. O dia foi longo."

Quero dar um soco na cara dele. Meu irmão podia ter morrido, mas o dia *desse cara* é que foi longo.

"Vai ficar tudo bem, querido." A enfermeira suaviza a voz quando fala com Cesar.

Meu irmão encara o teto e fecha os olhos como se estivesse arrependido. Algumas lágrimas escorrem do rosto dele, e mamãe as enxuga.

"Vão ser só três dias de internação, contanto que tudo siga bem. Depois disso, se você estiver pronto, pode ir pra casa e seguir com o tratamento de lá, pode ser?", diz o estagiário.

Cesar solta um gemidinho, mas não responde.

O homem mais velho volta a falar.

"Escuta, a gente só tá tentado ajudar. Tenho vários outros pacientes que também precisam de ajuda. Então, a gente vai fazer isso por bem ou por mal?"

Odeio esse cara com todas as minhas forças. Odeio. Odeio.

Depois de uma longa pausa, Cesar responde.

"Eu vou, senhor", solta ele, meio engasgado.

É o "senhor" que me mata. É ridículo ele ter que ter respeito com esse merda para não ser ameaçado com "fazer isso por mal". Cesar nem está violento!

"Bom garoto."

O cara tem a coragem de bagunçar o cabelo de Cesar.

"Não encosta nele", solto, porque sei que é o que meu irmão quer dizer, mas não pode.

"Yamilet, pode ir pra casa agora", diz mamãe, mas não me mexo.

Estão todos me encarando. Quero ajudar Cesar, mas não sei como.

"Tá tudo bem, Yami, pode ir. Eu vou ficar bem", diz ele, mas não convence nenhum de nós.

"Vai pra casa. Eu cuido disso."

Mamãe me entrega as chaves do carro. Estamos ambas chorando. Mas não posso ficar aqui para sempre, e não posso ir para a Clínica Horizonte com Cesar. Então vou para casa.

23

In Lak'ech Ala K'in

O espelho rachado no meu quarto parece zombar de mim. Aumenta meu nariz escorrendo e meus cílios úmidos. Soco a penteadeira, mas não sinto nada. Só me sinto tonta e irritada. Aperto as bordas do tampo para me equilibrar. Quero botar a culpa em alguém. Não consigo parar de pensar naquele psiquiatra ameaçando Cesar. Ou em meus pais sendo homofóbicos. Ou em Cesar querendo...

Os cantos do meu campo de visão escurecem, e tudo que consigo ver é meu reflexo quebrado me encarando de volta. A voz da minha mãe ecoa na minha cabeça.

Você devia estar lá com ele!

Tenho vontade de desfazer o primeiro soco no espelho só para poder golpeá-lo agora.

Você devia estar lá com ele!

Soco o espelho de novo. E de novo. E de novo.

Não consigo me ouvir berrando nem sentir o sangue escorrendo dos nós dos dedos.

"Você devia estar lá com ele!", grito alto para o que restou do meu reflexo.

Golpeio até cada caquinho de vidro estilhaçado cair da moldura da penteadeira.

De pernas moles, cambaleio até o banheiro para lavar o sangue. Me nego a olhar para meu rosto. Foco no sangue. Tem sangue demais nas minhas mãos. Elas não param de tremer. Não sei se por causa da raiva ou da hemorragia. Estão começando a inchar.

Quero socar o espelho do banheiro também. Mas esse é *nosso*. E mal tenho forças para arrancar os cacos restantes dos nós dos meus dedos.

Deixo a água correr pelas minhas mãos. Não sei quanto tempo fico parada assim. Alguns minutos, uma hora, talvez. Não interessa.

Cesar guarda gazes e bandagens embaixo da pia. Não precisou usar nada disso ao longo do ano. Achei que era um sinal de que ele estava melhor, mas talvez meu irmão só tenha perdido a vontade de continuar lutando. Eu devia estar lá com ele...

Demoro mais tempo do que devia para fazer curativos nas mãos. Elas não param quietas. Quando termino, olho para cima. O Código Maia do Coração está me encarando: *In Lak'ech Ala K'in*.

Sujei o poema de sangue.

Por fim, não me aguento mais de pé, e soluço no chão do banheiro até adormecer de exaustão.

Acordo na cama. Mamãe deve ter me carregado até aqui, o que significa que viu os cacos no tapete e não me matou. Ela liga o chuveiro do banheiro dela, mas ainda consigo ouvir seus lamentos. Quando o barulho de água corrente para, ela começa a chorar mais alto. Depois de um tempo, ouço passos, e luz entra por uma fresta da porta aberta.

"Tá acordada, *mi hija?*" A voz dela sai rouca.

"Sim."

Ela acende a luz e se senta no pé da minha cama sem falar nada sobre o espelho quebrado. Nem se deu ao trabalho de colocar os óculos escuros que sempre usa para esconder os olhos inchados de tanto chorar. Está com o celular de Cesar na mão.

"Preciso te contar uma coisa. Eu sinto muito."

"O quê?"

Me sento tão rápido que minha visão fica branca. Não consigo lidar com mais más notícias.

"Mi hija, não sei como te falar isso..."

"Só *fala*, mami. Você tá me assustando."

Por mais que não queira receber mais más notícias, não quero ficar sem saber também.

"Acho que o Jamal te traiu... com o seu irmão."

"*Oi?*"

Isso parece um delírio febril. Por que mamãe falaria isso do nada?

Ela me mostra o celular de Cesar, como se quisesse que eu lesse as mensagens de texto. Eu ficaria puta se Cesar lesse minhas mensagens, então empurro o telefone para longe. É uma invasão de privacidade grande demais para mim.

"Você fuçou o celular dele?"

"Eu queria saber o que aconteceu. Onde eu errei..." Ela volta a chorar.

Fico surpresa por mamãe não estar colocando a culpa em mim. Se minhas mãos ainda tivessem alguma força, eu pegaria as dela.

"Não chora, mami. Eu sinto muito... Mas o que você estava falando?"

Ela pigarreia.

"Cesar e Jamal. Eles estavam juntos. Você sabia disso?"

Decido que é melhor botar tudo em pratos limpos e admitir. Estou muito envolvida nisso para bancar a inocente.

"Sabia."

Ela se encolhe.

"Tentei proteger o Cesar. Como a senhora mesmo me disse pra fazer."

"Proteger ele... de mim?" Ela toca os lábios trêmulos com a ponta dos dedos.

Faço que sim com a cabeça, cautelosa, com medo de ter cruzado algum limite. Mas parte de mim não se importa. Sinto vontade de dizer que sou lésbica, só para tirar um pouco do fardo das costas de Cesar. Mas não consigo falar. Sou uma pessoa horrível. Ainda tenho três dias antes de Cesar voltar. Vou contar para ela antes disso.

"Onde eu errei?"

Ela envolve o próprio rosto com as mãos. Me assumir para ela vai ser complicado. Mas a desaprovação da minha mãe só me faz querer contar mais ainda. Assim Cesar não vai precisar lidar com isso sozinho. Ela tira o rosário do bolso, mas a interrompo antes que ela comece a rezar.

"Não tem nada de errado em não ser hétero, mãe."

"Mas por que ele ia querer..." A voz dela cede. "Não sei como não percebi."

"Nem eu..."

Eu, entre todas as pessoas, devia ter visto os sinais de que ele não estava bem.

"Não percebi tanta coisa... Você sabia que ele nunca jogou no time de futebol americano?", pergunta ela, e não consigo responder. "Achei que ele estava indo tão bem..."

Ela enxuga as lágrimas do rosto e sai.

Ainda estou acordada quando meu despertador toca. Não estou em condições de ir à escola. No instante em que Bo me perguntar o que aconteceu, sei que vou perder a compostura. Não quero chorar em público tão cedo. Não me movo até minha mãe entrar toda esbaforida no quarto, batendo palmas. Ela realmente quer fingir que está tudo normal.

"Hora de sair! Por que você ainda tá na cama?"

"Não tô bem...", digo.

"Ah, não, tá bem sim. Não pode matar aula dois dias seguidos, mocinha. Você vai pra escola."

"Não vou, não."

"Vai sim!" Ela está gritando. "Você faltou ontem, e olha só no que deu!"

"Que merda você quer dizer com isso?"

Jogo as cobertas para o lado e me sento, embora o que ela disse tenha sentido. Não sei por que a estou desafiando a dizer tudo com todas as letras.

"Você não veio ficar em casa com ele! Você devia estar *aqui* ontem!"

O fato de a voz dela estar rouca de tanto chorar não a impede de berrar comigo. E minha mãe está certa, mas tem tanta culpa no cartório quanto eu.

"Ah, então quer dizer que a culpa é *minha*?", pergunto.

Sei que é. Mas não *só* minha.

Ela joga a bolsa em mim, mas erra.

"Sim!" O grito não soa como algo vindo da boca da minha mãe.

Sai baixo e contido, como se a voz de verdade dela estivesse presa em algum lugar lá no fundo.

"Vai se foder!", grito, ignorando a fumacinha que sai pelas orelhas dela. "É você que fica fazendo piadinha homofóbica na nossa frente! Você que disse que tinha algo errado com o Jamal porque achou que ele era gay!"

Os lábios dela tremem, e não sei se é porque está prestes a me matar ou se vai cair no choro de novo. A expressão dela fica neutra de repente.

"Então fica em casa. E limpa essa merda."

Ela endireita as costas, vai buscar a bolsa que jogou em mim e sai. Ouço a porta da frente bater, o carro ligar, e ela vai embora.

Não saio da cama para nada exceto ir ao banheiro. E não consigo usar o que divido com Cesar. Não consigo olhar para o poema todo ensanguentado. Então uso o banheiro da minha mãe. O telefone fixo toca, mas ignoro. Me jogo na cama dela. Tudo que quero fazer é dormir, mas a porcaria do telefone continua tocando. Provavelmente é minha mãe me ligando para falar mais merda, então coloco um travesseiro em cima da cabeça e rezo para os toques pararem.

Quando ela liga pela terceira vez, jogo o travesseiro longe e vou batendo o pé até a cozinha para atender.

"O que você quer?", grito.

"Oi, Yami, é o Jamal." Ele está chorando. "Por favor, me diz que o Cesar tá bem. Ele não tá atendendo o celular."

"Ele não tá com o celular." Dou uma fungada.

Não faço ideia do que mais posso dizer. Porque não, meu irmão não está bem. Mas também não sei o que Cesar gostaria que eu contasse para Jamal. Será que ficaria bravo se eu dissesse que ele foi para a clínica? Meio que queria ter olhado o celular dele agora, assim teria uma ideia do que falar. Mas foi para Jamal que Cesar ligou, não para mim.

"Mas ele tá bem? Ele tá ferrado? Ele tá *bem*?"

"Ele tá vivo."

É tudo que consigo dizer.

Quando dou por mim, estou no quarto de Cesar. Parece tão vazio... A casa inteira parece. Vejo o anel de compromisso que ele ganhou de Jamal na mesinha de cabeceira. Fico surpresa de ver que meu irmão guardou a aliança.

"Cadê ele? Posso falar com ele?"

Jamal soa tão desesperado que não posso deixá-lo no escuro.

"Ele tá em uma clínica, então só pode falar com a família por enquanto. Foi mal."

"Você pode só dizer pro Cesar que não tô bravo com ele, então? E que eu nunca ia odiar seu irmão? Diz isso pra ele, por favor?"

Fecho os olhos, expulsando uma única e desidratada lágrima.

"Vou dizer. Obrigada, Jamal."

"Fala também que amo ele", solta o garoto.

"Ai... Não sei se ouvir isso vai ajudar muito no momento..."

Quero contar para Cesar o que Jamal disse, mas sinceramente, considerando a atual conjuntura, talvez não seja uma boa ideia provocar saudades do ex.

"Só fala a outra parte, então. Obrigado, Yami." Ele desliga.

Me deito na cama de Cesar e enfim caio no sono.

Não quero dar sopa para o azar, então na manhã seguinte me levanto quando o despertador toca. Coloco um dos moletons largos de Cesar para que as mangas cubram meus dedos machucados. Pingo um colírio para deixar os olhos menos vermelhos e dedico um tempo extra à maquiagem. Minhas mãos estão tremendo, mas ela precisa ficar perfeita. Olhos com maquiagem perfeita é a única motivação que tenho para manter os olhos secos hoje. Eles ficam lindos demais para arruinar tudo com lágrimas.

Mamãe me leva de carro até a escola, e nenhuma de nós menciona o que aconteceu ontem. Ou no dia anterior.

Bo se senta ao meu lado no primeiro horário, e sorrio como se tudo estivesse ótimo, mas ela me encara com uma expressão confusa.

"Tá tudo bem?", pergunta, e imediatamente me sinto culpada.

"Aham!" Sorrio de novo, evitando os olhos dela e o assunto.

Sinto que se ela me olhar nos olhos, vai saber *na hora*. Não tenho condição de lidar com a *brujería* de Bo neste momento. Preciso ser meio sucinta com ela, mas só porque não quero chorar. Passo o dia praticamente dando sorrisinhos e assentindo.

Hunter, David e alguns dos outros amigos esportistas de Cesar me perguntam o tempo todo onde ele está. Digo que meu irmão está doente. Pego a tarefa de casa com os professores para ele não ficar muito atrasado. A tarefa talvez o mantenha ocupado enquanto estiver na clínica. As aulas que tenho com Bo são as mais difíceis. Ela parece ser a única a perceber que tem algo errado comigo.

Passo quase toda a aula de artes encarando a lousa em branco.

"Ei, a gente pode conversar, Yami?"

Bo encosta no meu ombro. Ela devia saber que não é uma boa ideia tocar em mim quando estou prestes a chorar, porque tudo que quero é virar de costas, ser abraçada por ela e soluçar. Mas não consigo, então sorrio e assinto, como fiz o dia inteiro.

Bo chega mais perto para que só eu escute.

"Você tá me evitando?"

Não consigo pensar nos sentimentos de Bo no momento. Não consigo lidar com mais sentimento algum. Sei o que está parecendo. Sei que parece que estou dando um gelo nela depois do nosso beijo. Sei que parece que tem algo a ver com Jamal, meu "ex". Mas não consigo pensar nisso. Não consigo pensar em Bo brava comigo além de tudo que já está acontecendo.

"Yami." Ela encosta de novo no meu ombro, e não dou mais conta.

Me desvencilho da mão dela e saio correndo. Pego a mochila e fujo direto até o banheiro sem pedir permissão à sra. Felix.

A primeira coisa que faço ao chegar ao banheiro é conferir a maquiagem.

"Não, não, não..."

Meu delineador começa a borrar. Pego um pedaço de papel e limpo o cantinho do olho para que a tinta não escorra pela bochecha. A porta começa a abrir, então corro para uma das cabines e tranco a porta antes que alguém entre.

Vejo os Vans de arco-íris por baixo da porta. É Bo. Um soluço profundo escapa da minha garganta contra minha vontade. Não consigo mais chorar baixinho. Escuto a porta da cabine ao lado abrir, e o som de Bo se sentando. Sinto vontade de me confessar. Mas padre algum poderia me absolver da culpa, e Bo muito menos.

Ela estende a mão pelo vão entre as cabines agitando uma literal bandeira branca: um pedaço de papel higiênico, como na primeira vez em que chorei aqui. Claro que foi Bo aquele dia. Sempre é Bo. Quero rir, mas não consigo parar de chorar. Pego o papel e assoo o nariz. Ela abre a porta da cabine dela e bate na minha.

Abro e me jogo direto nos braços dela. Bo cambaleia um pouco, mas me segura.

"Calma, eu tô aqui", diz ela. É tudo que eu precisava ouvir.

Estou cansada dessa vida dupla, de todas as mentiras.

Enfim deixo os segredos extravasarem de mim como se eu fosse uma barragem rompida, e não consigo parar até me livrar de todos. Conto para ela sobre Cesar e Jamal. Sobre Bianca e meu pai. Sobre tudo.

Minhas pernas cambaleiam, e ela me ajuda a me sentar no chão. Passa a mão nas minhas costas e, quando termino, ela me deixa chorar nos braços dela até a água da represa acabar.

Tú eres mi outro yo

Bo vai comigo até a biblioteca depois da escola. Reviro os olhos quando vejo Karen e o namorado, que estão dando uns amassos em um canto. É quarta, então Bo quer me levar para casa depois que a gente acabar. O apoio moral vai me fazer bem. Mas tem uma coisa que preciso consertar antes que Cesar chegue em casa.

Na biblioteca, digito o Código Maia do Coração e o poema em um arquivo de texto. Troco a fonte tipo umas mil vezes para que fique igualzinho à cópia de Cesar. Não quero que ele saiba que manchei seu poema de sangue. Quando enfim fico satisfeita, imprimo o documento e deixo Bo me levar para casa. Parte de mim se sente culpada de ainda ter sentimentos por ela. Mas também acho que Cesar ficaria puto se eu parasse de falar com Bo por causa do que aconteceu com ele. O garoto passou o ano inteiro tentando me convencer a sair com ela.

Encaro o poema ao longo de todo o percurso sem falar nada. Não quero conversar. Bo segura minha mão, e me encolho de dor. Não tinha percebido como estar de mãos dadas podia *doer*.

Ela não pergunta das feridas nos meus punhos. Em vez disso, puxa minha mão até os lábios e, com carinho, beija os nós dos dedos como se tivesse entendido tudo. Quando chegamos em casa, não saio do carro.

A garagem está vazia, mas a cena ainda parece familiar demais. Não quero voltar para casa sozinha. Pisco para clarear a visão.

"Yami?"

Bo parece preocupada.

"Quer entrar?", pergunto.

Ela sorri.

"Tem certeza?"

Confirmo com a cabeça.

Ela responde saindo do carro e abrindo a porta para mim. Com gentileza, pego a mão dela e a levo direto até o banheiro para mostrar o Código Maia do Coração. Arranco do espelho a cópia antiga do poema. Ela me ajuda a colar a nova, exatamente onde estava antes. Achei que seria esquisito mostrar isso a ela, mas estou aliviada. Mais do que tudo, não quero estar sozinha agora. E Bo está aqui.

"Quer conversar um pouco?", pergunta ela, e nego com a cabeça. "Tem alguma coisa que eu possa fazer pra..."

Eu a interrompo e a puxo para um beijo.

Ela reage com surpresa, mas me beija de volta. Não sei o que estou fazendo, só sei que não quero conversar. Quero sentir alguma coisa que não seja dor. E, no momento, é isso que acontece.

Puxo Bo mais para perto e recuo na direção da porta do banheiro. Estendo a mão para trás para abri-la. Vamos aos tropeços até meu quarto, e não consigo ignorar o som de cacos de vidro se esmigalhando sob nossos pés. Sei que Bo não vai ignorar também. Um gemidinho patético escapa da minha boca sem permissão. Só percebo que estou com as bochechas úmidas quando Bo se afasta.

Os olhos dela vão do vidro no tapete para minhas mãos, depois de volta para meus olhos. Enxugo as lágrimas e baixo a cabeça para não ter que encará-la. Mas aí vejo o vidro quebrado, e não quero olhar para ele também.

"Foi mal... Eu não sei o que tô fazendo", digo, trêmula.

"Você não tem do que se desculpar, Yami."

Ela não poderia estar mais errada. Recuo na direção da minha cama sem tirar os olhos dos caquinhos. Me sento na beirada do colchão.

"Escuta, tá tudo bem. Eu já volto, espera." Bo sai do quarto, e não a impeço.

Provavelmente deixei a menina aterrorizada, então não a culpo. Tiro os sapatos e me encolho na cama, mas não escuto a porta da frente se abrindo. Em vez disso, ouço água fluindo da torneira da cozinha. Bo volta para meu quarto com um copo cheio.

"Onde fica o aspirador de pó?", pergunta ela, e me entrega o copo. Encaro a água.

"Você não tá indo embora?"

"Não... Só vou embora se você quiser", diz ela.

"No armário do corredor." Aponto, sorrindo apesar da situação. "Não precisa limpar essa bagunça por mim. Eu limpo", digo, mesmo sabendo que não vou cuidar disso até minha mãe me obrigar.

Bo me ignora e vai buscar o aspirador. Me levanto para ajudar, mas ela chuta meus sapatos para longe para eu não poder calçá-los.

"Fica na cama ou vai cortar o pé!"

Dou uma risada e termino de beber a água enquanto os caquinhos desaparecem do chão.

Bo vai embora antes que mamãe chegue, assim tenho algum tempo para ficar sozinha. Ainda estou irritada com a minha mãe, mas no momento preferia estar com ela do que com meus próprios pensamentos. Me distraio pegando o celular e procurando no Google "como ajudar pessoas com tendências suicidas". Os artigos que encontro basicamente dizem que preciso fazer um monte de perguntas. Suspiro e fecho o laptop, porque sei que Cesar odiaria isso. O que o Google sabe, afinal de contas? Acho que queria que ele me dissesse algo que fizesse mais sentido do que tudo isso.

Minha mãe chega, mas nem entra; só buzina para que eu saia. O plano é visitar Cesar na Clínica Horizonte. Como mal estamos nos falando, passamos a viagem inteira em silêncio até eu pedir que ela pare no posto de gasolina para pegar um saquinho de Takis para Cesar. Decidimos visitar Cesar separadas, uma por vez, então ele não vai precisar lidar com a tensão entre nós duas.

Lá me informam que posso dar o salgadinho picante para Cesar, mas ele precisa comer durante a visita. Mamãe vai primeiro, então fico sentada na sala de espera até ela voltar. Minha sensação é que os salgadinhos já estão murchos de tanto esperar quando ela enfim chega para trocar de lugar comigo.

Temos que nos encontrar em uma sala comunitária onde alguns outros pacientes também estão recebendo visitas. Pelos cantos do cômodo, algumas enfermeiras que parecem mais seguranças do que qualquer outra coisa nos observam. Por instinto, minha vontade é arrancar meu irmão desse lugar, mas preciso me lembrar de que ele está nesta clínica para receber ajuda. Ele precisa de ajuda.

As olheiras de Cesar não estão tão escuras, então ele ao menos está dormindo um pouco. É esquisito ver meu irmão sem o crucifixo e o colar com o pingente de jaguar, e suponho que não é permitido usar esse tipo de coisa aqui. Me sento à mesa, diante dele, e entrego o pacote de Takis e as tarefas de casa como uma oferenda de paz.

"Você me conhece muito bem... Valeu", agradece ele. Aparentemente, porém, eu não o conheço tão bem assim. Dou uma risadinha falsa para que ele não fique tão desconfortável. "Vou sair amanhã", informa Cesar com um sorriso.

O sorriso parece forçado. Me pergunto se todos os outros eram forçados também e eu nunca tinha percebido. Ele sempre foi assim? Neste instante, a alegria do meu irmão parece inegavelmente falsa.

Queria saber como ajudar. Penso nos artigos que li. Acho que vale a pena tentar fazer perguntas.

"Há quanto tempo?", pergunto, e Cesar só me olha meio confuso. "Há quanto tempo você se sente assim?"

Ele suspira.

"A gente precisa falar disso agora?"

Nego com a cabeça. Não quero que toque na ferida se não quiser. Não neste momento. Por mais que eu queira saber.

Ele provavelmente vê um toque de desespero nos meus olhos, porque responde mesmo assim.

"Há muito tempo, tá bom? Muito tempo", afirma. Antes que eu possa responder com um pedido de desculpas, Cesar muda de assunto, como costuma fazer: "Yami, é tão chato aqui... Você não tem ideia."

"Sério?"

"Eles não deixam a gente fazer nada. É só terapia e, sei lá, livro de colorir o dia inteiro."

"Mas você acha que tá ajudando?", pergunto. Ele só se ajeita na cadeira e dá de ombros. "E a terapia?"

Cesar não costuma falar dos sentimentos dele, mas me permito ter esperanças de que esteja ajudando.

"De boa, acho."

Espero um pouco, mas percebo que ele não vai responder mais que isso.

"Então, acho que eu devia te avisar...", começo.

Ele merece o alerta de que mamãe sabe sobre Jamal.

"O que foi?"

"Promete que não vai surtar?"

"Só conta logo."

Ele começa a mexer na embalagem do salgadinho que nem abriu ainda.

"Então... A mamãe fuçou no seu celular."

"*Caralho*." Ele passa a mão no cabelo. "E o que ela disse?"

"Não muito. Mas descobriu sobre o Jamal..."

Cesar cobre o rosto com as mãos. Só estou piorando as coisas. Não devia ter falado nada.

"Mas tá tudo bem!", continuo. "Não acho que ela tá brava com você, e prometo que vou me assumir pra ela antes de você voltar pra casa. E tenho um emprego e dinheiro guardado o suficiente pra alugar um apartamento que ando olhando, então a gente vai dar um jeito se precisar." Falo tão rápido que não sei se estou sendo clara. Diminuo o ritmo. "Pode contar comigo, tá bom?"

Ele fica em silêncio por um tempo. Odeio o fato de que esse emprego é parte do motivo pelo qual não andei muito disponível para Cesar — mas, mais do que nunca, ter um plano B ajuda muito.

"Você tem mesmo dinheiro pra alugar um lugar?", pergunta Cesar.

Ia ser uma vida apertada, e não faço a menor ideia de como dois menores de idade poderiam viver de forma independente, mas faço que sim com a cabeça. Se for preciso, vou dar meus pulos. Tento firmar a mão para que Cesar não perceba como estou aterrorizada.

"Acho que preciso te agradecer."

Ele não força um sorriso. Eu forço.

"E eu... falei com o Jamal também." Talvez haja algo que o faça se sentir melhor.

"E aí?"

"Ele queria saber se você estava bem. Disse que não tá bravo, e não te odeia."

De alguma forma, as palavras não soam tão poderosas saindo da minha boca como quando saíram da de Jamal.

"Mas devia..." Os olhos de Cesar estão brilhantes, como se ele estivesse prestes a chorar.

"Por quê?"

"Porque ele fez tudo por mim e terminei com ele justo quando ele mais precisava de alguém. Ele não fez nada de errado e fodi com ele. Olha, eu não tô com fome." Ele empurra o pacote de salgadinhos na minha direção.

"Tá tudo bem. Sentimentos mudam. Não é culpa sua."

Abro o pacote de salgadinhos, achando que ele talvez comece a comer de forma inconsciente se a embalagem estiver aberta. Não sei por que quero tanto que ele coma. Só quero sentir que uma partezinha disso tudo ainda pode ser normal.

"Mas meus sentimentos não mudaram. Eu sou um merda, só isso."

"Você não é um merda", afirmo, e ele não responde. "Mas me diz, por que você terminou com o Jamal?"

Ele fica em silêncio por um tempo. Respira fundo, e vejo as unhas dele se afundarem nas palmas. Tenho a sensação de que um minuto inteiro se passa até meu irmão voltar a falar.

"Por que Deus me fez assim se eu não devia ser desse jeito, hein?"

O queixo dele está tremendo, e ele envolve o corpo com os braços.

Quero dar um abraço nele, mas nem sei se é permitido.

"Não sei." É algo que me pergunto o tempo todo. "Foi por isso que você terminou com o Jamal? Por que queria ser hétero?"

Ele leva um tempo para responder.

"Foi minha penitência."

"Penitência...?" Demoro um minuto para processar o que ele disse. "Tipo, depois da confissão? O *padre* fez você terminar com ele?"

Nunca achei que poderia ficar tão puta com um padre na vida. Quem aquele homem acha que é para ter o direito de brincar de Deus com a vida das pessoas desse jeito?

"Ninguém me fez fazer nada. Eu só queria me acertar com Deus... Achei que podia melhorar. Namorar garotas, essas coisas. E, com isso, ia ficar de boa com o papai também."

"Melhorar tipo... virar hétero?", indago, e ele não responde. "E eu? Eu vou pro inferno, então? O Jamal também?"

Ele dá de ombros.

"In lak'ech..."

O que Cesar quer dizer é: vamos todos para o inferno. Que maneira escrota de usar a frase.

"Bom, eu não acredito nisso. Não tem nada de errado com a gente. Não tem nada pra consertar além dessa sua atitude conservadora aí."

A risada dele tem um toque de provocação.

"Certo, então por que *você* ainda tá no armário?"

"Você tá me zoando, né? Eu me assumi pro papai, pra você, pra Bo... É um processo. Tô chegando lá. Não é uma coisa que dá pra fazer uma vez e pronto. E não tem nada a ver com vergonha. Se você tem vergonha de você, quer dizer que tem de mim também? E do Jamal? É assim que você se sente?"

"Eu não tenho vergonha de você..." A voz dele sai mais suave. Só percebo que estou chorando quando meu irmão estende a mão para segurar a minha. Aperta meus dedos com carinho e não fala nada sobre as feridas. "Yami, eu não tenho vergonha de você, tá bom?"

Odeio que, mesmo agora, em uma merda de uma clínica, ele ainda sente que precisa me confortar em vez de o contrário.

"Então como pode ter vergonha de si mesmo?"

Ele baixa a cabeça e não responde.

"Foi o que você falou", continuo. *"In lak'ech.* Sei o que isso significa. *'Tú eres mi otro yo'.* Eu te amo, então me amo. Eu me *amo*! E sei que você me ama também." Estendo minha outra mão e a pouso em cima da dele. "Então não tem como você falar *'in lak'ech'* pra mim e não levar isso a sério. Precisa demonstrar um pouco de amor por si próprio. Ou, se não por você, por mim, então. Ou pelo Jamal. Ou pela mamãe."

Cesar tomba a cabeça, apoiando a testa nas costas da minha mão, e solta um gemidinho. Minha vontade é me levantar e dar um abraço nele, mas não quero ser expulsa. Sei que não posso arrancar essa vergonha dele. Mas posso começar mostrando como não tenho vergonha. Não só não tenho vergonha como tenho *orgulho*. Não posso fazer meu irmão se amar. O mais próximo que posso chegar disso é me amar sem medo de ser feliz na frente dele. Como Bo fez na minha frente. Talvez ele entenda. Cesar não faz barulho, mas sinto minha mão umedecendo por causa de suas lágrimas.

"Preciso poder ver a mão de vocês o tempo todo, queridos", diz uma das enfermeiras.

Cesar espalma as mãos na mesa sem levantar a cabeça. Está respirando fundo, como se estivesse tentando se acalmar. Entendo a razão da regra, mas odeio o fato de que não podemos ter nosso momento em paz. Fulmino a enfermeira com o olhar, mesmo sabendo que não é culpa dela. Por que seria culpa de alguém? Todos estamos apenas tentando manter meu irmão vivo. Cesar enxuga os olhos e o nariz.

"Quer que eu saia na porrada com aquela enfermeira por você?", pergunto, porque já que Cesar não vai quebrar o clima de tensão com as suas piadas de sempre, eu vou.

Ele abafa o riso.

"Não. Quero que você me conte como saiu do armário pra Bo."

Ele vira a cabeça e pega um salgadinho da embalagem. Talvez as coisas ainda demorem para voltar ao normal, mas ele está comendo o porcaritos preferido dele e fofocando sobre minha vida amorosa, então estamos no caminho certo.

Depois da visita, mamãe sai para uma caminhada longa, e só volta depois de uma hora e pouco. Sei que está só tentando me evitar. Quero manter certa distância também, mas prometi a mim mesma que ia me assumir para ela antes que Cesar voltasse. Ele disse que já tem alta amanhã, então preciso fazer isso agora.

"*Siéntate, mi hija*. Preciso falar com você", diz ela assim que entra pela porta.

"Eu também", respondo, tentando não deixar o caroço na garganta estragar a confiança falsa que imbuí à minha voz.

Ela se senta à mesa, e faço o mesmo. Começo a mexer no cabelo. Ela geralmente mexe no meu cabelo para me tranquilizar quando estou ansiosa, mas obviamente não posso pedir que faça isso agora.

Falamos ao mesmo tempo:

"Desculpa, *mi hija*..."

"Eu gosto de garotas..."

Ela fecha os olhos.

"Oi?"

Endireito as costas e falo com mais confiança.

"Mãe, eu sou lésbica."

Acho que é a primeira vez que uso a palavra para me descrever para outra pessoa, e gosto da sensação.

"Certo." Ela aperta a ponte do nariz.

Esperava algum tipo de sermão, mas ela não diz nada.

"Você tá... de boa com isso?"

"*Mi hija*, pega um copo d'água pra mamãe, por favor?"

É um pedido esquisito, mas faço isso e depois volto a me sentar diante dela. Ela bebe tudo antes de começar a falar.

"*Ay Dios mío,* meus dois filhos...", sussurra ela, e me ajeito na cadeira. "Há quanto tempo você sabe disso?"

"Não sei dizer. Há muito tempo, acho." Talvez não seja tanto tempo assim, mas não quero dizer que faz só alguns anos e ter que ouvir que é só uma fase. Acho que descobri para valer com Bianca. "Escuta, eu já achei um apartamento pra mim e pro Cesar. Se quiser que a gente saia de casa, só me diz pra saber se preciso..."

"*Mi hija*..."

Mamãe coloca as mãos na mesa diante de mim, com as palmas para cima. O gesto faz meus olhos arderem. Pego as mãos dela, e ela aperta as minhas.

"Por favor, não sai de casa..." Ela nem se dá ao trabalho de limpar as lágrimas escorrendo dos olhos.

"Tá bom, mami", sussurro.

Não limpo minhas próprias lágrimas porque gosto da sensação de estar segurando as mãos dela. Estou tão surpresa que não consigo pensar direito. Ela quer que a gente fique...

"Sei que falei umas merdas horríveis pra você e seu irmão ao longo dos anos." Ela balança a cabeça e acarinha as costas das minhas mãos com os polegares. "*¿Sabes qué?* Não tô nem aí se vocês são bissexuais, gays, sei lá eu. Só quero que *falem comigo*. Eu não sabia. Como podia saber se vocês nunca falaram nada? Nenhum dos dois. Fui descobrir sobre seu irmão depois que ele quase..." Ela cobre a boca com uma das mãos.

É inacreditável como consigo me identificar com essa reação. Se Cesar chegou a se sentir um pouco como *eu* me sinto agora falando com mami, acho que entendo por que não falou comigo.

"Eu não devia ter colocado esse fardo nas suas costas, Yamilet. O que aconteceu com o seu irmão não é culpa sua. Eu sei disso, e espero que você saiba também. Fui muito injusta com você, e peço desculpas por isso. Preciso que você saiba que dou muito valor a tudo que você fez por nós. É mais do que alguém da sua idade devia ter que fazer. Sempre me preocupei com o Cesar, e mesmo assim não vi os sinais. E olha pra suas mãos, *mi hija,* eu..." Ela inspira fundo, e a expiração sai trêmula. "Só promete pra mim que vai falar comigo antes de chegar a esse ponto? Sei que dificultei as coisas, mas por favor me fala se precisar de qualquer coisa, tá, *mi hija?*"

"Claro, mami. Obrigada", respondo, e ela limpa meus olhos. "Então... A senhora tá de boa com isso mesmo?"

Ela envolve meu rosto com as mãos e beija minha testa.

"Mi hija, eu te amo. Isso nunca vai mudar."

"Eu também te amo, mami."

Dou uma corridinha para me sentar ao lado dela e a abraço, deixando meus músculos relaxarem. *Ela tá de boa com isso.* Ela ainda me ama.

"Você me conta se alguém encrencar com você ou com o seu irmão, tá bom?"

Respiro fundo e solto o ar bem devagar.

"Então... O papai encrencou..."

Ela pestaneja.

"Como é?"

"Eu contei pro papai em outubro. Ele não fala comigo desde essa época. É por isso que eu não quis visitar ele no México."

Ela começa a murmurar palavrões em espanhol que não vou repetir aqui, depois pega o celular no bolso e sai do cômodo batendo o pé.

* * *

Mesmo com mami do meu lado, estar em casa sem Cesar não parece certo. Estou preocupada com ele, mas acho que o pior já passou. Na escola, tenho Bo para me sentir melhor. Além disso, com mamãe me apoiando, as coisas ficam bem mais fáceis. Nem sei colocar em palavras como é legal. Não preciso me preocupar em ser expulsa de casa e precisar cuidar de Cesar também. Agora que não tenho pressa de me sustentar sozinha, tenho tempo para decidir o que quero da vida. O maior fardo que eu carregava — não saber o que fazer no futuro — é tirado das minhas costas. A incerteza é empolgante porque agora tenho escolha.

Quando mamãe me pega na escola na quinta, não vamos direto para casa. Antes, passamos para buscar Cesar. Finalmente. Parece que um ano se passou.

Mamãe deve ter ficado o dia inteiro ocupada: quando chegamos, a casa está toda decorada. Pelos padrões intrincados cortados em papel de seda de várias cores, ela fez os enfeites com as próprias mãos. Ainda não é Páscoa, mas há *cascarones* espalhados para todos os lados, as cascas dos ovos pintadas de todas as cores possíveis. Também tem *pan dulce* tingido de rosa, roxo e azul em cima da mesa. Levo um minutinho para absorver tudo.

"Eita, pra que tudo isso?", pergunta Cesar.

"Es *gay*", diz mamãe, com um sorrisão no rosto.

Cesar e eu caímos na gargalhada. O *pan dulce* foi feito para imitar a bandeira bi, e as decorações são das cores do arco-íris. Ai, mamãe... Ela se esforçou para valer. É uma graça.

"Ei! Tá tudo bem por mim, ouviram? Vocês são gays, então vão ser tão gays quanto quiserem!"

Ela nos abraça. Sei que está compensando até demais, mas é bom ter alguém além de nós para comemorar com a gente e dizer que está tudo bem.

"Não precisava ter feito tudo isso", diz Cesar, tentando escapar do abraço.

Acho que faz sentido ele estar um pouco sobrecarregado. Até muito recentemente, achava que mamãe ia nos deserdar se descobrisse, e agora ela está cheia dos arco-íris e bandeirinhas do orgulho LGBTQIAPN+. É meio atordoante.

"Mas fiz! Porque amo meus filhos gays! Amo vocês!"

Ela aperta nossas bochechas e beija o nariz de Cesar.

Ele olha para ela, cético.

"Sei. E a Bíblia?"

"*Mi hijo,* se a Bíblia diz que não devo amar meus filhos, ela tá errada."

Cesar e eu compartilhamos um olhar telepático que diz *Ooooooooi?* Mamãe nunca disse nada contra a sua fé, nunquinha mesmo.

"Você tá sendo meio esquisita, mami...", murmura Cesar, e não o culpo.

Mas sei o que ela está fazendo. Está tentando compensar o comportamento do papai. Com o comentário de Cesar, o sorriso dela desaparece; ela olha nos olhos dele, toda triste, deixando de lado a atuação.

"*Mi hijo,* eu rezei tanto pra entender tudo isso. E a resposta tá clara pra mim agora. Como posso abandonar meus filhos quando eles mais precisam de mim? Agora que vi o que pode acontecer...", a voz dela fica embargada, "... o que pode acontecer se eu não apoiar vocês até o fim, como posso não celebrar meus filhos com todas as minhas forças? Não tô dizendo que se dane pra Bíblia. Tô só dizendo que amo vocês, vocês dois, e isso *nunca* vai mudar. A Bíblia também diz para amar a todos e não julgar. E creio que Deus tem um lugar no paraíso pra todo mundo que tem um bom coração." Ela dá um tapinha no peito de cada um de nós.

Reviro os olhos porque isso é muito brega, mas me emociona mesmo assim. Olho de relance para Cesar e vejo que ele já aceitou a resposta e está enchendo a cara de *pan dulce*. Não vou deixar o esforço de mamãe ter sido em vão, então enfio o pé na jaca também.

É um pouco difícil manter o clima feliz já que temos que meu irmão precisa estar sob constante vigilância. Precisamos todos dormir com as portas abertas, só por garantia. Como meu quarto é bem ao lado do de Cesar, mamãe quis trocar comigo para ficar de olho nele, mas recusei. Gosto do meu quarto, e imagino que Cesar iria preferir ter a irmã à espreita em vez da mãe. Além disso, quero que ele saiba que estou bem perto se precisar de algo.

Cesar vai começar a fazer terapia em breve. Com sorte isso vai ajudar, mas ele não parece muito empolgado. Mami perguntou se eu queria fazer terapia também, mas não acho que estou pronta. Os antidepressivos de Cesar ficam em uma caixinha com os dias marcados, assim eu e mamãe podemos confirmar se ele tomou ou não e também impedir que tome mais do que necessário. Nem sei onde mamãe mantém o frasco com os comprimidos. Só ela repõe a caixinha. Não gosto da sensação de estar espionando Cesar, mas precisa ser feito. Melhor espionar do que perder meu irmão.

Acordo cedo com o som de uma rancheira animada, seguida do cheiro de ovos e bacon. Mamãe nunca faz café da manhã para a gente em de dia de semana, exceto quando era jogo de Cesar, e essa não é a música de sempre. Sigo o aroma pelo corredor, e meu irmão já está espiando da porta do quarto. Seguimos até a cozinha, mas não é mamãe quem está lá. É *doña* Violeta. Os pés dela se movem com a música enquanto vira os bacons prontos no prato de argila. Ela faz um gesto pedindo pra gente ficar quieto antes de termos sequer uma chance de fazer barulho.

"Sua mãe teve uma noite longa. Deixem ela dormir antes do trabalho, pode ser?"

Cesar e eu corremos para abraçar a senhora com força.

"Que saudades, *doña* Violeta", digo, mesmo não fazendo tanto tempo desde que a vi da última vez.

Senti falta disso. Esta é a *doña* Violeta que conheço. Mamãe provavelmente contou a ela o que aconteceu com Cesar. Talvez nossa vizinha precise de alguém de quem cuidar, como costumava fazer.

"A senhora tá bem?", pergunta Cesar.

Doña Violeta não sai do alpendre da casa dela desde o enterro do marido. Ela abre um sorriso triste.

"Não se preocupa comigo, *mi hijo.* Me deixa cuidar de vocês por uns dias."

Ela beija a testa dele e volta a fazer o café.

Milagres como esse só acontecem no que parecem ser os momentos mais sombrios. *Doña* Violeta diz que vai ficar em casa com Cesar para que minha mãe não precise tirar licença do trabalho, correndo o risco de ser demitida. Ele ainda não está pronto para voltar à escola, e mamãe não quer forçar nada, então *doña* Violeta veio dar uma força. O que quer que aconteça, meu irmão não vai estar sozinho.

* * *

No sábado, decido ficar em casa com Cesar e trabalhar daqui; ele, porém, também quer usar o laptop, então vou ao trabalho na casa de Bo para usar o computador extra de Emma. Não quero que Cesar se sinta um bebezinho, especialmente agora que nossa antiga babá já está cuidando dele. Mamãe me deixa ir de carro, e fica com ele e *doña* Violeta enquanto estou fora.

Preciso admitir que senti muitas saudades de Rick e Emma. Além disso, o trabalho na casa deles anda bem mais rápido. O ponto negativo é que fico um pouco menos produtiva.

É a primeira vez que volto a esta casa desde as férias de fim de ano, e percebo que os pais de Bo levaram o que ela disse em consideração e removeram boa parte da decoração chinesa. Fico feliz de ver que deram espaço para que ela explore a própria ancestralidade da forma que achar melhor.

Emma me deixa usar o escritório, e Bo entra para roubar uns beijinhos sempre que pode. Os pais dela não a deixam ficar comigo porque sabem que vou me distrair. Mas não acho que sabem que eu e Bo gostamos uma da outra, então até que é divertido se beijar às escondidas quando ninguém está olhando. Faz parecer que somos agentes secretas de novo, com a diferença de que dessa vez nossa missão é sermos fofas e fazer coisinhas fofas como se beijar e ficar de mãos dadas. Às vezes, tudo que ela faz é me olhar *daquele jeito* sem que ninguém perceba, e sinto um friozão na barriga.

Ela nunca arrisca nada fofo na escola, porém. Sabe que me assumir para nossos amigos é uma escolha minha, então está tentando não me pressionar. Eu é que estou ficando impaciente comigo mesma. Roubar beijos e carinhos é empolgante, mas estou pronta para ter um relacionamento às claras. Quero contar para minha mãe, para os pais de Bo, para toda a escola, para *todo mundo* como estou caidinha por Bo. Nunca quis sair completamente do armário por autopreservação, mas agora que mamãe e papai sabem, o pior já passou. Não vou ser expulsa de casa nem deserdada. É uma merda meu pai não estar falando comigo — mas a esta altura, é o pior que pode acontecer. Sei que meus amigos vão ficar de boa, já que estão de boa com Bo.

Também quero provar para Cesar e para Bo que não tenho vergonha de quem sou. Não quero que Cesar sinta que precisa sair do armário, mas talvez eu me assumir torne as coisas mais fáceis para ele caso queira fazer isso também.

Ninguém mais pode me machucar como meu pai ou Bianca fizeram. Estou pronta.

Assim que chego em casa, começo a me planejar. Está decidido, vou pedir Bo em namoro. Oficialmente. Não ainda, mas vou pedir. Só preciso descobrir como. Cesar é meu conselheiro preferido, e estou empolgada demais para aguardar que termine a tarefa de casa.

"Ei, Cesar, você tem um minuto?" Assim que entro, ele enfia algo no bolso, mas percebo. "Eita, o que era isso?"

"O que você quer me contar?"

Ele é mestre em mudar de assunto, mas não vou cair dessa vez. Ele não resiste a uma boa fofoca, então uso essa fraqueza contra ele.

"Tem a ver com a Bo..." Faço uma pausa para analisar a reação dele. Meu irmão ergue as sobrancelhas. Mordeu a isca. "Mas você primeiro. Guardou o que no bolso?"

Ele estreita os olhos.

"Ah, você é boa nisso. Muito boa."

"Eu sei. Mas me conta, o que você estava tentando esconder?"

Ele suspira e ergue o anel que Jamal deu a ele.

"Sei que eu devia devolver..."

"Não precisa fazer isso agora. Pode esperar até estar pronto pra encarar o Jamal", digo.

"Mas já faz meses."

"Então o que você quer fazer?"

"Sei lá. Sinto que não mereço ficar com essa aliança. Eu tinha muita vergonha de mim mesmo pra usar quando tive a chance." Ele brinca com o anel entre os dedos.

Entendo por que ele não quer devolver a aliança. Devolver significa que o relacionamento acabou de verdade. Jamal ainda o ama, e Cesar obviamente ainda ama Jamal. Ele só precisa se aceitar.

"Você ainda tem vergonha de si mesmo?", pergunto, rezando por uma resposta que não machuque.

Ele dá de ombros.

"Tô trabalhando isso."

É melhor que uma afirmativa escancarada, mas dói saber que ele ainda está brigando com aquela vergonha.

"Enfim", diz Cesar, "o que aconteceu com a Bo?"

"Espera, antes... Você tá bem?"

Mesmo querendo conversar sobre Bo, não vou permitir que mude o rumo do papo assim tão rápido. Me sento na cama e assumo a pose de quem quer abrir o coração, mas ele não sai da escrivaninha.

"Vou ficar."

Cesar está com os olhos no computador, batendo a caneta na mesa como se preferisse fazer a tarefa de casa a falar sobre o assunto. Mas fico feliz que ele não esteja mentindo, dizendo que está ótimo. Ele *vai* ficar bem.

"A gente pode falar sobre você e Bo agora?", pergunta ele.

Sei que está mudando de assunto de novo, mas não quero insistir e afastar meu irmão. Ele vai falar quando estiver pronto.

"Quero pedir ela em namoro."

Ele vira a cabeça para trás como uma coruja e quase cai da cadeira.

"Quando? Como? Posso assistir?"

"Ai, meu Deus, sossega!" Dou uma risada. "Ainda não sei. Por isso que preciso da sua ajuda."

Ele se ajeita na cadeira, sentado com o peito contra o encosto para ficar de frente para mim.

"É você que tá toda apaixonadinha, ué. Ela gosta de quê?"

"Hum..."

Tenho dificuldades de responder. Ela gosta de arte, música disco e amostras grátis do Costco. Gosta de sorvete. Gosta de... *ah!*

"Já sei! É perfeito! Valeu!"

"Não tem de quê?", diz ele, e volto para o meu quarto para criar meu plano.

Vou convidar Bo para ir comigo ao baile de formatura. E sei exatamente como.

25

Si te hago daño a ti, me hago daño a *mí mismo*.

Estou pronta para ir dormir quando ouço minha mãe chorando no quarto. Ela nunca foi do tipo que chora baixinho, mas está mais alto do que o normal. Saio do quarto e encontro Cesar, que provavelmente pensou no mesmo que eu. Trocamos um olhar que é o código telepático para *Você sabe qual é o problema?* e ambos encolhemos os ombros. Avançamos pelo corredor até o quarto dela para animar mamãe, mas quando abrimos a porta, me arrependo imediatamente de ter deixado Cesar vir junto.

"Ele podia ter *morrido*, tá entendendo? E você não vai nem *falar* com ele?!", grita mami ao telefone.

"Deixa eu falar com ele", digo, e marcho até a cama de mamãe.

"Você precisa encarar as consequências das suas ações!"

A voz dela sai em um soluço quando me estende o celular. Fulmino o telefone com o olhar enquanto as palavras jorram da minha boca.

"Você tá fora da nossa vida pra sempre. E por escolha minha, não sua. Que tipo de escroto se chama de ativista mas não defende os próprios filhos na hora do vamos ver? A gente tá muito melhor sem você, seu *pinche comemierda!*"

Em vez de me dar uma bronca por causa dos palavrões, mami se levanta da cama, para ao meu lado e começa a xingar junto comigo.

"Vai se foder, Emiliano! Esses meninos são perfeitos, e não precisam de você pra nada! Amo ambos por nós dois, seu *pinche...*"

Ela começa a gritar, mas Cesar se intromete.

"É isso aí! Vai se foder, seu merda! A GENTE tá deserdando VOCÊ, tá entendendo? Você morreu pra MIM!", berra ele, saliva voando da boca enquanto aponta para o telefone, como se papai pudesse ver as provocações.

Ficamos nisso por um bom minuto, os três massacrando meu pai ao mesmo tempo, bem ao estilo mexicano. Demoro um pouco para perceber que ele já desligou. Só Deus sabe quanto da gritaria ouviu, mas me sinto bem por ter tirado tudo do peito.

Deixo o braço que segura o telefone pender ao lado do corpo para que mami e Cesar vejam que ele não está mais na linha. Depois abraço ambos, e nós três nós entregamos ao enlace como se fosse a única coisa a nos impedir de desmoronar.

"Amo vocês", diz Cesar, fungando.

Mami nos abraça com força, e retribuo com mais força ainda.

"Eu amo tanto vocês..."

Ouço Cesar andando de um lado para o outro no quarto dele antes de o meu despertador tocar. Ele vai voltar para a escola depois de uma semana afastado, então provavelmente está nervoso para encarar todo mundo. *Eu* estou nervosa. Para evitar que qualquer rumor se espalhasse, dei o melhor de mim e disse que ele teve pneumonia, então deve ficar tudo bem. Mesmo assim, não o culpo por estar ansioso.

A postura usual de Cesar de "tudo sob controle" está em pleno funcionamento quando vou ver como ele está na hora do almoço. Depois de confirmar que está tudo certo, Hunter e eu vamos para a sala de artes. A exposição vai acontecer no fim desta semana, e não fiz muitas obras durante a aula dignas de serem expostas. Tenho apenas uma peça para apresentar, e quero fazer outra. Como uns conselhos iam cair muito bem, pedi para Hunter vir junto. Não quero sobrecarregar Cesar, e Hunter é a única outra pessoa para quem me assumi aqui na escola além de Bo. E *ela* definitivamente não pode me ajudar, por... *mil razões.*

"E esse?", pergunto, mostrando meu quarto rascunho conceitual para Hunter.

"Ah! Adorei esse! Parece ótimo!", diz ele, me dando um tapinha encorajador nas costas.

Ele falou a mesma coisa sobre todas as outras ideias que tive. Hunter é um cara gente boa, mas é completamente inútil em termos de feedback construtivo. Por fim deixo o garoto voltar para o almoço.

Quando ele sai, a sra. Felix para de dar nota para as obras de natureza morta que fizemos semana passada e puxa uma cadeira, sentando-se diante de mim. Ela me encara, como se tivesse algo a me dizer. Fico um pouquinho ansiosa. Tenho certeza de que entreouviu minha conversa com Hunter sobre como quero convidar Bo para ir comigo ao baile de formatura. Ela sempre me passou a impressão de mente aberta, mas e se eu estiver enganada?

"O que foi?", pergunto, soltando uma risadinha nervosa.

Ela sorri, mas há tristeza em seus olhos.

"Eu só queria ser corajosa que nem você, só isso."

"Como assim?"

Ela hesita por um instante antes de continuar.

"Tô falando isso porque acho que teria me ajudado muito se, na sua idade, eu tivesse encontrado um adulto que se dispusesse a me compreender. Mas quero que você saiba que não tá sozinha", diz a professora.

Eu a encaro de olhos arregalados. Ela está... saindo do armário?

"Sei muito bem o que falam sobre mim. E acho que alguns alunos já suspeitam. Mas achei que deveria te contar pessoalmente. Pode contar comigo."

"Então você... é queer?" Sei que não é a forma mais sensível de fazer essa pergunta, mas nunca fui conhecida por ser lá muito sensível.

Ela assente.

"E não sou assumida. Não aqui na escola. Então esse é nosso segredinho, tá bom?"

"Claro."

"Se precisar de alguma coisa, tipo conversar, ou só usar minha sala mesmo, fica a vontade, tá bom?" Ela abre um sorriso cálido.

"Obrigada", digo.

Não sei *o que mais* dizer, mas espero de coração que meu agradecimento seja suficiente para transmitir o quanto esse momento significa para mim.

"Eu gosto desse." Ela aponta para um dos primeiros conceitos que desenhei. "Acho que passa uma mensagem importante."

Assinto e boto a mão na massa para finalizar o rascunho que ela escolheu. Por dentro, estava torcendo para que esse fosse o escolhido. Fico um pouco mais relaxada enquanto trabalho, segura de saber que a sra. Felix está comigo, me apoiando. Quando termino o desenho, ela está quase tão empolgada quanto eu com tudo que planejei. *Quase*.

Porque *eu* sou, definitivamente, a mais empolgada.

Na sexta, mamãe quer passar um tempinho em família antes da exposição de arte, então Cesar e eu a ajudamos com algumas bijuterias em casa depois de voltar para a escola. A gente costumava fazer isso por diversão quando éramos pequenos, mas já faz um tempo que não é mais assim. Meu aniversário foi há menos de três semanas, mas muita coisa aconteceu desde então. Parece que não temos uma reunião de família há milênios. Não uma agradável, ao menos. Agora que posso relaxar na presença da minha mãe, é tudo diferente. Parece que era exatamente disso que eu estava sentindo falta.

"Por que você tá toda sorrisos aí?", pergunta mamãe.

"Sei lá. Estava com saudades de vocês."

Mamãe estende o braço, segura minha mão e a de Cesar e as aperta.

"Eu estava com saudade *disso*."

Achei que Cesar ficaria todo constrangido e mudaria de assunto, mas não muda.

"Eu também."

Meu irmão pousa a cabeça na mão da minha mãe como se fosse um travesseiro e fecha os olhos. Os lábios dele se inclinam um pouquinho para cima. Mamãe se debruça sobre a mesa para beijar a testa dele, depois dá uma bitoca na minha.

"Tenho uma coisa pra te dar", diz ela para mim, puxando algo do bolso. "Não é um iPhone, mas preciso conseguir falar com você quando precisar." Ela me estende um celular jurássico parecido com o de Cesar.

A primeira coisa que faço é tirar uma foto de nós três para usar como fundo de tela novo. Choro ao olhar para a imagem. Posso não ter meu pai, mas tenho mami e Cesar, e isso é tudo de que preciso.

Passamos uma hora usando o trabalho com as bijuterias para botar o papo em dia. Sobre coisas triviais, em sua maioria. Como vai o trabalho de mamãe. Se Cesar está dando conta das tarefas de casa atrasadas. O quanto gosto do trabalho com Emma. Mas estou meio distraída. Por duas coisas.

Primeiro, por causa da exposição de arte, óbvio. Mas também por causa dos meus pais. O que vai acontecer com eles? Mamãe vai perdoar papai pelo que ele fez? Porque, para ser sincera, não sei se vou algum dia. Acabo soltando a pergunta, já que estou com várias coisas entaladas.

"E aí, o que vai acontecer com você e o papai?"

Mamãe hesita antes de soltar um suspiro.

"Até ele querer ter um relacionamento com os filhos dele, nada."

"E você tá de boa com isso?", pergunta Cesar, incrédulo.

É quase inacreditável. Jurava que minha mãe amava meu pai mais do que amava qualquer outra pessoa na face da Terra.

Ela aperta o ombro de Cesar.

"É assim: seu pai é o amor da minha vida. Mas... Não sei como amar alguém que não sabe como amar meus filhos", diz ela.

Gosto de como ela fala *meus* filhos. É nossa única genitora que importa.

"Mas chega de papo triste. Hoje é um grande dia, *mi hija*. Tá pronta?", pergunta mamãe, enxugando as lágrimas dos olhos e sorrindo.

"Jamais!"

Mantenho os olhos nos brincos que estou fazendo. Honestamente, é mentira.

Vou usar a exposição de arte para chamar Bo para ir ao baile de formatura comigo, e não poderia estar mais pronta. Ter o pedido aprovado por uma professora torna tudo menos intimidador. Ninguém na escola tentou ir ao baile com alguém do mesmo gênero antes, mesmo não havendo regra alguma contra isso. Eu conferi no regulamento. Duas vezes.

"Mentira dela. Ela tá pronta pra isso desde que *conheceu* Bo." Cesar ri, e o fuzilo com o olhar.

Mas ele está certo.

Enquanto conversamos, percebo que estou fazendo brincos para Bo. Nem sei se ela gosta de usar, mas é divertido fazer as peças pensando nela. São tão fofos que, mesmo que ela os odeie, vou ficar com eles para mim. Agora, se aceitar, vou dar o par de presente para ela antes do baile.

Olho para Cesar e o vejo encarando a pulseira que está fingindo fazer.

"Tudo bem aí, carinha?" Mando um "carinha" para aliviar um pouco o clima.

Mesmo assim, ele demora um pouco para responder. Mami e eu estamos com os olhos fixos nele, esperando o que quer que ele vá dizer, e entendo como isso pode ser um pouco intimidador.

"Posso trocar de terapeuta?", pergunta Cesar, enfim.

"Por quê?" As mãos de mamãe param de se mover, e dá para ver como ela está tentando manter a voz calma.

"O santo não bateu."

"Bom, talvez demore um pouco pra se acostumar com ela." A mão dela treme, mas mamãe começa a trabalhar de novo.

"Tenho quase certeza de que sou o único cara bi que aquela tia conheceu na vida. Prefiro não ter que passar minhas sessões tendo que ensinar tudo pra ela."

Ela olha para mim e envolve o rosto dele com as mãos.

"Certo. A gente encontra alguém com mais experiência, então."

"Eu já sei quem eu quero!" Cesar corre até o quarto e volta com o laptop. O navegador está aberto em uma aba que ele usou para procurar terapeutas com foco em clientes LGBTQIAPN+ A que ele destacou é uma mulher latina mais velha.

Mamãe analisa a tela e franze a testa.

"Nosso plano de saúde não cobre as sessões com ela, *mi hijo*."

"Ah..." É a vez de Cesar franzir o cenho.

"Acha que pode ser algum tipo de grupo de ajuda? Talvez algo pra adolescentes da sua idade?", arrisca mamãe.

"Não... Já é difícil o suficiente contar meus podres todos pra uma pessoa só", murmura Cesar.

A montagem de bijuterias logo se transforma em uma busca por terapeutas. Todos nos juntamos ao redor do computador e exploramos os resultados juntos. Quando chega a hora de ir para a exposição, Cesar já selecionou os preferidos. Estou feliz demais por ele ter contado o que estava acontecendo em vez de guardar tudo para si. No momento, com Cesar feliz com a ideia de fazer terapia, sei que estamos no caminho certo.

* * *

Amber, David, Bo e os pais dela estão todos esperando do lado de fora do auditório quando chegamos à exposição de arte.

"Sr. e sra. Taylor, essa é minha mãe." Acabo soando muito mais formal do que geralmente sou com eles. Mamãe ficaria constrangida se eu usasse o primeiro nome deles ou não a apresentasse formalmente.

"Finalmente conheci vocês! Prazer, eu sou a Maria." Mamãe aperta a mão deles e abraça Bo, David e Amber, mesmo já tendo conhecido todos antes, no jogo.

"O prazer é nosso!", diz Rick.

Todas as obras de arte estão expostas no ginásio, dispostas em algo que lembra um labirinto. Construíram uma espécie de corredor improvisado, assim as pessoas são forçadas a seguir um caminho específico e ver as obras uma por uma. Finjo estar interessada no trabalho de todo mundo. Mas, para ser sincera, estou aqui só para conferir as artes de David, Hunter, Bo... e a minha, acho. Mas prefiro não pensar na minha, por enquanto.

Tanto Bo quanto David têm várias obras espalhadas pela exibição. Eu tenho só duas. Uma é uma pintura de um pôr do sol no deserto. A outra, porém, é a que me deixa nervosa só de pensar que todo mundo vai ver. Sra. Felix me disse que ia colocar esse trabalho mais próximo do fim da exposição, o que me deixa ainda mais ansiosa enquanto passamos pelas obras dos outros alunos.

Paro de andar quando algo chama minha atenção. Sou eu.

Em sala de aula, Bo desenhou meu retrato a lápis, mas esse foi finalizado a tinta. Ela deve ter passado muito tempo trabalhando nisso fora da aula, porque nunca a vi mexendo com essa arte depois daquele dia.

Minha mãe se aproxima de mim e coloca as mãos nos meus ombros.

"Você que fez, Bo?", pergunta, parecendo prestes a chorar.

"Foi. Você gostou, Yami?" Bo parece nervosa.

Achei lindo. Bo realmente capturou a vibe Selena que sempre tentei passar. Fez minha maquiagem ter a aparência exata que gosto. Os cantos da minha boca estão um pouco curvados para cima, o que devo ter feito de forma inconsciente enquanto posava de modelo. Parece que descobri o sentido da vida, do universo e tudo mais, mas estou mantendo a resposta em segredo. Bo pintou cada partezinha de mim que às vezes me incomoda, e amo ver como ela me enxerga. Meu maxilar quadrado, meus olhos meio separados, minha bocona, e meu nariz aquilino — meus traços não poderiam estar mais perfeitos.

"Você acertou até meu delineado...", digo enquanto enxugo uma lágrima.

Sempre soube que sou bonita, mas caramba... Ela me fez parecer uma deusa.

Bo ri, soltando um suspiro de alívio.

"Eu estava preocupada com a possibilidade de não fazer jus à sua beleza."

Mamãe abraça Bo bem apertado.

"Ficou lindo, *mi hija!*" Depois me abraça. "Tá igualzinho minha filhota!"

Tiro uma foto do retrato para poder olhar de novo para ele quando estiver incomodada com algum detalhe da minha aparência. Meu Deus, como amo Bo.

Ai, meu Deus. Eu *amo* Bo.

Ouço algumas pessoas murmurando logo a frente, o que significa que provavelmente viram minha pintura. Fazemos uma curva, e lá está ela. Foco em impedir meu coração de sair pela boca, e prossigo devagar. Não é uma obra-prima nem nada do tipo. Joguei tinta com as cores do arco-íris em uma tela cheia de pedaços de fita. Quando arranquei a fita, a palavra *Baile?* ficou destacada em branco contra o fundo colorido.

Não assinei a tela, assim ninguém sabe que é minha, e ninguém está olhando para mim até eu me aproximar da pintura e começar a falar.

"Então... Bom, eu não sou muito boa nesse tipo de coisa..."

Tento não ficar cutucando a ponta da saia, e vejo minha mãe olhando para mim. Ela assente, me encorajando. Suspiro fundo e olho direto para Bo, para que todo mundo entenda o que vai acontecer. Na multidão tímida, mas cada vez maior, algumas pessoas arquejam. Bo está cobrindo a boca com as mãos, mas posso ver por seus olhos que está sorrindo. Mais pessoas chegam até minha obra, mas ninguém fala nada. Desdobro o papel que trouxe no bolso porque sei que vou esquecer as palavras que treinei para conseguir falar sem ter que ler. O papel treme nas minhas mãos. Começo a ler, e me preparo para uma vaia pública.

"Bo, sei que demonstrações públicas de afeto são mais sua praia do que minha", começo, provocando algumas risadinhas, "mas quero ser mais parecida com você. Não quero ter que me desculpar por ser quem sou, ou por ter a aparência que tenho, ou por me sentir como me sinto. Acho você maravilhosa, inspiradora e linda, e jamais me desculparia por isso. Quer ir ao baile de formatura comigo?"

Ela nem me dá tempo para ficar ansiosa, porque me abraça no instante seguinte ao pedido. Ninguém vaia. Silêncio.

"Isso é um sim?", pergunto.

Ela confirma com a cabeça e depois nos beijamos na frente de todo mundo.

Cesar é o primeiro a começar a comemorar, e sinto os lábios de Bo se curvarem em um sorriso no meio do beijo. Os meus fazem o mesmo. Mais alguém assovia, depois algumas pessoas. Estou feliz demais para me importar com o que o resto da multidão pensa.

"Certo, dispersando, já deu!"

Um dos professores nos enxota para longe da minha pintura.

Pego Bo pela mão e corremos para fora do ginásio juntas, como se estivéssemos fugindo de uma explosão. Amber, David e Cesar vêm atrás.

Quando mamãe e os pais de Bo enfim saem, me preparo para a reação deles. Minha mãe já sabia que eu ia fazer isso, mas e se os pais de Bo não aprovarem nosso relacionamento?

Emma estende a mão e toca meu ombro, abrindo um sorriso cálido.

"Que orgulho... O que você fez foi muito corajoso."

Mais uma vez, fico grata pela minha pele marrom, que esconde meu rubor.

"Obrigada."

"Mas então, como você convenceu essa figura aqui a ir a um baile da escola?", pergunta Rick, balançando Bo delicadamente pelos ombros.

"Não foi tão difícil assim." Dou uma risadinha.

Sra. Felix e o diretor Cappa saem do ginásio, e meu reflexo de fugir ou lutar entra em ação. Tento ignorar o fato de que consigo ouvir a discussão deles enquanto se afastam.

"Quem aí quer sorvete?", pergunto.

Bo e eu ficamos de mãos dadas o tempo todo, bem na frente de todo mundo.

* * *

Na segunda-feira, depois das orações matinais de sempre e do juramento à bandeira na aula de linguagem, os anúncios usuais passam na televisão. Um dos alunos está entrevistando nosso diretor. Não presto atenção em quase nada, mas quando ele menciona o baile, me concentro na mensagem.

"Preciso relembrar os senhores que algumas coisas não são bem-vindas durante o baile. Queremos um ambiente familiar, então quem estiver dançando de forma inapropriada receberá uma advertência, e precisará sair. Casais, se lembrem de deixar espaço para o Espírito Santo — isso significa uns trinta centímetros entre vocês! O código de vestimenta será aplicado de forma rigorosa, e quem o desobedecer não poderá sequer entrar.

"Também chegou até mim a informação de que houve certa confusão a respeito das regras. Quero deixar claro que a Escola Católica Slayton não apoia casais do mesmo sexo no baile de formatura. Vamos atualizar nosso código de conduta imediatamente para evitar quaisquer... problemas."

Ele continua falando, mas não consigo ouvir mais nada. Estão todos olhando para mim e Bo. Quase todo mundo já ficou sabendo do que rolou na exposição de arte. Minhas mãos estão tremendo, e quero estar em qualquer lugar, menos aqui. Quando os anúncios terminam, não é Bo que se pronuncia. Sou eu.

"Bom, adorei a sutileza de anunciar pra toda a escola que Bo e eu não podemos ir juntas ao baile de formatura. Foi *super* discreto e sensível da parte do diretor."

"Vocês não deviam ter feito uma ceninha na exposição de arte, então", murmura Karen, alto o bastante para todo mundo ouvir.

"Como é?" Fico de pé.

"Sério? Qual é seu problema?", Emily bronqueia com Karen, e o fato de que outra pessoa além de mim ou Bo está falando algo ajuda a aliviar boa parte da pressão.

"Volte a se sentar, sra. Flores. O diretor Cappa estava simplesmente listando as regras, como faz antes de todos os bailes de formatura", diz a sra. Havens.

"Porra nenhuma", diz Bo. "Por que ele não falou nada sobre casais do mesmo gênero ano passado? Ele *literalmente* disse que acabou de inventar essa regra pra que a gente não possa ir juntas."

"Atenção à linguagem, sra. Taylor."

Bo cruza os braços e se senta de novo. Geralmente, a esta altura, ela estaria de pé quebrando o pau com a professora. Acho que chega uma hora que as pessoas ficam exaustas. Eu ainda não cheguei nesse ponto, porém.

"Ele poderia ter falado só com a gente, em vez de fazer um anúncio público", disparo.

Todos na escola sabem que o anúncio é sobre mim e Bo.

"Volte a se sentar, sra. Flores, ou vou ter que pedir para você passar na sala do diretor."

"Não precisa nem pedir", digo, pegando a bolsa antes de sair.

Dois segundos depois, escuto a porta se abrindo de novo.

"Espera!"

Bo corre para me alcançar.

Seguimos juntas, de mãos dadas, até a sala do diretor.

26

Si te amo y respeto...

Estou com as costas eretas, marchando como se estivesse orgulhosa, mas na verdade estou aterrorizada pra caralho. Nunca fui mandada para a sala do diretor na vida. É uma coisa normal para Bo, mas para mim parece o fim do mundo.

Uma das secretárias diz que podemos entrar, e continuamos de mãos dadas. Acho que Bo quer provar um ponto; eu, por minha vez, estou segurando a mão dela por proteção. Me sinto mais segura do que seguir sozinha. O sr. Cappa suspira quando nos vê. Está sentado diante da escrivaninha dele, e faz um gesto para entramos.

"Eu já ia chamar vocês duas aqui. Estão com algum outro problema?"

Uso minha voz mais eloquente.

"Aquele aviso foi de muito mau gosto. Humilhante, pra não dizer completamente errado. Garotas vão juntas ao baile como amigas o tempo todo."

Minha vontade é continuar falando e dizer como isso tudo é um injustiça esmerdalhada. Resisto ao ímpeto, porém, para que ele me leve a sério.

"Se vocês duas quisessem ir juntas ao baile como amigas, não seria problema. Houve uma inapropriada demonstração pública de afeto na exposição de arte. Alguns dos alunos e pais se sentiram muito incomodados.

E, como vocês sabem, esta escola opera sob as leis da fé católica. Atividades homossexuais não são permitidas no campus. Sinto muito, mas aquele tipo de comportamento inadequado não pode ficar impune."

Ele nos estende dois comunicados de detenção.

Dou uma risada. É mais fácil rir do que chorar agora.

"O senhor quer contar isso pros meus pais, ou melhor eu mesma ligar pra eles?", diz Bo.

É por isso que gosto dos pais dela. Ela sabe que vai ter o apoio deles. Consigo imaginar Emma dando um chilique.

"Vou informar os pais de vocês duas sobre seu comportamento hoje."

"Ótimo."

Bo abre um sorriso adorável, como se isso fosse um jogo. Eu, por outro lado, não estou sorrindo nem fodendo. Recebi uma *detenção para depois da aula*... Por mais que minha mãe esteja me apoiando agora, ela vai ME MATAR.

"Podem ir." Ele gesticula na direção da porta como se nos enxotasse.

Achei que discutir com o diretor seria muito mais satisfatório. No momento, estou só me sentindo enjoada.

Pelo resto do dia, Bo e eu somos tratadas praticamente como celebridades. Bom, definitivamente não somos celebridades das mais amadas. Não tem como não perceber os cochichos quando passamos. As notícias correm rápido pela escola, e, já no segundo horário, todo mundo sabe que Bo e eu pegamos detenção por causa do pedido que fiz no dia da exposição. Bo sorri quando me vê entre as aulas, como se nada tivesse acontecido. Como se não estivéssemos sendo punidas e humilhadas publicamente por algo que eu queria celebrar na sexta à noite. Me forço a sorrir de volta.

Pessoas que mal conheço me abordaram ao longo do dia inteiro para me dizer como sou corajosa, ou para contar que nos apoiam, ou que têm um primo gay, ou sei lá o quê. A única pessoa que faz com que eu me sinta melhor é Cesar. Ele e Hunter se sentam com a gente no almoço.

"Mas e aí, vocês vão continuar indo juntas ao baile, ou...", pergunta David.

"Não", diz Bo, e juro que meu coração aperta um pouquinho.

Tento não murchar de forma visível. Eu realmente estava empolgada para ir ao baile. Com Bo. Mesmo que tenha que fingir que nosso amor é platônico. Eu estava tão empolgada...

"Olha, todo meu respeito...", diz Cesar. "E ninguém liga pro baile, afinal. A gente devia fazer um boicote."

"Boicote ao baile? Mil vezes sim", diz Emily, colocando a bandeja entre Amber e Hunter. "Posso me sentar aqui?", pergunta ela, e senta quando assentimos. "Não sou mais amiga da Karen e da Jenna..." O tom de voz dela soa triste, mas ela não parece estar se sentindo assim. "Não sabia mais com quem me sentar."

"Graças à Deus. Demorou pra você largar a mão delas", diz Amber.

"Já faz um bom tempo que penso nisso, pode acreditar." Emily suspira.

Depois todos voltam a conversar sobre o boicote ao baile.

Acho que todos esperavam que eu ficasse feliz com a ideia, mas não fico. Queria ter um baile brega de contos de fadas como todo mundo. Só quero curtir o bode por um instante, então fico de bico calado o resto do almoço. Eu entendo. Meus amigos não querem deixar a peteca cair, e boicotar o baile faz sentido depois do que aconteceu. Mas eu queria muito ir. Mesmo com todas as preocupações que tive até o instante do pedido em público, nunca achei que ia me meter em confusão na escola por causa disso. Não achei que ia levar uma *detenção*.

Justo no único dia em que tenho detenção depois da aula, Cesar não tem. Vou sem pressa até meu armário antes de precisar seguir para o refeitório e ficar lá sentada em silêncio por uma hora. Quando chego, Amber está parada diante do meu armário, bloqueando minha passagem. Ela não sai da frente dele quando me aproximo.

"O que aconteceu?", pergunto.

"Nada! Não tem nada pra ver aqui!" Ela abre o sorriso mais falso do mundo, e cola bem as costas no armário. "Me empresta seu caderno de religião? Esqueci totalmente de anotar as coisas da aula passada", enrola ela.

"Amber", digo, tentando manter a voz firme.

"Me deu um branco, sabe? E tem prova na quinta..."

"O que aconteceu com o meu armário?"

Será que alguém fez alguma coisa com ele? Parece zoeira. Olho ao redor para ver se tem alguém espiando para ver minha reação. Minha sensação é de que *todo mundo* está me encarando, como fizeram ao longo do dia inteiro.

"Não precisa ver. Eu vou limpar", diz Amber.

"Eu aguento." Espero resistência quando avanço e a empurro, mas ela dá um passo para o lado antes.

SAPATONA FEIOSA

Cerro o maxilar, mas fora isso, não deixo transparecer emoção alguma. Não vou dar a ninguém a satisfação de me ver reagir. Abro o armário e jogo meus livros lá dentro como se merda nenhuma tivesse acontecido.

"Ah, vocês estão aí!"

Bo vem na nossa direção, e fecho a porta para que ela possa ver a vandalização. Ela arregala os olhos por um instante, depois varre o pátio com o olhar. A expressão dela parece mandar quem quer que esteja olhando cuidar da própria vida.

"Não, deixa o povo ver", digo, depois pego a mão de Bo e a beijo para irritar quem quer que tenha feito isso.

"Você tá bem?", pergunta ela. Seu rosto está um pouco vermelho.

"Tô de boa." Seguro a mão dela como se fosse uma boia salva-vidas. Minhas bochechas e orelhas estão pegando fogo, mas sei que quem fez isso está olhando, e não vou deixar essa pessoa vencer.

Bo larga minha mão para abrir a bolsa e tira um canetão permanente de dentro dela. Risca a palavra *FEIOSA* e, em cima, escreve *LINDA*, circulando a palavra com um coração. Rio muito mais do que é proporcional à situação.

"Não se preocupa", diz ela, voltando a pegar minha mão. "Eles perdem o interesse rápido se você não der trela."

Aperta meus dedos com força, e vamos juntas para a detenção.

Atrás de Bo e de mim, alunos em um fluxo constante também seguem para a detenção. Muito mais do que o normal. Bo e eu precisamos nos sentar em mesas separadas, então ela pega uma virada de frente para mim para que possamos nos ver. Na detenção ninguém pode ficar diretamente de frente para outra pessoa, então todos se espalham pelas mesas do refeitório.

Mas o fluxo de alunos parece não ter fim. Olho ao redor e vejo Cesar, Hunter, David, Amber, Emily e um milhão de outras pessoas no refeitório que *sei* que não pegaram detenção. Depois de alguns minutos, há pelo menos quarenta pessoas no recinto.

David e Amber se sentam tão perto de mim e de Bo quanto é permitido. Quando dou por mim, todas as mesas estão cheias. Pessoas começam a ficar de pé rente às paredes. Pelo jeito, estão fazendo um protesto por mim e Bo. Meu olhar se encontra com o de Cesar, do outro lado da lanchonete, e ele faz um joinha. Sinto vontade de chorar. Depois de tudo que aconteceu com ele recentemente, meu irmão ainda está me apoiando. É assim que somos um com o outro. Estou aqui para cuidar dele, e ele está aqui para cuidar de mim, aconteça o que acontecer.

No começo, acho que Bo é a responsável pelo protesto, mas ela parece tão surpresa quanto eu. Ninguém tira a tarefa de casa da mochila. Ficam sentados em silêncio com aqueles de nós que de fato pegaram detenção. Está tudo tão quieto que a única coisa que consigo ouvir é Bo fungando baixinho. Ergo o olhar e a vejo enxugando as lágrimas do rosto. Sinto uma vontade louca de me levantar e dar um abraço nela. Só Deus sabe como preciso de um também. Mas não temos permissão de falar nem sair do lugar, exceto para ir ao banheiro. Ela olha para mim e sorri, o que é um alívio. Ela está chorando de felicidade.

Retribuo o sorriso. Talvez a gente não possa ir ao baile, e talvez algumas pessoas nos odeiem para sempre, mas não somos mais só Bo e eu dizendo que isso é errado. Todo mundo aqui concorda com a gente. Sinto que fizemos progressos hoje. Sinto que vencemos.

Prendo a respiração por boa parte da viagem de carro até nossa casa, esperando que mamãe me mate. Vai acontecer a qualquer segundo.

Ou não.

Ela não toca no assunto durante o trajeto. Sei que estava de acordo com meu plano de chamar Bo para o baile de formatura e tal, mas ela não é a pessoa mais consistente do mundo. Especialmente quando tem algo a ver comigo me metendo em confusão. Isso me deixa ansiosa.

Ela não diz nada sobre a detenção no carro. Nem em casa. Nem durante o jantar. Enfim pergunto, porque não aguento mais o suspense.

"Mami... Você conversou com o sr. Cappa?"

"Conversei sim. Vontade de falar umas poucas e boas praquele cara, sério."

"Oi?"

Minha vontade é perguntar se ele contou que precisei ir até a diretoria, mas não quero me meter em apuros desnecessários. Será que ela falou com o sr. Cappa errado?

"Sinto muito pelo baile, *mi hija.*" Ela e acaricia o ombro. "Esse sr. Caca é um bostão, entendeu?"

Solto uma risadinha pelo nariz ao ouvir minha mãe chamar o diretor de "sr. *Caca*".

"Obrigada."

"Caramba, a mamãe não leva desaforo pra casa, hein?", diz Cesar.

"Por que estão tão surpresos assim, hein?" Ela estala a língua em desaprovação.

"Achei que ia ficar de castigo", digo.

"Por quê? Você não fez nada errado. Seguiu as regras, e eles mudaram tudo de última hora. Isso não é certo."

Ela balança a cabeça, depois pega nosso pratos vazios e os leva pra cozinha.

Mamãe só tira nossos pratos quando está orgulhosa da gente ou puta com a gente. Quando é o último caso, não deixa nem a gente terminar de comer.

As encaradas e cochichos não param na terça. Não sei dizer quem está do meu lado ou não, e isso é um saco. Queria poder ler a mente das pessoas para saber quem fulminar com o olhar e quem abençoar com um sorriso. Me pergunto quanto tempo isso vai durar. Será que Bo também foi uma celebridade quando se assumiu pela primeira vez? Provavelmente recebeu ainda mais atenção, já que era a única na época. Mas enfim, quem ama um ship vai ficar feliz com o nosso, e as pessoas estão superempolgadas de ter um casal lésbico na escola católica delas.

No almoço, Bo, Amber e Emily estão cochichando em um canto.

"Posso saber por que vocês estão de segredinho aí?", pergunta David.

Em vez de responder, Bo sobe na mesa e tira um maldito megafone da mochila.

"Um momentinho da atenção de vocês, por favor?", grita ela, e o recinto fica em silêncio.

"Como alguns já devem imaginar, não vou mais ao baile de formatura. Sei que não sou a única aqui que não concorda com as regras. Então, esta mensagem é pra qualquer um que também se sinta desvalidado por esta escola e seu código de conduta, ou pra quem quer poder vestir o que bem entender e dançar sem deixar espaço pra Jesus entre você e seu par.

Vou dar um antibaile na minha casa. Na mesma hora do baile original. E tem mais uma coisa." Ela desce da mesa e deixa o megafone de lado. Ajoelha e pega minha mão. O silêncio é tão absoluto que todo mundo consegue ouvir o que ela diz em seguida. "Yami, quer ir ao antibaile comigo?"

Não consigo parar de sorrir. As pessoas estão comemorando tão alto que tenho certeza de que ela mal consegue ouvir meu "sim". Confirmo com a cabeça, só para ter certeza. Nos abraçamos, e as pessoas estão assoviando e gritando para que a gente se beije. Mas não fazemos isso. Não quero beijar só porque eles querem, e não quero me meter em mais apuros ainda. Mas a gente se abraça de novo.

"Seus pais estão de boa com isso?", pergunto, acima dos gritos.

"Foi ideia deles! Eles queriam armar o maior barraco, mas falei que isso só ia me deixar envergonhada, então essa foi a segunda melhor solução." Ela ri.

O apoio dos outros alunos é empolgante. Achei que iam vaiar e jogar comida na gente.

Os que estão comemorando são minoria, mas são os mais barulhentos, então fico grata. Muitos outros estão nos encarando com o olhar cheio de julgamento. Algumas pessoas estão sentadas com cara de desconfortável, e outras aplaudem porque acham que é o que devem fazer. Tenho certeza de que a maior parte não está nem aí, mas é uma comoção de um jeito ou de outro; como essa escola às vezes é um grande saco, entendo plenamente.

O hype não morre nos dias seguintes. Ao longo das próximas semanas, metade dos convites em público são para o antibaile, e não para o baile original. Duas pessoas inclusive convidam pares do mesmo gênero. Então, pelo jeito, lançamos moda. Não sei se são pessoas hétero querendo fazer uma declaração política ou casais reais que se gostam, mas acho uma vitória de um jeito ou de outro. As pessoas começam até a chamar o antibaile de baile gay.

Faltando apenas alguns dias para o evento, vou comprar meu vestido com Amber, porque Bo diz que quer ser surpreendida por minha beleza. Amber é como se fosse nossa intermediária. O trabalho dela é dar conselhos sobre o que devemos usar com base nas escolhas uma da outra. Com a ajuda dela, acabo escolhendo um vestido roxo que é curto na frente e longo atrás. As mangas são compridas, de renda e com brilhos. Acho que a peça me faz parecer uma princesa feérica, e passo os dias seguintes toda felizinha com a escolha.

Na manhã do baile, acordo às cinco da manhã. Não preciso estar de pé tão cedo, mas não consigo mais dormir. Cesar também levanta cedo; é possível ouvi-lo andando pelo quarto. Bato na porta já aberta para chamar a atenção dele. Meu irmão me cumprimenta com a cabeça, mas não para de andar. Entro, me sento na cama dele e espero que pare de andar, mas isso não acontece.

"O que você tá fazendo?", digo, enfim.

"Exercício", responde ele, e ergo uma sobrancelha. "Dizem que é bom se mexer quando a gente começa a sentir... Sabe, vontade de vestir o paletó de madeira."

A admissão de Cesar de que está com sentimentos suicidas neste exato momento me atinge como um soco no estômago. Não esperava que ele fosse se curar de um dia para o outro, mas é difícil ouvir que ainda está se sentindo... assim.

"Quer conversar um pouco?", pergunto.

Ele diminui um pouco o ritmo.

"Hum... Talvez?" Enfim, para de andar.

"O que tá rolando?"

"Olha, eu não vou fazer nada, tá bom? Só me sinto bem no fundo do poço às vezes. Não sei como desligar isso."

"O que te fez se sentir no fundo do poço?"

Ele enfim se senta e solta um suspiro.

"Não me leva a mal, tá bom?"

"Tá bom..."

"Eu tô feliz por você e Bo... Tô mesmo. Tipo, feliz demais. Mas, ao mesmo tempo, é meio que uma merda. Eu me sinto um cuzão... por causa do Jamal. Ele era minha alma-gêmea, manja? Me levava a sério, mesmo quando eu tentava disfarçar tudo com piadinhas. Ele sempre me levou a sério. Eu fodi isso. Você tá aqui toda orgulhosa e assumida com a Bo, e enquanto isso eu mal consigo usar aquele anel de compromisso. Me sinto uma merda de um covarde."

"Você não é covarde. O Jamal sabia que você não ia usar o anel logo de cara. O momento em que você vai se assumir sempre esteve nas *suas* mãos. Eu só saí do armário porque *eu* me senti pronta. E você não deve se sentir pronto pra sair só porque eu fiz isso. Ou por causa do Jamal, ou de qualquer outra pessoa além de você. Isso não tem nada a ver com ser ou não corajoso."

"Eu não tô com medo de me assumir, é que... Eu não sei explicar."

"Você tá com vergonha...?"

"Não sei!", grita ele. "Tipo, não tô com vergonha de *você*. Ou do Jamal, ou da Bo, ou de qualquer outra pessoa. É uma coisa minha. Mas não posso ficar com o Jamal sem fazer *ele* se sentir assim também, entende? É um sentimento difícil de ignorar. Mas eu tô tentando. Tentando *muito*."

"Eu sei."

Ele demora um tempo para voltar a falar.

"Eu convidei o Jamal pra ir comigo ao baile gay. Ele disse sim. Acho... que vou usar o anel de compromisso."

"Jura?"

Sei que é um momento sério, mas preciso comprimir os lábios para reprimir um gritinho de empolgação.

Ele ri.

"Manda ver, Yami."

"Ahhhhh, que alegria!", solto. "Enfim a gente vai poder sair em um encontro duplo! E não vai nem precisar ser um encontro duplo fake!"

Abraço meu irmão. Ele deixa, mas não retibui o abraço.

"Acho que o Jamal não quer mais ser meu namorado. Quero ficar com ele, mas não sei se ainda estamos prontos pra voltar a ter um relacionamento. Por enquanto, é só o baile gay. Como amigos."

"Amigos que são apaixonados um pelo outro?"

"Isso." Cesar ri baixinho, mas dá para ver que é algo forçado. "Vamos ver como as coisas se desenrolam, vai."

"Bom, acho que é mesmo bom ir devagar. Tira um tempo pra cuidar de você primeiro. Você realmente precisa se cuidar, Cesar."

"Eu só quero reassumir o controle. Deixei aquele padre entrar na minha cabeça, manja? Não consigo parar de pensar no que ele disse quando estava discutindo com a Bo. E quando me disse pra terminar com o Jamal, senti que era minha única opção."

"Já eu tirei algo completamente diferente daquela discussão." Quase solto uma risada. "A Bo estava recitando uns versículos bíblicos também. Ela não tá errada só porque não é um padre. Serião, foi quando eu decidi que ficaria bem com quem eu sou, sabe?"

Cesar dá uma risadinha.

"Como é possível a gente ouvir exatamente a mesma conversa e tirar mensagens totalmente opostas dela? Achei que a gente era igual."

Sorrio.

"Somos bem diferentes, na verdade."

"E o *in lak'ech?* Você vai estragar meu lema assim."

Solto uma risada.

"*In lak'ech* não significa necessariamente que somos iguais. É mais... que a gente *enxerga* um ao outro, sabe? Eu te entendo."

"Sim. E eu te entendo."

Ele abre um meio sorriso, o que é suficiente no momento.

"Bom, melhor a gente começar a se arrumar", digo.

"Como assim? A gente só vai sair à noite!"

"Exatamente! Não temos tempo a perder!", respondo, e já começo a sair.

"Espera..." começa Cesar.

Quando me viro, ele me dá um abraço que me deixa sem ar.

Retribuo o abraço com força.

"Valeu, Yami." Ele não me solta de imediato, e também me agarro a ele.

"Valeu por quê?"

Ele suspira, depois se afasta.

"Por tudo. É só que você faz... tanto por mim. Sei que não mereço, e..."

"Merece sim..."

"... mas quero que você saiba que fico grato por isso. Muito. Então, obrigado...", diz ele, olhando para os pés. "Agora vai lá arrumar seu cabelo. Você tá parecendo um chupa-cabras."

"Nunca mais insulte um chupa-cabras assim!", digo para arrancar uma risada dele, e consigo. Admito que meu cabelo está parecendo um ninho de rato no momento. Não encosto nele desde que acordei. "Te amo, manito", digo, dando outro abraço rápido em Cesar antes de enfim ir me aprontar.

* * *

Demoro quase o dia inteiro para fazer meu cabelo e minha maquiagem. Preciso refazer a pele três vezes antes de ficar satisfeita. Passei uma sombra roxa e um batom da mesma cor para combinar com o vestido. Geralmente tenho muita confiança nos meus dotes maquiagenzísticos, mas hoje minha única preocupação é o que *Bo* acha bonito. Meu Deus, é melhor ela gostar depois de todo esse esforço.

Preciso ajudar Cesar a ficar pronto, mesmo que a única tarefa dele seja vestir o terno e calçar os sapatos. Ele demora quase tanto tempo quanto eu arrumando o cabelo. Na maior parte do tempo, fica só se admirando no espelho. Reviro os olhos.

O baile gay é às sete, então Bo vai passar para pegar Cesar, eu e Jamal às quatro e meia para jantarmos antes. De todas as pessoas, Bo e eu somos as únicas que não podemos atrasar, já que Bo é a anfitriã da festa.

Mamãe tira tipo um milhão de fotos de nós, e alguém bate à porta. Espio pelo olho-mágico e vejo Jamal mexendo na manga do terno. Puxo Cesar até a entrada.

"É pra você!", sussurro para que Jamal não escute, depois empurro meu irmão e os deixo sozinhos para que tenham um tempinho juntos.

Mas minha mãe não dá tempinho algum. Ela chega logo atrás de Cesar, e puxa Jamal para dentro antes de bombardear o coitado com fotos. Ele está meio tímido e obviamente nervoso porque não vê minha mãe desde que ele e eu fingíamos estar juntos.

"Você tá lindo", diz ela em vez de dar um sermão nele por ter mentido, depois abraça o garoto. "Senti saudades de você, *mi hijo.*"

"Também fiquei com saudades, sra. Flores." Ele a abraça com força, e minha mãe o puxa para junto de Cesar para tirar fotos dos dois de casalzinho.

Jamal demora alguns minutos para perceber o anel de compromisso no dedo de Cesar.

Ele dá um abraço em Cesar que parece quase doloroso, mas meu irmão retribui o aperto. Depois Jamal pega a mão de Cesar e beija o anel. Quero derreter, que ódio! Eles são muito fofos. Espero que mamãe tenha capturado o momento em uma fotografia.

Quando Bo chega, pego os brincos que fiz para ela e corro para abrir antes que minha mãe interfira. Fecho a porta para que mamãe não receba a menina como fez com Jamal. Escondo os brincos atrás das costas. Ela está de sapatos de salto roxos e um terno de alfaiataria com uma blusinha roxa por baixo. Acho que estou apaixonada. Talvez eu esteja babando.

Ela toca meu pescoço de levinho com a mão, e pousa os dedos atrás da minha cabeça antes de me dar o beijo mais fofinho da minha vida. Não consigo respirar até ela se afastar.

"Queria pegar um pouquinho desse batom emprestado." Ela estala os lábios. "A propósito, você tá maravilhosa."

Dou uma risadinha. Não é que a gente não tenha se beijado antes, mas não sei por que fico tão felizinha.

"Fiz um negocinho pra você." Mostro os brincos. Argolas com um nó chinês roxo no meio de cada um. "Espero que não seja esquisito. Mas achei que ia ser legal fazer um presente cultural pra você, já que nós duas meio que estamos tentando nos reconectar com a nossa ancestralidade. São argolas porque, ééé... Ah, argolas são minha praia. E roxo é sua praia. E os nós chineses são pra dar sorte! E roxo também é a cor do... hum... romance... Só percebi agora como isso é brega."

"Não! Os brincos são perfeitos, amei! Obrigada." Ela cora e puxa o cabelo para expor as orelhas. "Coloca pra mim?"

Mal tenho tempo de botar os brincos nela antes de minha mãe abrir a porta e nos puxar para tirar mais fotos. Ela não para de repetir que estamos todos lindos. Tira alguns retratos meus com Bo, depois uns de nós quatro juntos. Jamal e eu também tiramos algumas fotos engraçadas como namorados fake. É por isso que a gente precisava de uma margem de segurança, falando que íamos sair às quatro e meia em vez de às cinco: minha mãe não sabe fazer as coisas rápido. Depois de muita insistência, enfim saímos de casa e vamos jantar. Como é um antibaile, a gente vai no lugar menos sofisticado possível: um McDonald's. Mas o McDonald's da zona norte da cidade é esquisitamente classudo. Tem uma porcaria de uma fonte em uma das paredes. Por que raios um McDonald's tentaria parecer um restaurante cinco estrelas?

Amber e David se encontram com a gente lá. Parecem surpresos ao ver Jamal, e me toco que ainda acham que ele é meu ex.

"O Jamal não é meu ex de verdade", digo para esclarecer as coisas.

"Como assim?", dizem Amber e David ao mesmo tempo.

Bo só continua comendo.

"Então... É meio que uma longa história", diz Cesar, e todos nos encaram.

Cesar os deixa na expectativa enquanto come. É um desgraçadinho mesmo.

"A Yami estava me dando cobertura porque, ééé... Eu sou bi. E ela fingiu que meu namorado era namorado dela pra ele poder ir em casa e tal." Ele conta tudo em voz alta, descontraído, apesar de ser algo importante.

Não posso culpar meu irmão. Não se sai muito melhor que eu, impulsiva, gritando GOSTO DE GAROTAS para qualquer pessoa para quem quero me assumir.

"Então vocês dois estão juntos?", Amber pergunta para Cesar e Jamal.

Cesar baixa os olhos e passa as mãos pelo cabelo.

"Então...", começa Jamal.

Ele olha para o lado, tentando avaliar a reação de Cesar.

Nada.

"Já estivemos," finaliza.

David arqueja, e o clima fica esquisito de novo. Quero dar um tapão na cabeça de Cesar. Por que ele não fala *nada*?

"Mas que legal que vocês ainda são amigos", diz Amber, olhando para mim.

"Sim, é legal", diz Jamal, e corro para mudar de assunto antes que o coitado do menino imploda.

Chegamos à casa de Bo às seis e meia, o que é ótimo, porque quero descansar um pouquinho antes que os convidados comecem a aparecer. Os móveis foram empurrados para os lados do cômodo para abrir espaço para uma pista de dança na sala de estar, e tem várias mesas e cadeiras espalhadas pelo pátio caso as pessoas queiram pegar um arzinho. Bo e eu vamos sozinhas até o escritório do andar de cima.

Não é por nada, estou superempolgada com o baile gay, mas no momento tudo que queria era ficar um pouco com Bo. Quero aproveitar o tempo que temos até o resto do pessoal chegar. Depois, podemos dançar a noite toda. Se minha mãe estivesse aqui, iria nos dar uma bronca por ficarmos sozinha em um quarto. Mas ela não está, e não é que vamos transar ou coisa assim. Não estou nem pensando nisso ainda. No momento, só segurar a mão dela faz meu sistema nervoso sofrer uns choquinhos.

"Como você tá?", pergunta Bo.

É meio esquisito ouvir uma pergunta tão casual. Mas estou no céu de tão feliz, e digo exatamente isso para ela.

"Tô ótima. Muito mesmo, você nem imagina."

"Acho que imagino um pouco." Ela sorri e aninha a mão dentro da minha.

No mesmo instante, sinto o corpo inteiro relaxar. Como se ela tivesse arrancado toda a tensão de mim. Não sei como ela faz isso. É tipo uma feitiçaria. Estou prestes a simplesmente soltar que acho que estou apaixonada por ela quando sou salva literalmente pelo gongo. Digo, pela campainha.

27
... me amo y respeto yo

Mal deu sete horas e já estão tocando a campainha. Nunca vou entender por que alguém chegaria ao baile gay na hora marcada. Nos cinco segundos seguintes, todos assumem seus postos. Bo e eu vamos para o andar de baixo. David coloca música para tocar — ele se voluntariou para ser o "DJ" , o que significa botar a playlist dele. Bo bloqueia a escada com um portãozinho de cachorro para manter todo mundo no térreo. Os pais dela estão se escondendo lá em cima com os cachorros porque "adolescentes são assustadores". Vou até a porta.

Puta merda. Nem ferrando.

Jenna e Karen estão paradas do lado de fora. Começo a fechar a porta na cara delas, mas Jenna me impede.

"Espera! A gente só quer pedir desculpas. Posso falar com a Bo?", pergunta ela.

"Não", respondo, e começo a empurrar a porta, mas Karen a bloqueia.

"A gente só quer falar com ela, depois vamos pro baile."

"Então vão logo pro baile, ué! Pede perdão na escola, já que quer tanto assim se desculpar", digo.

Karen tenta forçar a entrada. Forço de volta. Não estou nem aí que ela quer pedir desculpas. Elas não vão se intrometer na *nossa* noite para ficar com a consciência limpa. Não vão fazer com que esta noite diga respeito a elas.

Quando impeço Karen de passar, ela agarra meu braço e me puxa junto.

"Só deixa a gente falar com ela!", berra a garota, e o som alto de cetim rasgando se sobrepõe ao berro.

Sou tracionada por Karen em uma direção e na outra pelo meu vestido — que ficou preso na fresta da porta, agora fechada. Karen solta meu braço assim que vê o que fez, e caio de quatro no chão. Não sei se foi por ela ter me soltado ou porque meus joelhos fraquejaram com o som de rasgado.

"Foi mal, Yami", diz Jenna, de olhos arregalados.

"Fora daqui FORA DAQUI", grito, e elas saem. Correm para o carro e arrancam para longe.

Uma noite. A gente não pode ter *uma noite* em paz.

Bo chega correndo alguns segundos depois. Deve ter me ouvido gritando com elas.

"Ai meu deus, Yami. O que aconteceu?" Primeiro olha para o meu vestido, depois para o carro se afastado. "Era a Jenna?"

Começo a piscar bem rápido para evitar as lágrimas. Meu vestido está arruinado, então não posso estragar minha maquiagem também.

"Eu não deixei elas entrarem", digo.

Bo se agacha ao meu lado e pega minha mão.

"Obrigada", diz ela. "Agora vem, vamos trocar de roupa."

Viro de lado para poder ver o rasgo. Minha bunda inteira está de fora.

"Ai, meu Deus!"

Salto de pé tão rápido que até fico tonta, e puxo o tecido ao redor do corpo tão bem quanto possível caso alguém chegue. Estou com uma calcinha minúscula, então Bo vê minha *bunda inteirinha*. Eu devia estar desesperada, mas uma risada escapa de algum lugar nas profundezas do meu pulmão. Bo cai na gargalhada também, e corremos até o andar de cima antes que mais alguém tenha o privilégio de ver essa beleza toda.

Bo não tem vestidos, então minhas opções são bem limitadas. Acabo escolhendo uma legging toda tristonha e uma camiseta com estampa florida. É difícil não chorar quando me encaro no espelho do banheiro. O cabelo e o rosto estão arrumadinhos, mas do pescoço para baixo parece que estou de pijama. Pelo menos Bo me viu no meu vestido de princesa antes de tudo ir por água abaixo. Quando saio do banheiro e entro no quarto dela, vejo que ela também está de legging e camisetão.

"Você tá linda." Ela sorri e me dá um beijo na bochecha.

"Você também." Solto uma risadinha.

A campainha toca de novo.

Depois dos primeiros convidados, as pessoas começam a chegar em um fluxo quase contínuo. Em algum momento, colocamos uma placa na porta dizendo que não precisa mais tocar a campainha, é só entrar. Ver quem decidiu ir ao baile gay em vez de ao baile original é surpreendente. Hunter e Emily aparecem com uma comitiva de uns vinte adolescentes, quase todos da turma que curte esportes.

Emily logo vem me abraçar.

"Amei sua maquiagem!"

"Valeu!" Eu a abraço de volta, aliviada que ao menos tenho *algo* para exibir.

Mesmo com todas essas pessoas, Cesar e Jamal são os únicos na pista de dança. Geralmente ninguém quer começar, especialmente não um casal gay em um baile cheio de alunos da escola católica, mas eles não parecem nem aí. Podem não estar juntos, mas parecem no caminho certo. Cesar definitivamente está com a aparência mais alegre, ao menos. Faço um vídeo com o celular para mostrar a eles depois. Estão dançando em círculos, se exibindo um para o outro.

"Issooooo! Manda ver, Cesar!", grito quando Cesar vai rebolando até o chão.

Algumas pessoas formam um círculo ao redor dele, e não consigo mais enxergar. Estão todos aplaudindo e comemorando. Bo e eu nos aproximamos da multidão para ver melhor. Depois de algumas voltas, Cesar me vê.

"Foi mal, Yami!", diz Jamal, quando ambos me pegam pelo braço e me puxam para o meio da rodinha.

Ele e Cesar devem ter combinado um ataque. Correm para longe, e fico congelada no lugar, sem ação. Gosto de dançar, mas não sei como improvisar como eles. Puxo Bo para não ficar sozinha, e ela se junta alegremente a mim.

Com a expressão completamente séria, ela começa a mexer os braços como se fosse um daqueles bonecões de posto. Fico admirando a cena por um minuto antes de me mover, porque é fofo demais. Não quero deixá-la no vácuo, então dou de ombros e começo a remexer os braços e as pernas junto com ela. Não estamos tentando dançar bem, e é muito mais divertido assim. Tem algo empolgante em se soltar, girar ao redor e só agitar o corpo e coisa e tal. Movimentos podem ser esquisitos, doidos e *livres*. Somos as duas únicas pessoas no mundo por um minuto. Até Amber e David começarem a agitar os braços também. Antes que eu dê por mim, estou cercada de bonecões de posto. Começamos uma Coisa Nova. Que beleza.

Depois de algumas músicas balançando os braços sem parar, as laterais do meu corpo parecem estar queimando. Aparentemente, ser um bonecão de posto é um exercício forte. Se eu fizer isso uma vez por semana, estou feita.

"Preciso de uma pausa", chio, apoiando os braços nos joelhos. Bo ri e me leva lá para beber uma água. Comemos umas batatinhas também, e nos sentamos um pouco. Mesmo com várias pessoas dançando do lado de dentro da casa, o quintal está lotado também. Todas as cadeiras estão ocupadas, então nos sentamos na grama, em uma área um pouco afastada.

Tem pelo menos uns cem convidados aqui. Não me surpreenderia se todas as pessoas não brancas de Slayton estiverem na casa de Bo no momento. Todas as 23.

Bo se inclina para trás, apoiada no gramado, e coloco uma mão em cima da dela. Ela deita a cabeça no meu ombro.

"Não acredito que você me convidou pro baile", diz Bo.

"Não acredito que você me convidou pro antibaile."

Beijo o topo da cabeça dela. Não consigo ver o rosto de Bo, mas espero que ela tenha ficado envergonhada. Ficamos sentadas em perfeito silêncio por alguns minutos até Jamal chegar.

"Cadê o Cesar?", pergunta Bo.

"Dançando ainda, provavelmente. Não sei, ficou muito lotado e perdi ele de vista."

"Quer se sentar com a gente?"

Solto a mão de Bo e dou uns tapinhas no chão ao meu lado para que Jamal não se sinta segurando vela.

Ele se deita em vez de se sentar.

"Tudo bem?", pergunto.

"Tô fora de forma", responde ele.

"Entendo plenamente."

Dou risada e me deito também. Bo faz o mesmo. Eu poderia muito bem dormir agora. Não bebi nem uma gota de álcool, mas estou exausta. Acordei cedo demais, e passei por algumas situações nos últimos tempos que me deixaram um pouco mais do que um pouco drenada emocionalmente. Fecho os olhos.

Meu cochilo de dois segundos vai pro brejo quando Cesar chega e se joga em cima de nós três, fazendo um montinho. Bo e Jamal soltam uns gritinhos fofos, mas Cesar sem querer dá uma cotovelada na minha costela, então o barulho que sai da minha boca é mais como o zurro de um jumento. Cesar e Bo riem como se fosse a coisa mais engraçada do mundo.

"Certo, agora que vocês já terminaram de tirar sarro da minha dor, vou entrar um pouquinho." Começo a me sentar, mas Bo pega minha mão.

"A gente não tá tirando sarro de você! Foi fofinho!" Ela ainda está rindo.

"Fale por você, Bo! *Eu* com certeza estou tirando sarro da cara dela", diz Cesar.

Olho para ele de cara feia. Bo também.

"Foi mal! É que foi engraçado, tá?" Bo dá vários beijinhos na palma da minha mão entre as frases, e assim fica difícil fingir que estou brava.

Cesar rasteja entre mim e Jamal até ficar espremido entre nós.

"Eu amo vocês. Não te conheço muito, Bo, mas se a Yami te ama, eu também te amo."

Viro a cabeça de supetão para olhar para ele. Ainda não falei para Bo que a amo. Não falei isso nem para Cesar! Ele não devia saber disso.

"Quer dizer... Ééé... Jamal, vem pegar uma bebida comigo?"

Cesar puxa Jamal pelo braço, e eles correm tão rápido que vão tropeçando um no outro.

Isso me lembra de como Bo e eu corremos de todas as situações complicadas em que nos metemos. Dou uma risadinha. E depois me lembro do porquê de eles terem fugido. *Ah...* Ele me paga.

"Então... Ignora meu irmão", digo.

"Tá bom." Não sei se ela estava corando antes, mas definitivamente está agora.

"Foi mal. Ele é meio..."

"Eu também te amo", solta Bo.

"Oi?"

"Eu te amo", repete ela, segurando minha mão.

Arquejo alto.

"Para com isso! *Eu* que te amo!"

Fico surpresa de como é fácil dizer isso.

Levo a mão à boca para cobrir meu sorriso enorme. Bo beija as costas das minhas mãos enquanto ainda estão sobre meus lábios. Depois, gentilmente as afasta e me beija de novo. Caio na gargalhada entre os beijos porque não consigo acreditar que ela acabou de dizer isso. Nós duas nos jogamos de novo no chão, nos beijando e rindo.

Bo rola para o lado e me abraça de conchinha.

"Caso você ainda não saiba, eu te acho incrível, inspiradora e linda também" diz baixinho no meu ouvido. Depois beija minha orelha, e começo a rir na hora.

Nunca tinha entendido o apelo de beijar antes de conhecer Bo. Não entendia isso de ser beijada na boca, nas mãos ou na porcaria da orelha. Mas nunca tinha sido beijada por alguém como Bo. É diferente com ela. Ela mexe comigo de um jeito que não consigo explicar. Beijar essa garota é relaxante, intenso e absolutamente... feliz? É uma delícia. Não estou nem aí se as pessoas estiverem vendo.

A música está alta o bastante para que tenha alguns convidados dançando do lado de fora. Quando a próxima canção começa a tocar, me levanto na hora. É "Dreaming of You", de Selena. É como se David tivesse colocado essa só para mim. É lenta, mas estou vibrando de empolgação. Quando dou por mim, Cesar está pulando nas minhas costas, berrando a letra no meu ouvido. Talvez a intenção de David fosse propor uma dança lenta, mas isso provavelmente não vai acontecer. Vai haver outras oportunidades para dançar devagarzinho. Além disso, estamos do lado de fora da casa, então não vamos arruinar o clima de quem está lá dentro.

Cesar e eu damos as mãos e gritamos os versos o mais alto possível. Bo levanta o celular como se fosse uma lanterna e o agita de um lado para o outro. Não sei se conhece a música, mas está agindo como uma ótima backing vocal. Depois da primeira estrofe, Jamal rouba Cesar de mim, e Bo me vira e coloca as mãos nos meus quadris. Acho que nossos parceiros não ficaram tão entretidos com a nossa bobice.

Mas nada pode me impedir de berrar junto com Selena. Nem mesmo Bo. Começo a cantar para ela em vez de para Cesar. Alto e sem nenhum talento, e é ótimo. Ela ri o tempo todinho. Sei que começou como uma piada, mas essa música é meio que perfeita para mim e Bo.

"... *'and I still can't belieeeeve that you came up to me and said I love you!'*... Ahhh, você disse!... *'I love you too!'*... ai meu Deus, é nossa música!!!!... *'Now I'm dreaming'*..."

Bo afunda o rosto no meu pescoço e consigo sentir ela rindo. Seguro as mãos dela e ergo nossos braços no ar enquanto faço uma serenata. Faço ela girar e mergulhar para trás, depois tento beijar Bo durante o mergulho como vi em um filme de dança em algum lugar, mas não sou muito forte. Tropeçamos, e acabamos indo parar no chão, mas ela não se afasta e ri enquanto nos beijamos. Geralmente eu ficaria constrangida de saber que as pessoas estão vendo, mas só enxergo Bo no momento, e não me sinto constrangida com nada quando estou com ela.

Olho para o outro lado do quintal e vejo Cesar ao lado da porta, apresentando Jamal para Hunter. Cesar parece nervoso, mas Hunter abraça tanto meu irmão quanto Jamal, e Cesar relaxa os ombros. Hunter sempre foi mais próximo do meu irmão do que de mim, então estou feliz por Cesar enfim ter a chance de ser ele mesmo perto do amigo.

Quando a música muda, Bo e eu ainda nem nos demos ao trabalho de nos levantar da grama. Em vez disso, nos abraçamos no chão. Não sei como fico imune à coceira, e tudo que sinto é um quentinho no peito. Eu poderia dormir aqui. Acho que é a segurança da situação, e o clima ao redor de Bo é sempre muito tranquilizador. Abro os olhos e vejo que os dela estão fechados. Ela está tão linda... Ela sempre está, mas agora é especial. Parece um bendito anjinho.

Ela está toda suada, com o cabelo em um verdadeiro caos e o batom todo borrado por causa do nosso beijo, e está tão linda que mal consigo respirar. Olhando para ela, percebo que não estou mais sobrevivendo. Estou dançando, rindo e *vivendo*.

Amo Bo. É ótimo *saber* disso com tanta certeza. Chega de duvidar do que penso. Chega de vida dupla. Minha identidade secreta já era, e foi por escolha minha. Não poderia estar mais feliz.

Ela abre os olhos e fica corada quando me vê encarando. Fito aqueles belos buracos negros e me pergunto o que tinha na cabeça quando senti medo de me deixar ser atraída por eles. Me aconchego e beijo o nariz dela.

"Em que você tá pensando?", pergunta ela.

Estou pensando que não tenho mais medo de nada. Não tenho mais medo de ser como Bo. Não tenho mais medo de que ela me enxergue e não tenho mais medo de me ver como sou. Não tenho medo de contar para ela.

"Tú eres mi otro yo."

Agradecimentos

Uma das coisas que mais gosto de fazer é ler com a minha mãe. Muitos dos livros que lemos ao longo dos anos me inspiraram a escrever minhas próprias coisas, e no instante em que contei que tinha terminado de escrever meu primeiro livro, ela me pediu pra ler o manuscrito em voz alta para ela como se fosse mais um dos livros que sempre lemos.

Ela quase infartou com a primeira frase.

Arquejou em cada palavrão, mas o apoio dela a este livro nunca vacilou. Desde que escrevi minha primeira história meia-boca, aos 8 anos de idade, ela é minha maior apoiadora. Sempre fez questão de me fazer acreditar no meu potencial, no fato de que eu poderia fazer este sonho virar realidade. Por isso, mami, não tenho como agradecer o bastante. Por sua causa, nunca questionei em nenhum momento *se* seria capaz de publicar algo meu, só *quando*. E acredita que chegou a hora?

Foi um prazer escrever este livro, mas a vida me trouxe os momentos mais sombrios da minha história durante o processo de escrita e revisão dele, e preciso muito agradecer a Gabi, Erica e meus pais por sempre me apoiarem nessa época difícil e me ajudarem a ver a luz no fim do túnel. Eu não estaria aqui sem vocês. Agradeço demais.

Também agradeço a minha prima Ally, que me ajudou a pensar em um título que amei demais e conversou comigo sobre cada revisãozinha até eu saber exatamente como executá-las. A Emery e Jonny por me manter humilde ao me esculhambar 24 horas por dia (mas sério, Emery, valeu por toda sua ajuda com o marketing e novas ideias!). A Adelle e Ana por estarem sempre aqui. A Alaysia por me dar uns tapas na cara e me fazer escrever de verdade quando tudo que eu queria era ficar procrastinando. E a todos as pessoas que leram os rascunhos desta história e que me ajudaram a dar forma a este livro.

Um agradecimento enorme à minha maravilhosa agente, Alexandra Levick, que viu algo especial na história de Yami e resolveu lutar por ela. Quando falamos pela primeira vez ao telefone e ouvi suas ideias de edição, consegui sentir como este livro ficaria muito mais especial com a sua ajuda. Muito obrigada por seu apoio e por estar presente quando precisei de torcida. Realmente não consigo expressar o quanto isso significa para mim.

Também quero agradecer minha adorável editora, Alessandra Balzer, que acreditou em Yami e em mim a ponto de fazer tudo isso ser possível. Fico feliz demais por ter me dado uma chance de compartilhar a história dela com o mundo. Agradeço muito, muito mesmo.

E também a minhas preparadoras de texto, Laura Harshberger e Valerie Shea, e a minha revisora, Vivian Lee. A Jessie Gang por idealizar uma capa tão maravilhosa e Be Fernández por trazê-la à vida. Ao incrível time da HarperCollins e todos que tocaram e irão tocar neste livro ao longo de sua jornada até o público leitor: Caitlin Johnson, Andrea Pappenheimer, Kerry Moynagh, Kathy Faber, Nellie Kurtzman, Shannon Cox, Lauren Levite, Patty Rosati, Mimi Rankin e Katie Dutton. Gratidão!

E, enfim, a todas as pessoas similares a mim quando eu era adolescente. A todo jovem queer, jovem de pele marrom, jovem que não se encaixa nos padrões. Sua voz importa. Você importa. Você está mandando muito bem, e eu te amo.

sonora reyes

love

Nascide e criade no Arizona, Estados Unidos, **SONORA REYES** é autore de romances contemporâneos para jovens adultos. Escreve livros protagonizados por personagens queer, latinos e com várias identidades de gênero. Sonora também é cofundadore do QPOCfest, um festival literário virtual que celebra autores e livros queer, trans e BIPOC. Além de escrever, adora dançar, cantar no karaokê e brincar com seus sobrinhos.

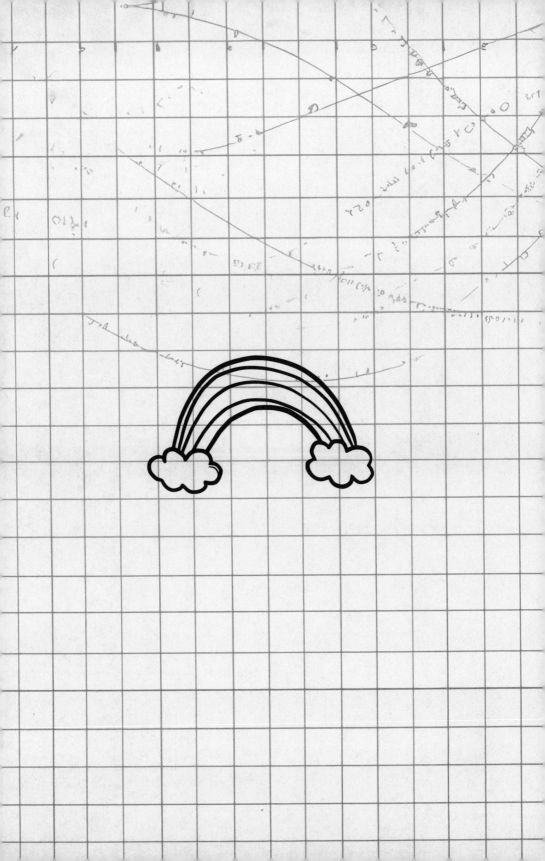

DARKLOVE.

*Saw your face, heard your name
Gotta get with you
Girls like girls like boys do, nothing new.*
— "GIRLS LIKE GIRLS", HAYLEY KIYOKO —

DARKSIDEBOOKS.COM